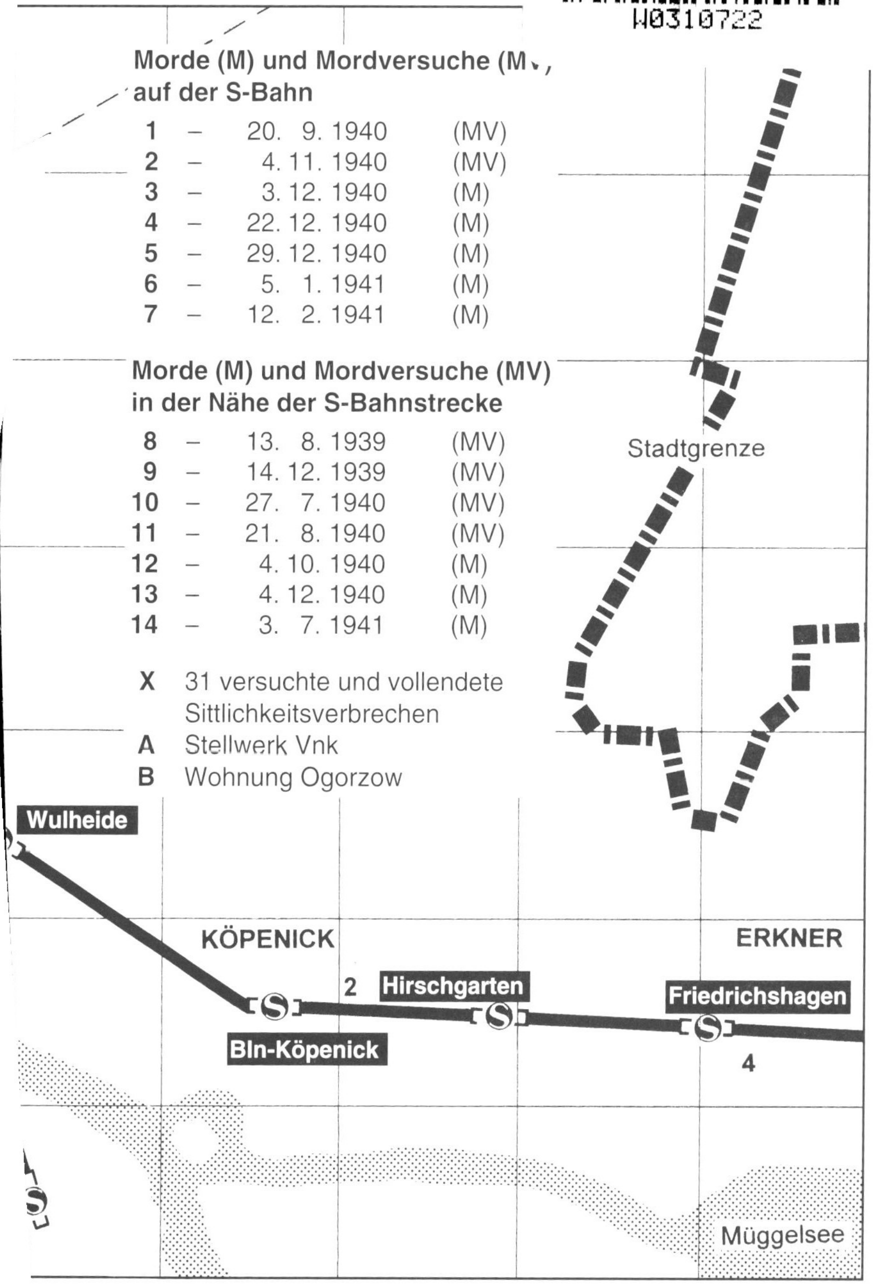
Morde (M) und Mordversuche (MV)
auf der S-Bahn
1 – 20. 9. 1940 (MV)
2 – 4. 11. 1940 (MV)
3 – 3. 12. 1940 (M)
4 – 22. 12. 1940 (M)
5 – 29. 12. 1940 (M)
6 – 5. 1. 1941 (M)
7 – 12. 2. 1941 (M)
Morde (M) und Mordversuche (MV)
in der Nähe der S-Bahnstrecke
8 – 13. 8. 1939 (MV)
9 – 14. 12. 1939 (MV)
10 – 27. 7. 1940 (MV)
11 – 21. 8. 1940 (MV)
12 – 4. 10. 1940 (M)
13 – 4. 12. 1940 (M)
14 – 3. 7. 1941 (M)
X 31 versuchte und vollendete Sittlichkeitsverbrechen
A Stellwerk Vnk
B Wohnung Ogorzow
Stadtgrenze
Wulheide
KÖPENICK
ERKNER
2
Hirschgarten
Friedrichshagen
Bln-Köpenick
4
Müggelsee

-ky

Wie ein Tier

-ky

Wie ein Tier

Der S-Bahn-Mörder

Dokumentarischer Roman

Argon

Originalausgabe

1. Auflage 1995

Satz: LVD GmbH, Berlin
Druck und Binden: Franz Spiegel Buch GmbH, Ulm
Umschlaggestaltung: Grafikbüro Ulrike Damm, Berlin
ISBN: 3-87024-292-2

»Jedes Weib reizt mich bis aufs Blut. Wie ein hungriger Wolf rase ich umher. Und dabei bin ich schüchtern wie ein Kind. Ich verstehe mich manchmal selbst kaum.«

Joseph Goebbels, Tagebuch v. 15.7.1926

»Eine gewalttätige, herrische, unerschrockene, grausame Jugend will ich. [...] Es darf nichts Schwaches und Zärtliches an ihr sein. Das freie, herrliche Raubtier muß erst wieder aus ihren Augen blitzen.«

Adolf Hitler im Gespräch mit Hermann Rauschning

»Für die zur Aufrechterhaltung des wirtschaftlichen, öffentlichen und privaten Lebens und des Verkehrs dringend notwendigen Lichtquellen sind Verdunklungsmaßnahmen durchzuführen. [...] Alle übrigen Lichtquellen sind außer Betrieb zu setzen.«

»Die Beleuchtung von Straßen, Wegen, Plätzen, Bahn- und Hafenanlagen, Wasserstraßen und Grundstücken aller Art ist ... außer Betrieb zu setzen.«

Achte Durchführungsverordnung zum Luftschutzgesetz (Verdunkelungsverordnung) vom 23. Mai 1939.

Erster Teil

Der alltägliche Schrecken

Kapitel 1

Emmi Milde kam von der Spätschicht und fuhr mit der S-Bahn nach Hause. Nein, nicht nach Hause, sondern in die Laube am Rande der Stadt. Ihr Zuhause lag seit dem 29. August in Schutt und Asche. Als Vergeltungsschlag für die deutschen Luftangriffe auf London hatte die Royal Air Force Bomben auf Berlin geworfen. Drei Stunden lang hatten sie in der Skalitzer Straße im Luftschutzkeller gesessen. Zum Glück war sie nicht verschüttet gewesen. Zwölf Tote und 28 Verletzte hatte man am nächsten Morgen gezählt.

Es war die Strecke nach Erkner, die sie nun jeden Tag benutzen mußte. Ostkreuz, Rummelsburg, Betriebsbahnhof Rummelsburg, Karlshorst, Wuhlheide, Köpenick, Hirschgarten, Friedrichshagen, Rahnsdorf, Wilhelmshagen und Erkner. An sich ihre Lieblingsstrecke. Nicht nur, weil Albert hier als Triebwagenführer jeden Tag den Dienst versah. Früher waren sie fast jeden Sonntag am Bahnhof Warschauer Straße in die S-Bahn gestiegen, die ganze Familie. Dann ging es nach Rahnsdorf zum Baden, nach Wilhelmshagen zum Pilzesammeln und nach Erkner, um auf der Löcknitz zu paddeln.

Früher, vor '33, vor dem Krieg. Nur wenige Jahre lagen dazwischen und dennoch Ewigkeiten.

Ostkreuz. Es war alles verdunkelt. Nicht viel anders als bei einem totalen Stromausfall. Mal ein blaues Lämpchen, mal eine Funzel. Die britischen Bomber sollten nicht erkennen, wo sie sich befanden.

Emmi war müde. Sie war es nicht gewohnt, in der Fabrik zu arbeiten. Die ganze Schicht über an der Stanze. Erstens: nach links bücken und den Rohling aus der Kiste nehmen. Zweitens: den Rohling unter die Stanze legen und genauestens ausrichten. Drittens: die Hände weit auseinander auf zwei tassengroße blanke Knöpfe legen und diese kräftig drücken. Viertens: abwarten, bis die zentnerschwere Hydraulikpresse nach unten gedonnert war. Fünftens: das nun fertig gestanzte Teil aus der Maschine nehmen und rechts unten in eine andere Kiste werfen. Alles sehr sorgfältig und zehn Stunden am Tag. Waffen für die Männer im Feld. Um Russen und Engländer zu töten.

Emmi dachte an ihren Vater. Ab und an besuchte sie ihn kurz

vor Schichtbeginn noch schnell. Gestern hatte er im Sportpalast Hitler und Goebbels sprechen hören. Zur Eröffnung des Kriegs-Winterhilfswerks. »Weißt du, was Goebbels gesagt hat?«

»Nein ...«

»Jeder Volksgenosse, ob arm oder wohlhabend, wird seinen Beitrag leisten, damit die Welt sieht: Dieses Reich der Deutschen ist unüberwindlich!«

»So wie unsere Flugabwehr ... Als die englischen Bomben unsere Wohnung ...«

Zu diesem Thema, den ›Tommis‹, hätte sie mal den Führer hören sollen: »Wenn sie erklären, sie werden unsere Städte in großem Ausmaß angreifen – wir werden ihre Städte ausradieren!«

Rummelsburg. Emmi schreckte hoch. Noch immer brachte sie das durcheinander.

Daß erst nur Rummelsburg kam und dann der Betriebsbahnhof Rummelsburg. Sie war froh, noch nicht aussteigen zu müssen. Hier in der S-Bahn fühlte sie sich sicher, der Schrecken für sie begann erst, wenn sie in das Labyrinth der Lauben mußte. Sie hoffte aber noch, eine Nachbarin zu treffen, mit der sich zumindest eine Strecke Wegs gemeinsam gehen ließ. Daß Männer ihre Frauen abholten, kam kaum noch vor. Die saßen alle in den Kasernen oder standen im Feld.

Bis auf den einen, der die Kolonien Gutland I und II schon seit 1938 in Angst und Schrecken versetzte. Wie ein Tier hockte er irgendwo in einer Hecke und wartete auf seine Beute. Plötzlich stand er da, aufgetaucht aus dem schwarzen Nichts, und sprach die Frauen an. Ob sie mit ihm ausgehen wollten. Nein. Da fiel er dann über sie her. Getötet hatte er noch keine. Aber alle warteten darauf, daß es geschah.

Die Polizei tat ihrer Meinung nach wenig bis nichts dagegen und alles sehr leise. Im nationalsozialistischen Staat konnte so etwas nicht sein, weil es nicht sein durfte.

Immerhin hatte sie letzte Woche beim NSV-Amtswalter Wenzke eine Liste gesehen, auf der alles stand, was es hier im Laubengelände bisher an schweren Straftaten gegeben hatte (neben den über zwanzig anderen Sittlichkeitsverbrechen von der versuchten bis zur vollendeten Vergewaltigung):

1. Mordversuch Budzinski, 13.8.39, 2 Uhr nachts.
Wurde von Mann verfolgt. Dieser mußte sehr gelaufen sein,

denn als er in ihre Nähe kam, keuchte er. Als sie im Garten stand, Schlag über den Kopf. Im Liegen 2 Messerstiche in den Rücken.

2. Mordversuch Jablinski, 14. 12. 39, 1. 15 Uhr.
Merkte, daß sie verfolgt wurde, begann zu laufen. Verfolger setzte sich in Trab. Erhielt 4 Messerstiche (3 Gegend des Ohrs, 1 Hals). Schrie auf, Täter floh.

3. Mordversuch Nieswandt, 27. 7. 40, 1. 30 Uhr.
Opfer begab sich zur Laube. Wurde von Täter angesprochen. Opfer drohte zu schreien. Täter drückte ihr Tuch vor das Gesicht. Stiche mit Taschenmesser (Hals Nähe Schlagader, Oberschenkel direkt neben Schlagader). Täter floh.

4. Mordversuch Schuhmacher, 21. 8. 40, 23. 10 Uhr.
Mit Taschenlampe geblendet kurz vor Tunnel Zobtener Straße. Kein Wort. Schlug Frau mit Gegenstand bewußtlos (Bleirohr, Bleikabel). Opfer ein Stück aus Regenpfütze gezogen, Geschlechtsverkehr.

Emmi hatte das alles sehr genau vor Augen. Wenn sie etwas sah, fotografierte sie es gleichsam.

Heute war der 4. September, und es sah so aus, als würden die Intervalle des Täters immer kürzer werden.

Was sollte man schon tun dagegen? Wegziehen ging ebensowenig wie alle Laternen hell aufleuchten lassen. Man konnte nur hoffen, daß es einen selber nicht traf.

Betriebsbahnhof Rummelsburg. Außer Emmi stiegen nur drei Männer aus, allesamt in Eisenbahneruniformen. Sie sprangen sofort, als der Zug wieder aus dem Bahnhof war, auf die Gleise hinunter, um schnell an ihrem Arbeitsplatz zu sein, dem Bahnbetriebswerk nebenan. Keiner benutzte den Fußgängersteg.

Es gab hier nur einen Ausgang, und zwar am Bahnsteigende Richtung Karlshorst. Es war ein Mittelbahnsteig, und sie mußte zuerst in einen Tunnel hinunter, weil das nördliche Streckengleis im Wege war. Und das als einziger Fahrgast heute nacht. Schon hier war es gruselig genug.

Emmi begann zu rennen, schaffte die kritischen Meter, stieg

wieder nach oben, verließ das Bahnhofsgebäude und überquerte mit schnellen Schritten die Straße. Kein Mensch weit und breit. Die Wolkendecke war ziemlich dicht in dieser Nacht. Kein Mondschein, das war schlecht, aber keine Luftangriffe, das war gut.

Da war schon das Tor zur Laubenkolonie. Sie öffnete ihre Handtasche und nahm das Klappmesser heraus, das Albert ihr morgens mitgegeben hatte. »Stoß es ihm in den Bauch!« Wie aber, wenn der Täter sie von hinten niederschlug? Die einen sagten, er sei darauf aus, die Frauen zu betäuben, ehe er sich an ihnen verging, die anderen meinten, daß er ihren Widerstand brauchte, um etwas davon zu haben.

Emmi tauchte in das Dunkel. Sie bemühte sich krampfhaft, ganz leise zu gehen, nur die Fußballen aufzusetzen. Zugleich aber war ihr klar, daß das wenig nützen würde. Der Mann war wie eine Mücke. Die bloße Körperwärme zog ihn an. Wut stieg in ihr auf. Warum umstellten sie das Gelände nicht und suchten systematisch nach ihm? Warum stellten sie keinen Begleitschutz für alle Frauen bereit, die nachts von der Arbeit kamen? Warum war Albert nicht an ihrer Seite, sondern fuhr statt dessen wildfremde Menschen nach Hause?

Sie wußte, daß sie nach rechts mußte, prallte aber gegen dichten Maschendraht, als sie es versuchen wollte. Ihr nächster Herzschlag war eine kleine Explosion. Der Mann hatte eine Falle für sie aufgestellt, einen Käfig, um sie ... Ihre Beine knickten weg, sie mußte sich am Drahtzaun festklammern. So hing sie da und atmete so schwer wie ihre Mutter nach einem Angina-pectoris-Anfall. Sie begann zu beten. »Herr, sei mir gnädig, denn ich bin schwach; heile mich, Herr, denn meine Gebeine sind erschrocken, und meine Seele ist sehr erschrocken. Ach du, Herr, wie lange! Wende dich, Herr, und errette meine Seele; hilf mir um deiner Güte willen!« Es war der 6. Psalm, und es geschah ganz automatisch, daß sie das dachte. Und es half.

Sie bekam sich wieder soweit in den Griff, daß sie es wagte, die Taschenlampe herauszuholen und kurz ihre Umgebung abzuleuchten. Der schwache, aber scharf gebündelte Strahl fiel auf einen weißen, schon von Wind und Regen gebleichten Zettel.

W A R N U N G ! Mitteilung der Justizpressestelle Berlin vom 7. Juni 1940:
Karl Rose (31) wurde als Volksschädling heute früh hingerichtet. Er überfiel unter Ausnutzung der Verdunklung in Hennigsdorf eine Frau und versuchte, sie unter Anwendung brutaler Mittel zu vergewaltigen.
Wenn der Kerl, der hier sein Unwesen treibt, nicht aufhört damit, wird es ihm ebenso ergehen!
Die Siedler der Kolonie Gutland I und II.

Emmi zuckte zusammen, wußte aber wieder so in etwa, wo sie war. Noch zehn Meter geradeaus, dann ein Stückchen rechts, wieder rechts und schließlich nach links bis zur Laube ihrer Schwiegereltern. Weiter. »Schlage die Trommel und fürchte dich nicht!« Hatte ihr älterer Bruder immer gesagt. Der stand jetzt mit dem XVI. Panzerkorps unter General Hoeppner in Frankreich. Nicht dran denken. Kein Was-wäre-wenn.

Sie konnte ihre Taschenlampe nicht die ganze Zeit über eingeschaltet lassen. Seit einem Jahr war Krieg, und Batterien waren schwer zu kriegen. Nur hin und wieder, da, wo die Hecken ganz besonders dicht gewachsen waren, und an den Einmündungen anderer Wege knipste sie das schwache Lämpchen an. Auch, um den Kerl nicht anzulocken.

Es lähmte sie wie das Gnu im Maule des Löwen, als sie sich vorstellte, wie es war, unter ihm zu liegen. Wenn sein Glied ihr wie ein Schwert in den Körper fuhr. Sie mußte wieder stehenbleiben.

Da war ein Geräusch. Ein Tier schlich durch Gras und Sträucher. Das Tier. Der Mann. Der Vergewaltiger. Und wie ihr dieses Wort durch den Kopf schoß, fiel ihr, überwach, wie sie war, in diesem Moment auch auf, daß seine letzten beiden Silben das Wort Tiger ergaben. Der Tiger lauerte auf seine Beute.

Ein unterdrückter Schrei, ein Wimmern. »Mutti ...!« Hatte er auch in dieser Nacht ein Opfer gefunden? Emmi lief los. Der Impuls zu helfen war stärker als die Angst, selber Opfer zu werden. Im Laufen merkte sie, daß alles aus der Laube von Frau Ditter kam. Ihr Mann war im Felde, sie lebte mit ihren beiden kleinen Kindern ganz allein hier draußen. Als Emmi näher kam, stellte sich heraus, daß das ältere der beiden Mädchen nur unter Mückenstichen litt. Emmi klingelte trotzdem und fragte nach, als Frau Ditter schemenhaft im Fenster erschien.

»Alles in Ordnung?«

»Danke, ja.« Frau Ditter war um die zwanzig und hielt ihr Jüngstes im Arm. »Und selber?«

»Bis ich mich hier draußen eingewöhnt habe ... Ich bin ja großgeworden in der Skalitzer Straße. Immer die Hochbahn vorm Fenster. Und hier ...?«

»Wird schon werden.« Frau Ditter hatte eine angenehme Stimme, und auch sonst war sie vom Typ her Lilian Harvey ein wenig ähnlich. Irgendwie hatte Emmi die vage Hoffnung gehabt, Frau Ditter würde sie zu einem kleinen Likör in ihre Laube bitten. Nicht nur, weil es sehr angenehm sein mußte, mit ihr zu plaudern, sondern auch, weil es ihr den Rest des Heimwegs erspart hätte. Vielleicht hätte sie sogar auf einem Notbett bei Frau Ditter schlafen können. Aber die rief ihr nur ein freundliches »Na, dann gute Nacht!« über den Zaun und verschloß ihre Fensterflügel wieder.

Emmi fühlte sich furchtbar allein. Am liebsten hätte sie sich hier am Zaun ins Gras gesetzt und auf den Morgen gewartet. Fast sehnte sie sich nach der Nähe der Menschen in ihrem alten Luftschutzkeller. Und fast schien es ihr auch, daß sie vor den Bomben der Engländer weniger Angst gehabt hatte als vor der Gewalt des Mannes, der hier auf Frauen lauerte.

Sie verbot sich, an das Tier zu denken, denn instinktiv war ihr bewußt, daß ihre Ängste wie Radiowellen waren, die ihn erreichen und erregen mußten, wenn er in dieser Nacht nach Beute suchte.

Die letzten zweihundert Meter waren die schlimmsten. Plötzlich schien es ihr sicher, daß der Mann schon in ihre Laube eingedrungen war und dort hinter dem Vorhang auf sie wartete. Sie hatten ihn als klein und schwarz beschrieben. Kein Tiger, sondern ein Panther, ein schwarzer Panther.

Mädel, reiß dich zusammen! Emmi eilte weiter. Augen zu und durch. Es wird schon nichts passieren. Ich hab die Bomben überlebt, ich werd auch das überleben.

»Albert, bitte, wir ziehen wieder weg von hier!« Sie witterte ihre Parzelle. Es waren die Astern, die in voller Blüte standen. Noch der Verteilerkasten der Bewag, breit und hoch wie ein Fels, dann war es geschafft.

Da war die Männerstimme neben ihr. Ebenso wispernd wie drohend.

»Gehen Sie noch aus mit mir …?« Emmi lief los und schrie aus Leibeskräften. Das Tier folgte ihr mit schnellen Sprüngen.

Kapitel 2

Berthold Milde lief zum Appellplatz. Nur nicht zu spät kommen und den SS-Leuten irgendwie in die Augen springen. Das konnte den sicheren Tod bedeuten. Er kam am Block 9 vorbei, wo weithin sichtbar eine Tafel mit einem wegweisenden Ausspruch Heinrich Himmlers angebracht war:

Es gibt einen Weg zur Freiheit.
Seine Meilensteine heissen:
Gehorsam, Fleiss, Ehrlichkeit, Ordnung, Sauberkeit, Nüchternheit, Wahrhaftigkeit, Opfersinn und Liebe zum Vaterlande!

Zusätzlich hatte die SS die einzelnen Worte von Gehorsam bis Liebe mit weißer Farbe und riesigen Lettern auf die einzelnen Unterkunftsbaracken malen lassen.

Abendappell. Fast elftausend Häftlinge waren sie jetzt. Wenn der Zählappell nicht klappte, konnten sie bis zum nächsten Morgen hier stehen. Oder aber umfallen und sterben. Berthold wußte, daß die Häftlingsschreibstube ihr Bestes tat. Diejenigen, die zu Arbeiten bei der SS abkommandiert waren, und die im Krankenbau liegenden Häftlinge waren schon vorab gemeldet worden. Die Blockältesten hatten darauf achtgegeben, daß alle anderen pünktlich angetreten waren.

Alle warteten auf die SS-Blockführer. Es begann zu regnen. Immer heftiger. Unwillkürlich mußte Berthold an seine Schwester denken. Emmi hatte es gern gehabt, ohne Schirm und Jacke durch den Regen zu laufen. Ob sie auch noch ins KZ gebracht wurde? Sippenhaft. Vielleicht schaffte sie es an Alberts Seite, draußen durchzuhalten. Das war ein braver Kerl, und als S-Bahnfahrer vorn im Führerstand war er nicht so gefährdet wie andere, die dauernd aufpassen mußten, nichts Falsches zu sagen.

Berthold war schon seit fast zwei Jahren in Sachsenhausen, und er wußte, daß der Schrecken hier seine Nuancen hatte. Daß es andere noch schlimmer traf als ihn, war ein Stück Überlebenshilfe. Und fast registrierte er es mit einem wohligen Gefühl, kein Neuzugang zu sein.

Wie damals. Als er um drei Uhr morgens in Oranienburg angekommen war. In einer Grünen Minna wurden sie abgeholt. Fünfzig Gefangene hineingeprügelt. Hier am Tor hatten sie anfangs zwei Stunden in der Hocke zuzubringen gehabt. Sachsengruß hieß das. Hockstellung, die Hände hinter dem Kopf verschränkt. Dazu Ohrfeigen, Kinnhaken, Schläge in den Magen, Fußtritte in den Unterleib. Ihm hatte der SS-Oberführer nur zwei Zähne ausgeschlagen, seinem Kameraden aber so in den Bauch getreten, daß er zehn Minuten später gestorben war. Bei minus fünf Grad hatten sie im Freien stehen müssen. Der SS-Hauptscharführer Herbert Bloh hatte gebrüllt: »Den Kanaken sollen erst mal die Läuse einfrieren!«

Neben Berthold stand sein alter Freund Ehrenfried Rebentisch. Sie kannten sich schon von der Buddelkiste her. Ihre Eltern hatten nebeneinander ihre Laube gehabt. Kolonie »Goldregen« in Britz. Gemeinsam waren sie auch zur Schule gegangen, im »roten Neukölln«. Und hatten sich dort einer kleinen, aber gut geführten sozialistischen Organisation zur Bekämpfung der Nazis angeschlossen, der Gruppe »Neu Beginnen«. Verhaftet worden waren sie, als sie eine Parodie des Horst-Wessel-Liedes verbreitet hatten. Statt »Die Fahne hoch ...« hatten sie gesungen: »Einst kommt der Tag, da wird sich uns verkünden, / wer Freiheit liebt und Todesfurcht nicht kennt. / Dann werden wir ein rotes Feuerwerk anzünden, / in dem das ganze Dritte Reich verbrennt.« Irgendwer hatte sie denunziert, sie waren vorgeladen worden zur Gestapo. Geheimes Staatspolizeiamt II A 1, Prinz-Albrecht-Straße 8, III. Stock, Zimmer 311. Sie werden hiermit ersucht ... Verurteilung, Zuchthaus, Überstellung ins KZ. Wenn wir schreiten Seit an Seit ...

Abzählen! Wenn einer nicht aufpaßte, in seiner Erregung, Erschöpfung und Angst, nicht übergangslos die nächste Zahl herausschrie, konnte es sein Leben kosten.

Gott sei Dank, heute schien alles seinen normalen Gang zu nehmen. Der jeweilige SS-Blockführer kontrollierte die Anwesenheit der gemeldeten Häftlinge. Einschließlich der Schwerkranken und der Fiebernden, einschließlich derer, die im Laufe des Tages gestorben waren. Die Leichen lagen neben den Reihen.

Weitergabe des Ergebnisses an den SS-Rapportführer. Bertholds rechtes Augenlid begann zu zucken. Jetzt kam der Augenblick, der alles entschied. Fehlte jemand, war einer geflüchtet, dann begann das Strafstehen. Erschwert durch zusätzliche Torturen wie tausend Kniebeugen. Zum Zeitvertreib. Im Januar dieses Jahres, Berthold hatte es überlebt, hatten sie nach einer eisigen Winternacht vierhundert Tote weggetragen.

Doch heute schienen die Zahlen zu stimmen, von den Außenkommandos war niemand geflüchtet.

Der Rapportführer gab das Kommando: »Das ganze stillgestanden! Mützen ab!« Dann wurde dem Lagerführer die Lagerstärke gemeldet.

»Mützen auf!« Das war die Erlösung für diesen Abend. Dachte Berthold Milde, denn schon gab der Lagerälteste das Kommando: »Rechts und links um, im Gleichschritt marsch!«

Da betrat Herbert Bloh die Szene, einer der SS-Hauptscharführer. Ein schöner, ein schneidiger Mann. Weizenblond, mit der Figur eines Olympiakämpfers. Ein Gesicht, so scharfgeschnitten und so ausdrucksvoll, wie es in den Babelsberger Studios nur wenige gab, und so intelligent, daß es allemal zum Professor an der Wehrtechnischen Fakultät der TU Berlin gereicht hätte. Wenn er denn gewollt hätte. Aber er wollte mehr, wie alle wußten.

Der Hauptscharführer griff in seine schwarze Uniform und zog einen kleinen weißen Zettel heraus, auf dem eine Haftlingsnummer stand.

»Durch übergroße Faulheit beim Arbeitseinsatz ist heute aufgefallen...«

Es war die Nummer von Ehrenfried Rebentisch. Dieser wurde noch eine Spur blasser, dann taumelte er in Richtung Bloh. Berthold litt mit Ehrenfried, und Berthold war zugleich auch froh, daß es nicht ihn getroffen hatte, sondern den anderen. Er wußte, daß es seine Menschenpflicht war, für den anderen zu kämpfen, und er wußte auch, daß sie ihn in die elektrischen Drähte treiben und erschießen würden, wenn sie von seinem Gesicht auch nur die geringste Erregung ablesen konnten, wenn er sich abwenden wollte. Also stand er da und befahl sich: Toter Käfer, steinernes Denkmal! Kein Mensch mehr sein, nur noch ein Ding ohne Leben und Gefühl.

Sie schnallten Ehrenfried Rebentisch auf den Bock, einen hölzernen Schemel, und peitschten ihn aus. Mit dem Ochsenziemer auf das nackte Gesäß. Fünfzig Schläge, und er hatte mitzuzählen.

»... fünfzehn, sechzehn ...« Ehrenfried Rebentisch konnte nicht mehr. Schrie, lallte, heulte und brüllte nur noch. Dann war er still, und sie hörten nur noch den zischenden Laut der niedersausenden Peitsche. Er war nur noch ein Brocken rohen Fleisches, als sie ihn davonschleiften.

Herbert Bloh überlegte offenbar, was sich heute noch alles anstellen ließ.

Berthold wußte, daß es für die SS tausenderlei Gründe gab, sie abzustrafen: Bei Kälte Hände in den Hosentaschen; hochgeschlagener Kragen bei Eis und Wind; zu blanke Schuhe – als Zeichen dafür, daß man sich vor der Arbeit gedrückt hatte, oder nicht gründlich gesäuberte Schuhe – bei zentimeterhohem Schlamm; einmaliges Aufrichten bei Arbeiten, die in gebückter Haltung durchzuführen waren. Dann drohten der Bock, die Stehzelle, ein enges Loch in der Erde mit einem Gitter drüber, der Zellenbau, die Schuhprüfstrecke, wo man bis zum Krepieren Wehrmachtsstiefel ausprobieren mußte, oder die SK, die Strafkolonne. »In die SK kommst du leicht«, sagten sie hier, »hinaus aber nur durch den Schornstein.« Zwölf Mann pro Tag war die Sterbequote in der Strafkolonne.

Glück ist die Summe des Unglücks, dem man entgangen ist. Berthold hatte immer mehr gewollt vom Leben. Nun wußte er, daß der Satz stimmte.

Herbert Bloh suchte sich zwei Dutzend Häftlinge heraus, die am morgigen Tag den Bau eines Schießstandes für die SS voranbringen sollten.

Berthold war dabei. Er wußte, was das bedeutete, es hieß Bärentanz. Der Gefangene mußte einen Schaufelstiel umklammern, den Kopf auf den Stiel legen, die Augen schließen und sich auf Kommando hin immer schneller drehen. Wenn Bloh dann diesen Bärentanz abrupt unterbrach, stellte er sich so hin, daß der orientierungslos taumelnde Gefangene ihn unweigerlich rammte. Das war dann der Vorwand für ihn, den Häftling »wegen Angriffs auf einen SS-Mann« zusammenzuschlagen oder anderweitigen Strafen zuzuführen.

Vielleicht kam er auch in Blohs Kabuff ...

Kapitel 3

Alberts Hand schlich sich heran, um unter Emmis Nachthemd zu kriechen.

»Hör auf damit!« Sie stieß ihn zurück und machte vollends dicht.

»Bist du nun meine Frau oder nicht?«

»Ich kann jetzt nicht. Ich muß immer noch an Helga denken …«

In den letzten zweieinhalb Jahren hatte es zwei Dutzend Sittlichkeitsverbrechen in den Laubenkolonien ringsum gegeben, und gestern nacht hatte es Emmis Freundin erwischt.

»Und wie ich ihm neulich gerade noch entkommen bin …« Die Erinnerung daran riß sie mit wie die starke Strömung eines Flusses einen schwachen Schwimmer. Sie begann, am ganzen Körper zu zittern.

»Ich bin doch nicht der …« Albert wälzte sich wieder auf die andere Seite des Bettes, um Emmi zu streicheln und mit seinem Körper zu wärmen. Dann schrie er auf, denn ihre abwehrende Hand hatte sein schon hartes Glied wie mit einem Sichelhieb getroffen.

»Du Unhold!« Sie glaubte, er hätte die Vergewaltigungsszene vor Augen gehabt und sich seine Lust dabei geholt.

Albert wußte wie sich die meisten Männer in einer solchen Lage verhielten: Sie schlugen ihre Frauen windelweich und zwangen sie danach, ihnen zu Willen zu sein. Er nicht. Er war ein sanfter Charakter und sich absolut sicher, daß Emmi ihn liebte und keine Schuld an allem hatte. Die Verhältnisse, die waren halt so. Und was konnten sie beide dafür, daß sie so waren.

Aber dennoch war er von Emmis Zurückweisung erheblich gekränkt. Und der Samen wollte ausgestoßen werden. Außerdem: Morgen konnte er im Felde stehen, und was dann, wenn er fiel, ohne vorher Manfred gezeugt zu haben oder Marianne.

Emmi weinte. Albert knipste die 15-Watt-Nachttischlampe an und starrte gegen die Decke. Wenn es noch lange regnete, konnte der Wasserfleck um Mitternacht Moskau eingenommen haben. Warschau, Budapest, Belgrad, Rom, Bordeaux, London, Kopenhagen und Oslo waren schon erfaßt. So oft er sein Dach auch teerte, immer wieder lief es durch, und in der weißen Schlemmkreide zeichneten sich nach dem Trocknen viele schmutzigbraune Linien ab. Mit einiger Phantasie ließen sie sich als die Umrisse verschiedener Kontinente deuten. Über Alberts Augen dehnte sich Europa, und genau da, wo man sich Berlin zu denken hatte, war die undichte Stelle.

Er versuchte, auf andere Gedanken zu kommen. Wie er als Kind vorn im hölzernen Boot seiner Eltern gesessen hatte und wie sie überall umhergepaddelt waren. Von Schmöckwitz, wo es gelegen hatte, den Zeuthener See hinunter. Durch die Schleuse bei Neue Mühle hindurch, die Bootsschleppe benutzt. Dann über den Krimnick- und den Krüpelsee die Dahme hinauf. Bis zum Dolgensee. Der konnte, wenn Sturm aufkam, gefährlicher als die Ostsee werden. Einmal waren sie auch umgekippt, als sie die Ausfahrt bei Dolgenbrodt nicht mehr erreichen konnten. Wenn er da nun ertrunken wäre ... Was machte es für einen Unterschied, ob man als Vierjähriger starb oder jetzt mit einunddreißig Jahren, wenn einen eine Fliegerbombe traf oder die Kugel eines SS-Mannes im KZ. In dem Moment, in dem man gestorben war, konnte es einem doch völlig egal sein, ob man vier oder vierundneunzig Jahre gelebt hatte.

Albert erschrak. Wie aufgebahrt lag seine Frau jetzt da. Er strich ihr mit den Fingerspitzen über Kinn, Lippen und Wangen.

»Laß mal, es wird schon wieder.«

»Ich hab Onkel Paul daliegen sehen, ganz verkohlt ...« Ihr Lieblingsonkel war während eines Luftangriffs bei lebendigem Leibe verbrannt.

»Wir leben doch noch«, sagte Albert.

»Ja. Dann komm ...« Es hatte so flehentlich geklungen, daß sie sich einen Ruck gab und ihn unter ihre Bettdecke zog.

Sie lagen eine Weile schweigend da, dann trieb es ihn zu einem neuen Versuch. Er fuhr mit seiner Hand sanft ihre Schenkel hinauf, um sie endlich wieder zu öffnen.

Doch Emmi preßte sie zusammen. »Ich kann jetzt nicht ...«

»Immer kannst du nicht.«

»Ich hab mir gerade vorgestellt, wie sie Berthold in den Stacheldraht jagen und erschießen.«

Das KZ Sachsenhausen lag im Norden vor den Toren Berlins, ein paar hundert Meter von jenem Bahnhof entfernt, an dem die S-Bahnlinie Wannsee-Oranienburg ihren einen Endpunkt hatte. Albert hatte es nicht ertragen können, auf dieser

Strecke Dienst zu tun und alles darangesetzt, einer anderen Zuggruppe zugeteilt zu werden.

»Meinst du, ich ...« Albert erzählte ihr von dieser Geschichte.

Sie nahm seine Hand. »Ich weiß, du bist kein grober Klotz ...«

Albert wurde seinem Zorn auf sie und alles nicht mehr Herr.

»Und du bist nicht Frau Jesus, du mußt nicht alles Elend dieser Welt auf dich beziehen und daran leiden. Daran geh'n wir beide zugrunde!«

Sie sah ihn hilflos an. »Was soll ich denn machen?«

»Alles mal für zehn Minuten vergessen!«

»Daß von Frau Lewandowski nebenan der Sohn gefallen ist? Daß wir ausgebombt sind? Daß Berthold im KZ sitzt? Daß mein anderer Bruder im Krieg ist und jeden Tag fallen kann? Daß hier in der Laubenkolonie einer wie ein Tier über uns Frauen herfällt? Das soll ich vergessen ...?«

»Jaaa!« schrie er. »Für ein paar Minuten mal.«

»Das kann ich nicht.«

Albert sprang aus dem Bett. »Dann kann ich mich ja gleich entmannen lassen.«

Damit stürzte er zur Tür, entriegelte sie und trat ins Freie hinaus. Es mochte kurz vor Mitternacht sein, und da eine dichte Wolkendecke das Mond- und Sternenlicht verschluckte, herrschte eine derart totale Finsternis, daß Albert unwillkürlich dachte, die Erde hätte sich aus ihrer Bahn gelöst und sei irgendwo in den Tiefen des Weltalls für immer verschwunden.

Es war Herbst, und die feuchte Erde wie die vielen Astern bewirkten, daß es wie auf einem Friedhof roch. Ende und Verwesung überall. Albert fühlte, daß das ein Zeichen war für das, was kam und kommen mußte. Die ganze Welt war jetzt an Krebs erkrankt, und Heilung gab es nicht.

So stand er lange da und beneidete die, die noch einen Gott hatten und an ihn glauben konnten.

Wie versteinert war er, als Emmi plötzlich hinter ihm stand, sich an ihn schmiegte und ihre weichen Arme vor seiner Brust verschränkte.

»Wir lassen uns nicht unterkriegen«, sagte sie. »Jetzt gerade nicht!« Und damit meinte sie, daß es Zeit wäre, an Manfred oder Marianne zu denken. »Es wird weitergehen.« Sie nahm ihn an die Hand.

Als sie wieder nebeneinander lagen, war es an Albert, zu zögern. Er schaffte es nicht mehr, hart zu werden. Wenn es Manfred wurde, dann machten sie ihn womöglich zum SS-Obersturmführer oder zum KZ-Aufseher. Und wenn es Marieanne war, dann wuchs sie vielleicht zum willigen BDM-Mädel heran und diente der SS im Lebensborn zur Aufzucht der deutschen Herrenrasse. Viel wahrscheinlicher aber krepierten beide nach einem Volltreffer anglo-amerikanischer Bomberverbände.

Dann aber siegte das Leben. Er lag auf ihr und rang dieser Welt stöhnend-schreiend das ab, was sie an Lust noch geben konnte.

Doch kaum war sein Samen in Emmis Schoß geströmt, da stieß sie ihn in wilder Panik zur Seite.

»Da steht einer am Fenster!« Und richtig, Albert sah das Gesicht genau wie sie. Unbemerkt hatte der Mann den einen Fensterflügel aufzudrücken vermocht.

Albert stürzte zum Fenster, um es vollends aufzureißen und sich in den Garten zu schwingen, dann aber fiel ihm ein, daß er nackend war und sich erst zumindest eine Hose anzuziehen hatte. So schrie er nur aus Leibeskräften nach Hilfe, nach der Polizei.

Als er dann in einer Trainingshose steckte und rausgesprungen war, verhakte er sich im Stacheldraht des Nachbargrundstücks und hörte nur, wie mehrere Männer dabei waren, dem Täter fürchterliche Prügel zu verschaffen. Albert stürzte zum Hauptweg, um sicherzustellen, daß er auch wirklich überwältigt und der Polizei übergeben wurde.

Zu spät. Als Albert zur Stelle war, hatte es der Täter tatsächlich geschafft, sich wieder loszureißen und ins Dunkel abzutauchen. Albert schimpfte mit den drei Männern, die das zugelassen hatten. Sie gingen alle auf die Sechzig zu und verteidigten sich mit Argumenten, die nicht von der Hand zu weisen waren.

»Wir sind gerade aus der Kneipe gekommen und ...« Albert roch es. Sie hatten eine ziemliche Fahne.

»Wenn 'ne Frau geschrieen hätte, dann ... Aber du als Mann, da ham wa nur jedacht, det et 'n Einbrecha jewesen is!«

»Vielleicht ooch bloß 'n Ritzenkieker«

Albert konnte es nicht fassen. »Quatsch, das wird der Kerl gewesen sein, der ... Wo wir ihn schon gehabt haben! Soll das denn ewig so weitergehen mit den Überfällen hier!? Unsere Frauen, die ...«

»Nach dem Denkzettel heute läßt der sich nicht mehr blicken hier.«

Albert war da skeptisch. »Dein Wort in Gottes Ohr. Hoffentlich behältste recht.«

Kapitel 4

Albert versah in der Nacht vom 20. auf den 21. September 1940 seinen Dienst auf der Zuggruppe L, pendelte also hin und her zwischen Potsdam und Erkner. Eine Fahrt dauerte etwas mehr als anderthalb Stunden.

Es war genau 22 Uhr 22, als er auf dem Bahnhof Friedrichstraße stand. Einmal noch durch die Reichshauptstadt hindurch und nach Erkner hinaus, dann zurück bis zum Bw, und er hatte Feierabend. Sofern es keine Luftangriffe gab. Sein Alptraum war es, daß einmal, so zwischen Friedrichstraße und Börse, direkt vor ihm eine Sprengbombe in die gemauerten S-Bahnbögen krachte und er mitsamt seinem Triebwagen in die Tiefe stürzte. Das verfolgte ihn bei jeder Fahrt die Stadtbahn entlang.

Sein Schaffner stand draußen auf dem Bahnsteig und wartete auf den Abfahrauftrag. Zum Glück war es wie fast immer in den letzten Monaten sein alter Freund Karl-Heinz. Sie kamen beide aus der Braunauer Straße und hatten beim 1. FC Neukölln, kurz »95« genannt, das Fußballspielen gelernt; sie hatten allerdings nie in derselben Mannschaft gespielt, da er runde fünf Jahre älter war als der Kamerad.

Karl-Heinz klopfte an die Scheibe, was das Zeichen für Türen schließen war. Mit einem schnellen Reflex drückte Albert auf den Türschließschalter, der gleich rechts neben dem Fahrschalter angebracht war. Dann gab Karl-Heinz den Abfahrauftrag der Bahnhofsaufsicht weiter, indem er einen Summer betätigte. Albert drückte den Fahrschalterknopf, und der Dreiviertelzug der Baureihe 167 setzte sich mit dem typischen Ööööhhh-Laut aller Berliner S-Bahnen in Bewegung. Währenddessen hatte sich Karl-Heinz in die offene Begleitertür geschwungen und behielt nun den Bahnsteig im Auge, um seinem Triebwagenführer eventuelle Vorkommnisse weiterzugeben und ihn notfalls anhalten zu lassen.

»So 'n Quatsch«, sagte Karl-Heinz. »Bei die Dunkelheit siehste doch sowieso nischt mehr.«

Obwohl die verschärfte Verdunkelungsverordnung erst in den nächsten Wochen in Kraft treten sollte, waren schon jetzt alle entbehrlichen Lampen abgeschaltet worden. Nicht nur, um den anfliegenden Bombern kein Ziel zu bieten, sondern auch, um Strom zu sparen. Zu diesem Zweck hatten sie auch eine besondere Signaltafel auf den Stromschienenkästen befestigt, die Albert und seine Kollegen aufforderte, das Triebfahrzeug auszuschalten. Als hätte er nicht selber gewußt, wann sein Zug die Streckengeschwindigkeit erreicht hatte.

»Ich hab auf jedem Bahnhof Angst, daß mir die Leute vor 'n Zug fallen«, sagte Albert. »Diese Verdunklung, nee ...!«

»Oder zwischen die Wagen, weil se die Lücke für 'ne Tür jehalten ham.«

Die Zielrichtungsschilder zeigten nur noch ein düsteres Blau, und insbesondere die älteren Leute, die nicht mehr richtig hören konnten, bemerkten die herannahenden Züge oftmals zu spät. Und die Jüngeren sprangen manchmal aus den Zügen, bevor diese überhaupt in den Bahnhof eingefahren waren, oder sie verließen den Zug auf der falschen Seite. Kein Wunder, wenn man nichts mehr richtig sehen konnte. Kamen jene Menschen hinzu, die leichtfertig die Gleise überquerten, um eine Abkürzung zu nehmen. Ganz zu schweigen von denen, die Selbstmord begingen.

Albert stöhnte auf. »Ja, so 'n S-Bahnzug ist schon 'n richtiges Mordinstrument geworden. Ich warte nur noch auf die Sekunde, wo wir mal einen erwischen.«

»Beschrei's mal nich!« warnte Karl-Heinz. Alberts größte Angst aber war, daß sich Emmi einmal das Leben nehmen würde, sich vor seinen Augen von der Bahnsteigkante löste, um in den Tod zu springen. Nicht nur, daß sie ihren Bruder schon ins KZ gebracht hatten, auf ihre beiden jüdischen Freundinnen wartete noch Schlimmeres. Er kam mit seinen Zügen mehrmals in der Woche an den Bahnhöfen vorbei, auf denen sie die Transporte zusammenstellten.

Mit Karl-Heinz konnte man reden. Schon ihre Eltern hatten

sich gekannt. Aus der Arbeitersportbewegung, dem ASV Fichte Berlin, der zur Kampfsportgemeinschaft Rot-Sport gehört hatte und 1933 aufgelöst worden war.

»Wie soll das bloß mal enden ...?« fragte Albert.

»Det se uns alle so zermantschen, wie ick die Mücke hier!« Karl-Heinz machte es ihm vor. »Entweder die Nazis selber oder die Alliierten, weil wa für die alle Nazis sind. Ooch, wenn wa in Wahrheit keene sind. Wie soll 'n die det aus'nanderhalten, wenn se da oben in ihre Maschine sitzen?« Er zeigte zum Himmel hinauf.

Albert mußte sehen, daß er wieder auf andere Gedanken kam. »Was gibs'n für neue Witze?«

»Sechs Monate KZ.« Sie lachten, und Albert sagte, daß ihm, wenn er an diese Reaktion denke, immer das Experiment mit dem Frosch einfiele.

»Welchet mit 'm Frosch ...?«

»Na, sie setzen ihn in einem Labor in einen großen Topf mit Wasser, stellen den auf eine Herdplatte und schalten die ein. Der Frosch könnte schon noch herausspringen und sich retten, aber er will mal sehen, wie lange er es in dem immer heißer werdenden Wasser aushalten kann ...«

»Und?«

»Er paßt sich den veränderten Verhältnissen so gut an, daß er schließlich verdampft.«

Sie schwiegen, weil sie beide fühlten, daß sie eigentlich viel zu wenig taten, um die Dinge aufzuhalten. Ganz im Gegenteil.

Albert mußte sich auf das Bremsen konzentrieren. 360 Tonnen aus 80 Kilometern in der Stunde auf den Meter genau ruckfrei zum Halten zu bringen, das erforderte schon eine ziemliche Meisterschaft. Kein Fingerspitzengefühl, obwohl die Hand das Führerbremsventil zu betätigen hatte. Das richtige Bremsgefühl saß im Hintern. Je nachdem, wie man mit dem auf dem Sitz ins Rutschen kam, hatte man das Bremsen zu dosieren. Und das war jedesmal anders und hing davon ab, ob die Schienen trocken oder glitschig waren, ob man nur wenig Fahrgäste in den Abteilen hatte oder ganze Menschentrauben.

Albert schaffte es in dieser Nacht nicht immer, genau am weißen H auf schwarzem Grund zu halten, dazu war das Licht zu schlecht, die Haltetafel oftmals nur zu ahnen.

»Kampf der Neger im Tunnel«, sagte Karl-Heinz. Schlesischer Bahnhof, Warschauer Straße, Ostkreuz, Rummelsburg. Es war eine monotone Fahrt durch die Nacht, und sie wurden immer müder.

Als sie am Betriebsbahnhof Rummelsburg hielten, warf Albert einen Blick nach links, wo sich das Laubengelände weit nach Karlshorst und Friedrichsfelde zog. Ob Emmi schon schlief? Oder wieder nicht einschlafen konnte. Aus Angst vor dem Tier, das um die Laube schlich. Aus Angst, daß Berthold erschossen wurde. Aus Angst vor den Bomben. Er fragte Karl-Heinz, was denn nun die neuesten Witze seien.

»Der Führer kommt in 'ne Stadt, und kleene Mädchen steh'n da, mit Blumen inne Hand. Eene aba is dabei, die hält dem Führer 'n Grasbüschel hin. ›Was soll ich denn damit tun?‹ fragt Hitler.

›Essen‹, antwortet die Kleene.

›Wieso denn das?‹

›Weil die Leute jeden Tag sagen: Erst wenn der Führer ins Gras beißt, kommen bessere Zeiten.‹«

Von den Witzen wechselten sie zum Fußball über und schwärmten vom 3:2-Sieg ihres 1. FC Neukölln über Tennis Borussia, ohne sich einigen zu können, ob sich dieses historische Ereignis nun 1931 oder 1932 zugetragen hatte.

»Jedenfalls hieß der Torwart von Tennis Butterbrodt.«

»Und unser Mittelstürmer Skorzus.«

»Skorzus mit seinem Torschuß.« Vor '33, vor dem Krieg. Alles Leben zerfiel für sie in die Zeit davor, die immer mehr etwas Paradiesisches gewann, und das Jetzt, das immer mehr zum Alptraum wurde.

»Die englischen Flieger sollen jetzt sogenannte Brandplättchen einsetzen«, sagte Albert. »Die werden abgeworfen und fangen Feuer, wenn sie mit Sauerstoff in Berührung kommen. Stichflammen von einem Meter Höhe.«

»Die Fahne hoch, die Reihen fest geschlossen«, sagte Karl-Heinz und sprach dann davon, wie er noch Karriere bei der Deutschen Reichsbahn machen wollte. Vom Betriebsarbeiter im Bw Rummelsburg hatte er es über den Aushilfsschaffner bis zur Planstelle als Triebwagenschaffner gebracht. »... '45 mach ick dann 'n Führerlehrjang ...«

»Wenn du vorher nicht eingezogen wirst«, kommentierte Albert. Er war denselben Weg gegangen, hatte aber jede freie

Minute genutzt, um sich selber fortzubilden. Seine Großmutter kam aus einem sozialdemokratischen Arbeiterbildungsverein und hatte ihm den Floh Diplom-Ingenieur in den Kopf gesetzt. »Wenn der braune Spuk vorbei is, dann studierste.«

Sie erreichten Erkner, und Albert war so unkonzentriert, daß er fast den Prellbock gerammt hätte. Er erschrak. Wenn das passiert wäre, hätten sie ihm womöglich noch Sabotage unterstellt und ihn ins KZ gebracht. Er wußte, daß seine ganze Sippe auf der Abschußliste stand.

Albert zog den Fahrschalterschlüssel ab und griff sich seine abgewetzte schwarze Aktentasche. Sie hatten jetzt ein paar Minuten Pause, um sich ein wenig die Beine zu vertreten, pinkeln zu gehen und sich dann im Führerstand am anderen Ende des Zuges auf die Rückfahrt einzurichten.

Um 23 Uhr 14 bekamen sie den Abfahrauftrag. Erkner, Wilhelmshagen, Rahnsdorf, Friedrichshagen, Hirschgarten, Köpenick, Wuhlheide, Karlshorst ... und so weiter. S-Bahn-Fahrer sein, das war wie Rosenkranzbeten. »Da mußte 'n Jemüt ham wie 'ne Weihnachtsgans«, wie Karl-Heinz immer wieder betonte.

Sie kamen auf ihr großes Idol zu sprechen, Hanne Sobeck von Hertha BSC.

»Weeßte noch, wie se det erste Mal Deutscha Meista jeworden sind: 1930, det 5:4 jegen Holstein Kiel in Düsseldorf.«

»Ja, und wie der Sobeck erzählt hat, was er zu Hause immer für Keile von seinem Vater bekommen hat ... Da hat mein Vater mich auch noch mal tüchtig verdroschen, obwohl ich schon fast zwanzig war. ›Solange du noch deine Beine unter meinem Tisch hast ...‹«

»Meina imma mit 'm Siebenstriemer ...« Das war eine Hundepeitsche. »Bis ick jeblutet habe wie 'ne Sau.«

Albert schwieg. Wer seine Kinder schlug und wer als Kind geschlagen wurde, der erschlug auch Menschen. Er wußte es: Das Mördertier, das steckte auch in ihm. Wie in allen Männern. Die Frage war allein, ob man stark genug war, es zu bändigen. Nein, ob andere einen dazu brachten, es rauszulassen.

»Friedrichshagen.« Hier hielten sie immer ein paar Sekunden länger, weil Karl-Heinz ein wenig Süßholz raspeln mußte. Sie hieß Elisabeth Bendorf, und Albert neckte seinen Schaffner des öfteren mit dem schönen Schlager: »Wenn die Elisabeth nicht so schöne Beine hätt ...« Betti saß zwar unten am Fahrkartenschalter, kannte aber ihren Umlaufplan und kam schon mal eben schnell nach oben auf den Bahnsteig, wenn sie in Friedrichshagen hielten. Heute nacht aber war sie ein paar Sekunden zu spät. Karl-Heinz sah sie nur schemenhaft im Abgang auftauchen, als die Aufsicht schon aus ihrer Bude trat. Ehe sie sich ein paar Scherzworte zurufen konnten, hatte die Aufsicht schon die grüne Fliegenklatsche gehoben. Der Abfahrauftrag. Weiter.

»Köpenick.« Als Karl-Heinz auf dem Bahnsteig stand, um auf den Abfahrauftrag zu warten, kam eine junge Frau auf ihn zu. Sie war auffallend schmächtig, aber so attraktiv, daß Karl-Heinz gerne seinen Dienst verlassen hätte, um mit ihr einen flottzumachen. Sie hatte sich offenbar in der Länge des Zuges verschätzt und viel zu weit vorne gewartet.

»Wo ist denn hier die 2. Klasse?«

»Weita hinten. Aba da is imma so leer. Fahr'n Se lieba Dritta.«

»Kann ich nicht bei Ihnen mitfahren?«

Karl-Heinz lachte. »Det is leida bei Todesstrafe verboten.«

Er sah der jungen Frau hinterher. Sogar bei der Funzel von Lampe oben am Dach war zu sehen, daß sie sehr schöne Beine hatte. Karl-Heinz wartete mit dem Klopfen an die Scheibe, bis sie wirklich eingestiegen war.

Das Fräulein mit den schönen Beinen ließ Karl-Heinz die strammen Fußballerwaden vergessen, und statt von Sobeck schwärmte er nun vom Hotten.

»Niggerjazz, det is, wo de die Nazis am meisten mit ärgern kannst.« Und dann erzählte er Albert, wie er im März '40 bei dem großen Tanzabend der Swing-Jugend im Hamburger Curiohaus teilgenommen hatte. »Jetzt will die Gestapo det allet vabieten.«

Als sie in Wuhlheide hielten, wäre Karl-Heinz am liebsten den Zug entlanggelaufen, um die junge Schöne noch einmal zu sehen. Morgen konnte er schon bei der Wehrmacht sein, übermorgen tot, da galt es, jede Chance zu nutzen, noch mal eine Frau zu haben. Schnell hinlaufen und sich mit ihr verabreden. Sie schien der Typ dafür zu sein. Alles mitnehmen, bevor die Welt in Scherben fiel.

Quatsch, Dienst war Dienst. Aber so schnell kam er nicht mehr von ihr los. Vielleicht sah er sie beim Aussteigen noch einmal wieder. Schon ein paar hundert Meter vor Karlshorst zog er seine Fensterscheibe nach unten und steckte den Kopf in den Fahrtwind raus. Die Wolken waren aufgerissen, der Mond brach hervor. So war plötzlich eine ganze Menge zu erkennen.

Karl-Heinz schrie auf. Ein Schatten, eine große Puppe flog auf das Gegengleis. »Da haben se eene aus 'm Zug jeschmissen!«

Zweiter Teil

Das Erschrecken der Jäger

Der Wachtmeister Hermann Heckelberg war in der Nacht vom 20. zum 21. September 1940 der diensttuende Beamte auf dem Polizeirevier Berlin-Karlshorst. Sein Tätigkeitsbuch war an diesem Tag schon ziemlich gefüllt. Alles, was anfiel, war in vier Spalten zu vermerken:

– Lfd. Nr. – Bezeichnung der Angelegenheit – Was ist darauf veranlaßt? – Wann und durch wen abgegeben?

Die Verkäuferin Dorothea Opitz aus der Treskowallee hatte eine Jüdin angezeigt, die um Viertel sechs in ihrer Bäckerei erschienen war, um ein Brot käuflich zu erwerben. Seit dem 4.7. war es aber Juden nur noch zwischen 16 und 17 Uhr gestattet, Lebensmittel einzukaufen. »Die Jüdin wurde dem Revier zugeführt und der Stapo überstellt.«

Die Rüstungsarbeiterin Margot Mucke war wegen Arbeitsverweigerung angezeigt und der Gestapo vorgeführt worden.

Zwei Kriegsgefangene aus Frankreich waren beim Schwarzhandel erwischt und festgenommen worden.

Gegen die Straßenbahnschaffnerin Erna Nawrocki war von einer Nachbarin Anzeige wegen des verbotenen Umgangs mit einem Fremdarbeiter erstattet worden.

Die Eheleute Fritz Schwarz und Hella Sara Schwarz, geb. Hirschfeldt, hatten Selbstmord begangen und ihre drei Kinder mit in den Tod genommen. »Angehörige konnten nicht ermittelt werden. Der Nachlaß der Verstorbenen ist aufgenommen und sichergestellt worden. Ein Verzeichnis über die aufgenommenen Gegenstände ist an das Amtsgericht abgegeben.«

In einer Telefonzelle am S-Bahnhof Karlshorst war eine »slawische Hetzschrift« gefunden worden. Der Text hatte gelautet: »Schlagt Hitler und Bonzen tot, bringt Luftangriffe zu Ende«.

Ein aufmerksamer Straßenpassant hatte die Kohlenhändlerin Anna Walter wegen eines »Verstoßes gegen das Verdunkelungsgesetze« zur Anzeige gebracht.

Heckelberg hatte das alles mit seiner steilen Handschrift sorgfältig eingetragen. Ordnung war das Herz aller Dinge. Er kam aus einem kleinen Dorf in der Uckermark und hatte es schon in der Schule gelernt:

»Jedermann sei untertan der Obrigkeit, die Gewalt über ihn

hat. Denn es ist keine Obrigkeit ohne von Gott; wo aber Obrigkeit ist, die ist von Gott verordnet. Wer sich nun der Obrigkeit widersetzt, der widerstrebt Gottes Ordnung; die aber widerstreben, werden über sich ein Urteil empfangen.« So stand es im Brief des Paulus an die Römer, und so war es richtig bis in alle Ewigkeit. Heckelberg beugte sich vor, um seine Schreibtischlampe mehrmals an- und auszuknipsen. Wenn doch nur alle Menschen so funktionieren würden wie sie! Das ging nur, so seine Urerkenntnis, wenn ein starker und genialer Mann am großen Schalthebel eines Volkes stand. Ohne ihn ging es nicht. Und aus dieser Einsicht heraus hatte er sich schon sehr früh der Bewegung angeschlossen, war er ein Pg. mit vergleichsweise niedriger Nummer geworden, und er wußte, daß sein Führer in wenigen Jahren ein Großdeutschland geschaffen haben würde, daß frei war von jedem Verbrechen. Adolf Hitler hatte Millionen Volksgenossen in Lohn und Brot gebracht, den artfremden Klassenkampf und seine Parteien beseitigt, die Kleinstaaterei überwunden und in den wenigen Jahren seiner Regierung ein Reich der Sauberkeit und Ordnung aufgebaut.

Heckelberg drehte sich zur Wand hin um, und mit einem langen Blick auf das aufgehängte Führerbild fühlte er voller Dankbarkeit, daß das so sein mußte, wenn es einem gut gehen sollte: Ein Volk, ein Reich, ein Führer! Und er dachte an seinen Ältesten, der bei den Fallschirmjägern war, und an den Jüngsten, der sich im Polenfeldzug ausgezeichnet hatte. Solch eine Gefolgschaft brauchte der Führer, wenn sein großes Werk gelingen sollte. Jeder an seinem Platz, damit das Gute seinen Sieg errang. Man hatte seine Pflicht zu tun. In Rüstung, Industrie und Wehrmacht wie hier im Polizeirevier. Wie oft genügte ein gutes Wort und ein wohlgemeinter Ratschlag, wie dankbar war manche Frau für die humorvolle Art, mit der man den schwierigsten Dingen die Härte nahm. Heckelberg wußte, was man über ihn sagte: Er sei ein Mann mit Herzenswärme.

Derart zufrieden mit sich und der Welt, öffnete er die obersten Knöpfe seiner Uniform, steckte sich ein Pfeifchen an, machte es sich in der Revierstube so gemütlich wie zu Hause am heimischen Herd und widmete sich wieder der Lektüre, die ihm die lange Nacht verkürzen sollte: dem Bericht über den jüngsten Polenfeldzug. Es begann mit der Reichstagsrede des Führers vom 1. September 1939: »Seit Monaten leiden wir alle unter der Qual eines Problems, das uns einst das Versailler Diktat beschert hat und das nunmehr in seiner Ausartung und Entartung unerträglich geworden war. Danzig war und ist eine deutsche Stadt! Der Korridor war und ist deutsch! Alle diese Gebiete verdanken ihre kulturelle Erschließung dem deutschen Volk, ohne daß in diesen Gebieten tiefste Barbarei herrschen würde!« Heckelberg las das mit demselben wohligen Genuß wie er mit großem Hunger in eine Wurststulle biß. »Seit 5.45 Uhr wird jetzt zurückgeschossen!« Der Führer wollte nichts weiter sein als der erste Soldat des Deutschen Reiches.

Das Telefon begann zu schrillen, und Heckelberg knurrte es an wie sein Schäferhund den schwarzen Zwergschnauzer seiner Nachbarin. Die Gedankenverbindung lag insofern nahe, als eine ältere Dame schon viermal in großer Erregung angerufen hatte, um nach ihrem entlaufenen Drahthaarterrier zu fragen. Und sie war es in der Tat zum fünften Male. Eine Irmgard Fröhlich, wie er inzwischen wußte.

»Hören Sie, Herr Wachtmeister, das Tierchen hört auf den Namen Fipsi. Da muß es doch möglich sein, ihn zu finden, wo doch das Revier in unserer Nähe liegt.«

»Ich stehe schon die ganze Zeit über am Fenster und rufe nach Ihrem Hündchen«, sagte Heckelberg.

»Herzlichen Dank!« rief Fräulein Fröhlich. »Aber dazu muß unsere Polizei doch auch da sein, nicht wahr?«

»Das ist an dem, ja.« Endlich konnte er sich wieder seinem Kriegsbericht zuwenden.

Am 8. September 1940 erreichten die deutschen Panzertruppen die Außenbezirke von Warschau. In Südpolen wurde Rzeszow genommen und bei Sandomierz die Weichsel überschritten. Als alter Marschierer aus den Jahren 1914–18 kannte Hermann Heckelberg Polen ziemlich gut. Und las er die polnischen Namen, so erinnerte er sich sofort an die harten wie doch schönen Tage von damals. Am 9. September wird Lodz von den deutschen Truppen besetzt, und Hermann Göring erklärt in einem Berliner Rüstungswerk: »Deutschland ist der bestgerüstete Staat der Welt, den es überhaupt gibt. Keine Macht der Welt verfügt über so umfangreiche Produktionsstätten und Rüstungsbetriebe.« Und er schließt mit den Worten: »Wenn aber das letzte Opfer von uns verlangt wird, dann geben wir es mit den Worten: Wir sterben, auf daß Deutschland lebe.«

Das rührte Heckelberg derart an, daß er, der harte Hund des ersten Polenfeldzuges, feuchte Augen bekam. Für das Vaterland zu sterben, war das einzige, was einem Leben Sinn verlieh.

Das Telefon riß ihn aus seinen Gedanken. Diesmal war es ein Volksgenosse aus der Dorotheastraße, der meldete, daß sich zwei Ausländer unter seinem Fenster abfällig über den Führer und den Krieg geäußert hätten.

»Und wo sind die beiden jetzt?« fragte Heckelberg.

»Weitergegangen.«

»Und wo soll ich die jetzt suchen?«

»Na, hier in Karlshorst. Wozu ist die Polizei denn da?«

Heckelberg zuckte bedauernd die Achseln. »Tut mir leid, ich bin alleine hier, alle anderen Beamten sind gerade unterwegs im Streifendienst. Und so viele sind wir nicht mehr, alle jungen Beamten sind ja zum Heeresdienst eingezogen worden.«

»Und wer schützt uns hier an der Heimatfront!« Und aufgelegt. Heckelberg hielt den Hörer noch ein Weilchen in der Hand. Nun ja, so unrecht hatte der Anrufer gar nicht einmal. Wenn er nur an die Sittlichkeitsverbrechen dachte, die laufend im Laubengelände unten an der Bahn geschahen. Er wußte nicht, wie er sein erhebliches Störgefühl wieder loswerden sollte und kam sich vor wie ein Schüler, der ausgerechnet hatte, daß Caracciola auf Mercedes-Benz mit einer Geschwindigkeit von 2355 Stundenkilometern gesiegt hatte. Irgend etwas konnte da nicht stimmen.

Aber wieder hinderte ihn das Telefon am Weiterdenken. Wahrscheinlich wieder Irmgard Fröhlich. Diesmal mit der Information, daß ihr Fipsi wieder heil zu Hause angekommen war. Entsprechend unfreundlich war sein Ton. Doch er mußte sich schnell korrigieren, denn der Anruf kam vom Aufsichtsbeamten des S-Bahnhofs Berlin-Karlshorst.

»Hier sitzt eine junge Dame bei mir, die berichtet, daß sie aus einem fahrenden Zug hinausgestürzt worden ist.«

»Wie …?« Heckelberg konnte nicht ganz folgen. »Tot …?«

»Nein.«

»Klar, wenn Sie bei Ihnen sitzt …« Heckelberg stöhnte auf. Der wenige Schlaf in den letzten Tagen. »Verletzt, wollte ich sagen …«

»Nein. Das heißt nur leicht und so auf den ersten Blick gar nicht zu erkennen.«

»Komisch …«

»Ein Beamter der Bahnpolizei ist mit einer Taxe unterwegs zu Ihnen, mit der jungen Dame …«

»Danke, ja …« Heckelberg legte auf und blickte nachdenklich seinem Führer ins Gesicht. Im nachhinein kam es ihm gar nicht mal so albern vor, sofort an eine Tote gedacht zu haben. Er klopfte bedächtig seine kurze Pfeife aus und ging in der kleinen Revierstube auf und ab. Das ging doch alles nicht an. Wenn der Zug mit sechzig Stundenkilometern fuhr und es bis zum harten Schotterbett zwei Meter in die Tiefe ging, dann war man doch ganz einfach tot, wenn man unten landete. Oder zumindest schwer verletzt. Noch dazu als Frau. Nein, das war ganz sicher wieder so ein Fall, wo ein junges Mädchen zu lange gefeiert und getanzt hatte und nun eine solche Geschichte erfinden mußte, um der Strafe ihrer erzürnten Eltern zu entgehen.

Er hörte Schritte auf dem Flur und ging zur Tür. Aus dem ungewissen Halbdunkel näherte sich ein Bahnbeamter, der eine Frau in einem rotbraunen Mantel vorangehen ließ.

»Heil Hitler, Herr Wachtmeister! So, da wären wir!« Hilfsbereit führte Heckelberg die junge Frau in sein Zimmer und bot ihr den Stuhl vor seinem Schreibtisch an. »So, bitte, setzen Sie sich erst einmal. Wollen Sie vielleicht ein Glas Wasser haben?«

»Wasser? Danke, nein …« Die junge Frau schüttelte den Kopf und setzte sich überaus vorsichtig hin.

Heckelberg fand das ein wenig gespielt. Auch war der Stuhl ziemlich neu und nicht irgendwie wacklig. Er mußte sich erst wieder bewußt machen, daß sie ja aus dem Zug gefallen sein wollte.

Geistesabwesend sah die junge Frau zuerst auf das Führerbild an der Wand, dann zum verhängten Fenster. Wie eine Träumerin kam sie Heckelberg vor. Der große, stramme Bahnpolizist stellte sich dicht neben Heckelberg und flüsterte ihm ins Ohr, ob er ihn wohl mal allein sprechen könnte.

Heckelberg wandte sich an die junge Dame. »Bitte, entschuldigen Sie uns einen Augenblick …« Dann ging er mit dem Bahnpolizisten auf den Flur hinaus und fragte ihn, was denn sei.

Der senkte die Stimme. »Wissen Sie, Wachtmeister, ehe Sie mit der Vernehmung beginnen, wollte ich Ihnen noch sagen, was mir vorhin aufgefallen ist. In der Taxe, als wir nebeneinander gesessen haben, das Fräulein da und ich ...«

Heckelberg schmunzelte. »Daß sie hübsch ist ...?«

»Nein, daß sie nach Alkohol gerochen hat. Das war schon so in meinem Dienstzimmer auf dem Bahnhof, als ich da mit ihr gesprochen habe.«

Heckelberg fand das kaum bemerkenswert. »Zwei Gläschen Likör ... Sie ist doch nicht betrunken.«

»Nein, aber ... Komisch, daß ihr nichts weiter fehlt als ihre Fahrkarte.«

»Nun ...«

»Ich wollte Sie ja auch nur informiert haben.«

»Na, schön ... Dann wollen wir die Ärmste doch mal selber hören.« Heckelberg zog die Tür wieder auf, und sie gingen zurück in die Revierstube, in der vergleichsweise helles Licht brannte. Er nahm hinter seinem Schreibtisch Platz, der jungen Dame gegenüber, während der Bahnpolizist seitwärts an der Wand zu sitzen kam.

»Nun, wie geht es Ihnen denn jetzt?« Heckelberg begann die Vernehmung ein wenig so, als sei er Arzt und sie Patientin. »Haben Sie Kopfschmerzen? Oder fühlen Sie irgendwo besondere Schmerzen?«

Die Gefragte schüttelte den Kopf und versuchte dabei ein Lächeln, das ihr aber eher zur Grimasse geriet. Zugleich erhob sie sich eine Handbreit vom Stuhl und stöhnte verhalten. »Entschuldigung, aber ich ...« Verlegen ließ sie sich wieder auf die Sitzfläche nieder, doch ihr Gesicht verzerrte sich nun, als hätte man ihr eine Injektionsnadel ins Fleisch gejagt.

»Ach so ...« Heckelberg schwankte immer noch, ob das echt war oder nur Theater. »Sie sind ja auf's Gesäß gefallen ...«

Die junge Dame wurde rot und nickte, worauf Heckelberg vom leeren Stuhl eines Kollegen das Sitzkissen losband und es ihr, als sie sich ein paar Zentimeter erhoben hatte, kurzerhand unterschob.

»So, nun geht's wohl besser ...?«

»Danke, ja ...«

»Dann wollen wir mal hören, Fräulein ...?«

»Kargoll, Gerda Kargoll«

»Schön ... Am besten ist es, Fräulein Kargoll, Sie erzählen uns nun einmal der Reihe nach, was Sie da erlebt haben?«

»Ja ...«, Fräulein Kargoll schien bemerkt zu haben, daß man ihr keinen rechten Glauben schenken wollte, und wirkte zunehmend verschüchterter. »... viel kann ich Ihnen nicht berichten. Es ging alles so schnell und überraschend, wissen Sie ... Ich bin mit der S-Bahn von Köpenick nach Hause gefahren, und da plötzlich ... Nein, ich muß das wohl von Anfang an erzählen ... Ich bin erst in den falschen Zug gestiegen, in die falsche Richtung gefahren.«

Heckelberg nickte. »Sie haben sich also verfahren ...«

»Ja, und da ich gleich eingeschlafen bin, habe ich das erst in Rahnsdorf gemerkt.«

»Und sind da raus und wieder nach Berlin zurück ...« Heckelberg sagte das fast ein wenig gelangweilt.

»Genauso, ja. Aber auf dem Bahnsteig in Rahnsdorf hat mich der Mann angesprochen. Der, der mich nachher ...«

»Oh ...« Heckelberg war sofort wieder hellwach. »Und, ist Ihnen was Besonderes aufgefallen an ihm?«

»Nein, bei dem schwachen Licht da. Nur, daß er eine Mütze aufhatte.«

»Nun, ja ...« Heckelberg kratzte sich den Kopf. »Sie haben miteinander gesprochen ...?«

»Ja, er hat mich gefragt, woher ich käme.«

»Ist Ihnen dabei was aufgefallen?«

»Nein.«

»Und dann sind sie beide in den Zug gestiegen?«

»Ja, in die 2. Klasse. Ich bin dann sofort wieder eingeschlafen und hab irgendwie die Orientierung verloren, das Zeitgefühl ... Als ich dann hochschrecke, sitzt der Mann mir gegenüber. Ich frage ihn, wo wir sind. Wuhlheide. Plötzlich ...« Sie stockte.

Heckelberg fragte sich, ob sie nun wirklich wieder in Panik geriet oder ob sie nur eine gute Schauspielerin war. »Bitte, beruhigen Sie sich doch, es ist ja alles vorbei ...«

Fräulein Kargoll schloß kurz die Augen, preßte die Lippen zusammen und gewann ihre Fassung zurück. »Ja ... Plötzlich beugt er sich zu mir herüber und will mir unter den Mantel fassen, zwischen die ... Ich stoße ihn zurück und will noch zur Tür. Die schließen aber schon, der Zug fährt los. Er springt auf mich zu und packt mich am Hals. Ich wehre mich ... so ...« Sie stand auf und machte vor, wie sie mit den Knien gestoßen und mit ihren Fäusten von unten herauf in das Gesicht des Mannes geschlagen haben wollte.

Heckelberg spürte wohl, in welcher Erregung sie sich jetzt befand. Aber er hatte in seiner langen Dienstzeit schon Frauen mit noch ganz anderen Schauspielkünsten kennengelernt.

»Und weiter ...?«

Fräulein Kargoll setzte sich wieder und machte eine Geste der Hilflosigkeit. »... weiß ich nicht, wie es weiterging. Mir muß wohl doch mit einemmal schwach geworden sein, denn ich erinnere mich nur, daß der Kerl mich noch umfaßt und zur Tür gezerrt hat.«

»Haben Sie denn schon auf dem Boden gelegen?«

»Ja ... Nein ... Bitte, ich weiß es nicht mehr. Mein Mantel war nachher schmutzig von der Erde da draußen auf dem Bahndamm. Aber ... ich spüre noch jetzt, wie der Luftzug ... als er die Abteiltür aufgerissen hat. Und dann ... Ich bin erst wieder zu mir gekommen, als ich im Dunkeln auf der Erde lag.« Sie begann zu schluchzen. »Das war so entsetzlich alles ...!« Sie wischte sich mit ihrem kleinen Taschentuch die Tränen aus den Augen und rang um Fassung.

»Ja, das ist alles.«

»So, so ...«, meinte Heckelberg begütigend, »das ist ja eine tolle Geschichte. Na, dann wollen wir das mal alles genau zu Protokoll nehmen.« Er holte ein Formular hervor und stellte zunächst die Personalien der Überfallenen fest. Fräulein Kargoll war Turnlehrerin und kam aus der Lietzenburger Straße 38 in Berlin-Schöneberg. Heckelberg fragte sie, was sie denn da in Köpenick gemacht habe.

»Ich war zu Besuch bei Bekannten.« Das war Heckelberg zu allgemein.

»Bei wem bitte?«

»Bei Doktor Stüben, das heißt bei seiner Frau. Parisiusstraße 29.«

Heckelberg schrieb und fragte weiter: »Und welchen Zweck verbanden Sie mit diesem Besuch?«

Fräulein Kargoll war ein wenig irritiert. »Zu welchem Zweck? Wieso?«

Heckelberg blieb geduldig, obwohl es ihm zunehmend Mühe machte. Aber sein Gegenüber war hübsch und so brünett, wie er es mochte. »Ja, Fräulein Kargoll, in einem solchen Fall muß die Polizei alles ganz genau wissen. Wie sollten wir sonst eine solche Geschichte aufklären können? Also ...«

Er wollte sich an ihren sicherlich hübschen Beinen erfreuen, mußte aber zu seinem Leidwesen feststellen, daß sie keinen Rock, sondern lange, weite Hosen trug.

»Waren noch andere Personen bei Dr. Stüben, das heißt, verließen noch andere Leute zusammen mit Ihnen das Haus? Waren Sie alleine dort oder in Gesellschaft?«

»Ach so, ja. Es war eine kleine Feier dort, und ich verließ mit noch, warten Sie mal, mit noch einer Dame und drei Herren das Haus.« Sie nannte zwei Vor- und zwei Nachnamen. »Die wohnen aber alle in Köpenick, und wenn Sie meinen, es käme davon jemand in Frage, das ist ausgeschlossen, denn der Mann in der S-Bahn hatte eine Uniform an.«

»Also von einer Feier«, wiederholte Heckelberg und dachte an die Information des Bahnbeamten bezüglich des Alkoholgeruchs, den nun auch er wahrnehmen konnte. »Das mit der Uniform halten wir nachher noch fest. Hatten Sie das Gefühl, daß Ihnen auf der Straße jemand gefolgt ist?«

»Nein. Aber darauf hab ich auch nicht weiter geachtet, weil mich ja meine Bekannten zum Bahnhof gebracht haben.«

Für Heckelberg war weiterhin alles Routine. »Welche Klasse benutzten Sie?«

»Bitte? Zweite Klasse, wie gesagt ...«

»Ah, ja ...« Heckelberg versuchte, sich an das zu erinnern, was ihm der Bahnpolizist noch so gesagt hatte. Zum Beispiel, daß dem Fräulein nichts weiter als die Fahrkarte gefehlt habe. »Vermissen Sie übrigens etwas von Ihren Sachen?«

»Wie bitte?«

»Ich meine, ob Ihnen irgendein Gegenstand fehlt. Handschuhe, Geld oder was anderes in dieser Richtung ...?«

»Nein ... Meine Tasche lag noch neben mir, als ich wieder zu mir gekommen bin. Zu. Der lange Lederriemen hing mir überm Arm. So ...«

Sie machte es den beiden Männern vor.

»Darf ich dann mal Ihre Fahrkarte sehen?«

»Ja, die Fahrkarte ...« Fräulein Kargoll blickte zum Bahnpolizisten hinüber. »Das habe ich schon Ihrem ... Kollegen hier gesagt, daß ich meine Fahrkarte nicht mehr finden kann.«

»Haben Sie also ›vergessen‹, eine zu lösen ...?«

»Nein. Meine Bekannten waren doch dabei, als ich in Köpenick am Schalter ...«

»Na, schönchen ...« Heckelberg gab sich väterlich. »Wenn Sie wirklich eine hatten, wo haben Sie die dann hingetan? Jeder hat doch einen ganz bestimmten Platz dafür. Bei Frauen ist es in der Regel die Handtasche ...«

Fräulein Kargoll kramte noch einmal in den Tiefen ihrer kunterbunt gefüllten Tasche herum, ohne aber fündig zu werden. »Sie ist einfach nicht mehr da.«

Heckelberg legte die Feder beiseite und lehnte sich zurück bis an die hohe Lehne seines Stuhls. »Hm, denken Sie doch einmal nach. Als Sie in Köpenick einstiegen, werden Sie sie noch in der Hand gehalten haben. Aber wenn man im Abteil Platz genommen hat, dann steckt man doch seine Fahrkarte irgendwo hin. Zumal Sie ja bis Schöneberg noch ein ganzes Weilchen zu fahren hatten.«

Fräulein Kargoll machte eine hilflose Handbewegung. »Es nützt alles nichts, ich hab schon vorhin darüber nachgedacht, aber mir fällt es nicht ein.« Sie blickte Heckelberg fast bittend an. »Ich kann auch gar nichts mehr denken ... Der Sturz aus dem Zug ...« Sie rieb sich mit den Fingerkuppen über die Schläfen. »Mir fehlt zwar nichts weiter, aber ...«

»Na schön ...« Heckelberg nahm seinen Federhalter wieder hoch und ergänzte seine bisherigen Eintragungen mit den drei Worten »Fahrkarte abhanden gekommen«. Dann ließ er das Fräulein Kargoll ihre Angaben über den Überfall noch einmal wiederholen und stellte weitere Fragen. »Und ... können Sie genauere Angaben über das Gesicht des Mannes machen?«

»Nein, es ist ja so verdunkelt auf den Bahnhöfen und in den Wagen. Ich glaube, es war ein sehr faltiges Gesicht.«

»Jung oder älter?«

»Dreißig Jahre vielleicht.«

»Können Sie die ungefähre Größe angeben?« Fräulein Kargoll stand auf und hielt die rechte Hand in der Höhe ihres Hutes.

Heckelberg stellte sich daneben und schätzte die Größe des Täters – wenn es einen solchen wirklich gab und das Fräulein nicht wegen irgendwelcher Liebesdinge flunkerte – auf 1,60 bis 1,65 Meter. »Und was für eine Uniform hatte der Mann an?«

»Wie soll ich das als Frau ...« Sie zögerte. Heckelberg wußte nicht, wie das zu deuten war. Entweder sie war jetzt zu müde, um ganz schnell etwas zu erfinden, das plausibel klang, oder sie scheute sich davor, die Mitteilung zu machen, einen Mann in der Uniform von SS, SA oder Wehrmacht erkannt zu haben.

»Na …!?« half er ein wenig nach.

»Vielleicht ein Eisenbahner. Oder, warten Sie, wo gibt es so was noch …? Ach so: bei der Post.«

»Haben Sie Rangabzeichen bemerkt, Sterne am Kragen oder eine Schnur um die Mütze? Hatten Sie den Eindruck, daß es sich um einen Beamten oder einen Arbeiter handelt?«

Fräulein Kargoll wurde nun ein wenig schnippisch: »Es war doch keine gepflegte Unterhaltung, die wir da …«

»Nun …!« Heckelberg ermahnte sie.

»Es ging doch alles so fürchterlich schnell. Und dann die Dunkelheit. Die Uniform …«, sie schloß die Augen und versuchte, sich noch einmal zu erinnern, »… die war nicht sehr sauber.«

Heckelberg notierte es. »Und, äh … müßte der Mann Kratzwunden zurückbehalten haben?«

»Nein, ich hatte doch Handschuhe an.«

»Was ist Ihnen denn so durch den Kopf gegangen, als Sie wieder zu sich gekommen sind, erzählen Sie doch mal.«

Fräulein Kargoll zögerte. »Nun … das war alles so unwirklich, wie im Traum. Als ich wieder zu mir gekommen bin, da habe ich zuerst wirklich gedacht, daß ich das alles nur geträumt hätte. Das Schreckliche alles. Eben war ein Zug an mir vorübergerauscht, sehen konnte ich nichts, es herrschte absolute Dunkelheit … Ich hatte Angst, gelähmt zu sein, und war glücklich, daß ich meine Hände wieder bewegen konnte, meine Füße … Und weh tat mir auch nur …«, sie wußte nicht, wie sie sich ausdrücken sollte, »… die Sitzgelegenheit. Ich hab mich dann aufgerappelt, und da hing auch noch meine Handtasche am Arm. Ja, und dann hab ich meine Handschuhe ausgezogen und mein Gesicht abgetastet. War alles in Ordnung, nichts Ernstliches passiert. Und darum war das Empfinden auch so stark, daß ich das alles nur geträumt hätte.«

Heckelberg fixierte sie. »Ist Ihnen die Gegend hier bekannt?«

»Hier …? Nein.«

»Nun, wie konnten Sie denn dann so rasch zum Bahnhof finden, nach Karlshorst, in dem weglosen Gelände …?«

Sie verstand seine Zweifel nicht. »Na, immer an den Gleisen lang.«

»Wie, das in der totalen Finsternis ...?«

»Weil da über mir ein Zug gefahren ist. In Richtung Karlshorst. Natürlich kamen auch Züge in entgegengesetzter Richtung, aber in der anderen Richtung haben sie gehalten, gar nicht mal weit weg. Da bin ich dorthin gegangen. Es war ja totenstill, und ich konnte den Lautsprecher hören, die Durchsage: ›Zurückbleiben!‹ Wenigstens hab ich mir das eingebildet. Vielleicht sind es nur 'n paar Fahrgäste gewesen, die da was gerufen haben. Es war nicht weit zu gehen.«

»Wie weit nach Ihrer Meinung?«

»An die hundert Meter, vielleicht 'n bißchen mehr.«

Heckelberg schüttelte den Kopf. »Wenn das so war, dann müßte doch Ihre Kleidung ... Kommen Sie, sehen wir mal nach.«

Heckelberg erhob sich und betrachtete aufmerksam den modischen Mantel, den Fräulein Kargoll ein wenig geöffnet hatte. Auch der Bahnpolizist war aufgestanden, um sich an der Spurensuche zu beteiligen. Aber weder am Mantel noch am Hosenkostüm darunter war irgend etwas zu finden. Es war wie ein Wunder. Aber an solche glaubte Heckelberg nicht. Nicht daran, daß jemand bei 60 km/h aus einem S-Bahnzug stürzte und keinen Riß in seiner Kleidung hatte. Kopfschüttelnd setzte er sich wieder an sein Anzeigeformular.

Erst später zu Hause sollte Fräulein Kargoll feststellen, daß die Hose ihres Kostüms doch zerrissen war. Sie hielt es für unwichtig, dies der Polizei zu melden. Hätte sie es getan, wäre vieles anders gelaufen.

Heckelberg fühlte sich von Fräulein Kargoll nun doch etwas vergackeiert. Keine Spuren an der Kleidung. Normalerweise waren die Leute tot, wenn sie aus der S-Bahn fielen oder wenigstens schwer verletzt, und ihre Kleidung konnte man getrost in die Lumpen geben. Er hatte Mühe, förmlich zu bleiben. »Nun, Fräulein Kargoll, Sie nach dieser Darstellung noch nach einem Verdacht zu fragen, scheint mir zwecklos zu sein ...«

»Ja.«

Er stand abermals auf, ging aber diesmal zur Tür. »Damit wären wir am Ende. Halt, bitte noch Ihre Telefonnummer.« Er ließ sie sich sagen und notierte sie im Stehen. »Danke. Und wenn Ihnen doch noch etwas einfallen sollte, so bitte ich, hier schriftlich oder telefonisch Mitteilung zu machen. Dann können Sie nun also nach Hause fahren.« Nun klang er doch etwas spöttisch: »Geht es alleine?«

Der Bahnbeamte tat einen Schritt nach vorn. »Ich fahre mit.«

Heckelberg nickte und reichte Fräulein Kargoll ein wenig widerstrebend die Hand. »Bei soviel Schwein, das Sie haben, sollten Sie es mal in der Lotterie versuchen.«

»Ich kann es ja selber nicht verstehen ...«

Die beiden gingen, Heckelberg war wieder allein. Er blickte auf die Uhr. Es war fast 1 Uhr 30. Nachdem er sich eine Pfeife angesteckt hatte, begann er, seinen Bericht an das Polizeipräsidium anzufertigen. Immer wieder kam ihm dabei in den Sinn, wie vergleichsweise stark das Fräulein doch nach Alkohol gerochen hatte. Wie viele Gläschen Likör mochte sie getrunken haben? Wie betrunken war sie gewesen? Um das beurteilen zu können, hätte er sie in garantiert nüchternem Zustand kennen müssen. Auch das mit der Fahrkarte war merkwürdig genug. Alles da, nur die Karte nicht. Raub schied also aus. Keine Verletzung, nichts zerrissen. Also auch kein Sittlichkeitsdelikt. Er war zu lange im Dienst, um da nicht etwas zu wittern. Das Ganze sah irgendwie nach einem erwünschten Alibi aus. Wozu mochte das kleine Fräulein es brauchen? Am Ende, wenn er alles gegeneinander abwog, blieb das Wahrscheinlichste, daß die Dame in ihrem Schwips die Tür ein wenig zu früh geöffnet hatte und hinausgestürzt war. Aber warum hatte sie dann den Überfall erfunden?

Heckelberg überlegte lange, ehe er seinen Bericht mit der Überschrift »Mordversuch« versah und zusammen mit einer Anzeige gegen Unbekannt nach oben weitergab.

Kapitel 6

Es war Freitag, der 4. Oktober 1940. Erneuter schwerer Luftangriff der Luftflotte 3 des Generalfeldmarschalls Sperrle auf London. Treffen Hitlers mit Mussolini auf dem Brenner. Ein Kilo Rindfleisch kostete 167 Reichspfennige (Rpf), ein Kilo Butter 350 Rpf.

Reinhard Wenzke, einer der vielen rührigen Amtswalter der Nationalsozialistischen Volkswohlfahrt (NSV) nutzte den schönen Herbsttag, um sich aufs Fahrrad zu schwingen und von Lichtenberg in die Laubenkolonien Gutland I und II zu fahren und dort nach dem Rechten zu sehen. Er half, wo immer es ging, und mindestens einmal die Woche machte er da draußen seine Runde.

Die besagten Kolonien lagen im Dreieck Lichtenberg, Friedrichsfelde und Betriebsbahnhof Rummelsburg. Wenzke radelte gern hier lang, genoß die grüne Oase, die sich am östlichen Rande der Reichshauptstadt so lange noch erhalten hatte. Zur Sommerszeit gediehen hier Bäume und Sträucher in üppigem Grün, und dichte Hecken säumten die Wege, so daß die kleinen, zum Teil massiv, vorwiegend aber aus Holz errichteten Häuschen vor den Augen von Radfahrern und Spaziergängern fast verdeckt waren. Die hinter Zäunen und Hecken verborgenen Gärten zeugten vom emsigen Fleiß der Besitzer und Pächter, und mancher Hausvater hatte sich im Frühjahr 1940 hier in kluger Vorausschau angesiedelt, um seinem Haushalt Gemüse und Obst zuzuführen. Das Leben in dieser Siedlung verlief allerdings so, daß man sich gegenseitig nur im nächsten Umkreis seines Häuschens kannte. Da nun aber von einer Wohnlaube zur anderen das Gemüseland lag, dehnten sich die Bekanntschaften, die meist nur loser Natur waren, nicht sehr weit aus. Man konnte zwar nicht sagen, daß sich hier kein Mensch um den anderen kümmerte, aber es vermochte hier durchaus jemand tagelang für sich allein zu leben, ohne einen Nachbarn sehen zu müssen. Die Frauen begegneten sich vielleicht auf dem Wochenmarkt in Lichtenberg und die Männer hier und da auf dem Weg zur Arbeitsstätte, im ganzen aber wurde das Ruhebedürfnis des Großstädters in dieser beinahe idyllisch zu nennenden Gegend nicht sonderlich gestört, vorausgesetzt, daß einer es selbst nicht anders wollte.

Wenzke sah auf seine Armbanduhr. 12 Uhr 25. Wenn er sich beeilte, konnte er zum Mittagessen wieder zu Hause sein. Das meiste war erledigt. Aber er konnte ja noch einmal bei Gerda Ditter vorbeifahren, Gutland II, Weg 5a, Laube 33. Der hatte er letzte Woche hübsche Kindersachen für den Winter gebracht, und nun war noch mal zu fragen, ob sie auch wirklich paßten.

Frau Ditter war 20 Jahre alt und niedlich anzuschauen. Ihr

Mann befand sich bei der Wehrmacht, und sie hatte es nicht leicht mit ihren beiden Kindern, Mädchen von zwei und einem halben Jahr. Er mußte sich wirklich öfter um sie kümmern. Ein kleiner Haushalt, der erst noch werden wollte, aber in allen Stücken war Fleiß und Sauberkeit zu sehen. Erstaunlich, wie die junge und eher schmächtige Frau allem gewachsen war. Er würde sich erkundigen, wie es ihrem Mann denn ginge und ob sie irgendwelche Hilfe gebrauchen könne.

Wenzke hatte die Laube 33 erreicht, stieg vom Rad und lehnte es an eine übermannshohe Hecke. Dann drückte er die Gartentür auf und ging auf das flache Sommerhäuschen zu. Den Weg säumten auf beiden Seiten einige dürre Fliederbüsche, und über verblühten und fast vertrockneten Blumenstöcken zeugte eine Handvoll Astern von einem farbenfrohen Sommer, während die Gemüsebeete bis auf einige Reihen krausköpfigen Grünkohls abgeerntet waren. Links vor der Haustür stand eine alte Badewanne, neben ihr eine verrostete Pumpe.

Wenzke kam zur Haustür, die mit übriggebliebener Dielenfarbe Rot gestrichen worden war, fand sie leicht angelehnt und klopfte vorsichtig, um Frau Ditter nicht zu erschrecken. Zu Hause mußte sie sein, denn im Wohnraum hinten hörte er die Kinder sprechen. Oder war es Weinen? Egal, er durchquerte den winzigen Vorraum mit anderthalb Schritten und wandte sich zur Küche. Wieder klopfte er. Keine Reaktion.

Na schön. Wenzke war ein Mann, der es haßte, wenn die Menschen zögerlich waren, und so drückte er die Klinke schnell nach unten und trat in die kleine Küche.

»Heil Hitler, Frau ...« Ihr Name blieb ihm in der Kehle stekken, denn dicht vor ihm, vor dem Küchenschrank, mit der rechten Schulter an eine Bank gelehnt, war die Frau buchstäblich in sich zusammengesunken. Rasch sprang Wenzke hinzu, denn er vermutete eine Ohnmacht und wollte helfen.

»O Gott ...« Als er sich zu ihr hinuntergebeugt hatte, entdeckte er an der ihm zugewandten Seite des Halses Blut. Dicht unterhalb des linken Ohrs lief ein dicker Blutstreifen zur bunten Hausschürze hinunter, und als er nun das nach hinten gesunkene, mehlgraue Gesicht voll im Blickfeld hatte, sah er, daß die braunen Augen der jungen Frau gebrochen waren.

Wenzke schrie auf. Erst beim Aufspringen bemerkte er die große Blutlache, in der die Tote kniete.

Er mußte die Augen schließen und Halt am Küchenschrank suchen. Schwindel packte ihn, kalter Schweiß überzog den Oberkörper. Nein, das konnte nicht sein, das durfte nicht sein. Dieses junge, pulsierende Leben, und nun ... Er sah sie im Sonnenschein durch die Straßen radeln.

Nebenan lachten die Kinder. Das riß ihn in die Wirklichkeit zurück. Zwei Kinder ohne Mutter, der Vater an der Front. Wahnsinniger Haß gegen den Täter schoß in ihm auf. Sofort 'n Kopf kürzer machen! Vielleicht steckte er noch hier. Entschlossen wollte er alles durchsuchen, bremste sich aber. Zuerst kamen die Kinder. Die durften auf keinen Fall die Mutter sehen. Er schloß die Küchentür.

»Onkel Wenzke, huhu!« rief die kleine Hannelore, als er die Tür zum Wohnraum öffnete. »Mama krank.« Das Kind begann zu weinen.

»Ja, sie muß ins Krankenhaus«, sagte Wenzke und führte die beiden Mädchen ins Freie. Er mußte sie bei einer Nachbarin abgeben, bevor sie ins Heim eingeliefert wurden. Vielleicht fanden sich auch Großeltern, die die Aufzucht übernahmen.

Er wandte sich zum Grundstück der Borowkas. Er kannte sie, obwohl sie erst seit kurzem hier draußen wohnten. Er war S-Bahner, sie in der Rüstung beschäftigt, Bruder im KZ. Beide unsichere Kantonisten, und man hatte ihn gebeten, ein wenig auf sie Obacht zu geben. Nun ja, wenn die Kinder ein paar Stunden bei ihr waren, ging die Welt nicht unter.

Er klingelte Emmi Borowka heraus, um ihr kurz zu erklären, worum es ging. Der Kinder wegen etwas verklausuliert.

Emmi brach in Tränen aus. »Ich wußte es ja, daß ...«

»Nehmen Sie sich doch bitte zusammen!« fuhr Wenzke sie an. Dann eilte er zurück zur Parzelle 33. Seine erste Hoffnung war, den Täter noch in der Laube zu finden. Entschlossen durchsuchte er sie und den Geräteschuppen. Aber er konnte nichts entdecken.

Nach kurzer Überlegung schwang er sich aufs Rad und jagte zur nächsten öffentlichen Fernsprechzelle. Groschen hatte er stets bei sich in der Tasche. Er erhielt sofort Anschluß und benachrichtigte das nächstgelegene Polizeirevier. Wachtmeister Heckelberg sagte ihm zu, sofort einen Beamten zu schicken. Wenzke atmete durch. Die Kinder fielen ihm ein, und daß sie bei Emmi Borowka nicht bleiben konnten. So rief er seine

NSV-Amtsstelle an. Man möge sofort jemanden schicken, die Kinder zu holen. Dann kehrte er zum Weg 5a zurück.

Am Tatort war inzwischen schon ein Revierbeamter eingetroffen. Zusammen warteten sie auf die Mordkommission, die vom Revier aus benachrichtigt worden war.

Kapitel 7

Bei der Einweihung des Reichskriminalpolizeiamtes (RKPA) im August 1939 war von dessen stellvertretendem Leiter, dem SS-Sturmbannführer, Oberregierungs- und Kriminalrat Paul Werner, die folgende wegweisende Rede gehalten worden:

»Nur wer sich restlos in die Gemeinschaft einfügt und gemeinschaftsgemäß lebt, kann vollberechtigtes Glied der Gemeinschaft sein. […] Wer … aber der Gemeinschaft gegenüber gleichgültig ist, wer aus verbrecherischer oder asozialer Gesinnung gar gegen sie eingestellt ist, wird … scharf bekämpft. Wer sich durch sein gemeinschaftswidriges Verhalten außerhalb der Gemeinschaft stellt, verdient keinerlei Rücksicht und wird mit scharfen Waffen polizeilich bekämpft und niedergerungen. Das Schicksal des einzelnen gilt nichts, wenn der Gemeinschaft Schaden durch ihn auch nur droht. Jeder kriminelle Störenfried muß so behandelt werden, daß er keinen weiteren Schaden mehr verursachen kann. […] Wenn ein Verbrecher oder Asozialer Vorfahren hat, die ebenfalls verbrecherisch oder asozial lebten […], ist nach den Ergebnissen der Erbforschung erwiesen, daß sein Verhalten erbbedingt ist und daß durch erzieherische Einflüsse eine Änderung nicht zu erreichen ist. Ein solcher Mensch muß demzufolge in anderer Weise angepackt werden. […] Der Verbrecher wird nicht mehr als Einzelperson, seine Tat nicht mehr als Einzeltat gesehen. Er ist vielmehr als Sproß und Ahn seiner Sippe, seine Tat als Tat eines Sippengliedes zu betrachten. Daraus erhellt, daß die Kriminalpolizei sich keinesfalls in theoretischen Erörterungen all dieser Dinge erschöpft, sondern daß sie überaus praktische Schlußfolgerungen zieht«

»Wie schön«, sagte Kriminalsekretär Gerhard Baronna, der sich in seinem Gespräch mit Grete Behrens an diese Rede erinnerte. »Ziehe ich also im Falle unserer Sittlichkeitsdelikte in Rummelsburg den Schluß, daß ich nur den Großvater unseres Täters finden muß, um zu wissen, wer das ist.«

Beide saßen in Baronnas blauem Faltboot und paddelten den Gosener Graben entlang. Was sie verband, die Kriminalassistentin und ihn, war im Augenblick mehr der Beruf als die Liebe, wenn er sie auch eigentlich nicht nur zum Fachsimpeln nach Schmöckwitz eingeladen hatte, wo seine »Snark« im Bootshaus »Krampenblick« zu Hause war. Doch alle seine Versuche, die kleine Spritztour ins Grüne zum Flirten zu nutzen, waren bisher vergeblich gewesen. In einen Film der Ufa hätten sie beide nicht gepaßt, der Kriminalsekretär und die Kriminalassistentin.

Grete Behrens war ein ernsthafter Mensch. Sie war Kriminalbeamtin geworden, um ganz dicht an die Täter heranzukommen. Um deren Psyche kreiste ihr Denken. Warum brachte ein Mensch den anderen um? Das war die Frage, deren Erforschung sie ihr Leben widmen wollte. Folgerichtig hatte sie begonnen, sich der Psychologie und vor allem der Psychoanalyse zu widmen, war sogar bei Sigmund Freud in Wien gewesen und hatte Melanie Klein gehört, doch dann war Hitler gekommen und hatte die Großen ihres Faches vertrieben. Was war ihr anderes geblieben, als zur Kripo zu gehen und im Tausendjährigen Reich ein langes Praktikum zu absolvieren.

Gerhard Baronna kam aus Kreuzberg, wo seine Mutter in der Manteuffelstraße einen Kohlenkeller ihr eigen nannte. Sein Vater war im Jahre 1935 an seiner kranken Lunge gestorben, als Folge einer Verwundung, die er im Ersten Weltkrieg erlitten hatte, und hatte sich als alter Schupo nichts sehnlicher gewünscht, als seinen Sohn später einmal in den Reihen der Kripo zu wissen. So hatte Baronna sich nach Beendigung der Schule bei der Polizei beworben und den Lehrgang am Polizeiinstitut Berlin-Charlottenburg erfolgreich abgeschlossen. Auch die Abneigung gegen die Nazis hatte ihm sein Vater vererbt. Richard Baronna war altes Mitglied des »Schrader-Verbandes«, einer radikal-demokratischen Organisation der Schupo, Kripo und Landjäger.

Grete war noch immer über die Rede Paul Werners empört.

»Das führt doch nur dazu, daß Heydrich seinen Katalog der ›Staatsfeinde und Volksschädlinge‹ immer mehr erweitern kann. Alles soll dann ausgemerzt werden: Asoziale, Bettler, Landstreicher, Prostituierte, Zuhälter, Homosexuelle, Schieber, Preistreiber, Psychopathen, Arbeitsscheue ... Alle ab ins KZ.«

»Sind die ›Politischen‹ nicht mehr so allein«, sagte Baronna, der mitunter zum Zynismus neigte und es gerne drastisch hatte.

Grete wußte wohl, wie er das meinte, zuckte aber dennoch leicht zusammen. »Ich bitte dich ...« Sie erzählte ihm, daß die Sicherheitspolizei nun auch schon daran dachte, in der Uckermark für weibliche Minderjährige ein »Jugendschutzlager« einzurichten.

Wieder kam Baronnas sardonisches Lachen. »Motto: ›Vom Kinderbett ab ins KZ!‹ Aber tröste dich: Für die Jungen gibt es das schon seit letztem August, im Solling. Der ewige Wettkampf zwischen Nebe und Müller.«

Reichskriminaldirektor und SS-Brigadeführer Arthur Nebe war der Leiter des Reichskriminalpolizeiamtes (RKPA), kurz: der Chef der deutschen Kripo, Heinrich Müller leitete das »Geheime Staatspolizeiamt« (Gestapo) und war Gefolgsmann Reinhard Heydrichs. Er und die führenden Männer der Gestapo verfolgten die Unternehmungen der Kripo-Kameraden ebenso neidisch wie mißtrauisch. Die Kriminalbeamten hatten es verstanden, die Arbeit des RKPA weithin von der Gestapo freizuhalten. Dabei war ihnen zugute gekommen, daß die Nationalsozialisten 1933 bei der Umstrukturierung der Polizei von sich aus reine und tüchtige Kriminalisten den politischen Mitläufern vorgezogen hatten. So hatte es immer eine Abschottung und sogar ein Gegeneinander von Kripo und Gestapo gegeben. Und während die Männer der Gestapo von erheblichen Teilen der Bevölkerung abgelehnt wurden, gab es für die Kripo in der Öffentlichkeit Anerkennung und Verständnis. Wenn Gerhard Baronna also im Herbst 1940 ein berufliches Vorbild hatte, dann war es nicht Heydrich oder Himmler, sondern Ernst Gennat, der alte stellvertretende Chef der Kriminalabteilung. Einer, der mit seiner buddhaähnlichen Figur gar nicht dem Idealbild des »deutschen Mannes« entsprochen hatte und mit seiner republikanischen Gesinnung erst recht nicht dem SS-Bild der Polizei.

Von ihm schwärmte Baronna noch immer, als sie das Ende des Gosener Grabens erreichten und den rauhen Seddinsee vor sich liegen sahen. Die Oktobersonne färbte den Sand der Gosener Berge goldrot, und die Schillerwarte auf dem höchsten ihrer Hügel wirkte wie ein Fort am Rande der Sahara. Nichts ließ darauf schließen, daß es Krieg gab, Elend und Vernichtung.

Grete hörte auf zu paddeln. »Mußt du nachher noch zum Dienst?«

»Ja.«

»Dadurch, daß wir die Verbrecher zur Strecke bringen, tun wir viel für Hitler, stabilisieren wir sein Reich …«

»Recht hast du«, erwiderte Baronna mit gewohntem Sarkasmus. »Wenn jeden Tag jeder Deutsche einen Deutschen ermordet – Mann oder Weib –, steht Hitler in einem Monat ohne alle da. Kein Volk, kein Reich, kein Führer. Darum lassen wir sie also gewähren, unsere Mörder.«

»Tun wir doch sowieso schon … im KZ.«

Baronna schlug mit dem Paddel so aufs Wasser, daß es bis zu ihr nach vorne spritzte. »Hör auf! Wir sind hier, um uns zu erholen. Ich hab's schon schwer genug im Dienst.«

Als Gerhard Baronna seine Dienststelle am Werderschen Markt betrat, den »Jägerhof«, wurde er sofort von seinem Chef am Ärmel gepackt und wieder zur Tür befördert.

»Kommen Sie!« rief Kriminalkommissar Wilhelm Lüdtke. »Mord in einer Laubenkolonie am Betriebsbahnhof Rummelsburg.«

Als Baronna die Leiche der Gerda Ditter in ihrer Blutlache sah, dachte er mit einem seiner typischen Reflexe, warum es hier an der Heimatfront eigentlich anders aussehen sollte als draußen auf den Schlachtfeldern des Krieges. Alle hatten Opfer zu bringen. Zugleich erfüllte ihn eine nie gekannte Traurigkeit. Eine so hübsche Frau; dahingegangen, bevor sie gelebt hatte. Zwei Kinder ohne Mutter, seelisch verkrüppelt für ihr ganzes Leben. Aber egal, sein Sarkasmus ließ ihn wieder aufleben, bald sank ohnehin die ganze Stadt in Schutt und Asche. Wenn die Engländer Krieg führten gegen die Deutschen, waren ihre amerikanischen Blutsbrüder nicht mehr weit, 1917 hatte es gezeigt, und gegen deren Bomber war kein Kraut gewachsen.

»Baronna, heh, träumen Sie …?« Lüdtke stieß ihm den Ellenbogen in die Seite.

»Ja, Herr Kommissar.«

»Das sollten Sie lassen, Sie sind im Dienst.«

»Ich weiß, auf Träumen steht die Todesstrafe – siehe den Prinzen von Homburg.«

Der Beamte vom Erkennungsdienst hatte nun genügend Fotografien gemacht, und sie konnten alles näher in Augenschein nehmen. Doch ein Mordwerkzeug war nirgendwo zu finden, ebenso keinerlei Spurenmaterial, das sich gebrauchen ließ.

»Es scheint«, sagte Lüdtke, »daß der Täter aus irgendeinem Grunde plötzlich von seinem Opfer abgelassen hat. Er muß noch das Mordinstrument gegriffen und sich dann schleunigst entfernt haben. Und die Lage der Leiche …? Auf einen Kampf läßt das auch nicht schließen. Oder?«

Baronna nickte. »Nein …«

»Die Frau muß von seiner Attacke völlig überrascht worden sein. Abwehr? Keine Zeit mehr dazu.«

Sie stellten abschließend fest, daß der Tod schon vor etlicher Zeit eingetreten sein mußte, höchstwahrscheinlich durch Messerstiche. Genaueres mußten die Gerichtsmediziner herauszufinden suchen.

Der Leichenwagen kam, Frau Ditter abzuholen. Der NSV-Amtswalter und der Revierbeamte gingen mit den Kindern in den hinteren Raum und spielten mit ihnen.

Lüdtke und Baronna fuhren ins Büro zurück.

Als Kriminalsekretär Gerhard Baronna am späten Nachmittag an seiner Maschine saß, um mit seinem Zehnfingersuchsystem den Bericht zu schreiben, gab es nichts wesentlich Neues hinzuzufügen. Es handelte sich um zwei Messerstiche, und vorher hatte der Mörder sein Opfer zu erwürgen versucht. Vermutete Tatzeit war der 3. Oktober, spät in den Abendstunden. Nichts deutete auf einen Raubmord hin.

Baronna ging mit dem Bericht zu seinem Chef. Lüdtke las alles sorgfältig durch und meinte dann, daß man wohl zwischen einem Einbrecher zu wählen habe, der geräuschlos in die Laube eingedrungen sei, oder einem Bekannten der Ditter. »Der Mann Soldat, da kommt ein guter Freund des Hauses, der meint, daß der einsamen Frau doch etwas fehlen müsse. Die wehrt sich und dann … Also, sehen Sie sich mal im Bekanntenkreis der Gerda Ditter um. Außerdem ist die Möglichkeit eines Einbruchdiebstahls in Betracht zu ziehen. Frage, ob es da in der

Gegend in letzter Zeit Vorkommnisse dieser Art gegeben hat.« Lüdtke steckte sich eine Juno an. »Immerhin scheint mir die Absicht eines Sittlichkeitsverbrechens nicht ganz ausgeschlossen zu sein. Müssen wir also auch dahingehend Ermittlungen anstellen.«

Baronna klappte sein schwarzes Schulheft wieder zu. »Wird gemacht. Und ... soll die Meldung für die Morgenzeitung freigegeben werden?«

Lüdtke sah durch ihn hindurch, und Baronna wußte, was seinen Chef bewegte. Jeder Mord im Deutschen Reich war eine Hiobsbotschaft für die Spitzen von Partei und Staat. Hieß das doch: Ha-ha, bei euch geht es auch nicht anders zu als zur Systemzeit, nicht anders als in Weimar, Mord und Totschlag überall. Und wenn die absoluten Herrscher früherer Zeiten den Überbringer einer Hiobsbotschaft kurzerhand erschlagen hatten, so neigten die Herren des Hitler-Reichs dazu, mit ihren Kripoleuten auch nicht anders umzugehen. Sie störten nur. Besonders, wenn sie ihre Arbeit nicht lautlos taten. Andererseits brauchten sie die Kripo und die Presse, um die Täter zu fassen und andere abzuschrecken, zum Verbrecher zu werden.

Lüdtke entschied sich für die Standards seiner Zunft. Wohl, weil er Nebe hinter sich wußte. »Ja, geben Sie's den Zeitungen. Die geringste Wahrnehmung aus der Bevölkerung ist wichtig. Und da wir keine Spuren haben, brauchen wir die Presse. Und sehen Sie zu, daß eine Mahnung an die Bevölkerung damit verbunden ist, vor verdächtigen Elementen auf der Hut zu sein.«

»... vor verdächtigen Elementen auf der Hut zu sein«, wiederholte Baronna mit hintergründigem Lächeln. Er spielte ein wenig den von ihm sehr verehrten Kabarettisten Werner Finck, der zu einem SS-Spitzel in seiner »Katakombe« einmal gesagt hatte »Kommen Sie mit, oder soll ich mitkommen?«

Lüdtke ging auf sein Wortspiel nicht ein, und Baronna war sich nicht im klaren darüber, ob er es nicht verstand oder nicht verstehen wollte. So faßte er noch einmal zusammen. »Also: Alles melden, was man sieht. Bei totaler Verdunkelung das eigene Licht noch heller leuchten lassen.«

»Raus!« rief Lüdtke.

Baronna machte sich an die Arbeit. Presse benachrichtigen, zum Dezernat für Sittlichkeitsverbrechen gehen usw.

Der 5. Oktober 1940 war ein Sonnabend. An den Fronten gab es nichts Neues, aber an diesem Tag begann in Deutschland die Kinderlandverschickung, organisiert von der Nationalsozialistischen Volkswohlfahrt (NSV), der Hitlerjugend (HJ) und der NS-Lehrerschaft. Kinder, die unter den Kriegsfolgen und schlechter Ernährung litten, sollten aus dichtbevölkerten Gebieten hinaus aufs Land. Auch um den alliierten Luftangriffen zu entgehen.

Gerhard Baronna las es ohne übergroße Anteilnahme, hatte er doch selber keine Kinder, dachte aber dann an die beiden Mädel aus der Laubenkolonie, deren Mutter man ermordet hatte. Vielleicht half es ihnen, wenn sie ganz woanders aufwachsen konnten.

Viel war es nicht, was im *Völkischen Beobachter*, im *12-Uhr-Blatt* und in der *Berliner Morgenpost* über den Rummelsburger Mord zu lesen stand. Der Beisetzung von Walter Kollo hatte man mehr Beachtung geschenkt. Aber immerhin wurde in den Lokalteilen an auffälliger Stelle von Gerda Ditter berichtet und die Bevölkerung gebeten, sich mit sachdienlichen Hinweisen an die Polizei zu wenden.

Die ersten Anrufe kamen auch schon am Sonnabendvormittag, brachten aber wenig. Erst eine gewisse Emmi Borowka, die sagte, daß sie seit kurzem in der Laubenkolonie Gutland wohnte, ließ ihn ein wenig hoffen.

»Ich hab mich ein paarmal mit Frau Ditter unterhalten.«

»Und? Hat sie Ihnen gegenüber etwas verlauten lassen, das vielleicht ein Hinweis wäre …?«

»Nein, aber ich hab sie am Donnerstag auf dem Wochenmarkt in Friedrichsfelde mit einem Mann reden sehen, länger …«

Baronna horchte auf. »Können Sie den näher beschreiben?«

»Ja … Eine blaue Schirmmütze hat er aufgehabt und so ein offenes Sporthemd an.«

Baronna notierte es. »Alter? Größe?«

»Na, dreißig vielleicht oder 'n bißchen älter … Aber so genau … Und die Größe? Eins siebzig vielleicht.«

»Und sonst noch, besondere Kennzeichen und so?«

»Da fällt mir nichts mehr ein.«

Baronna bedankte sich und legte wieder auf. Hm … Eine Beschreibung, die auf Hunderte von Männern paßte. Er sah auf die Uhr. Um zehn hatte sein Vorgesetzter ihn sehen wollen. Baronna machte sich auf den Weg und berichtete Lüdtke zuerst über das, was er gestern noch vom Dezernat für Sittlichkeitsverbrechen in Erfahrung hatte bringen können.

»Ja, also«, Baronna las ab, was er sich notiert hatte. »Seit dem Sommer 1938 haben sich in dem Laubengelände am Betriebsbahnhof Rummelsburg und in der näheren Umgebung zahlreiche Überfälle auf Frauen ereignet. Zunächst handelte es sich um verhältnismäßig harmlose Belästigungen, das heißt, die Frauen sind mit der Taschenlampe angeleuchtet und daraufhin angesprochen worden, ob sie mit dem Täter den Geschlechtsverkehr ausüben wollten. Bei einer Ablehnung ist zunächst nichts weiter passiert. Dann ist es zu versuchten und später auch vollendeten Sittlichkeitsverbrechen gekommen. Der Täter würgte seine Opfer, schlug auf sie ein oder versuchte, sie sonstwie mit Gewalt wehrlos zu machen.«

Lüdtke spielte mit seiner Zigarettenschachtel. »Da gab es als Steigerung nur noch eines: einen Mord ...«

Baronna vermied es, seine Anmerkung zynisch klingen zu lassen: »Und was kommt bei einem solchen Menschen nach einem Mord?«

Lüdtke stöhnte auf. »Der zweite, der dritte, der vierte ... Bei Friedrich Haarmann in Hannover waren es schließlich siebenundzwanzig Opfer.«

»Trösten wir uns mit William Shakespeare«, sagte Baronna. »Bei dem steht irgendwo der schöne Satz: ›Gott schuf ihn, also laßt ihn für einen Menschen gelten.‹«

»Was Gott nicht alles so geschaffen hat ...«, murmelte Lüdtke, und Baronna ahnte, was und wen er damit meinte. »Zeit, ihn abzuschaffen.« Er steckte sich mit typischer Ufa-Geste seine Juno an.

»Zur Sache, Baronna! Wo fanden die Überfälle statt? Ich meine: in Wohnungen, auf offener Straße oder wo sonst?«

»Ausnahmslos im Freien und während der Abend- und der Morgenstunden.«

»Sind irgendwelche Spuren vorhanden oder Personenbeschreibungen?«

»Nein, nichts. Der Täter hat sich jedesmal die Verdunkelung zunutze gemacht. Der Täter, die Täter ... Wer weiß ... Die überfallenen Frauen haben kaum Beobachtungen machen können.«

Lüdtke dachte nach. »Ich hab so das Gefühl, daß wir es bei den Überfällen in den Laubenkolonien und dem Mordfall Ditter mit ein und demselben Mann zu tun haben.«

Baronna hatte dazu eine andere Meinung. »Herr Kommissar, bitte, es spricht doch alles dafür, daß es mindestens zwei verschiedene Täter sind. Sittlichkeitsverbrechen in Serie, darauf kann doch im Falle Ditter durch nichts geschlossen werden.«

»Sicher …« Lüdtke stand auf und ging im Raum umher. »Sie können genauso gut recht haben wie ich. Erfahrung und Gefühl sind manchmal Ratgeber, auf die man nur mit Vorsicht hören sollte. Wie auch immer, wir sollten uns nicht zu schnell auf nur eine Möglichkeit festlegen.«

»Verzeihung, aber ein ganz simpler Einbruch wäre ja auch noch in Erwägung zu ziehen. Der Täter wird von Frau Ditter überrascht, gerät in Panik und sticht zu …«

»Gut, Baronna, Sie ziehen alles ins Kalkül. Auf alle Fälle veröffentlichen wir auch da eine Pressenotiz und lenken die Aufmerksamkeit der Bevölkerung auf die Sittlichkeitsverbrechen im Raume Rummelsburg, Karlshorst und Lichtenberg.«

Baronna unterbrach ihn. »Das wird man höherenorts gar nicht so schätzen …« Er erschrak über sich selbst. Jetzt zeigte auch er jenen vorwegnehmenden Gehorsam, über den er Grete gegenüber immer spottete, und dachte schon so, wie die Naziführer dachten, machte deren Ängste zu seinen Ängsten.

»Nun …« Lüdtke blieb am Fenster stehen und sah auf die Stadt hinunter. »Das ist die Quadratur des Kreises: Kriegen wir den Kerl nicht bald, kommen wir selber in den Geruch von Volksschädlingen und dürfen uns auf einiges gefaßt machen, doch wir kriegen ihn nur, wenn wir in der Öffentlichkeit Alarm schlagen. Tun wir das aber, sind wir für Heydrich und Co. nichts weiter als Agenten des britischen Geheimdienstes, gedungen, unserer Land draußen in der Welt lächerlich zu machen und die Wehrkraft des deutschen Volkes zu zersetzen.«

»Und …?«

»Nebe deckt es.«

Baronna schwieg. Für ihn war Arthur Nebe ein charakterloser Karrierist, schon seit 1931 Parteigenosse und Mitbegründer der Nationalsozialistischen Beamten-Arbeitsgemeinschaft (NSBAG), Mitglied eines Freicorps, Militarist und Antisemit, also insgesamt ein übler Bursche. Grete aber wollte gewittert haben, daß Nebe Kontakte zu Leuten hatte, die den Führer absetzen lassen wollten. Undenkbar für ihn.

»Also …« Lüdtke sprach weiter: »Die Personenbeschreibung des Mannes vom Wochenmarkt beifügen. Eine Belohnung von eintausend Reichsmark wird auch bewilligt werden.«

Gerhard Baronna hatte sein erstes Lebensjahrzehnt in Trebatsch verbracht, einem Dörfchen am Schwielochsee, nördlich des Spreewaldes, und er erinnerte sich oft an das, was der Pfarrer dort, wenn man ihn bei Besuchen auf dem Lande einmal traf, immer lächelnd sagte. Daß er sich an Martin Luther hielte und dessen Maxime: »Und wenn ich wüßte, daß die Welt morgen unterginge, ich würde heute noch einen Baum pflanzen.«

So kam er sich vor, als er durch Lichtenberg streifte, um in den Läden nach dem Mörder der Gerda Ditter zu suchen. Der große Krieg würde noch kommen, aber auch jetzt schon starben Hunderte von Menschen täglich. In den KZ' zum Beispiel wie im Krieg. Und wenn die Amis erst in Europa landeten und der Führer die Russen angriff, worauf viele seiner Freunde wetteten, dann gab es Millionen Tote. Und da sollte er sich den Arsch aufreißen, weil hier einer eine getötet hatte …

Doch, ja. Wie anders auch. Ein immer helles Licht beleuchte deinen Weg – die Pflicht. So hatte er es gelernt.

Am U-Bahnhof Friedrichsfelde war ein kleiner Wochenmarkt, auch gab es eine Reihe von Geschäften, in denen die Bewohner der im Süden angrenzenden Laubenkolonien gerne kauften. Seit Ende 1930 hatte hier die U-Bahn Linie E, die vom Alexanderplatz kam, ihre Endstation, und es herrschte immer reges Treiben.

Wie ein Vertreter für Kurzwaren – Knöpfe, Nähgarn, Schnürsenkel und dergleichen – zog Baronna herum und sprach die Leute an, insbesondere die Frauen. Ob sie die Geschlechtsgenossin auf diesem Foto hier kannten? Ob sie in letzter Zeit von einem Mann belästigt worden seien? Ob sie einem Mann begegnet waren, der wie folgt beschrieben wird …?

»Nein …«

»Tut mir leid …«

»Die arme Frau Ditter.«

»Das war eine freundliche Frau. Immer ruhig und gut zu leiden.«

»Ja, die hat ihr Fleisch immer hier bei uns gekauft. Nein, immer alleine, nie mit einem Mann zusammen.«

So ging es den ganzen Vormittag über. Seit dem Mord an Gerda Ditter waren nun gute vierzehn Tage vergangen, ohne daß sie auch nur einen winzigen Schritt weitergekommen wären.

Als er aber in sein Büro zurückgekommen und die Liste mit den eingegangenen Anrufen durchgegangen war, glaubte er, endlich Licht am Ende des Tunnels zu sehen. Die 30jährige Fabrikarbeiterin Ella Jarke wollte in dem gesuchten Mann ihren früheren Verlobten, den 32jährigen Steinsetzer Paul Malchow, erkannt haben. Er sei im Frühjahr 1940 von seiner Arbeitsstelle verschwunden und seither nicht mehr bei ihr aufgetaucht, sie habe ihn aber im September in Lichtenberg gesehen, als sie in der Prinz-Albert-Straße mit der 76 an ihm vorbeigefahren sei.

Gerhard Baronna setzte einen Assistenten in Marsch und ließ sich die Dame kommen. Ella Jarke war mächtig zurechtgemacht, roch nach billigem Parfüm, mußte ihre Haare literweise mit Wasserstoffsuperoxyd behandelt haben und fiel zweifellos in die Kategorie ordinär. Nicht, daß er sie schon zu den Prostituierten rechnen mochte, aber bestimmt ließ sie sich nicht lange bitten, wenn ein Kerl ein bißchen was hermachte und sie in die etwas besseren Etablissements einladen konnte.

Sie nahm Platz, schlug die Beine so übereinander, daß ihm der Anblick ihrer Strumpfränder und -bänder nicht entgehen konnte, und bestätigte dann die von ihr gemachten Angaben.

Baronna vermied es mit einiger Anstrengung, ihre Marlene-Dietrich-Beine zu bestaunen. »Sie haben also in der Straßenbahn gesessen ... Und da haben Sie Herrn Malchow erkannt?«

»Ja, an sein offnet Hemde. So wie't inne Zeitung jestanden hat.«

Baronna nickte. »Und mit der Größe, das stimmt auch, und mit der Schirmmütze?«

»Jenau, Herr Kommissar. Früha hatta imma 'n Hut uffjehabt, aba 'ne Schirmmütze ooch.«

Sehr überzeugend war das alles nicht, und Baronna begann sich schon zu ärgern, daß er die Jarke derart ernst genommen hatte. »Nun sagen Sie mir doch mal bitte, warum Sie Herrn

Malchow solche Sittlichkeitsverbrechen überhaupt zutrauen und am Ende sogar den Mord in der Laubenkolonie?«

»Ja, wissen Sie, dem Kerl is allet zuzutrau'n …«

Baronna stieß nach. »Wieso?«

Nun passierte das, was Baronna für völlig undenkbar gehalten hatte: Fräulein Jarke wurde rot. Ihr ganzer Hals war im Nu scharlachfarben angelaufen.

Baronna ahnte, was das hieß. »Sie haben Herrn Malchow vermutlich sehr nahegestanden?«

Jetzt kicherte sie wie ein Backfisch in einem Ufa-Film. »Kann man wohl sagen …«

»Ein intimes Verhältnis also, so richtig …«

Sie senkte den Blick. »So richtig eben nicht …«

Weiter mochte sie nichts sagen, und Baronna fragte sie, ob sie das wohl lieber einer Kollegin erzählen wolle, wobei er an Grete Behrens dachte.

»Nee, ick trau ma schon. Sie sind ja eijentlich keen Mann, sondern nur 'n Beamter.« Dabei klappte sie aber die Beine derart aufreizend auseinander, daß Baronna doch ein wenig schlukken und schnell zur Seite gucken mußte.

»Zur Sache bitte!« Er klopfte mit seinem zugeschraubten Füller auf den Tisch. »Er hat sich also beim Geschlechtsverkehr mit Ihnen abartig verhalten?«

»Ja, ick mußte imma 'n Kleid anbehalten und dann hatta mir det vom Körpa jerissen. Und eenmal hatta mir ooch mit 'm Stock jeschlagen.«

Baronna machte sich Notizen. Das paßte ins Bild. »Und Sie haben keine Anzeige erstattet.«

Fräulein Jarke versuchte ein kokettes Lächeln. »Ick hab ja nischt dajegen jehabt.«

»Aber jetzt wollen Sie ihn als Mörder hinstellen?«

»Na, hör'n Se mal!« Fräulein Jarke fuhr auf. »Det is keene Rache von mir, det tu ick, damit nich noch wat passiert hier inne Jegend.«

»Kommen Sie, Fräulein Jarke, der Malchow hat Sie sitzengelassen, und nun wollen Sie ihm eins auswischen … Die Gelegenheit ist günstig.«

Fräulein Jarke kniff die Augen zusammen. »Sie …« Und was jetzt kam, war keine leere Drohung. »Ick hab Freunde bei die SS … Und wenn ick sage, der Malchow is 'n Schwein, dann issa

’n Schwein. Roh issa schon imma jewesen, und eenmal – fällt ma noch ein – issa sogar mit ’m Messa uff mich losjejangen.«

Baronna konnte nicht anders, als Fräulein Jarke Glauben zu schenken. »Wissen Sie denn auch, ob er sich da im Laubengelände aufgehalten hat, in der Kolonie Gutland am Betriebsbahnhof Rummelsburg?«

»Ja, weeß ick.«

Baronna kam aus dem Staunen gar nicht mehr heraus. »Hat er Ihnen davon erzählt?«

»Det nich, aba im Aujust issa bei mir uffjekreuzt mit ’ner jroßen Tasche. Da war’n Wäschestücke drin, Blusen und so, und ’n totet Karnickel. Det sollt ick ihm allet abkoofen. Sie, Herr Kommissar, ick bin sicha, detta det allet jeklaut hat. In die Lauben da.«

Baronna nickte. Ja, das klang verdammt plausibel. »Sie wissen nicht zufällig, wo Herr Malchow wohnt?«

»Nee, ick hab ’n ja rausjeschmissen bei mir.«

»Aber ein Foto von ihm werden Sie doch haben?«

»Det hab ick mia jedacht, Herr Kommissar!« Sie wühlte in ihrer Handtasche herum. »Hier. Bei mir is allet da.«

Sie reichte ihm die Fotografie eines Mannes in mittleren Jahren, der auf den ersten Blick eher wie ein Filou denn wie ein finsterer Triebtäter wirkte. Aber Baronna wußte, daß sich da schon manch einer gehörig getäuscht hatte.

»Bekomm ick nu die Belohnung?« fragte Fräulein Jarke.

»Warten wir’s ab. Wenn Ihre Angaben zum Ziel führen, dann ganz bestimmt.«

»Schön wär’t ja.«

Damit war Fräulein Jarke wieder entlassen, und Baronna eilte zu Kommissar Lüdtke, um ihn zu fragen, ob die sofortige Fahndung nach Paul Malchow wirklich opportun sei.

»Selbstredend! Allerdings suchen wir ihn nur wegen der Einbrüche in den Lichtenberger Lauben, nicht wegen der Sache Ditter und der Sittlichkeitsdelikte. Vorsichtshalber.«

So erschien Paul Malchow mitsamt Foto und Personalbeschreibung im Meldeblatt Berlin und im Deutschen Kriminalpolizeiblatt.

Der 31. Oktober 1940 fiel auf einen Donnerstag. Im vergangenen Monat hatten die deutschen Unterseeboote im Krieg gegen Großbritannien 61 Handelsschiffe versenkt, und insgesamt 1733 deutsche und 915 britische Flugzeuge waren in diesen vier Wochen im Verlaufe der Luftschlacht um England abgeschossen worden. Im Oktober hatte die deutsche Luftwaffe 783 Angriffe auf England geflogen, davon 333 auf London. Die Verluste der britischen Zivilbevölkerung betrugen bis dahin 15 000 Tote und 21 000 Verletzte.

Im Berliner Polizeipräsidium saß der Kriminalsekretär Gerhard Baronna noch immer am Fall Gerda Ditter und fahndete nach ihrem Mörder.

Kurz nach der Mittagspause klingelte das Telefon, und Baronna war sehr überrascht, als ihm ein Kollege des Einbruchsdezernats die Mitteilung machte, daß man den im Meldeblatt 2714 vom 12. Oktober 1940 gesuchten Paul Malchow festgenommen hatte. Es sei gelungen, ihm eine Reihe von Einbrüchen und Diebstählen nachzuweisen.

»Wo denn?« fragte Baronna mit schnellerem Puls.

»Ausnahmslos im Siedlungsgelände südlich von Lichtenberg.«

»Das ist ja phantastisch!« Baronna bedankte sich, legte auf und eilte zu Lüdtke hinüber, um ihn schnellstmöglich zu informieren.

Doch der Vorgesetzte ließ sich von seiner Erregung nicht anstecken. »Lassen wir den Mann erst einmal kommen. Und dann veranlassen Sie die Untersuchung seiner Kleidungsstücke ... auf Blutspuren.«

Als er Paul Malchow dann vor sich sitzen hatte, wurde Baronna schmerzhaft bewußt, daß seine Menschenkenntnis noch längst nicht ausreichte, um intuitiv sagen zu können: Der war's oder der war's nicht. Wie ein Streuner sah der Malchow aus, ein Landstreicher, arbeitsscheu, abgerissen, verantwortungsscheu, aber wie ein Mörder? Wie sahen Mörder eigentlich aus? Und er dachte unwillkürlich an das, was sie in der Ausbildung über Cesare Lombroso gehört hatten, wie der sich den »geborenen Verbrecher« vorgestellt hatte. Kantig der Schädel, Augenbrauen wie ein Neandertaler – und schon wußte man, daß man einen Mörder vor sich hatte. Schön wär's gewesen. Paul Malchow sah eher aus wie ein in die Jahre gekommener Gigolo.

»Was sind Sie denn von Beruf gewesen?« fragte Baronna.

»Vertreter eines Weinhauses.«

»Ah ja ...« Baronna brauchte auch nicht weiter zu fragen, weshalb er diesen Beruf nicht mehr regelmäßig ausübte, denn daß sein Gegenüber Trinker war, stand ihm ins Gesicht geschrieben.

Paul Malchow mußte seine Gedanken gelesen haben, denn er grinste und kam mit einem alten Spruch: »Ja, ja: Arbeiter meidet den Alkohol, kauft euern Schnaps im Konsum.«

Baronna konstatierte, daß der Mann durchaus jenen Charme entwickeln konnte, der Frauen kirre machte. »Da haben Sie dann also nicht mehr gearbeitet, sondern sich aushalten lassen?«

»Immer so lange, bis die es nicht mehr ausgehalten haben mit mir.«

Baronna fand ihn amüsant und neigte immer stärker zu der Ansicht, daß dieser Mann kein Mörder sein konnte. Aber zu fragen war immerhin, wie gut er die Laubenkolonien nördlich der S-Bahnstrecke nach Erkner kannte. »Wie sieht's denn aus mit Gutland I und II, Herr Malchow, haben Sie da auch eine Frau gesucht, bei der Sie für ein Weilchen wohnen konnten?«

Da sprang Paul Malchow auf. »Den Mord da laß ich mir nicht anhängen, Herr …!«

Baronna dachte ganz automatisch: Aha, Freundchen! Wenn Angriff die beste Verteidigung ist, dann … Er gab sich alle Mühe, selber ruhig zu bleiben.

»Bitte, behalten Sie doch Platz.« Er wartete, bis Malchow wieder saß und kam dann ganz direkt zur Sache. »Daß Sie ohne festen Wohnsitz sind und Ihren Lebensunterhalt nach der Trennung von Fräulein Jarke vornehmlich durch Lauben- und Stalleinbrüche im Süden Lichtenbergs bestritten haben, das können wir wohl ohne weiteres so zu Protokoll nehmen – oder?«

Paul Malchow sank in sich zusammen. »Ja. Aber das mit Frau Ditter …«

Baronna ging dazwischen. »Ist ja interessant, daß Sie diesen Namen immer wieder erwähnen.«

»Ich bin doch nicht dumm, ich weiß doch, weswegen ich hier bin, bei der Mordkommission Lüdtke.«

Baronna stand auf und ging vor Malchows Stuhl auf und ab. »Machen wir es kurz …« Er hatte ein hohes Interesse daran, den Mordfall Ditter schnell und ohne Lüdtkes Hilfe aufzuklären. Das brachte ihm ganz sicher bei seiner Karriere die Pluspunkte ein, die andere als alte NSDAP-Mitglieder oder SS-

Leute sozusagen gratis bekamen. Und aufsteigen wollte er. Warum alles den anderen überlassen.

»Also, Malchow, reden wir mal« –, fast hätte er gesagt: Tacheles miteinander –, »von Mann zu Mann. Sie lernen Frau Ditter auf dem Wochenmarkt in Friedrichsfelde kennen und sehen eine Chance für sich. Der Mann im Krieg, sie allein in der Laube, da könnten Sie doch eine schöne Unterkunft finden. Der Winter naht mit Schnee und Eis. Wie schön müßte es da bei der kleinen Gerda Ditter sein. Sie scheint auch nicht ganz abgeneigt. Sie sind ja auch ein Kerl, der die Frauen wild machen kann. Als Sie dann am 3. Oktober abends an ihrer Laube klingeln, läßt Frau Ditter Sie auch ein. Alles läuft für Sie nach Plan. Doch als Sie dann zärtlich werden und mit der Sprache rausrücken, daß Sie bei ihr wohnen wollen, da stößt Frau Ditter Sie zurück. Und Sie geraten in Rage, greifen zum Messer und ...«

»Nein!« schrie Paul Malchow. »Ich war nicht da, ich bin kein Mörder!«

Er tat das so überzeugend, daß Baronna wieder schwankend wurde.

Da kam ein Anruf eines ihrer Kriminaltechniker: »Blut an Hose und Jackett!«

Baronna rief Lüdtke an: »Herr Kommissar, wir haben ihn!«

Kapitel 8

Der 4. November 1940 war ein Montag. Die Vorbereitungen für die Feierlichkeiten zum 9. November liefen überall auf Hochtouren. An diesem historischen Tag hatte Adolf Hitler im Jahre 1923 in München geputscht und die provisorische deutsche National-Regierung proklamiert. Die Engländer versuchten die Vorbereitungen mit einem Nachtangriff auf München empfindlich zu stören.

Elisabeth Bendorf hatte ihren Dienst am Fahrkartenschalter beendet und stieg mit bleiernen Füßen die ewig lange Treppe zum Bahnsteig hinauf. Todmüde war sie und dachte nur noch daran, ins Bett zu sinken. Zum Glück hatte sie es nicht mehr weit nach Hause. Friedrichshagen, Hirschgarten, Köpenick – es war nur ein Klacks. Seit einiger Zeit wohnte sie in Berlin-Köpenick, in der Wendenschloßstraße. Das war zwar gar nicht mal so weit weg vom S-Bahnhof, aber da es Richtung Osten keine Spree-Brücke mehr gab, mußte sie durch ganz Alt-Köpenick hindurch. Hoffentlich bekam sie noch die letzte Straßenbahn. Mit der 83 konnte sie fast vor ihre Haustür fahren. Allerdings fürchtete sie sich auch jedesmal davor, in ihre leeren Zimmer zu kommen. Kein Rudi da. Der war Feldwebel in Posen, wo die Heeresgruppe B unter Generalfeldmarschall von Bock ihr Hauptquartier eingerichtet hatte. Ob sie ihn jemals wiedersehen würde? Nicht einmal verlobt waren sie ja, und vielleicht ließ sie sich doch einmal von diesem lustigen Triebwagenschaffner da, dem Karl-Heinz, überreden. Wenigstens zum Kinobesuch.

Während sie auf den Zug nach Erkner wartete, freute sie sich schon auf den nächsten Zarah-Leander-Film, *Das Herz der Königin*, Regie Carl Froelich. Letzten Freitag Uraufführung in Hamburg. Mit Maria Koppenhöfer, Lotte Koch, Willy Birgel, Axel v. Ambesser, Will Quadflieg, Margot Hielscher, Hubert v. Meyerinck, Erich Ponto und Ursula Herking. Sie kannte sie alle, und die Fotos der Sterne hingen bei ihr zu Hause im Flur oder überm Bett. Je nachdem. Und von Willy Birgel hatte sie sogar ein Autogramm. Gott, wie hieß denn bloß der erste Film, den die Zarah Leander und der Willy Birgel miteinander gedreht hatten? Sie dachte ein Weilchen darüber nach und kam schließlich auch darauf: *Zu neuen Ufern*.

»Wie geht's?« Sie fuhr herum. Ein kleiner Mann stand hinter ihr. Ein Kollege mit Uniform und Mütze. Obwohl er sich deutlich abhob von den weiß glasierten Kacheln der Aufsichtsbude, war bei der funzligen Bahnsteigbeleuchtung nicht viel von ihm zu sehen. Aber von irgendwoher kannte sie ihn, von einer Betriebsversammlung aller Eisenbahner, da war sie sich ganz sicher. Wieder einmal ärgerte sie sich darüber, daß sie sich keine Gesichter merken konnte. Den Kollegen nach dem Namen zu fragen, fand sie aber peinlich. Mal sehen, vielleicht kamen sie im Laufe des Gesprächs darauf.

»Gut geht's mir.«

»Fahren wir zusammen?«

»Ja.« Klang ein bißchen ostpreußisch, wie der Kollege sprach.

Sie versuchte, sich an alle Kollegen zu erinnern, die aus Königsberg, Danzig oder Allenstein kamen. Vielleicht der Max Bullin. Abwarten.

»So allein nachts ...« Der Kollege ließ den Satz unvollendet.

»Nun ...« Elisabeth Bendorf wußte nicht, worauf das alles hinaus sollte. War der Kollege nur von Langeweile geplagt und wollte nichts, als ein wenig plaudern, oder war das als Annäherungsversuch gedacht. Ihr wurde ein wenig heiß, als sie sich erinnerte, wie es war, wenn ... Lange her, zu lange vielleicht. Warum eigentlich auf alles verzichten. Nur weil Krieg war. Und Rudi, der war kein Kostverächter, der hatte bestimmt schon ein Polenmädel gefunden. Aber ausgerechnet mit diesem Kollegen? Wenn es wirklich der sein sollte, für den sie ihn hielt, der Max Bullin, dann war das einer, den sie immer als Schrumpfgermanen verspottet hatten. Lieber niemals mehr als einmal mit dem.

»Da kommt der Zug«, sagte der Kollege.

»Ja ...« Man hörte ihn mehr, als daß man ihn sah. Die Frontscheinwerfer des Zuges waren nicht heller als gute Fahrradlampen.

»Zweite Klasse?« fragte der Kollege.

»Ja, bitte.«

Der Kollege riß die Messinggriffe auseinander, obwohl er irgendwie einen steifen linken Arm zu haben schien. Aber Genaues war nicht zu erkennen.

»Bitte.«

»Danke.«

Elisabeth Bendorf betrat das Abteil. Sie liebte diese Abteile, die aussahen wie die Salons, in denen Willy Birgel, Hans Söhnker und Johannes Heesters verkehrten. Einmal mit einem von ihnen auf diesem Samtstoff sitzen. Statt dessen war sie in Begleitung dieses kleingewachsenen Mannes, der nach Schmieröl, Ruß und Kohle roch. Aber nun: Besser ein Kleiner als keiner. Ach, was. Sie setzte sich in die Ecke gleich hinter der Tür und kuschelte sich gegen das edel-dunkle Holzfurnier. Am liebsten hätte sie ein kleines Nickerchen gemacht, doch bis Köpenick waren es man gerade fünf Minuten, und da lohnte das nicht.

Der Kollege sank schräg gegenüber in die Polster. Ihre Knie berührten sich kurz. Sie glaubte schon, daß ihn das zu weiteren Annäherungsversuchen bewegen würde, doch er zog seine Füße schnell zurück und redete dann nur über belanglose Dinge.

»Ist ja nun bald wieder Weihnachten.«

»Knappe sieben Wochen noch.«

»Der erste Schnee kann auch jeden Tag kommen.«

»Das Schneefegen dann wieder.«

Die S-Bahn fuhr an. Elisabeth Bendorf genoß es, so gefahrlos durch die Nacht zu gleiten. Klack-klack und mit einer winzigen Sekunde dazwischen wieder Klack-klack. Wenn die Drehgestelle über Schienenstöße mußten.

»Fahren Sie gerne S-Bahn?« fragte der Kollege.

»Lieber als U-Bahn, da im Tunnel sieht man ja nichts.«

»Die Berliner S-Bahn, das ist schon was ...«

»In Hamburg haben sie auch eine.«

»Die Stromschiene ist aber anders: von der Seite bestrichen, nicht von unten wie bei uns.«

»Kann man eher 'n Schlag kriegen, wenn man rankommt.« Elisabeth Bendorf hatte ständig Angst davor.

»750 Volt«, lachte der Kollege. »Und was meinen Sie, wenn man da die Stromschiene auswechseln muß. Wenn die Isolatoren brechen. Unter Spannung. Mit 'nem Holzbalken anheben, auf 'ner Gummiplatte stehen.«

»Tüchtig.« Der Zug hielt zum ersten Mal. Hirschgarten. Wenn man in Fahrtrichtung rechts aus dem Fenster sah, starrte man auf die schwarze Wand der Mittelheide. Mit Rudi war sie früher gerne das Neuenhagener Mühlenfließ hinaufgewandert.

Zwei Leute waren ausgestiegen. Druckluft strömte durch den Zug, die Türen knallten zu. Der Zug fuhr an, wurde hochgeschaltet, gewann zunehmend an Geschwindigkeit. Noch drei Minuten. Elisabeth Bendorf dachte schon ans Aussteigen und rückte ihre Handtasche auf dem Schoß zurecht.

Da erhob sich ihr gegenüber der Kollege.

»Wollen Sie auch in Köpenick ...« Weiter kam sie nicht, denn plötzlich zog ihr Gegenüber mit der rechten Hand einen länglichen Gegenstand aus dem linken Ärmel und schlug auf sie ein. Der erste Schlag traf ihren Kopf. Sie fiel nach hinten, trat ihm aber noch instinktiv mit beiden Füßen gegen Unterleib und Knie. Das warf ihn zurück, und er verlor kurz die Balance. Das genügte ihr, um aufzuspringen.

Jetzt hat's auch dich erwischt! schoß es ihr durch den Kopf. Sie wußte, daß es in der S-Bahn schon einen Überfall gegeben hatte.

Aber Elisabeth Bendorf war eine Kämpferin, galt als resolute Frau, die ihren Mann stand, überall. Sie war nicht gerade eine Walküre, ganz im Gegenteil, aber immerhin noch ein wenig größer als dieser Kerl. So geriet sie nicht in Panik, sondern versuchte mit aller Kraft, in den Raum vor den Türen zu gelangen. Dort hatte sie mehr Bewegungsfreiheit und konnte seinen Schlägen besser ausweichen. Aber ihr Kopf schmerzte gewaltig, und sie wußte, daß sie jeden Augenblick zusammenbrechen konnte. Nein. Sie wollte noch leben.

Wieder traf er sie. Diesmal zum Glück nur in den Rücken. Und sie schaffte es, als er wieder ausholte, unter seinem Arm hindurchzulaufen und seinen Körper zu fassen. Dann umschlang sie ihn, klammerte sich fest an ihn wie an eine Kletterstange. Er schlug um sich und versuchte, sie von sich abzuschütteln. Das gelang ihm nicht, und sie sah sich schon gerettet. Jeden Augenblick mußten sie in Köpenick sein. Gott, war das eine Ewigkeit, das kurze Stück.

Da registrierte sie, wie er mit seiner freien Hand die Tür aufriß. Der Fahrtwind schoß ihr ins Gesicht. Ihr war klar, was er wollte: sie hinausstoßen. Das war der sichere Tod.

Er bekam ihre Handgelenke zu packen und riß ihre Hände, die sie hinter seinem Rücken verschränkt hatte, mit einem Ruck auseinander. Sie wußte, daß sie nur noch eine Chance hatte: sich zu Boden fallen zu lassen und seine Füße zu umklammern. Dann konnte sie ihn mitreißen in den Tod. Also blieb ihm nichts anderes, als von ihr abzulassen, wollte er nicht selber sterben.

Doch sie hatte sich verrechnet. Er bekam den rechten Fuß wieder frei und trat ihr mit voller Wucht erst in den Bauch, dann gegen den Kopf. Sie mußte loslassen und schrie gellend auf, als er sich neben sie kniete. Jetzt würde er ihr die Kleidung zerreißen und ihr Gewalt antun. Aber nein. Er riß sie wieder hoch und stieß sie aus dem Zug.

Gerhard Baronna liebte die Morgenandachten seines Vorgesetzten immer dann, wenn der Kriminalkommissar Lüdtke der großen Heroen der Berliner Kripo gedachte und von ihren Heldentaten berichtete. Das geschah vor allem, wenn sie in einem aktuellen Fall nicht weiterkamen und er sie auf diese Art und Weise anspornen wollte. Fast immer ging es mit Ernst Gennat los, dem großen Mordexperten der Abteilung IV im Berliner Polizeipräsidium.

»1906 ist er schon Kommissar geworden. Ein Empiriker der alten Schule, die Wissenschaft haßte er geradezu. So was von Ausdauer, von ungeheurem Gedächtnis und psychologischem Scharfblick!«

Baronna schien das alles ein wenig gegen Nebe zu gehen, den Lüdtke nicht unbedingt zu schätzen schien.

»Sah aus wie Buddha. Das hatte er seiner Vorliebe für Buttercremetorten zu verdanken …«

»Darum haben wir ihn auch immer den Vollen Ernst genannt«, sagte Kriminalkommissar Zach. »Aber können Sie sich noch an Albert Dettmann erinnern?«

Baronna brauchte nicht lange nachzudenken. »Selbstverständlich. Der hat 1920 die Brüder Strauß festgenommen – sehr gefährliche Menschen –, indem er sie mit Handgranaten bedrohte. ›Hände hoch – oder ich spreng euch in die Luft!‹«

»Das hat ihm zwar viel Bewunderung eingebracht, aber keine Beförderung«, ergänzte Zach.

Was muß man nicht alles tun, um sich einen Namen zu machen, dachte Gerhard Baronna. Die jüngeren Beamten hatten es nicht nur schwer, gegen den Ruhm der alten Garde anzukommen, sondern auch, sich den Nazis zu entziehen. Einige wechselten über zur politischen Polizei, andere hatten sich früh der nationalsozialistischen Zelle der Kripo angeschlossen. Die beiden Kriminalkommissare Philipp Greiner und Georg Kanthak zum Beispiel hatten 1932 den jüdischen Polizeivizepräsidenten Dr. Bernhard Weiß an die Nazis verraten.

Lüdtke war nun angekommen beim legendären Polizeimeister Teigeler. »In der Silvesternacht 1932 gab es gleich vier Verbrechen, zu denen er gerufen wurde. In der Ackerstraße schießt ein SA-Mann vom Fahrrad aus wahllos auf Passanten und trifft eine Frau Künstler tödlich, als in deren Nähe jemand die Nationalsozialisten beleidigt. Vom Wedding mußte er dann nach Lichtenrade hetzen, wo sie einen kommunistischen Arbeiter erschossen hatten. Zurück zum Wedding, wo in der Utrechter Straße ein Hitlerjunge erstochen worden ist. Dann muß er zu einer Landstraße nördlich Berlins, wo ein Unbekannter tot aufgefunden wurde. Zwei der Mörder faßt er innerhalb von vierzehn Tagen, und zwar ...«

Lüdtke sah sich durch eine hereinkommende Kriminalassistentin in seinem Redefluß gestoppt. »Was ist denn?«

»Entschuldigung, aber ... der Polizeibericht von gestern nacht ... Da ist auch etwas dabei, das ...«

»Danke, ja ...« Lüdtke murmelte den Text halblaut vor sich hin, aber Baronna, der neben ihm saß, konnte alles mitlesen, was die Schupo-Kollegen eilig getippt hatten:

Auf dem Bahnhof Hirschgarten werden Reisende und Bahnbeamte um 23 Uhr 50 durch zwei schrille Schreie einer Frau alarmiert. Zwei Bahnbeamte laufen sofort in die Richtung, aus der man um Hilfe gerufen hat, und stoßen nur etwa einhundertfünfzig Meter vom Bahnsteig entfernt auf das Opfer. Im Taschenlampenlicht sehen sie etwa drei Meter neben dem äußeren Gleis eine Frau liegen. Man trägt die Bewußtlose, die vor Schmerzen immer wieder aufstöhnt, zum Bahnhof, was sich in der dunklen und schon sehr kalten Novembernacht in dem weglosen Gelände als sehr schwierig erweist. Eine Handtasche findet man nicht, man kann die Frau nicht identifizieren. Als man im Haar Blutspuren bemerkt, nimmt man den Hut der Überfallenen ab und entdeckt eine ganz erhebliche Verletzung des Schädels. Es wird die Überführung ins Krankenhaus Köpenick vorgenommen.

Lüdtke richtete sich auf und sah seinen Gefolgsmann kopfschüttelnd an. »Mensch, Baronna, Sie mit ihrem Paule Malchow! Unser Täter sitzt bei uns in 'ner Zelle und stößt gleichzeitig in Köpenick eine Frau aus 'm Zug.«

Baronna schloß die Augen und stöhnte auf. »Es war zu schön, um wahr zu sein ...«

Um von seiner Niederlage abzulenken, erinnerte er die anderen daran, daß Ende September auf derselben S-Bahnstrecke schon einmal eine Frau aus einem fahrenden Zug gestoßen worden war. »... zwischen Wuhlheide und Karlshorst, da ...«

»Richtig!« fiel im Lüdtke ins Wort und ließ sich sofort die Unterlagen dieses Falles kommen.

Als er ihn durchgegangen war, hegte er sogleich den Verdacht, daß derselbe Täter seinen Raubversuch wiederholt habe. »Dasselbe Muster oder, wie man heute wissenschaftlich sagt: Perseveranz. Beim ersten Mal, beim Überfall auf Fräulein Kargoll, hat er keine Handtasche erbeuten können, diesmal aber.«

Kaum hatte er das ausgesprochen, kam ein Bote ins Besprechungszimmer und übergab ihm eine schwarze Damenhandtasche. »Kommt vom Bahnhof Hirschgarten, Herr Kommissar, und ist beim Abgehen der Strecke am Kilometerstein 12,8 gefunden worden.«

Lüdtke bedankte sich und kippte den Inhalt der Tasche kurzentschlossen auf den Tisch. Die Herren stellten fest, daß alles noch vorhanden war, was man in einem solchen Behältnis wohl vermuten durfte. Lippenstift, Puder, Spiegel, Kamm, Parfüm, eine kleine Taschenuhr, etwas für die kritischen Tage, die Geldbörse mit einem Inhalt von 3 RM und 27 Rpf, ein Schlüsselbund, das Foto eines Soldaten, einen Feldpostbrief und schließlich das Personaldokument.

»Elisabeth Bendorf«, las Baronna. »Kommt aus Köpenick, Wendenschloßstraße 382. Auf dem Bahnhof Friedrichshagen beschäftigt.«

Kaum hatten sie das in sich aufgenommen, kam der Bote erneut ins Zimmer, diesmal mit einem Bleikabel in der Hand. »Vom Betriebsbahnhof Grunewald. Hat in einem Abteil der 2. Klasse gesteckt, in 'n Polstern drin. Im Zug aus Erkner, wo det passiert is mit die Frau.«

Lüdtke freute sich über die Weit- und Umsicht des Bahnbeamten, der die Suche gleich nach Bekanntwerden des Überfalls angeordnet hatte.

Alle sieben anwesenden Männer betrachteten das Bleikabel, das eine Länge von knapp vierzig Zentimetern hatte. Ohne Zweifel war das ein gefährliches Schlaginstrument, mit dem man ohne weiteres die Schädeldecke eines Menschen zertrümmern konnte.

»Was schließen wir daraus?« fragte Lüdtke.

»Daß es das Tatwerkzeug ist«, antwortete Baronna, der manchmal etwas vorlaut war.

Lüdtke sah ihn mißbilligend an. »Nicht doch: X andere Leute können es dort versteckt haben, und es kann reiner Zufall sein, daß man es kurz nach der Tat in der S-Bahn dort gefunden hat.«

Baronna wollte seinen Fehler wiedergutmachen und wies darauf hin, daß man das erst entscheiden könnte, wenn man wüßte, woher dieses Kabel eigentlich stammte.

Lüdtke nickte. »Was Sie denn gleich anschließend in Angriff nehmen sollten. Die Fabrik ausfindig machen, wo es hergestellt worden ist und wer so was verwendet – Post, Bahn oder wer sonst noch. Vielleicht gehen Sie auch mal zum Kriminaltechnischen Institut. Das sollen ja manchmal wahre Hexenmeister sein. Vorerst sollten Sie aber im Krankenhaus anrufen und fragen, ob wir das Fräulein Bendorf schon sprechen können.«

Baronna ging zum Apparat, mußte aber erfahren, daß Elisabeth Bendorf noch nicht vernehmungsfähig sei.

»Schade ...« Baronna war ständig bemüht, bei den anwesenden Kommissaren einen guten Eindruck zu schinden, und so dachte er, als ihm auffiel, daß die Überfallene gar keine Fahrkarte bei sich gehabt hatte, vor dem Losreden gar nicht lange nach. »Wie bei der Kargoll im ersten Fall. Das läßt doch nur den Schluß zu, daß der Täter Fahrkartenkontrolleur ist oder sich als ein solcher ausgegeben hat.«

Kriminalkommissar Zach lachte laut los. »Irrtum, sprach der Hahn und stieg von der Ente. Wenn sie bei der Bahn arbeitet, wird sie doch umsonst fahren können.«

Baronna wäre vor Scham am liebsten im Boden versunken.

»Also, Baronna, keine voreiligen Schlüsse, erst denken, dann reden. Und bleiben Sie in Kontakt mit dem Krankenhaus. So schnell wie möglich mit der Bendorf sprechen. Und das Kabel nicht vergessen!«

Zach grinste.

»Wie? Soll er ihr 's nochmal übern Kopp hauen?«

Am 6. November 1940, einem Mittwoch, hatten die Zeitungen wenig zu berichten. Reichsminister Dr. Goebbels weilte in Prag, und *Mein Kampf* hatte die Auflage von 6500000 Exemplaren erreicht. Der *Berliner Lokal-Anzeiger* widmete dem Fall Elisabeth Bendorf eine Spalte von 8 x 11,5 Zentimetern.

...en worden ...
z. B. nachgewiesen, daß
Fahrzeugs ein Mehrverbrau... ... ...
schuldet werden kann. Bei falscher Handhabung des Start-

Ueberfall im S-Bahnzug

Eine Frau niedergeschlagen und aus dem Zug gestoßen

Die Berliner Kriminalpolizei ist mit der Aufklärung eines schweren Verbrechens beschäftigt, das sich in der Nacht zum Dienstag am Bahnhof Hirschgarten abgespielt hat. Eine 29 Jahre alte Fahrkartenverkäuferin der Reichsbahn wurde dort von einem bisher noch nicht ermittelten Mann überfallen und aus dem fahrenden S-Bahnzug gestoßen. Sie erlitt Rücken- und Bruſtprellungen und mußte nach dem Köpenicker Krankenhaus gebracht werden.

Die Ermittlungen haben ergeben, daß die Ueberfallene, die auf dem Bahnhof Friedrichshagen beschäftigt ist, am Montagabend nach Dienstschluß um 23.45 Uhr einen Zug zur Heimfahrt bestiegen hatte. Mit ihr zusammen war auch der Täter in das Abteil zweiter Klasse, in dem sich sonst kein Fahrgast befand, eingestiegen. Als der Zug gerade den Bahnhof Hirschgarten verließ, öffnete der Unbekannte die Abteiltür, blickte zunächst nach dem Bahnsteig zurück und stürzte sich dann auf die Fahrkartenverkäuferin. Er warf sie zu Boden, und als die Ueberfallene sich heftig zur Wehr setzte, schleifte er sie zur Tür und stieß sie kurz hinter dem Bahnhof hinaus. Auf die Hilferufe der Frau eilte ein Bahnbeamter herbei und brachte die Verletzte, die hilflos zwischen den Gleisen lag, zum Bahnhof zurück; von wo sie dann von der Feuerschutzpolizei nach dem Köpenicker Krankenhaus gebracht wurde. Später wurden die Handtasche mit Bargeld und verschiedene Gebrauchsgegenstände der Ueberfallenen auf dem Bahnkörper aufgefunden, so daß eine Raubabsicht bei dem Täter nicht vorgelegen haben kann.

Bei dem Täter handelt es sich um einen Mann von etwa 28 Jahren, der etwa 1,65 Meter groß und von schmächtiger Figur war. **Bekleidet war er mit einer Post- oder Eisenbahnuniform.** Sachdienliche Mitteilungen, die auf Wunsch streng vertraulich behandelt werden, nimmt die Kriminalinspektion E I 5 im Polizeipräsidium, Zimmer 715, entgegen. Anruf 51 00 23, Hausapparat 515.

Eine Fundgrube für die Sippenforschung

Eine Lade ... ... ar

Gerhard Baronna hatte das zwar in die Wege geleitet, war nun aber doch ein wenig verwundert, es auch wirklich zu lesen. Irgendwie fiel das doch unter den Begriff der Wehrkraftzersetzung, auch hatte er Angst, als »Volksschädling« gebrandmarkt zu werden. Noch dazu, wo am Tag des Überfalls auf Elisabeth Bendorf eine neue und verschärfte Verdunkelungsverordnung in Kraft getreten war. Danach mußte vom Sonnenuntergang (an diesem Tage um 17.23 Uhr) bis Sonnenaufgang (um 8.05 Uhr) überall dort, wo die Lampen nicht gänzlich abgeschaltet werden konnten, das Licht blau eingefärbt werden, namentlich in den Straßenbahnen, Omnibussen, Kraftwagen und Eisenbahnwagen; ebenso durften auch alle Kennzeichen, Zielrichtungs- und Nummernschilder der Stadt-, Vorort- und Hochbahnen nur düsteres Blau zeigen. In ganz Berlin kam er sich vor wie bei sich zu Hause in der Dunkelkammer, wenn er beim Entwickeln seine Fotos war. Als Kripomann war ihm klar, daß das ein idealer Nährboden für das war, was man im allgemeinen als lichtscheues Gesindel bezeichnete.

»Was soll das!?« hatte Arthur Nebe gefragt, als sie ihm ihre Bedenken gegen diese Veröffentlichung vorgetragen hatten. »Alle unsere Kriminellen befinden sich zur Zeit zur Umerziehung in Sachsenhausen, Buchenwald, Dachau und so weiter.«

Baronna warf einen Blick auf das Bild seines Führers und verließ sein Büro, um auf die Toilette zu gehen. Auf dem Flur hing ein übergroßes Plakat, das einen gierigen Adler zeigte, dessen Kopf in eine Staffel schwarz-weiß-roter Reichskriegsflaggen ragte. Darüber und darunter stand in optimistisch wirkender Schrift: Mit unsern Fahnen ist der Sieg! Daneben hing der Aufruf vom letzten Kriegs-Winter-Hilfswerk. Er überflog es.

Durch des Führers entschlossene Haltung ist Deutschland erneut größer geworden! Wieder erhöhte sich damit auch die Zahl der Männer, Frauen und Kinder, die nach jahrzehntelanger Unterdrückung, nach unsagbarer Not, auf unsere Unterstützung angewiesen sind. [...] Neue kleine Bücher Der Führer macht Geschichte *danken den Spendern. [...] Schaffende sammeln – Schaffende geben!«*

Baronna spürte, wie er langsam aber sicher in den Sog dieser Leute geriet. Das war doch großartig, was sie da machten und dachten. Als Gymnasiast hatte er immer gedacht, wie herrlich es doch gewesen wäre, ein Bürger Roms gewesen zu sein. Claudius Flavius Baronnius, Quästor der Provinz Kreta und Cyrene. Stolz, mächtig, reich und umgeben von den schönsten Sklavinnen aus aller Herren Länder. Dann Prätor, Konsul und Caesar ... Und wenn die Deutschen jetzt ihr Germanisches Imperium errichteten, vom Atlantik bei Le Havre bis zum Pazifik bei Wladiwostok, dann war doch das die Chance zu einem großen Lebensentwurf.

»Na, soll ich mit der Sammelbüchse kommen?«

Hinter ihm stand Grete. Fast wäre er der Versuchung erlegen, sie in die Arme zu nehmen.

»Für dich würd' ich alles opfern, was ich habe.«

Darauf wußte Grete nichts zu erwidern. So schlagfertig und redegewandt wie die Frauen im Film, die Weiser oder die Benkhoff, war sie nicht und wollte sie auch niemals sein. Sie nahm ihn mit ins Büro, wo sie einen Text von Werner Finck in der Schublade hatte.

»Lies mal ...«

Sie waren allein, und dennoch sah sich Gerhard Baronna erst nach allen Seiten um, bevor er die ersten Zeilen überflog.

VERDUNKELUNGSÜBUNG
Meinen Enkeln werde ich es so erzählen: Es begab sich aber zu der Zeit, daß ein Gebot ausging, daß alles verdunkelt würde. Und diese Schützung war die erste von diesen Ausmaßen ... kaum war das Gebot ausgegangen, so taten es die Lichter auch, und eine Finsternis breitete sich aus zwischen den Häusern. Und die Züge der sonst so freundlichen Eisenbahn verfinsterten sich ob dieser Übungen. Und es war da kein Auto, das nicht eine Schwarzfahrt unternahm. Allein der Mond leuchtete auf weiter Flur ... Er schien, nein, er schien noch von keiner Verdunkelung zu wissen. Es waren aber Flieger in der Nähe ..., die sprachen also: Auf zum fröhlichen Treffen ...

Die Tür flog auf, Lüdtke kam herein. Grete stieß mit einer Reflexbewegung die Schublade wieder in den Schreibtisch hinein, und Baronna federte einen Schritt zurück.

Lüdtke feixte. »Weitermachen!«

Baronna wurde rot. »Ich habe Fräulein Behrens gerade gefragt, was sie über unsere beiden S-Bahnfälle denkt.«

»Und was denkt sie?«

Baronna mußte improvisieren, war aber zu verwirrt dazu, um gut zu sein. »Daß man in der Dunkelheit schlecht sehen kann...«

»Das ist wirklich eine völlig neuartige Erkenntnis.«

Grete kam ihm zu Hilfe. »... schlecht sehen kann, ob in einem Abteil schon jemand sitzt oder ob es völlig leer ist. Das heißt, ob man einsteigen kann oder nicht.«

Das nahm Lüdtke jetzt ernst. »Vollere Abteile, das hieße kürzere Züge, vor allem nachts und auf den Außenstrecken, aber unter vier Wagen, einem Halbzug, geht das bei der S-Bahn nicht; ich hab da schon Erkundigungen eingeholt.« Er sah Baronna an. »Ich suche Sie, weil ... Der Reichskriminaldirektor möchte gerne wissen, was nun mit diesem Malchow ist.«

Baronna zuckte zusammen. Wenn sich die Spitze dafür zu interessieren begann, dann herrschte Alarmstufe Eins. »Paul Malchow ... ja ... Das Ergebnis ist eindeutig: nichts. Jedenfalls, was den Mord an der Ditter betrifft. Das Blut an seiner Kleidung stammt von ihm selber; er hatte bei einem Laubeneinbruch eine Fensterscheibe eingedrückt und sich dabei geschnitten. Und die Sittlichkeitsverbrechen ... Bei der Gegenüberstellung mit Vieren der Opfer ist er in keinem Falle wiedererkannt worden. Der wirkliche Täter sei kleiner gewesen, hieß es. Aber auch das schien den Frauen nicht ganz sicher. Außerdem hat er für die Tatzeit ein Alibi aus einer Gastwirtschaft in der Landsberger Allee beibringen können.«

Lüdtke nickte. »Und was ist mit dieser Elisabeth Bendorf?«

»Da fahre ich gleich hin. Ins Krankenhaus Köpenick.«

»Dann lassen Sie sich bitte nicht weiter aufhalten.« Da der Kommissar ihm die Tür öffnete, konnte er von Grete nur mit einem kurzen, aber um so sehnsuchtsvolleren Blick Abschied nehmen.

Für die Fahrt nach Köpenick griff Baronna nicht auf einen Dienstwagen zurück, sondern nahm die S-Bahn. Er wollte sich voll und ganz auf sein Thema einstimmen. Schön, es war Tag jetzt, aber dennoch.

Als er auf dem Bahnhof Alexanderplatz den Zug betrat, fiel

ihm zunächst auf, wie unübersichtlich diese Abteile doch waren. Vier Türen gab es, und seitlich von jeder Tür ragten kinnhohe Holzwände auf. Nicht einmal, wenn man einstieg und noch stand, hatte man den ganzen Wagen mit seinen immerhin fast siebzehn Metern voll im Auge – und erst recht nicht, wenn man saß, zudem noch am Fenster und bei funzligem Verdunkelungslicht.

Jeder Wagen bestand quasi aus drei großen Boxen oder Pferchen mit jeweils acht Bänken, auf denen immer zwei Passagiere Platz finden konnten. Bei den Triebwagen war das etwas übersichtlicher, weil es hier die Dienstabteile gab, die den Raum erheblich kleiner machten, während er bei manchen Beiwagen an den Endtüren noch eine Art Verschlag entdeckte, in dem man sich ganz besonders gut verstecken konnte. Sogar am hellichten Tage schien ihm die leere S-Bahn ein wenig unheimlich zu sein.

Dennoch, Baronna fragte sich, warum denn Frauen, gewarnt waren sie ja, spätabends und nachts noch allein durch die Gegend fuhren. Die Antwort war klar: der Männermangel, die Tatsache, daß sie vielfach Schichtdienst hatten – auf Männerarbeitsplätzen. Aber warum schlossen sie sich nicht einfach zusammen und fuhren mindestens zu zweit? Wahrscheinlich war das nur schwer zu arrangieren, wenn man müde war, wenn man bei dem schwachen Licht kaum sehen konnte, wer wo stand und wartete. Und außerdem: wenn man mit fünf anderen Fahrgästen in einem Wagen fuhr, und alle fünf stiegen aus, sollte man denn da extra in die Kälte und ins Dunkel hinaus, um sich einen sicheren Platz zu suchen? Vielleicht stolpern dabei und zwischen die Wagen geraten oder zwischen Bahnsteigkante und Wagen. Und dabei die Beine verlieren. Nein, sicher nicht. Und dabei die trügerische Gewißheit: Wird schon nichts passieren.

Das war so, und das ließ diesen Mann mit Sicherheit immer wieder Opfer finden, wenn er nur lange genug umherfuhr und suchte. Doch das machte ihn auch wieder angreifbar. Wer also fuhr ständig und unauffällig mit der S-Bahn umher? Natürlich der Triebwagenführer und sein Schaffner. Unsinn, die waren doch ständig zu zweit. Und es war an den Haaren herbeigezogen, anzunehmen, daß einer den anderen dabei dekken würde.

Baronna sah aus dem Fenster. Ostkreuz schon. Es begann

langsam interessant zu werden. Da kam ihm eine Idee. Ob er mal nach vorne ging und fragte, ob er im Führerstand mitfahren durfte? Sicherlich gab es da den Dienstweg, der einzuhalten war, schon der Versicherung wegen. Doch egal, wenn die beiden mitmachten, Lüdtke nahm ihn sicherlich in Schutz, falls etwas schiefgehen sollte. So stieg er aus, lief nach vorn, wies sich aus und sprach den Schaffner an.

»Es geht um die Überfälle hier ...«

»Wie ...?« Der Triebwagenführer sah ihn prüfend an. »S-Bahn und Laubengelände am Bw Rummelsburg?«

»Ja.«

Es stellte sich heraus, daß der S-Bahner dort in der Laubenkolonie wohnte und daß seine Frau durch die ständige Drohung schon dabei war, krank zu werden. »Borowka mein Name, Albert Borowka, und natürlich unterstütze ich Sie gerne. Kommen Sie rein.«

Baronna freute sich, und er hörte schon, wie Grete sagen würde, daß er das Dienstliche nur zum Vorwand genommen habe, um sich endlich das zu erfüllen, was schon sein Kindheitstraum gewesen war.

Der Triebwagenschaffner klopfte von außen gegen die Scheibe. Türen schließen! Borowka schaltete hoch. Los ging es. Vorbei am grünen Licht des Ausfahrtsignals und unter der Ringbahn hindurch. Wie aus einem Tunnel heraus. Links tauchte das erste Stellwerk auf. OKO las er mit kindlicher Neugierde und übersetzte es mit Ostkreuz Ost. Die erste Weiche schnitt sich in die Stränge ihres Gleises. Die Strecke nach Strausberg fiel nach links hin ab und verschwand hinter dichtem Gebüsch. Zwar war der Herbst schon mächtig fortgeschritten, doch das Laub der meisten Bäume war noch immer dicht genug, um wie eine Wand zu wirken. Eine Wand allerdings, die – neben noch immer einigem Grün – alle Töne zwischen Gelb, Rot, Braun und Ocker zeigte. Links vorn stieß die Rummelsburger Kirche als backsteinroter Pfeil weit in den seidig blauen märkischen Himmel hinein, und schon zwang der nächste Bahnhof Borowka zum Bremsen. Rummelsburg. Da er in einer leichten Rechtskurve gelegen war, waren die gußeisernen Säulen des Bahnhofsdachs mit ihren griechischen Kapitellen wunderschön zu erkennen. Kilometer 3/1. Genau am weißen H auf schwarzem Grund brachte Albert Borowka seinen Zug zum Stehen.

Während sie hielten, ließ sich Baronna von Borowka den Fahrplan geben und notierte sich schnell die Fahrzeiten zwischen den einzelnen Bahnhöfen.

	Minuten
Ostkreuz – Rummelsburg	2
Rummelsburg – Betriebsbahnhof Rummelsburg	2
Betriebsbahnhof Rummelsburg – Karlshorst	3
Karlshorst – Wuhlheide	3
Wuhlheide – Köpenick	4
Köpenick – Hirschgarten	2
Hirschgarten – Friedrichshagen	3
Friedrichshagen – Rahnsdorf	4
Rahnsdorf – Wilhelmshagen	4
Wilhelmshagen – Erkner	3

»Da muß man aber jeweils noch die rund dreißig Sekunden abrechnen, die wir auf den Bahnhöfen halten«, sagte Borowka.

Baronna hatte keine Ahnung, wie lange ein Vergewaltiger brauchte, um ans Ziel zu kommen, und vermochte auch wenig an diesbezüglichen Vorstellungen hervorzubringen, fand aber, daß maximal vier Minuten schwerlich ausreichen konnten. Und bei jedem Halt mußte der Täter ja befürchten, daß man ihn störte. Er fragte, als sie wieder angefahren waren, Borowka und seinen Kollegen, was sie dazu meinten.

Der Triebwagenschaffner war sich da nicht sicher. »Wenn er vorher schon gehörig Druck drauf hat …«

»Und die Frau mit einem Schlag betäubt hat, dann …«, Borowka mochte nicht mehr weitersprechen.

Baronna ließ das Thema fallen und widmete sich wieder der Strecke, die ihr Zug wie ein Riesenwurm zu fressen schien. Immer neue Schienenmeter schluckte er in seinen ewig langen Leib hinein.

Mit dem metallischen Klacken des Fahrschalters wuchs die Geschwindigkeit des Zuges. Das Öööööööhhhhh seiner Motoren wurde immer länger und heller.

Die beiden Streckengleise, vom Mittelbahnsteig getrennt, liefen wieder aufeinander zu, und die Stromschiene kehrte von der Außenseite in die Mitte zurück. Das Gütergleis rechts neben ihnen schwang sich auf einen Damm und führte dann in schrägem Winkel auf einer strebenreichen Brücke über die S-Bahn hinweg. Gleich dahinter kam wieder ein Stellwerk, klein und in braunrotem Backstein, rußüberzogen.

»Vnk ...«, las Baronna und kam nicht darauf, was das wohl heißen konnte.

»Verbindungsbahn nach Kaulsdorf«, verriet ihm Borowka, den er schließlich fragte.

Links der Strecke dehnte sich nun, so weit das Auge reichte, das Laubengelände, in dem der Mord geschehen war. Gerda Ditter.

»Da haben wir Gutland I und II«, sagte auch Albert Borowka. »Da wohn' ich jetzt, und da zittern sie alle vor diesem Sittenstrolch. Jede Nacht.«

»Kann ich mir vorstellen ...« Baronna erzählte ihnen, daß er auf dem Weg zu Elisabeth Bendorf war, die man am 4. November zwischen Hirschgarten und Köpenick aus dem Zug gestoßen hatte. »Vielleicht vom selben Täter, und ich hoffe, daß sie uns ein wenig weiterhelfen kann.«

»Gleich Rübe ab«, sagte der Triebwagenschaffner.

»Hm ...« Baronna schwieg zu diesem Thema lieber. Du sollst nicht töten, hatte er gelernt, und niemand durfte das, auch nicht im Auftrage seines Staates.

Borowka erzählte, wie sehr sich sein Kamerad in die Bendorf verknallt hatte. »Und nun das ...«

»Grüßen Sie sie schön von mir, und ich komm' sie bald mal besuchen«, sagte der Triebwagenschaffner.

»Ja, mach' ich.« Sie schwiegen. Rechts erstreckte sich die ausgedehnte Fläche des Bahnbetriebswerkes (Bw) Rummelsburg, beginnend mit dem Stellwerk Vnk und dem riesigen Rund eines Lokschuppens.

Linkerhand, zwischen den Lauben und den Schienen, führte jetzt ein breiter Weg entlang, auf dem etliche Hausfrauen, Kinder und Rentner zu sehen waren, mit ihren Rädern oder zu Fuß.

»Nachts ist es hier so einsam und so dunkel, daß Sie garantiert das Fürchten kriegen«, sagte Borowka.

Baronna konnte das verstehen. Er wäre hier nachts auch nicht umhergelaufen, ohne seine Dienstwaffe in die Hand zu nehmen.

Der nächste Bahnhof tauchte auf, in einer langgezogenen Rechtskurve liegend und von einer kastenförmigen Bahnbrücke weit überspannt, der Betriebsbahnhof Rummelsburg. Er hatte nur einen Zu- beziehungsweise Abgang, und zwar am Bahnsteigende Richtung Erkner. Man mußte, wollte man zur Zobtener Straße hinüber und zu den Lauben, das nördliche Gleis in einem Tunnel unterqueren. Auch das war, wie Borowka meinte, für Frauen, die nachts allein hier ankamen, eine schlimme Sache. Wer dagegen auf das Gelände des Betriebswerkes wollte, hatte zuerst durch den Tunnel zu gehen und dann auf eine Fußgängerbrücke zu steigen. Baronna bezweifelte, daß einer der Eisenbahner das tat. Die kletterten ganz sicher über das südliche S-Bahn-Gleis und seine seitliche Stromschiene hinüber.

Weiter. Immer am Bw-Gelände entlang. Zwischen die Gleisharfen war ein Wasserturm gesetzt, ein Brückenstellwerk gliederte die weite Fläche. Ganz hinten in Richtung Spree fand sie am massigen Klotz des Kraftwerks Klingenberg ihre Begrenzung. Abgestellte Personenwagen füllten die Gleise, standen einzeln herum oder schoben sich als ganze Züge fächerförmig ineinander, verschwanden auch in langen Wagenhallen. Nichts als roter Backstein, wenn Baronna nach rechts außen blickte, an Borowka vorbei. Links weiterhin Bäume und Büsche. Dann kam mit der Brücke am Blockdammweg das Ende des Bw Rummelsburg, und von rechts wie links grüßte Karlshorst mit seinen Dächern.

Auf den Fernbahngleisen rechts kam ihnen eine Dampflok entgegengeschossen.

Sie überquerten die Treskowallee und hielten in Karlshorst. Baronna fiel wiederum auf, wie lang doch diese Bahnhöfe eigentlich waren. Einem Vollzug, gleich acht Wagen, hatten sie genügend Platz zu bieten. Überschlägig mochten es hundertfünfzig Meter sein. Und die konnte man seit der Verdunkelungsverordnung kaum noch überblicken.

»Da rechts hinten ist der Bahnhof extra für die Trabrennbahn«, erklärte ihm Borowka.

»Ah, ja ...«

Baronna war mit seinen Gedanken bei Gerda Kargoll. Vor sechs Wochen war sie wenige hundert Meter von hier aus einem S-Bahnzug gestoßen worden. Lange Zeit hatten sie das Protokoll des Karlshorster Revierbeamten nicht für voll genommen, jetzt aber war an der Schilderung der jungen Frau nicht mehr zu zweifeln. Die große Frage war und blieb, ob der

Mann aus der Laubenkolonie mit dem aus der S-Bahn identisch war.

Sie fuhren wieder an. Rechts konnte er ab und an einen Blick auf die Trabrennbahn erhaschen. Danach wurde es auf dem Weg nach Köpenick zunehmend ländlicher. Sie durchquerten die Wuhlheide, ein vergleichsweise ausgedehntes innerstädtisches Waldstück zwischen Karlshorst im Westen, Biesdorf im Norden, Köpenick im Osten und Oberschöneweide beziehungsweise der Spree im Süden. Bei einer nächtlichen S-Bahnfahrt, so dachte Baronna, mußte das den Eindruck erwecken, fernab von aller Welt zu sein. Klar, daß das auf den Täter stimulierend wirkte.

Schmal waren die Gleise in den Wald gefräst, und da sie schnurgerade verliefen, entstand für Baronna der Eindruck, daß sie am Horizont hinten schräg nach unten kippten, sich der Erdkrümmung anglichen. Das immer Gleiche an Signalen, Kilometersteinen, Zügen aus der anderen Richtung. Es war jedesmal bedrohlich, wenn sie sich näherten, es schien unvermeidlich, daß sie mit dem eigenen Zug zusammenstießen. Die Druckwelle – und vorbei. Nein, noch einen Augenblick das Vorübergleiten der rotgelben Schlange.

Eine Eisenbahn- und eine Straßenbrücke, das nächste Bahnhofsdach, Wuhlheide war erreicht. Kilometer 9/6.

Die Strecke schien von hier in gerader Linie bis zur Oder zu laufen.

Weiter ging es durch die Waldschneise in Richtung Südost. Nach einer weiten Linkskurve dann die Häuser von Köpenick. Höher als die von Karlshorst.

Der Zug rollte aus, der Zugang des Bahnhofs Köpenick, wie ein Gewächshaus gebaut, quetschte sich zwischen die Gleise, die Druckluft entwich mit typischem Zischen, Baronna war am Ziel.

»Wir drücken Ihnen die Daumen, daß Sie den Kerl bald haben«, sagte Borowka.

Baronna bedankte sich und schüttelte den beiden Männern im Führerstand die Hand. Dann lief er zur Mahlsdorfer Straße hinunter und suchte nach einer Straßenbahn, die zum Krankenhaus fuhr. Die 87 war es wohl.

Der Oberarzt hatte nichts dagegen, daß er mit Elisabeth Bendorf sprach. Die Fahrkartenverkäuferin hatte sich von ihren schweren Verletzungen wieder soweit erholt.

»Aber bitte nicht lange und mit Rücksicht auf die starken Kopfschmerzen, die sie noch hat.«

Der dicke Verband, den sie trug, unterstrich diese Ermahnung mit allem Nachdruck. Gehirnerschütterung, Schädeltrauma, Baronna wußte, daß es lange dauern würde, bis sie wieder ein ganz normales Leben führen konnte. Und wenn sie neunzig Jahre werden sollte, immer wieder würde sie nachts hochschrecken und an die Szene denken, wie sie aus dem Zug geworfen worden war. Baronna fühlte, wie er den Täter zu hassen begann. Nein, nicht die Todesstrafe wollte er für ihn, auch nicht, daß er lange ins Gefängnis kam, sondern er wünschte sich nur, daß man ihn in denselben Zustand versetzte, in dem sich die unscheinbar-mädchenhafte Elisabeth Bendorf jetzt befand. Er setzte sich auf die Bettkante, grüßte sie von Karl-Heinz, dem S-Bahner, und drückte ihr sein Mitgefühl aus.

»Danke.« Baronna sah nur ihre dunkelbraunen Augen und versuchte, sich vorzustellen, wie ihr Gesicht wohl ohne den Verband aussah. Verheiratet war sie nicht, lebenslustig sah sie aus.

»Sie brauchen mir jetzt nicht alles noch einmal zu erzählen, nur das, wovon Sie meinen, daß es uns weiterbringen könnte.«

Elisabeth Bendorf richtete sich ein wenig auf. »Er hatte eine Uniform an. Post oder Eisenbahn.«

Baronna nickte. Mit einer Art Neid betrachtete er die Kranke. Sie hatte den Täter schon gesehen, er nicht. Sein altbekannter Zynismus. Er kam nicht dagegen an.

»Post oder Bahn ...?« Fast hätte er barsch gefragt: Na, was denn nun?

»Meine Erinnerung ist ein wenig ...« Elisabeth Bendorf zeigte auf ihren Verband. »Mein Kopf ... Bahn wohl eher, denn ich glaube, daß ich ihn erkannt hatte ...«

Baronna konnte es nicht fassen. »Ein Kollege von Ihnen?«

»Ja. Irgendwo hatte ich ihn schon mal gesehen ...«

Baronna blickte sie ein wenig skeptisch an. »Aber dann mußte er doch damit rechnen, daß Sie ihn ebenfalls ... Und das Risiko dabei ...«

»Ach, wissen Sie, wenn bei den Männern der Trieb durchbricht ...«

Baronna fühlte sich ein wenig getroffen. »Nicht bei allen!«

betonte er. »Wenn es ein Kollege war, können Sie sich denn noch an den Namen erinnern?«

»Das ist es ja. Seit ich hier liege. Der Schlag auf den Kopf, der ...«

»Das ist schlimm, ja ...« Baronna ließ ihr Zeit. Während sie nachdachte, fragte er sich, was denn noch geschehen müsse, damit es keine solchen Überfälle mehr gab. Die Leute wußten doch, daß jeder, der eine solche Straftat beging, Gefahr lief, als BV, als Berufsverbrecher, ins KZ zu kommen. Hielten sie das für ein Sanatorium, wo man den Krieg überstehen konnte, ohne an der Front zu sterben? Er verstand das nicht. Jeder vernünftige Mensch mußte doch ... Klar, Männer wie der Mörder in der Laubenkolonie waren eben in diesem Sinne und in diesen Sekunden keine vernünftigen Menschen mehr, sondern nur noch Tiere. Raubtiere, mordende Tiere oder auch nur gierige Tiere. Die Wespe stürzte sich auch dann noch auf den Pflaumenkuchen, wenn man sie mit der Klatsche zweimal knapp verfehlt hatte. Grete meinte immer, das sei auch eine Form des Todestriebs.

Elisabeth Bendorf hatte die Augen geschlossen. »Da war irgendwas mit Bu ...«

Baronna wollte nachhelfen und suchte nach bekannten Namen, die mit Bu begannen. Aber außer Bunsen, dem Chemiker mit dem Brenner, und Wilhelm Busch fiel ihm nichts weiter ein.

»Nein ... Eher so wie Bullrich-Salz ...« Sie machte noch eine letzte Anstrengung. »Ich glaub, ich hab's: 's war der Bullin, der Max Bullin.«

Kapitel 10

Gerhard Baronna hatte normalerweise keine Probleme mit dem Ein- und Ausschlafen, aber in der Nacht vom 3. auf den 4. Dezember 1940, von Donnerstag auf Freitag, wollte er nicht zur Ruhe kommen. Das lag vor allem an Grete.

Er wohnte noch immer bei seiner Mutter in der Manteuffelstraße, in der Nähe des Görlitzer Bahnhofs. Und gestern abend hatte er es endlich geschafft, Grete Behrens nach Kreuzberg zu locken, um ihr einmal jenen Kohlenkeller zu zeigen, von dem er ihr so oft erzählt hatte. Es war der große geheimnisvolle Raum seiner Kindheit. Braunkohlenbriketts die Wände hochgestapelt, die Marke *Troll* vor allem. Schon allein dieser Geruch. Modrig war er, ein Gemisch von Torf und Schimmelpilz, aber auch von versunkenem Urwald, verwesten Dinosauriern. Dazu Steinkohle, Anthrazit, Koks, kleingehacktes Brennholz. Bergwerk konnte man hier spielen, Kohlenzüge fahren lassen. Und Verstecken. Heute versteckte seine Mutter ab und an Juden hier, die abgeholt werden sollten.

Ein altes Bett stand da. Bestimmt für seine Mutter, wenn sie vom Kohlenwiegen müde war. Oder für heiße Sommertage, wenn es oben in der kleinen Wohnung im ersten Stock zu heiß geworden war.

Jetzt lag er mit Grete in diesem Bett. Mythos der ersten Nacht. Mehr Arbeit als Lust. Grete traute seinem Männerschutz nicht und hatte Angst davor, schwanger zu werden. Kein Kind, das dann später an irgendeiner Front erschossen wurde, kein Kanonenfutter für den Führer. Grete fand es entwürdigend, hier unten mit ihm zusammen zu sein. Sie hatte sich das erste Mal für eine KdF-Reise aufheben wollen, für die Nacht ihrer Verlobung. Grete hielt viel mehr von einer platonischen Verbindung. Sie haßte es innerlich, wenn er in ihren Körper drang und sie mit seinem Leib begrub. So ihre Worte in ihrem Tagebuch, die er zufällig einmal gesehen hatte: »Wie die Tiere sind die Männer!« Warum sie nachgegeben hatte? Um nicht allein zu sein in dieser Nacht im Krieg.

Baronna war den Tränen nahe. Er liebte sie und wußte, daß sie nie das sanfte Frauchen sein würde, das er suchte, Mutter seiner Kinder, Hüterin des Hauses, das er einmal haben wollte. Draußen in Schmöckwitz an der Dahme.

Schlafen konnte er nicht mehr. Er knipste die kleine Nachttischlampe an und warf einen Blick auf den alten Wecker, der so groß war wie eine aufrecht stehende Zigarrenkiste. Kurz vor vier.

Seine Gedanken kreisten um den Dienst. In der Mordsache Ditter war man nicht vorangekommen, beim S-Bahn-Täter ebensowenig. Max Bullin, der Kollege der Bendorf, hatte sich als große Enttäuschung erwiesen. Zur Tatzeit hatte er mit Freunden der Ordnungspolizei Karten gespielt. Ein besseres Alibi gab es wohl nicht.

Baronna versuchte, weder an den Dienst zu denken noch an seine Zukunft mit Grete. Am besten, er las noch etwas, um wieder müde zu werden. Nur lag hier unten außer ein paar alten Zeitungen nichts herum. Es staubte, als er sie vom Stapel nahm. Die *Berliner Morgenpost*, das *12 Uhr-Blatt*, den *Völkischen Beobachter*.

An der Strecke Berlin–Fürstenwalde war in der Nähe des Bahnhofs Fangschleuse der 43jährige Alfred S. schwerverletzt aufgefunden worden, vom Zug überfahren.

Baronna überlegte einen Augenblick, ob es einen Zusammenhang zu ihren Fällen gab. Nein. Wahrscheinlich ein Selbstmordversuch.

Dann fand er das Gedicht *Gelöbnis* von Max Wegner.

Du, Führer, bist für uns Befehl!
Wir stehn in deinem Namen.
Das Reich ist unseres Kampfes Ziel,
ist Anbeginn und Amen.

Dein Wort ist Herzschlag unserer Tat.
Dein Glaube baut uns Dome.
Und holt der Tod die letzte Mahd,
nie fällt des Reiches Krone.

Wir sind bereit, dein stummer Bann
schweißt erzen unsere Reihe
wie eine Kette, Mann für Mann,
ein Wall für dich in Treue.

Vielleicht lag es daran, daß er so überwach war, sich mit überreizten Sinnen hin und her geworfen hatte, aber er wurde vom Geist dieses Gedichts so gepackt wie ein Stück Papier vom Sturm. Warum sich nicht mitreißen lassen in die Höhe, zu allen Himmeln hoch, anstatt nur immer böse zu lästern? Warum sich nicht auch hingeben der großen Sache? Welcher Hochmut war es doch, wenn ein Mensch nicht aufgehen wollte im Ganzen, sondern stets bestrebt war, die eine ganz besondere Ameise sein zu wollen. Warum sollten all die Kretins dieses Volkes Karriere machen, er aber nicht, der er viel mehr konnte, wußte, machte. Vielleicht noch im Konzentrationslager landen, weil seine Mutter Juden versteckte.

Nein, er wollte Teil des stolzen Rudels werden. Endlich Pg. geworden sein, zur Gestapo überwechseln, zur SS. Dann verlor er Grete, verlor er seine Mutter. Und? Für Grete gab es viele andere, und sich von seiner Mutter abzunabeln, war schon seit langem fällig.

Das kannst du nicht machen. Doch. Nein. Da klopfte es draußen an der Kellertür. Der Wecker zeigte 0.44 Uhr. Baronna zuckte zusammen. Jetzt kamen sie, seine Mutter abzuholen.

Auch Grete war hochgefahren. »Was ist 'n?«

»Keine Ahnung.«

Eine sonore Männerstimme sorgte für Klarheit. »Herr Kriminalsekretär, ich soll Sie abholen. Ein Mord in Karlshorst.«

Im Anziehen umarmte er Grete. »Schlaf man weiter.«

»Und deine Mutter?«

»Wird dich schon nicht mit 'ner Preßkohle erschlagen.«

»Gerhard!« kam es mahnend.

Gott, war die empfindlich. »Entschuldige.« Er lief in die Wohnung hinauf. Seine Mutter kam ihm im langen Nachthemd entgegen und hatte ihm schon schnell zwei Stullen geschmiert. Eine mit Schmalz, eine mit Wurst. »Kaffee konnte ich nicht mehr ...«

»Danke ...« Er nahm das Päckchen und stürzte zum Wagen hinaus. Trotz der Verdunkelung ging es in wahnwitzigem Tempo durch die noch schlafende Stadt. Auf der Oberbaumbrucke über die Spree hinüber, am Fluß entlang und vor dem Bahnhof Ostkreuz um den Rummelsburger See herum, dann unter der S-Bahn nach Erkner hindurch und ziemlich umständlich im Dreieck hinauf zur Treskowallee und wieder steil südwärts, bis der Bahnhof Karlshorst endlich in Sichtweite kam.

Der Fall war der Mordkommission unter Leitung von Kriminalkommissar Zach übertragen worden. Baronna wurde informiert, daß es sich bei der Toten um die 26jährige Krankenschwester Elfriede Franke handelte. Ihre Sachen lagen ringsum verstreut.

»Kein Raubüberfall«, wie Zach kurz zusammenfaßte. Die Leiche der Krankenschwester lag auf dem Bahnkörper der S-Bahn, und zwar gleich hinter dem Bahnhof Karlshorst, Richtung Ostkreuz. Scheinwerfer beleuchteten das grausige Bild, und Baronna fragte sich, ob das wegen der Verdunkelungsverordnung überhaupt genehmigt war.

Kurz vor ihnen war auch der Leiter des Gerichtsmedizinischen Instituts der Stadt Berlin nach Karlshorst gekommen, Dr. Waldemar Weimann.

Er war dabei, den stark zertrümmerten Schädel der Toten abzutasten. Im Scheinwerferlicht schimmerte ein Armband aus Gold.

»Können Sie schon jetzt die ungefähre Todeszeit angeben?« fragte Baronna.

»Nach den üblichen Todeszeichen hat die junge Frau vor längstens drei Stunden ihr Leben verloren.«

»Tod durch einen Schlag oder allein durch den Sturz aus dem fahrenden Zug?« fragte Kriminalkommissar Zach.

»Haben Sie vielleicht ein Röntgengerät bei sich?« gab Dr. Weimann ärgerlich zurück, offenbar nicht gerade erbaut von diesem Nachteinsatz im schon gehörig naßkalten Herbst.

»Immerhin wäre ich dankbar, wenn ich Ihren Befund noch heute früh haben könnte«, sagte Zach.

»Seh' ich nicht ein, warum denn diese Hast?«

Zach sah ihn eindringlich an. »Das ist der dritte Fall dieser Art im Laufe eines Vierteljahres ... Auf dieser Strecke.«

Baronna zählte die anderen beiden Fälle auf. Gerda Kargoll am 20. September und Elisabeth Bendorf am 4. November. Beide herausgestoßen aus dem fahrenden Zug.

»Die erste Frau hatte Würgemale am Hals«, ergänzte Zach. »Die zweite behauptet, mehrere Schläge auf den Kopf erhalten zu haben.«

»Behaupten kann man viel«, wandte Dr. Weimann ein, noch immer ziemlich knurrig. »Hat man denn keine Röntgenaufnahmen gemacht?«

»Doch.«

»Hat ein Gerichtsmediziner die Aufnahmen gesehen?«

»Natürlich«, erwiderte Zach. »Außer Schädelbrüchen, die durch den Sturz entstanden sind, hat er auch Spuren eines Schlagwerkzeuges festgestellt.«

»Wer war denn dieser Gerichtsarzt?«

»Na, Sie selber, Herr Medizinalrat ...«

Dr. Weimann guckte böse, erinnerte sich dann aber doch an diese ominösen Röntgenaufnahmen. »Ja ... Einwandfreie Schädel- und Schädelbasis-Brüche durch Aufprall auf ebener Fläche. Daneben umschriebene Frakturen, möglicherweise durch Schlag mit stumpfem Gegenstand. Aber ich hab' das nur mit der Bitte um gutachterliche Äußerung bekommen – ohne nähere Angaben über das Wer, Wann, Wo, Wie und Warum. Warum diese Geheimniskrämerei?«

Zach zuckte mit den Schultern. »Goebbels will kein Aufsehen.«

»Aus seiner Sicht verständlich.« Dr. Weimann erhob sich. »Was meinen Sie: ein Sexualverbrechen?«

Zach mochte das nicht so recht glauben. »Die Kleidung der Krankenschwester ist unversehrt. Auch die beiden Frauen, die glücklich davongekommen sind, haben nicht zu Protokoll gegeben, daß der Mann versucht hätte, sie zu vergewaltigen.«

»Doch«, wandte Baronna ein. »Die Kargoll hat schon gesagt, daß er sie unsittlich berührt habe.«

»Wir hören voneinander«, sagte Zach, als er sich von Dr. Weimann verabschiedete.

Sie brachten ihre Arbeit zu Ende. Noch einmal nach Hause zu fahren und sich hinzulegen, lohnte gar nicht mehr. Also wollten sie gleich ins Präsidium zurückkehren. Sie stiegen in die Wagen.

Gerade wollten sie losfahren, da kam Kommissar Lüdtke auf sie zugelaufen.

»Nanu …!?« Zach rieb sich die Augen.

»Hat man ihn auch noch alarmiert«, sagte Baronna und drehte seine Scheibe herunter. »Chef, Sie kommen zu spät.«

Lüdtke pustete. »Nein, auf der anderen Seite des Bahndamms liegt die zweite Leiche dieser Nacht. Prinz-Heinrich-Straße. Kommt mal mit …«

Baronna und Zach stiegen wieder aus. Sie befanden sich auf der nördlichen Seite des Bahndamms und liefen nun ein paar Meter Richtung Erkner, bis sie die Bahnstrecke bei der Treskowallee unterqueren konnten. Auf der anderen Seite verlief die Prinz-Heinrich-Straße auf etwa einem Kilometer parallel zur Bahn.

Lüdtke und seine Assistenten hatten schon einiges herausgefunden, und er setzte Zach und Baronna davon in Kenntnis, daß die ledige 19jährige Arbeiterin Irmgard Freese um 4.30 Uhr von zwei Straßenpassanten mit schweren Schädelverletzungen bewußtlos aufgefunden worden war. Man hatte sie ins Krankenhaus gebracht.

»Und die Tatwaffe?« fragte Baronna.

»Ein stumpfer schwerer Gegenstand.«

»Wie bei den beiden Frauen, die aus der S-Bahn hinausgestoßen worden sind.«

»Aber nicht wie bei der Gerda Ditter in der Laubenkolonie.« Zach vertrat weiterhin die These, daß es sich um zwei Täter handelte.

»Auf jeden Fall zwei Morde in einer Nacht«, sagte Lüdtke. Etwas, das sie betroffen schweigen ließ.

Der Schriftsteller Wilhelm Ihde von der Reichsschrifttumskammer sollte diese Situation unter dem Pseudonym Axel Alt wenig später wie folgt kommentieren:

Nun aber an einem Tage zwei Kapitalverbrechen auf einmal! Dazu die Erinnerung an ähnliche in jüngster Zeit geschehene Ereignisse! Die Reaktion hierauf – nun, wie soll man sie ohne Phrase verständlich machen? Das ist nicht etwa eine sachlich gesteigerte Zielstrebigkeit oder eine im sportlichen Sinne erhöhte Tatbereitschaft, beides etwa in der Art einer sachlich-neutralen Objektivität. Nein, vielmehr hat der Verbrecher an die unbestechliche Alarmglocke des Herzens gerührt, die da ruft: Menschen in Gefahr! Wer mag ahnen, wieviel Menschen in Gefahr sind! Die Verbrechen häufen sich, heute trifft es diesen, morgen jenen, alles Menschen, die vertrauensselig und treulich ihrer Arbeit nachgehen, die kaum jemand etwas Schlechtes zumuten, die um die Wohlfahrt ihrer Angehörigen, um das Gedeihen ihrer nächsten Gemeinschaft bemüht sind und in ihrer Friedfertigkeit das Opfer jedes anormalen Schädlings werden können. Diese Menschen sind in Gefahr. Und es sind Frauen!

Mit diesen Verbrechen haben der oder die Täter das allereinfachste Gefühl im Menschen nun auch in den Kriminalbeamten wachgerufen: die selbstverständliche männliche Hilfsbereitschaft! Und sie wird mit den unbegrenzten Hilfsmitteln der deutschen Polizei mit Sicherheit zum Ziele führen. Aber noch eins: mit diesen Verbrechen empfindet der Beamte einen Angriff auf die Kriminalpolizei selbst und ihre Ehre! Die Verbrecher scheinen gleichsam aus ihrer noch unbekannten Sicherheit heraus die su-

chende Polizei zu verhöhnen, zu verspotten. Es tritt in kleiner und noch ungewisser Form das auf, was wir in seiner massierten und aggressivsten Form von jenseits des großen Teichs, aus den Vereinigten Staaten, kennen: die unbekümmerte Lust am Verbrechen und in ihrem Gefolge die zunächst defensive, dann aber scharf angreifende Haltung gegenüber der Polizei. Das hat in Deutschland keinen Platz! Und mag es in auch noch so kleinem Umfange aufzutreten versuchen.

Diese Verbrechen sind eine Attacke gegen die Ehre der Polizei. Die Antwort kann nicht ausbleiben. Mit allen Mitteln der Technik und der Wissenschaft, mit Einsatz aller körperlichen Fähigkeiten, unter Aufbietung aller Fahndungsmöglichkeiten wird sie die Täter zermalmen. Wer sich mit der Kriminalpolizei anlegt, der unterliegt.

Wenn wir nun vom Alarmzustand sprechen, so beabsichtigen wir nicht, den Eindruck zu erwecken, eine äußerlich betriebsame und nervöse Aufgeregtheit habe sich in den Diensträumen und Fluren des Polizeipräsidiums bemerkbar gemacht. Etwa, als seien da Fernsprechapparate, Fernschreiber oder gedachte Alarmklingeln in wildeste Bewegung geraten, oder in Zimmern und Gängen seien elektrische Leuchtsignale in zauberhafter Buntheit erstrahlt, oder daß die Funksprüche des Polizeifunks in alle Gegenden der Windrose hinausgehagelt seien und daß überall die Straßen in Richtung Karlshorst von aufgeregt hupenden Polizeiautos besät gewesen. Nichts von alledem. So etwas gibt es nicht, und keiner unserer Leser wird jemals irgendwo eine solche Narretei beobachtet haben.

So wie du, Leser, hinter dem einfachen, entgegenkommend freundlichen und frischen Gesicht des modernen Kriminalkommissars nicht die Unsumme von verarbeiteten menschlichen Tragödien und oft unglaublichen Mühen erwartest, so, das heißt mit der gleichen einfach anmutenden und sachlichen Ruhe, werden die Maßnahmen selbst im höchstem Alarmzustande getroffen. Jener bunte Reigen von Bobby- und Gunmennervosität aus USA und England sind phantasiereiche Darstellungen, wie sie uns in völlig unechten Romanen vorgesetzt worden sind und im günstigsten Falle nur in jenen ›glücklichen‹ Polizeistationen des Auslandes vorkommen, wo man täglich mit schwerbewaffneten Gangsterbanden zu tun hat. Umstände, wie sie Deutschland erfreulicherweise unbekannt sind; aber die deut-

sche Kriminalpolizei ist dank ihrer vorzüglichen Organisation und technischen Ausstattung seit dem Jahre 1933 jeder größeren Beanspruchung gewachsen.

Berlin – Kraftquell des Reiches. Gerhard Baronna las es im *Völkischen Beobachter*. Vielleicht schaffte er es, den langen Tag zu überstehen, ohne zusammenzuklappen. Nur keine Müdigkeit vorschützen! Lüdtkes Lieblingsspruch.

Zuerst kam der Anruf aus dem Krankenhaus in Köpenick, wo Grete neben dem Bett gewacht hatte. Die Arbeiterin Irmgard Freese sei gestorben, ohne das Bewußtsein wiedererlangt zu haben.

»Womit sie als Augenzeugin ausgefallen ist«, sagte Lüdtke, als Grete Behrens wieder ins Präsidium zurückgekommen war und Bericht erstattet hatte.

»Kann denn alles Sein so einfach auf das Praktische reduziert werden?« fragte Grete, als sie allein waren. »Mit neunzehn Jahren ... Gestorben, ohne recht gelebt zu haben.«

»Am schlimmsten sind die dran, die nie geboren werden«, sagte Baronna.

»Dein Zynismus ist etwas Fürchterliches!«

»Leben ist das geringste, was wir haben: das gibt's wie Sand am Meer.«

Sie kniff die Augen zusammen. »Du redest wie ...« Mit Rücksicht auf die Wände, die hier Ohren haben konnten, ließ sie den Satz aber lieber unvollendet.

»Nein, denn dann hätte ich gesagt: mit Ausnahme der deutschen Herrenrasse.«

»Kann du denn nicht so etwas wie Trauer empfinden, wenn da eine junge Frau erschlagen wird?«

Er wich ihr aus. »Es freut mich nicht, aber ... Ich muß nüchtern und gelassen bleiben, sonst büße ich meine Chancen ein, den Täter zu fangen. Ich registriere es vor allem. So, wie ein Ingenieur sich im Forschungslabor seine Meßdaten ansieht.«

»Und wenn ich es nun wäre?« fragte Grete.

»Dann wäre es etwas anderes. Aber so ... Es wird in diesen Zeiten so viel gestorben, daß ...« Nun sprach er nicht weiter.

»... daß wir diese Zeiten ändern sollten«, flüsterte sie, bevor sie ging.

Baronna sah ihr nach. Ob sich im Reich schon so etwas wie

eine Widerstandsbewegung gegen den Führer herauszubilden begann? Auf welche Karte sollte man setzen?

Zach rief ihn, und sie fuhren zusammen zum Gerichtsmedizinischen Institut. Der Kommissar hatte das Bleikabel eingepackt, das nach dem Überfall auf Elisabeth Bendorf gefunden worden war.

Es ging um die Schädelverletzungen der Krankenschwester Elfriede Franke. Dr. Weimann war mit seinen Untersuchungen gerade zu Ende gekommen.

»Eine komplizierte Überlagerung von Brüchen und Verletzungen verschiedenster Art. Sie scheint mit dem Hinterhaupt auf die Grasnarbe des Bahnkörpers aufgeprallt zu sein. Zwei deutliche Biegungsbrüche im vorderen Schädeldach könnten aber von Schlägen mit einem dumpfen Gegenstand herrühren. Die Kopfhaut im Bereich der Brüche ist nicht aufgeplatzt, was für ein glattes Schlagwerkzeug spricht, rund oder jedenfalls ohne scharfe Kanten.«

»Könnte es so was hier gewesen sein?« fragte Kommissar Zach und hielt dem Gerichtsmediziner das Bleikabel hin.

»Durchaus möglich.«

»Und wie sieht es mit der jungen Frau aus, die am Bahndamm überfallen worden ist? Die Irmgard Freese ...«

»Der Zustand ihrer Kleidung läßt auf ein Sittlichkeitsverbrechen schließen. Was habe ich ins Sektions-Protokoll diktiert?« Dr. Weimann mußte nachsehen. »Tod durch Hirnblutung infolge schwerer Schädelbrüche. Die Verletzungen dürften von einem dumpfen, nicht kantigen Gegenstand herrühren.«

Zach und Baronna blickten sich an. Die nächste Frage kam wie aus einem Munde: »Halten Sie es für möglich, daß die Schläge bei der Krankenschwester und der Freese mit der gleichen Waffe geführt worden sind?«

»Möglich ist es, gerichtsmedizinisch beweisbar aber nicht.«

Damit hatten Zach und Baronna während der Rückfahrt Gesprächsstoff genug.

»Das sieht mir nun doch ganz nach einem Täter aus«, sagte Zach. »Nach einem Lustmörder. Erst fällt er über die Frau in der S-Bahn her, kommt aber nicht zum Ziel. Sie wehrt sich, er stürzt sie aus dem Zug. Er ist wie ein Tier, das seine Beute nicht bekommen hat. Um so gieriger ist er nun und streicht weiter in der Gegend herum. Bis er in der Prinz-Heinrich-Straße auf die Freese stößt.«

»Klingt logisch.« Baronna nickte. »Hat aber einen Fehler, wenn ich das mal sagen darf, Herr Kommissar.«

»Sie dürfen.«

»Wie ich gelernt habe, gewinnen Täter solchen Typs ihre Lust schon allein aus dem Akt der Gewalt. Also, die Ejakulation ist schon erfolgt, als er die Frau aus dem Zug herausgestoßen hat. Damit hat sich seine Spannung gelöst, und er kann nach Hause gehen und muß nicht in der Prinz-Heinrich-Straße warten, bis zufällig eine Frau allein zur S-Bahn will. Nein, dort lauert zufällig ein anderer Mann. Vielleicht nicht einmal ganz zufällig, denn er hat von den Sittlichkeitsverbrechen gleich nebenan im Laubengelände gelesen, und das hat ihn angeregt. Es sind zwei verschiedene Täter, weil es auch zwei verschiedene Tatverläufe sind: Gezieltes Vorgehen in der S-Bahn einerseits, ungewisses Abwarten auf der dunklen Straße andererseits.«

»Aber innerhalb von fünf Stunden dasselbe Verbrechen an fast demselben Ort – und zwei verschiedene Täter …?« Zach konnte sich nicht erinnern, in seiner langen Laufbahn so etwas schon erlebt zu haben. »Zumal beide ein Bleikabel verwendet haben.«

»Das ist ja auch nur eine Hypothese.«

»Und unsere große Hoffnung.«

Baronna fand, daß er das relativieren müsse. »So ein abgeschnittenes Kabelende, das kann doch auf jeder Arbeitsstelle liegenbleiben, das kann jeder aufheben, der zufällig vorüberkommt.«

»Sicher, aber weniger zufällig ist schon, daß die beiden überlebenden Frauen den Täter als Eisenbahner bezeichnet haben.«

»Apropos: Eisenbahner. Ich hab in der Zentralkartei nachgesehen, ich hab in allen Sachdezernaten nachgefragt, ich war beim SD: Keine ähnlich gelagerten Fälle, kein Täter in Eisenbahneruniform.«

»Aber wir haben die Aussagen der Frauen, die eindeutig Richtung Eisenbahn gehen. Und bei der Reichsbahn, da werden doch andauernd Kabel verlegt. Also: Sie machen jetzt nichts weiter, Sie kümmern sich nur noch um dieses Kabel hier.« Zach hielt es ihm hin.

Noch am späten Nachmittag marschierte Baronna mit dem Kabelende zum Kriminaltechnischen Institut, wo er zu einem Dr. Ihlefeld geleitet wurde. Der sah sich das Stück kurz an und begann dann, einen längeren Vortrag zu halten.

»Also, Kamerad, es handelt sich um ein sogenanntes blankes Bleikabel. Im Unterschied zu bewehrten oder armierten Kabeln. Der Inhalt besteht aus isolierten Aderpaaren. Man hat solche Kabel bis zu viertausend Paaren, hier werden es so um die hundert sein.«

»Und wozu werden Kabel wie das hier verwendet?«

»Ganz eindeutig im Fernsprechverkehr!«

Baronna war enttäuscht. Ihre einzige Hoffnung, über die Eisenbahneruniform auf den Täter zu kommen, schien damit zu zerplatzen wie die berühmte Seifenblase. »Die Reichspost also ...«

Dr. Ihlefeld lachte. »Nein, nein: für die Post sind das viel zu wenig Aderpaare. Das hier ist typisch für das interne Telefonnetz der Bahn.«

Baronna konnte wieder aufatmen. »Und, gibt es denn eine Möglichkeit, herauszubekommen, wo Kabel dieser Art verlegt worden sind?«

»Sicher.« Dr. Ihlefeld deutete auf die Muffe, die sich an einem Ende des Kabels befand. »Da ist ja sogar die Fabrikationsnummer drauf. Wenden Sie sich doch mal an die Bahnbetriebswerke.«

Baronna bedankte sich und machte sich sogleich auf den Weg nach Rummelsburg. Wenn schon Bahnbetriebswerke, dann dieses. Denn alle Verbrechen, um die es hier ging, waren ja in seinem Umkreis geschehen.

Er nahm wiederum die S-Bahn nach Erkner, stieg aber diesmal schon am Betriebsbahnhof Rummelsburg aus. Es war schon dunkel geworden, und er wunderte sich, als er auf der Fußgängerbrücke fünf, sechs Gleise überquerte, wie wenig Menschen es hier draußen gab. Das alles erinnerte ihn an eine schwach beleuchtete Märklin-Modelleisenbahn, bei der sich immer nur die Züge bewegten, nicht aber die Passagiere, Lokführer und Eisenbahnbeamten. Die standen nur ganz vereinzelt herum, denn die bemalten Pappmachéfiguren waren sündhaft teuer. Wenn ich hier einen Film drehen würde, dachte er, hätte ich schon einen Titel: *Die Schwingen des Todes über Rummelsburg.* Das lag vor allem daran, daß die Gleise für den Laien völlig wirr verliefen, daß man nie vorher wissen konnte, welchen Weg die Lok wohl nehmen würde, die mit schwachen Lichtern eben um die Kurve kam. War man in Sicherheit, wenn man zur Seite sprang – oder war das der Sprung in den Tod?

Fast so übervorsichtig und ängstlich wie auf dem schmalen Grat eines Berges, links und rechts den Abgrund, lief er nach Verlassen der Brücke den Weg entlang. Mitten durch den dunklen Dschungel zu den Dienstgebäuden, die in der Mitte lagen, umschlossen und geschützt von den Gleisen wie von mächtigen Gittern. Lager, Geräteverwaltung, Umkleideraum Rangierer, Streckenmeisterei, das Bfs-Gebäude, das Stellwerk Rgb.

Baronna schaffte es, sich bis zum Leiter des Betriebsbahnhofs durchzufragen und ihm sein Problem zu schildern.

»Lassen Sie's hier, wir werden sehen.« Das Ergebnis kam erst einige Tage später per Post. Lüdtke hatte den Bericht der Reichsbahn erhalten und Baronna zu sich rufen lassen.

»Demnach steht fest, daß das Kabel, von dem unser Stück stammt, von den Deutschen Kabelwerken geliefert und im Mai 1939 auf der S-Bahnstrecke Ostkreuz–Köpenick verlegt worden ist.«

»Na, bitte!« Baronnas kurzer Kommentar sagte alles.

»Aber noch besser: Anhand der Fabrikationsnummer auf der Muffe läßt sich die Aussage machen, daß es beim Verlegen in der Nähe des Betriebsbahnhofs Rummelsburg abgeschnitten worden ist.«

»Wo es dann von jenem Eisenbahner gefunden worden ist, der die Ditter, die Franke und die Freese getötet hat und die beiden anderen Frauen fast erschlagen hätte.«

»Langsam!« rief Lüdtke. »Die Gerda Ditter ist nicht mit einem Bleikabel erschlagen, sondern mit einem Messer erstochen worden. Und wenn das abgeschnittene Kabelende irgendwo am Bahndamm herumgelegen hat, dann kann es jeder x-beliebige Passant aufgehoben haben.«

»Ach!« Baronna berief sich auf die Wahrscheinlichkeitsrechnung. »Das kann nur einer von der Bahn gewesen sein.«

Lüdtke schlug sich mit der flachen Hand gegen die Stirn. »Kein Arbeiter der Faust und der Stirn bei der Reichsbahn könnte doch so dämlich sein, eine Tatwaffe zu wählen, die sofort auf seinen Arbeitsplatz verweist! Das ist ja fast so, als würde jemand ganz bewußt seinen Paß am Tatort hinterlassen.«

Das war ein Argument, das sich nur schwer vom Tisch wischen ließ. Baronna versuchte es dennoch. »Bleiben zwei Möglichkeiten ...«

»Nämlich?«

»Der Täter ist sich seiner Sache furchtbar sicher. Er setzt einmal darauf, daß in den Zeiten der Verdunkelung alles möglich ist, und zum anderen traut er der Kriminalpolizei sehr wenig zu. Wegen der personellen Unterbesetzung, alle Männer an der Front, bei der SS oder sonstwo gebunden.«

»Trauen Sie ihm so viel Intelligenz denn zu?«

»Intelligenz nicht, aber Instinkt. So wie Raubtiere ihn haben. Das ist dann auch die zweite Möglichkeit: Der Täter denkt überhaupt nicht darüber nach, was er tut und was das für Folgen haben könnte. Er tut es eben, dumpf und triebhaft.«

Lüdtke zog an seiner Juno. »Setzen, Eins, würde ich sagen, wenn wir in der Schule wären. Nur, wie kann uns das wohl weiterbringen ...?«

»Wir haben die Personenbeschreibungen der Kargoll und insbesondere der Bendorf, die ihn ja mit ihrem Kollegen Bullin verwechselt hat.«

»Dann können wir ja dessen Foto ...«

»Hab ich mir auch gedacht.« Baronna reichte es seinem Chef hinüber.

Lüdtke warf einen prüfenden Blick auf den kleinen Eisenbahner Max Bullin. »Mehr ein Schrumpfgermane ...«

»Die wenigsten Leute haben Gardemaß.« Baronna dämpfte ihre Hoffnungen selber wieder ein wenig. »Aber dennoch: Lassen Sie mich alle Leute durchgehen, die damals an der Kabelverlegung beteiligt waren, denn am wahrscheinlichsten ist ja immer noch, daß einer der Arbeiter von damals das Kabelende mitgenommen hat. Ein wichtiger Rohstoff, den man immer irgendwie verwerten kann.«

»Das ist doch eine Heidenarbeit ...«

»Na, es gehen die ab, die inzwischen zum Heeresdienst einberufen worden oder in anderen Gauen tätig sind.«

Baronna machte sich sofort mit Feuereifer an die Arbeit, doch was er herausbekam, war absolut nichts.

Im »Jägerhof«, wie das schön gegliederte Gebäude des Reichskriminalpolizeiamtes am Werderschen Markt allgemein genannt wurde, kam Unruhe auf. Anfangs hatte man in der Reichszentrale zur Bekämpfung von Kapitalverbrechen, der alle Gewaltverbrechen aus dem gesamten Reich unmittelbar zu melden waren, die Geschehnisse im Raume Rummelsburg – Karlshorst nicht sehr ernst genommen. Zudem wußte man, daß die Kripo Berlin in Wilhelm Lüdtke über den fähigsten Mordkommissar aller Kriminalpolizeien im Deutschen Reich verfügte. Auch Kriminalkommissar Zach, der kaum noch ins Präsidium kam, sondern Tag und Nacht an der S-Bahnstrecke war, sein Kollege Dr. Heuer und der Inspektionsleiter Werneburg erfreuten sich großer Wertschätzung.

Das betonten auch Kriminalkommissar Dr. Wehner und der Regierungs- und Kriminalrat Lobbes, beides hohe Beamte am Werderschen Markt, als sie bei Nebe zum Vortrag erschienen.

Sie wußten, daß Nebe Heydrichs bevorzugter Prügelknabe war, daß man in der Prinz-Albrecht-Straße aber immer, wenn es bei einem Kapitalverbrechen wirklich mulmig wurde und der stets mißtrauische Führer informiert werden wollte, den Ruf ausstieß: »Wo ist Nebe?«

Es wurde eine längere Besprechung. »Behalten Sie unmittelbar Fühlung mit den Berlinern«, sagte Nebe, womit er insbesondere Zach und Lüdtke meinte.

Man beschloß, Heydrich nur eine vorsichtig abgefaßte Meldung zukommen zu lassen, um »irrsinnige Anfragen und Befehle« zu vermeiden. Alles bagatellisieren, war die Devise.

Gegen Mittag rief Werneburg, der Leiter der Berliner Mordinspektion, bei Lobbes an und erklärte ihm, Zach und Lüdtke hätten nicht eine einzige brauchbare Spur ermitteln können, auf der sich eine Fahndung nach dem unbekannten Täter aufbauen ließe.

»Der Chef hat mich soeben von einem Anruf aus der Adjutantur Heydrichs informiert«, sagte Lobbes. »Wir sollen die ganze Sache nicht aufbauschen, die Berliner Bevölkerung nicht verrückt machen! C meint, das Ausland würde sofort über solche Pressemeldungen herfallen und über eine Unsicherheit in der deutschen Reichshauptstadt Greuelberichte bringen.«

Adolf Hitler hatte schon früh in *Mein Kampf* gefordert, der Staat dürfe sich nicht »durch das Geflunker einer sogenannten

›Pressefreiheit‹ beirren und beschwätzen lassen, seine Pflicht zu versäumen und der Nation die Kost vorzuenthalten, die sie braucht und die ihr guttut«.

In diesem Sinne hatte Joseph Goebbels die Pressevertreter gleich nach der Machtübernahme dahin gebracht, täglich um 12 Uhr mittags zum Befehlsempfang im Propagandaministerium anzutreten.

Mitte Dezember 1940 gab es immer wieder Fragen, wie denn mit den Überfällen im Raume Lichtenberg, Karlshorst und Rummelsburg zu verfahren sei. Daß der *Völkische Beobachter* sich da zurückhalten sollte, war bekannt, die anderen Zeitungen aber, vor allem die *Berliner Morgenpost* und das *12 Uhr-Blatt* hatten bisher immer vergleichsweise offen berichten dürfen, waren sogar in die Fahndung nach dem Täter eingeschaltet worden. Nun aber schien die Sache Dimensionen anzunehmen, die einige Journalisten befürchten ließ, daß man sie des Defätismus beschuldigen würde, wenn sie weiterhin darüber schrieben.

Die Pressekonferenz begann, Goebbels rückte sich in Positur und setzte an zu seinem großen Monolog.

»Die geschichtliche Tatsache ist nicht zu leugnen, daß die meisten unserer Volksgenossen noch nicht in national-sozialistischen Elternhäusern und Schulen erzogen worden sind. Von daher wird es – leider – noch immer Verbrechen geben, die uns sehr bedrücken. Wir haben aber inzwischen eine Kriminalpolizei, die in der Welt ihresgleichen sucht und jedem Volksschädling alsbald den Garaus machen wird.«

»Kann es denn nicht sein, daß der englische Geheimdienst hier am Werke ist?« kam eine Frage, von der alle wußten, daß sie bestellt worden war. Die meisten der Anwesenden hatten Kenntnis davon, daß man den Hitler-Attentäter aus dem Münchner Bürgerbräu-Keller, daß man Georg Elser nicht sofort hingerichtet hatte, sondern im KZ Sachsenhausen verwahrte, um ihn nach dem Sieg in einem großen Prozeß gegen die Engländer zu verwenden.

»Auch das müssen wir in Rechnung stellen.«

Auch wenn sich der Reichspropagandaminister hier sehr gut aus der Affäre zog, so schäumte er hinter den Kulissen und fuhr Heinrich Himmler an, wieso der denn nicht in der Lage sei, die Sicherheit auf der lebenswichtigen S-Bahn voll zu gewährleisten. Himmler seinerseits gab den Vorwurf sofort an

Reinhard Heydrich weiter, den Chef des Reichssicherheitshauptamtes und obersten Chef der Kripo. Heydrich wiederum ließ Arthur Nebe zu sich rufen und herrschte ihn an.

»Meinen Sie denn, unser Staat wirft alljährlich die Millionen zur Bekämpfung verbrecherischer Instinkte und Taten umsonst aus dem Fenster raus!? Vorbeugung, Verhütung, wir schreiben jeden Tag, daß wir da in der ganzen Welt absolut vorbildlich sind. Und dann kommt da ein Lustmörder und sorgt dafür, daß wir im Ausland der Lächerlichkeit preisgegeben werden. Und die verheerende Wirkung auf unsere Frauen und Männer? Haben wir ihnen nicht versprochen, alles Krankhafte auszumerzen?«

»Es wächst eben nach ...«

»Es hat nicht nachzuwachsen! Wozu haben wir denn die Kriminalbeamten als Ärzte am Körper unseres Volkes? Was da faul ist, muß erbarmungslos herausgeschnitten werden!«

So jedenfalls stellte sich die Kriminalassistentin Grete Behrens das Erschrecken der Männer an der Spitze vor.

»Nebe kann es den Kopf kosten, wenn wir den Täter nicht bald haben. Ein paar Morde noch, und sie könnten ihm alle Schuld in die Schuhe schieben und ihn so opfern wie damals den Röhm. Und dann geht es wie beim Domino. Nebes Freunde stürzen Heydrich. Daraufhin bekriegen sich Himmler und Göring. Himmler siegt und wird Hitler zu stark. Beide erschießen sich gegenseitig, Goebbels begeht Selbstmord, die SS löst sich auf, die Generale übernehmen die Macht. Vielleicht ist es das, wovor sie Angst haben.«

»Du übertreibst.«

»Ja, aber es trifft sie schon am neuralgischen Punkt.«

Baronna sah zum Himmel hinauf. »Ich möchte jetzt mal eine Minute lang der liebe Gott sein, wie wir ihn früher hatten, auf die Erde runter sehen und mit dem Finger auf den Mann zeigen, der da im Dreieck Rummelsburg, Friedrichsfelde und Karlshorst ganz friedlich seinen Dienst versieht: Der da isses!«

Dritter Teil

Der ganz mormale Alltag eines Mörders

Paul Ogorzow hatte seine Schicht im Bahnbetriebswerk Rummelsburg um 22 Uhr begonnen und sollte seinen Bereitschaftsdienst bis 6 Uhr morgens hier versehen. Es war die Nacht vom 21. auf den 22. Dezember 1940, von Sonnabend auf Sonntag, und erst kurz nach Mitternacht gab es die erste Störung. Beim Umlegen der Weiche 33 war die Stelleitung plötzlich gerissen. Am mechanischen Hebelwerk rumpelte es, die Seilscheibe verdrehte sich, das rote Störzeichen erschien, der Verschlußbalken ging in Mittelstellung. Das Einstellen der Fahrstraße war damit unmöglich geworden.

Ogorzow fluchte leise vor sich hin, weil das nun mit einer ganzen Menge Arbeit verbunden war. Und er war allein im Stellwerk Vnk. Auch die Reichsbahn hatte viel zu wenig Personal zur Verfügung, seit nicht nur der Krieg mit England siegreich zu beenden war, sondern der Führer auch den Angriff auf die Sowjetunion angekündigt hatte, das »Unternehmen Barbarossa«.

Aber Paul Ogorzow kam mit allem klar, dazu war er zu sehr alter Eisenbahner. Nachdem er sein erstes Brot in der Landwirtschaft verdient hatte, war er 1934 zur Reichsbahn gegangen. Angefangen hatte er als Oberbauarbeiter beim Wohnbauzug II und war nach dessen Auflösung zur Bahnmeisterei 40 am Schlesischen Bahnhof versetzt worden. Von dort war er dann anderthalb Jahre später zur Bahnmeisterei 44 nach Karlshorst gekommen und schließlich zum Rangierbahnhof Rummelsburg. Hier war er eine Zeitlang als Mädchen für alles und Rangierer tätig, wurde aber auch zum Weichenwärter ausgebildet. Gleich zu Kriegsbeginn hatten sie ihn sogar nach Polen und Paris geschickt. Das war schon etwas für einen, der aus einem kleinen Nest in Ostpreußen kam. Vom Herbst '39 an hatte er auch hin und wieder im Stellwerk VnK als Telegrafist Verwendung gefunden, mit nun immerhin fast 44 RM Lohn die Woche.

Ogorzow machte seine Eintragung in das Störungsbuch Teil B, sehr säuberlich alles, und ging dann zum Fernsprecher, um dem Fahrdienstleiter Meldung zu machen. Der war wenig erfreut von allem. Die Devise war ja »Räder rollen für den Sieg«, und die Bonzen machten ihm die Hölle heiß, wenn es auf der Strecke nach Osten nicht lief.

»Das ist doch 'ne Weiche, die gegen die Spitze befahren wird?« vergewisserte er sich.

»Ja.« Ogorzow nickte ergeben. Als könnte sein Vorgesetzter ihn sehen.

»Liegt sie in der der Zugfahrt entsprechenden Stellung?« war die nächste Frage.

»Nein, nicht.«

»Dann abbinden.«

»Jawoll, mach ich!«

Paul Ogorzow legte wieder auf. Er war sicher, wieder einmal einen guten Eindruck hinterlassen zu haben. Eines Tages würde er selber Fahrdienstleiter sein. Schließlich war er seit fast zehn Jahren Mitglied der NSDAP und auch in der SA gewesen, und wenn erst der weite Raum im Osten den Deutschen gehörte, ging es noch schneller vorwärts mit allem.

Mit diesem Hochgefühl trat er in die Winternacht hinaus, nachdem er sich vorher Dorn, Zange, Brechstange, Schraubenschlüssel und Weichenschloß gegriffen hatte. Irgendwie roch es schon wie Weihnachten, nach Äpfeln, Nüssen, Mandelkern. »Dreimal werden wir noch wach, heissa, dann ist Weihnachtstag.« Er hörte es, als würde seine eigene Stimme aus einem Lautsprecher kommen. Zugleich kamen die üblichen Kopfschmerzen anfallartig wieder. Er ignorierte sie und machte sich, als er die schadhafte Weiche erreicht hatte, unverzüglich an die Arbeit. Ein Ringbolzen war hochzuziehen und zusammen mit der Antriebsstange der Weiche zur Seite zu legen, damit diese beim Umstellen nicht hinderlich war. Danach konnte er die defekte Weiche mit seiner Brechstange in die gewünschte Lage bringen.

Wieder im Stellwerk zurück, meldete er dem Fahrdienstleiter die Sicherung des Fahrweges. Der bedankte sich, Ende.

In der nächsten halben Stunde machte sich Ogorzow im Erdgeschoß an die Pflege seiner Messinglampen. Sie waren zu putzen, und er hatte Petroleum nachzufüllen. Im allgemeinen, wenn er nicht – was oft geschah – Kollegen zu vertreten hatte, war das seine Hauptbeschäftigung: Lampen und Signallampen aufhängen. Bei vielen Kollegen hieß er deshalb auch der »Lampenmann«. Außerdem hatte er die Weichen zu schmieren und auf die Funktionsfähigkeit aller Signale zu achten. Sein Betreuungsbereich, das heißt seine Dienststrecke, reichte von Rummelsberg bis Erkner, so daß er immer wieder dienstlich in der S-Bahn saß, um seinen Abschnitt abzufahren.

Als die Lampen wieder auf Hochglanz gebracht worden waren, begann für ihn die schreckliche Zeit des Wartens. Auf den nächsten Anruf, auf die nächste Störung. Das konnte ein, zwei Stunden dauern. Es marterte ihn, es zerfraß ihm das Gehirn. Er konnte das nicht, allein sein, allein mit sich selber. Schön, als Gutsarbeiter und beim Gleisbau war er auch mehr Maschine als Mensch gewesen, hatte stundenlang dieselben Handgriffe auszuführen gehabt, aber wenigstens mit anderen Menschen zusammen, Männern und Frauen. Und wenn die sich beim Rübenverziehen oder Kartoffelnauflesen gebückt hatten, war wenigstens etwas zu sehen gewesen. Aber hier in diesem kleinen Stellwerk, das war schlimmer als in einem Ein-Mann-U-Boot draußen im Meer.

Er starrte auf die Stelle in der Wand, wo er vor einiger Zeit den Mörtel herausgekratzt und hinter den Steinen geschickt sein Bleikabelende versteckt hatte.

Er verließ den Lampenraum und ging nach oben. Um sich abzulenken, griff er zur *Einführung in den Betriebsdienst.* Wenn er weiter nach oben kommen wollte, mußte er das alles drauf haben, die Betriebsvorschriften, die verschiedenen Dienstzweige, die Bahnanlagen, die Betriebsstellen, die Züge und die Fahrpläne. Wahllos schlug er sein Lehrbuch auf.

ZUGMELDEVERFAHREN:
Das Zugmeldeverfahren dient der Sicherung der Zugfahrten im Raumabstand:

Züge dürfen auf freier Strecke – ausgenommen bei Störungen – nur im Abstand der Zugfolgestellen einander folgen.

Bei eingleisigem Betrieb – eingleisige Strecken oder zeitweise eingleisiger Betrieb – darf das Gleis auch nicht durch einen Zug der Gegenrichtung beansprucht werden.

Er stöhnte auf. Das alles ging so wenig in seinen Kopf hinein wie ein Fußball in ein Mauseloch. Dafür war er nicht geboren worden. Er warf das Lehrbuch ins Regal.

Was nun? Er machte sich auf den Weg zum S-Bahnhof Rummelsburg. Dessen Vorsteher, der Willi, war ein alter Freund von ihm.

»Ah, unser Faktotum!« rief der S-Bahner.

»Kann ich was für dich besorgen?« fragte Paul Ogorzow, nachdem er die Tür aufgezogen hatte. »Schon was zum Frühstück?«

»Nee, ich fahr nach ’m letzten Zug nach Hause.«

»Schade. Sonst was Neues?«

»Ooch nich. Nur, diß wa noch mehr uffpass’n solln wegen dem Kerl da, der die Fraun aus ’m Zug rausschmeißt.«

»Mach’ ich«, sagte Paul Ogorzow. »Steht ja bestimmt schon überall ein Kriminaler rum?«

»Det kannste annehm’ ...«

Willi, der mit dem Rummelsburger Reichsbahnrat eng befreundet war, erzählte ihm als Pg. und Kollegen von den Einsatzplänen, wann man alles genau unter Kontrolle hatte und wo man die Beamten auch mal nach Hause gehen lassen konnte.

»Gleich Kopf ab!« sagte Paul Ogorzow. »Ich werd’ auch mal die Augen offenhalten.«

Damit stiefelte er zu seinem Stellwerk zurück und dachte an seine eigene Frau. Wahrscheinlich war sie gerade wieder im Keller. Angeblich, um Kohlen nach oben zu holen. In Wirklichkeit aber lag sie auf den leeren Kartoffelsäcken und wurde kräftig von einem Nachbarn gefickt.

Beim Fortgehen war ihm der Trieb gekommen und er hatte sie noch kurz gebrauchen wollen, doch sie war nicht bereit gewesen, die Beine breit zu machen und war ins Kinderzimmer geflüchtet. Was machte es, der Samen wäre ihm doch nicht abgespritzt, wenn er ihn wirklich bei ihr dringehabt hätte, das klappte schon lange nicht mehr. Aber immerhin, als Ehemann hatte er das Recht, ihn so oft bei ihr reinzustecken, wie er wollte, und wenn es zur Strafe war. Nicht nur für sie, auch für ihn. Einem Weib mußte klargemacht werden, wer der Herr im Hause war.

Ogorzow stieg wieder zu seiner Stellwerkskanzel hinauf, ließ sich auf seinen Holzstuhl fallen und lehnte sich zurück. Es war nicht gut gewesen, sie zu heiraten. Aber als Mann und guter Volksgenosse ging es nicht an, keine Ehefrau und keine Familie zu haben. Kochen, Wäsche waschen, Strümpfe stopfen, Kinder besorgen, das konnte sie ja. Und überhaupt, nichts fürchtete er mehr, als daß sie ihn das »warme Paulchen« nannten, klein gewachsen wie er war. Da war es einfach unumgänglich, mit einer Frau zum Geburtstag oder ins Kino zu gehen. Auch mit einer, die kalt war wie Gertrud. Die hatte so wenig Spaß am Verkehr, daß er kaum bei ihr ins Loch reinkam, wenn er ihn mal hart bekommen hatte.

Immerhin hatte ihm der Gedanke an den Verkehr einen ziemlichen Ständer eingebracht. Das freute ihn, und er begann, die Eichel mit den Fingern zu reiben. Die Unterhose wurde feucht. Er schreckte zusammen. Verdammt! Das kam wohl weniger von der Erregung, als von seinem Tripper, der nicht ausheilen wollte und immer wiederkam. Die erste Geschlechtskrankheit hatte er sich eingefangen, als er in seiner Zeit am Schlesischen Bahnhof da gewohnt hatten, wo die Prostituierten standen. Dann noch mal in Paris. Davon kamen auch seine Kopfschmerzen. Die Weiber, die einem das anhängten, sollten alle ausgepeitscht werden. Oder besser noch hingerichtet.

Er überlegte, ob er sich einen runterholen sollte. Aber hier mit dem stinkenden Samen in der Hose, wenn da ein Vorgesetzter kam. Und wenn zu Hause ein Taschentuch fehlte, machte Trudi wieder Theater.

Noch mehr erregte es ihn, als er sich vorstellte, wie es bei seiner vorletzten Sache gewesen war. Erst die Frau in der Prinz-Heinrich-Straße wehrlos gemacht und benutzt, dann eine aus dem Zug geworfen und zum Schluß, nachdem er einige Signallaternen geprüft hatte, zurück zur ersten und ihn noch mal reingesteckt bei ihr. Wenn eine Frau schon tot war, das war ihm am liebsten. Dann konnte sie wenigstens keine Männer mehr herbeirufen, die ihn verprügelten. Wie damals in der Laubenkolonie, wo ihn zwei zu Hilfe gerufene Männer derart zusammengeschlagen hatten, daß er kaum noch in der Lage gewesen war, sich nach Hause zu schleppen. Und einige Tage hatte er nicht zur Arbeit gehen können. Zum Glück hatte ihm jeder die Ausrede abgenommen, daß er in der Dunkelheit mit dem Rad gegen einen Baum gefahren war. Seitdem stellte er es klüger an. Nur eine tote Frau war eine gute Frau und ließ sich so richtig gebrauchen, ohne Theater zu machen.

Vielleicht hätte er sich doch noch selber von seinem Druck befreit, wenn nicht in diesem Augenblick ein Kollege hereingekommen wäre, der Gerhard Lange, den sie alle »Funkturm«

nannten, weil er nicht nur Lange hieß, sondern auch seine 1,90 Meter maß.

»Heil Hitler!«

»Heil Hitler!«

»Meine Füße!« Der Lange setzte sich auf einen wackligen Stuhl. Als Streckengänger hatte er immer etwas zum Stöhnen. »Und meine Knie. Hör ma, wie die knarren tun!« Er machte es vor, hob und senkte seine Beine.

»Ist ja schlimm, mußte ma ölen.«

»Haste was, 'n Klaren?«

»Siehste nich, da ...!« Ogorzow zeigte auf das weiße Emailleschild, 10x20 Zentimeter, das über Langes Kopf angebracht war, mit vier dicken Schrauben sogar.

SEI NÜCHTERN IM DIENST!

Das ganze in altfränkischer Schrift und hübsch rot eingerahmt, und das ohnehin schon unterstrichene Nüchtern zusätzlich noch in Rot hervorgehoben. Und damit das alles noch mehr ins Auge fiel, hatte man das Innere des großen D mit einem roten Strich verziert. Filigran wirkte dagegen das Deutsche Reichsbahn darunter.

Wenn Funkturm kam, gab es immer vier feste Themen, die sie stets in derselben Reihenfolge abhandelten: Seine schmerzenden Füße, seine Laube, die Frauen und der Skat.

Stand nun das Thema Laube an. »Du, bei mir nebenan wird eene frei. Willste nich zugreifen?«

»Nee, Kaulsdorf is mir zu weit von hier.«

»Ja, kann ick vastehen.« Der Lange schraubte sich seine Thermosflasche auf und goß sich einen Schluck Milchkaffee in den Verschluß, der gleichzeitig als Becher diente. »Und hier jleich nebenan, in Gutland I, haste dir da mal umjesehn?«

»Nu ja ...« Ogorzow trat ans Fenster und sah vom Stellwerk herab auf die fahle schwarze Fläche, die sich im Mondschein bis hin nach Alt-Friedrichsfelde dehnte. Wie zerknülltes Staniol kam sie ihm vor, wie der Ixt-See früher in Muntowen, wenn das Eis gekommen war. Dieses endlose Kleingartengelände, das war sein Jagdrevier, da streifte er umher, wenn es richtig dunkel war, um sich seine Beute zu holen. Da fiel er sie an, die Frauen, da schlug und stach er auf sie ein, da warf er sie zu Boden, riß ihnen die Schlüpfer weg und die Beine auseinander. Erst wenn sie um Gnade baten, flehten, winselten, wenn sie vor Schmerzen stöhnten und sich wanden, dann fuhr es wie ein starker Strom durch seinen Körper, dann bäumte er sich auf, weil die Wollust selber qualvoll war, dann explodierte er, dann schoß der Samen heiß aus ihm heraus. Aber einmal war es auch anders gewesen. Da hatte er auch eine angesprochen. Das tat er immer erst, weil er spüren mußte, wie sie in Panik gerieten. Erst ihre Angst, die ihn traf wie Wellen das Ufer, löste alles andere in ihm aus.

»Na, allein heute nacht?«

»Nein.«

»Wieso?«

»Sie sind doch bei mir.«

»Keine Angst vor Männern?«

»Sie beschützen mich doch, oder?«

»Na ja ...«

»Oder wollten Sie was von mir?«

»Ja. Einen kleinen Spaziergang machen ...«

»Dann kommen Sie lieber mit in meine Laube, da haben wir's gemütlicher. Ist ja Quatsch mit dem Sie. Wie heißt du eigentlich?«

»Paul.«

»Paulchen, schön. Ich bin die Anneliese.«

Dann hatte sie ihn umarmt und dabei mit ihrer Hand so an ihm herumgefummelt, daß er schon nach ein paar Sekunden entschärft worden war. Nachher in ihrer Laube hatte er dann ganz normalen Geschlechtsverkehr mit ihr gehabt. Wie jetzt jede Woche. Das ging aber auch nur, weil er sich dabei vorstellte, wie es gewesen wäre, wenn er sie beim ersten Mal wirklich niedergemacht und vergewaltigt hätte.

»Was is 'n los?« fragte sein Kollege. »Siehste da wat?«

»Nee.«

»Man müßte jetzt 'ne Frau hier haben«, stöhnte der Lange. »Und dann beide hinter'nander mit ihr ficken.«

»Ich bin verheiratet«, sagte Ogorzow. »Und det reicht mir.«

»Imma dieselbe Strecke, die de abloofen mußt.«

»Da weiß man wenigstens, was man hat.«

»Nu ...« Der Lange kam zu seinem letzten Thema. »Haste ma wieda Lust uff 'n anständigen Skat?«

»Ja.«

»Dann machen wa ma wat aus.« Da sie unterschiedlichen Schichtdienst hatten, dauerte es eine Weile, bis sie sich auf einen Sonntag geeinigt hatten, an dem auch ihr dritter Mann Zeit haben würde.

Dann setzte der Lange seinen Rundgang fort, und Ogorzow sah in die Schreibtischschublade, ob es da etwas zum Angukken gab. Vielleicht eine alte *Koralle* mit Frauen in schicken Kleidern. Die konnte man ihnen dann vom Körper reißen und ... Nichts. Statt dessen fand er einige Fotos seines Kollegen aus dessen Verein für Freikörperkultur. Etliche nackte Frauen, die sich der Sonne entgegenstreckten oder sich sonstwie verrenkten. Etwas, was ihn anekelte. Entsetzlich. Diese nackten Körper, wenn sie auf dem Bett lagen, sahen aus wie die geschlachteten Schweine, wie sie bei ihm zu Hause in Muntowen an den Haken hingen. Da verging ihm jede Lust, wenn er das sah. Da wollte er nur eines noch: weglaufen. Nein, wenn es Lust bringen sollte, mußte die Frau angezogen sein, eine Bluse anhaben und einen langen Rock. Oder ein Kleid. Erst wenn er das hochschieben, den Schlüpfer zur Seite ziehen und losficken konnte, dann kam es ihm. Aber die Frauen durften nicht reden dabei und sich bewegen. Er haßte ihre Stimmen. Nicht nur ihre Stimmen, er haßte sie selber. Es war unnötig, daß sie etwas fühlten und dachten, losquatschten und lachten; es reichte völlig, wenn sie reglos dalagen und sich gebrauchen ließen. Auch wenn er fertig war, dieses blöde Gerede, ob man sie liebte oder länger mit ihnen gehen wollte, das war so unnötig wie der Heizer auf der E-Lok.

Für Paul Ogorzow gab es nur eins, was ihm den Samen aus dem Ständer schießen ließ, wobei er explodierte wie ein Feuerwerkskörper: die Frau zuerst wehrlos machen und dann losgerammelt.

Zugleich war er der felsenfesten Überzeugung, daß er sehr schnell sterben würde, wenn er seinen Samen nicht los wurde. Blieb der im Körper, vergiftete er nacheinander alle Organe. Er sah es ja ganz deutlich: Kam er nicht ein paarmal die Woche zum Schuß, dann wuchsen sich seine Kopfschmerzen in einem Maße aus, daß er schier wahnsinnig wurde, dann war der Druck in seinen Augen so groß, daß er kaum noch sehen konnte, dann versteifte sich sein ganzer Körper so, daß er sich als Gelähmten sah, als Greis. Er brauchte eine wehrlos gemachte Frau so dringend wie der Löwe seine Beute. Beide gingen sie ein, wenn sie nichts fanden, was sie schlagen konnten. Und es war das Recht des Stärkeren, sich das zu holen, was er brauchte.

Insofern stellte sich für Paul Ogorzow niemals die Frage, ob das gut und richtig war, was er da tat. Er nahm sich nur das, was die Natur für ihn vorgesehen hatte. Wenn sie es nicht gewollt hätte, wäre das mit seinem Trieb nicht so außerordentlich stark gewesen. Sie wollte, daß er seinen Samen überall hineinspritzte, schon deswegen, weil so viele Männer im Krieg waren und fielen, und nicht mehr zum Kindermachen eingesetzt werden konnten. Dabei brauchten sie gerade in dieser Zeit neue Volksgenossen. Als Soldaten und für die Kolonien im Osten. Klar, daß die Polizei ihn deswegen auch gewähren ließ. Seit 1938 hatten sie es nicht geschafft, ihn zu fangen. Und warum nicht? Weil sie es gar nicht wollten, gar nicht durften. Befehl von oben.

Das in etwa fühlte er auch in dieser Nacht. Und wenn er auf Jagd ging, war er kein anderer, sondern ganz er selber.

Er dachte an Emmi Borowka in der Laubenkolonie. Fast hätte er sie schon gehabt.

Der Druck im Unterleib war nicht mehr auszuhalten. Wenn Anneliese dagewesen wäre, hätte er ja schnell mal zu ihr laufen können, über die nahen S-Bahn-Gleise rüber und den Zaun hinweg, der die Zobtener Straße sicherte, dann in die Laubenkolonie hinein. Drei Minuten hin, fünf Minuten ficken, drei Minuten zurück. Keine Viertelstunde, dann war er wieder hier, und keiner merkte es. Aber Anneliese war heute nacht bei ihrer Mutter.

Seine Hoden schienen platzen zu wollen, in den Leisten zog es immer stärker. Wenn es nicht bald zündete, zerriß es ihm den ganzen Körper.

Gut, dann eben selber. »Nein, heute richtig ficken!« Wie aus einem unsichtbaren Radio kam die Stimme. Ein Befehl war es, den er auszuführen hatte.

Er ging zum Kachelofen, nahm das Schutzblech hoch, das vor ihm ausgebreitet war, lehnte es gegen die Wand und hob ein loses Dielenbrett auf. Darunter hatte er das neue Bleikabel versteckt, das er brauchte, um die Frauen für seine Sache herzurichten. Das alte hatte er dummerweise in der S-Bahn liegenlassen.

So fieberte er dem Schichtende entgegen. Immer kurz davor, sich selber zu entladen, aber er schaffte es noch, bis der Kollege Kramer kam.

5.59 Uhr – Dienst übergeben. Stempel und Unterschrift

Ogorzow. 6.00 Uhr – Dienst übernommen. Stempel und Unterschrift Kramer. Endlich konnte er sich in die Lüfte erheben, ein Raubvogel, den sie so lange im Käfig festgehalten hatten.

Wie immer, wem sollte das verdächtig vorkommen, ging er den Betonweg zwischen den Gleisen entlang, um über Fußgängerbrücke und Tunnel zur S-Bahn zu kommen. Zwar lief er manchmal oder fuhr mit seinem Rad, aber daß jemand am 22. Dezember und bei dieser Kälte gern die S-Bahn nahm, konnte gewiß keinen in Erstaunen versetzen. Zwar war es bis Karlshorst nur eine Station, aber das wußte ja keiner, wenn er oben auf dem Bahnsteig stand und wartete. Traf er wirklich einen Bekannten und der fragte danach, hatte er noch immer einen Onkel in Erkner, den er erwähnen konnte.

Es war ein Sonntag, und er wußte aus Erfahrung, daß es da schwer werden würde, ein Beutetier zu schlagen, denn da waren viel weniger Frauen unterwegs zur Arbeit oder kamen zurück. Und länger als bis acht konnte er nicht warten, da wurde es zu hell. Andererseits war der Sonntag auch ein guter Tag, denn da schlief seine Frau automatisch länger als sonst, und es fiel gar nicht weiter auf, wenn er später kam.

Am Ausgang hing ein großes Plakat, das die Frauen warnen sollte. Vor Überfällen in der S-Bahn. Seit über vierzehn Tagen hing es schon da. Er sah keinen rechten Sinn darin. Warum warnte man die Menschen nicht vor Regen und Schnee?

Der Zug nach Erkner lief ein, und er spähte in die Zweite-Klasse-Abteile, wie sie an ihm vorüberhuschten. Männer, mehrere Gesichter, Uniformen. Nichts. Er nahm es gelassen. Man mußte warten können. So stieg er erst einmal ein, setzte sich in eine Ecke und mimte den Schlafenden. Wenn ihn dann wirklich zufällig ein Bekannter traf und fragte: »Paule, wat machsten du hier?«, konnte er immer noch sagen, daß er eingeschlafen sei und Karlshorst dummerweise verpaßt habe. Das war alles so einfach wie Schrippenholen gehen.

Wenn der Zug auf einem Bahnhof bremste, hielt er blinzelnd Ausschau nach dem, was sich veränderte. Aber im funzligen Licht ließ sich kaum etwas erkennen, und er mußte sich mehr und mehr auf sein Gehör verlassen. Wer stieg aus, wer stieg ein, wer blieb sitzen im Abteil?

Karlshorst, Wuhlheide, Köpenick, Hirschgarten, Friedrichshagen, Rahnsdorf, Wilhelmshagen, Erkner. Endstation. 26 Minuten war er unterwegs gewesen, ohne daß eine Frau mit ihm allein gefahren wäre.

Da Erkner ein Kopfbahnhof war, und der Zug, ohne auf das Kehrgleis zu müssen, gleich wieder zurückfuhr nach Potsdam, konnte er sitzenbleiben, wo er saß.

Der Triebwagenführer, auf dem Weg nach vorn, kam vorbei und leuchtete ihm mit seiner Taschenlampe ins Gesicht. Paul Ogorzow erschrak. Da er aber seine Mütze tief heruntergezogen hatte und ihm der Schirm fast auf der Nase saß, war sicher nicht viel zu erkennen gewesen.

Er rechnete. Bis Ostkreuz, wo man am gefahrlosesten aussteigen und auf den Zug zurück warten konnte, war es genau eine halbe Stunde. Halb sieben war es jetzt. Hatte er also nur noch eine Fahrt bis Ostkreuz und dann das Stück nach Karlshorst zurück.

Er wußte, daß der Tag für ihn die Hölle werden würde, wenn es nicht gelang. Leibschmerzen, Kopfschmerzen, das Gefühl, sich aufzulösen wie ein Stück Zucker im Tee.

Bis Ostkreuz ergab sich nichts, und als er dann wirklich wieder auf seinem Heimatbahnhof hielt, schaffte er es nicht, sich von der Polsterbank zu lösen und auszusteigen. Es ging einfach nicht. Es wäre so gewesen, als hätte er Selbstmord begangen. Er lebte nur weiter, wenn er eine Frau erbeutet hatte. Und noch war nicht alles verloren, denn es saßen noch schätzungsweise neun, zehn Personen in seinem Wagen, aber es kamen ja noch Köpenick und Friedrichshagen, wo viele aus-, aber kaum welche einsteigen würden.

Als der Zug dann den Bahnhof Friedrichshagen verließ, schnellte sein Puls nach oben. Wenn ihn nicht alles täuschte, saß hinter der zweiten Tür, und zwar in Fahrtrichtung rechts am Fenster, eine Frau von etwa dreißig Jahren. Sie war eingenickt, hatte vielleicht vergessen, auszusteigen, wollte womöglich auch weiter Richtung Erkner.

Ogorzow sprang auf, nahm sich nicht einmal die Zeit, sein Bleikabel aus dem Ärmel zu ziehen. Vier Minuten nur bis Rahnsdorf, und bis dahin mußte alles so gelaufen sein, daß er sich im Rausch befand, hochflog bis zur Sonne, explodierte.

»Die Fahrkarte, bitte!« Die junge Frau fuhr herum. Ja, sie war schmächtig, sie ließ sich gebrauchen. Seine Hände schossen vor, packten ihren Hals.

»O du fröh-li-che, o du se-li-ge, gna-den-brin-gende Weihnachtszeit! Welt ging ver-lo-ren, Christ ward ge-bo-ren. Freu-e, freu-e dich, o Chri-sten-heit!«

Gertrud Ogorzow, seine Trudi, hatte eine wunderschöne Altstimme.

Ingrid, ihre Älteste, die schon ein Weilchen zur Schule ging, las den Text mit ihr vom Blatt.

Robert, dreieinhalb, saß auf dem Schoß ihres Mannes und starrte mit großen Kinderaugen auf den Weihnachtsbaum, den sie mit viel Lametta und silbernen Kugeln so geschmückt hatte, wie Paul es mochte.

Ehe den Kindern beschert wurde, sangen sie noch das schönste aller Weihnachtslieder:

»Stil-le Nacht. Heilige Nacht! Al-les schläft, ein-sam wacht nur das trau-te, hoch-hei-li-ge Paar; hol-der Knabe im lok-kigen Haar, schlaf in himm-li-scher Ruh, schlaf in himm-li-scher Ruh!«

Als der letzte Ton verklungen war, rief Paul Ogorzow, daß er ja vergessen habe, sein Fahrrad in den Keller zu stellen.

»Das muß ich unbedingt noch tun, sonst klaut es jemand.«

Gertrud tat so, als schimpfe sie mit ihm, und die Kinder glaubten fest daran, daß es so war.

Ogorzow lief in den Keller hinunter und schlüpfte in den roten Weihnachtsmann-Mantel. Seine Frau hatte ihn heimlich aus einem alten Vorhang genäht. Der Bart bestand aus Werg und Watte, die Kapuze aus einem Stück Sofabezug. Die Stiefel hatte er sich aus dem Bestand seines Freundes Herbert Bloh geborgt. Sack und Rute waren noch zu greifen.

So stampfte dann der Weihnachtsmann nach oben und klingelte. Seine Frau machte auf, die Kinder erstarrten in Ehrfurcht und Angst.

»Darf der Weihnachtsmann denn reinkommen?« fragte Ogorzow mit tiefer Stimme.

Robert und Ingrid nickten. Der Sohn versteckte sich hinter dem Rücken seiner großen Schwester.

Als sie im Wohnzimmer angekommen waren, nahm der Weihnachtsmann den großen Rucksack ab und stellte ihn auf den Boden. Dann holte er sein großes Buch hervor und fragte die Kinder, ob sie auch immer artig gewesen seien.

»Ja ...«, kam es ganz zart.

»Na, dann wollen wir mal nachsehen, ob das auch stimmt ...«

Ogorzow schlug das Buch auf. Es war ein altes Dienstübergabebuch aus seinem Stellwerk Vnk. »Na, wißt ihr, es könnte besser sein mit euch. Ingrid soll besser essen und nicht so viel mäkeln. Und was steht hier ...« Trudi hatte eine etwas eigenwillige Schrift. »Nach dem Stuhlgang vor dem Essen, Hände waschen nicht vergessen! Willst du mir das versprechen, Ingrid, oder soll ich die Rute nehmen!?«

Ingrid schluckte. »Ja.«

»Und was steht hier über Robert ...« Ogorzow hoffte, daß seine Frau nichts Schlimmes hingeschrieben hatte, denn er wollte nicht, daß sein Sohn zu weinen anfing. »Wenn du ins Bett gebracht worden bist, sollst du sofort einschlafen und nicht immer nach der Mutti rufen. Machst du das?«

»Ja, lieber Weinachtsmann.«

»Na, dann ist ja gut, dann kann ich ja mal sehen, was es für Geschenke für euch gibt.« Ogorzow bückte sich und holte die guten Sachen aus dem alten Kartoffelsack, der ursprünglich einmal dem Gut Muntowen gehört hatte.

Robert bekam neben einem schönen bunten Teller mit Äpfeln, Nüssen, Dominosteinen und anderem Naschwerk eine aufziehbare Blecheisenbahn und hörte gar nicht mehr auf zu jubeln. Mit seinem Lohn und den paar Pfennigen, die Gertrud verdiente, wenn sie unten bei Seitz im Lebensmittelladen mal half, hätte sich Ogorzow einen solchen Luxusgegenstand nie und nimmer leisten können, aber Herbert Bloh hat ihm die Bahn für 10 Reichsmark abgelassen. Er hatte nicht nachgefragt, woher sie stammte. Das war doch klar: von den Juden. Aber Bahn war Bahn, und das Kind würde schon keinen Schaden nehmen, wenn davor irgendein Itzig mit gespielt hatte.

Ingrid war noch glücklicher als ihr Bruder. Für sie wurde eine große Puppe und ein kleiner Kochherd aus dem Sack gezogen.

Dann ging der Weihnachtsmann wieder.

Paul Ogorzow, Berlin-Karlshorst, Dorotheastraße 24, Vorderhaus, 2 Treppen links. So die neue Adresse. Zuerst hatten sie mit der Schwiegermutter zusammengelebt, in deren Wohnung im selben Haus, im Parterre, dann waren sie nach oben gezogen.

Verglichen mit Muntowen, Brandenburg und Nauen, vor allem aber seiner Bruchbude am Schlesischen Bahnhof, wohnte er hier mit seiner Familie seit Ende der dreißiger Jahre geradezu feudal. Sicherlich war das Karlshorst zwischen Treskow- und Sangeallee keine Villenkolonie wie etwa Dahlem oder Grunewald, allemal jedoch so gediegen-bürgerlich wie Hermsdorf im Norden oder Lichterfelde im Süden. Daß es eine Trabrennbahn war, die Karlshorst weltweit bekannt gemacht hatte, sagte alles.

Welch Weg vom ungelernten Arbeiter hierher! Paul hatte es geschafft. Alle registrierten es, und er ging auch jeden Tag mit sichtlichem Stolz die schönen Vorstadtstraßen entlang.

Und die Wohnung erst. 102 Quadratmeter, 3,80 m hoch. Hinter der hölzernen Wohnungstür, die mit schönem Schnitzwerk versehen war, kam man in einen schmalen Flur, der sich nach links in 13 Metern Länge parallel zur Karl-Egon-Straße dehnte. Jeweils rechts gingen drei Zimmer ab, alle sehr geräumig, und an seinem Kopfende führte er zu Küche, Bad und Mädchenkammer. Viel besser, fand Paul Ogorzow, hatte es die Herrschaft im Muntowener Gut auch nicht gehabt.

Die Ehe mit Trudi hatte ihm dieses Prachtstück von Behausung verschafft. Das insgesamt dreistöckige Haus hatte einem holländischen Juden gehört, der seit Jahren von keinem mehr gesehen worden war. Freilich, sie hätten diese Wohnung nie bezahlen können, wenn nicht die Schwester seiner Frau zu ihnen gezogen wäre, die Käthe. Das war eine sehr adrette Frau, die im Lichtenberger Rathaus arbeitete, und zwar als Sekretärin. Wenn die Gerüchte stimmten, hatte sie sogar ein Verhältnis mit dem Bürgermeister.

Paul Ogorzow war hier wer. Immer fleißig, immer pünktlich. Wenn man ihn sah, war er meistens auf dem Weg zur Arbeit oder kam von der Schicht. Im Reichsbahnermantel, meistens mit Mütze. Einem Soldaten gleich. So einen wie ihn brauchte man in schwerer Zeit. Er ließ die Räder rollen für den Sieg.

Die Nachbarn respektierten ihn. Und das waren alle welche, die was darstellten im Leben. Der Francke war ein waschechter Dr., der Düster Behördenangestellter, der Hesse sogar Bürovorsteher, der Marohn Lehrer, der Pötter Justizoberinspektor, der Mentzel Kaufmann und der Steinke immerhin noch Werkmeister. Das machte schon was her. Kamen noch ein paar Witwen hinzu, die ihre gute Rente hatten. Die Krüger, die Lehmann und auch seine Schwiegermutter.

Paul Ogorzow spielte mit dem Schalter seiner Nachttischlampe.

An – aus.

An – aus.

An – aus.

Es war immer dieselbe Lampe, ob sie nun eingeschaltet war oder nicht. Und doch wieder eine ganz andere. Wenn sie brannte, tauchte sie den Raum in ein behagliches, warmes Licht. Wenn sie dagegen ausgeschaltet war, herrschte bedrohliche Finsternis.

An – aus.

An – aus.

An – aus.

Er war derselbe Mann, ob er nun auf seinem Stellwerk vorbildlich arbeitete oder aber Frauen tötete. Und doch wieder ein ganz anderer. Wenn er seinen Dienst versah und mit den Kindern spielte, machte er die Welt ganz hell für alle, wenn er dagegen auf die Jagd ging und seine Krallen in die Beute schlug, stürzte er die anderen Menschen in tiefstes Dunkel, bis in den Tod.

Was sollte er dagegen machen? Es war halt so. Eine Lampe war eine Lampe, ein Tier war ein Tier, und er war so, wie er war. Die Weltordnung wollte es so. Wenn sie es nicht gewollt hätte, wäre es ja anders. Dann hätte die Polizei ihn schon lange gekriegt. Alles war so, wie es sein mußte. Und damit richtig. Wenn es nicht richtig sein würde, dann wäre es auch nicht. Was hatten sie in der Schule immer gebetet:

»Herr, auf dich traue ich … In deine Hände befehle ich meinen Geist …«

Er hatte es getan, und wenn sein Trieb so stark war, wie er war, und er nur noch richtigen Verkehr haben konnte mit fremden Frauen, die er niederwerfen mußte, dann war das doch nicht seine Schuld, verdammt noch mal! Wenn Gott es nicht so gewollt hätte, wäre es dem ja ein Leichtes gewesen, es anders einzurichten. Daß es mit Trudi wieder richtig ging oder er gar keinen Trieb mehr hatte.

Außerdem, mit den Frauen war es wie früher mit den Mükken am Ixter See. Es gab Millionen davon, und wenn man eine von ihnen zerklatschte, war das ein Klacks.

Gertrud Ogorzow sah aus dem Fenster. Unten im Vorgarten war ihr Mann beim Schneeschippen. Er häufte ihn über seine Rosen, um sie vor Kälte zu schützen. Die Gartenarbeit fehlte ihm. Von März bis Oktober war er in jeder freien Minute dort zugange. Sein Landarbeiterblut.

Robert kam zu ihm gelaufen, und er nahm den Kleinen auf den Arm und schmuste mit ihm. Es war ein rührendes Bild. Dann bewarfen sie sich mit Schnee.

Ingrid lief vorbei, wurde aber von beiden nicht beachtet. Manchmal schien es ihr so, als ahne er, was mit Ingrid war. Daß sie die Tochter eines Juden war. Im Gegensatz zu vielen anderen Männern schlug Paul sie nie. Aber sie hatte Angst, daß er sie erschlagen würde, wenn er erfuhr, wer Ingrids Vater war. Ein Dentist, der ein paar Straßenecken weiter praktiziert hatte. Er war ihr Leben gewesen, und mit seinem Verschwinden war sie irgendwie gestorben. Sie spielte nur noch, daß sie lebte, sie kam sich vor wie eine mechanische Puppe. Wenn Ingrid nicht gewesen wäre, hätte sie sich längst vor die S-Bahn geworfen. Nur für ihre, für seine Tochter lebte sie noch. Sie war sein Fleisch und Blut, und für ihn mußte sie Ingrid über Krieg und Nazi-Reich retten. Dafür war ihr kein Opfer groß genug, nicht einmal das, mit Paul Ogorzow die Ehe einzugehen.

Im Frühjahr 1937 hatte Paul sie angesprochen. In der S-Bahn zwischen Ostkreuz und Karlshorst. Sie hatte das Bild noch deutlich vor Augen.

»Sie haben Ihre Fahrkarte verloren, Fräulein ...«

»Oh ...«

»Hier, bitte ...«

»Danke.«

Ihr erster Eindruck von ihm ist nicht sehr positiv. Schiefe Nase, ein bißchen primitiv, Rangierer, immer dreckig. Er starrt sie auch irgendwie so gierig an. Wie ein Hund, der sehr hungrig ist und seinem Frauchen beim Essen zusehen muß. Unangenehm ist das, und sie preßt unwillkürlich die Beine zusammen.

»Ohne Fahrkarte kann man viel Ärger bekommen«, sagt ihr Gegenüber.

»Sind Sie denn Kontrolleur?«

»Nein, ich arbeite im Bahnbetriebswerk hier drüben. Und ich hätte Sie auch in Schutz genommen.«

Sie sieht ihn aufmerksamer an. Das Parteiabzeichen, den Bonbon, trägt er auffällig am Revers seiner Uniformjacke. Ein Parteigenosse also. Und ein Eisenbahnbeamter. Da hat sie eine Idee, mehr ein Gefühl ist es, nein, ein innerer Zwang, ein Muß, so zu handeln und nicht anders. Es ist der archaische Instinkt einer Mutter, die ihr Junges schützen will. Den Mann, der Ingrid gezeugt hat, ihren Geliebten, wird sie nie mehr wiedersehen dürfen, die Nazis haben Alex in einem ihrer KZ' ermordet, und das Kind braucht einen Vater wie sie einen Mann, der sie und Ingrid beschützt, beschützt vor allem vor Gestapo und Vernichtung. Und wer könnte das besser als ein eingefleischter Parteigenosse?

Ihr Gegenüber spürt offenbar, daß er Chancen bei ihr hat, denn er fragt, ob sie sich nicht zu einer Tasse Kaffee treffen können.

»Ja, gerne.« So sitzen sie sich denn am Abend in einem Restaurant gegenüber, das zwischen Laubengelände und S-Bahn liegt, genau dem Bw gegenüber, und den Namen *Zur Lokomotive* trägt. Sie erfährt, daß er auch der SA angehört hat und in Herbert Bloh einen Jugendfreund besitzt, der es in der SS weit bringen wird.

»Der ist schon verheiratet, und unsereins muß sich nun auch langsam ein kleines Frauchen suchen«, sagt Paul Ogorzow, als der er sich vorgestellt hat.

Gertrud Zimmermann nickt. Sie weiß, daß die Würfel längst gefallen sind. Der Name Herbert Bloh hat den Ausschlag gegeben und dabei vor allem Ogorzows Hinweis, daß sein »Busenfreund« ein enger Vertrauter Reinhard Heydrichs sei. Bei solchen Beziehungen war es unmöglich, daß man sie wegen Rassenschande ins KZ brachte und Ingrid als »Halbjüdin« irgendwo verkommen ließ. Sie dankte Gott, daß er ihr Paul Ogorzow geschickt hatte, sie zu erretten. Außerdem litt ihre Mutter als ehrbare Kaufmannswitwe stark darunter, daß ihre Tochter mit einem unehelichen Kind herumlaufen mußte.

Er wollte sie unbedingt nach Hause bringen, und sie mußte

es gestatten. Es war ja auch der Brauch. Zumal sie durch das dunkle Laubengelände zu gehen hatten. Unterwegs wurde er zudringlich. Ohne daß er sie geküßt hätte, war er mit der Hand schon bei ihr unterm Rock. Sie wehrte sich, weil sie es Alex schuldig war, aber sie wehrte sich nicht eben kräftig, denn sie wollte Paul nicht zur Weißglut bringen, und sie brauchte ihn ja zum nackten Überleben. So ließ sie alles über sich ergehen.

Danach trafen sie sich öfter in der grünen Laube, die der Fleischermeister Schumann im Hinterhof des Nachbarhauses errichtet hatte. Zu Hause ging es wegen Ingrid und ihrer Mutter nicht. Er war unersättlich. Schließlich nahm er sich ganz in der Nähe eine möblierte Wohnung. Alles nahm seinen Lauf. Paul redete zwar vorher immer mit ihr, aber nie streichelte und küßte er sie. Wenn es ihn überkam, nahm er sie übergangslos. Sie wußte, daß er bis dahin nur mit Prostituierten verkehrt hatte und es nicht anders kannte. Auch sie war unfähig zu jeder Zärtlichkeit, sie konnte Alex nicht betrügen.

Am 5. 6. 1937 gingen sie die Ehe ein.

Paul Ogorzow war stolz auf seine Frau. Sie war nicht nur einen Kopf größer als er, sondern sie stellte für ihn auch etwas Höheres dar. Schon ihr verstorbener Vater als Kaufmann war für ihn ein kleiner Gott. Eigentlich konnte er noch immer nicht verstehen, warum sie ihn genommen hatte, ausgerechnet ihn, den kleinen Landarbeiter und Hilfsweichensteller; sie hätte doch ganz andere haben können. Na gut, was das Ficken betraf, da war er allen über, aber gerade darauf legte sie ja keinen großen Wert. So war die Sache für ihn klar: Da war ein anderer Mann, der sie im Bett aus der Reserve lockte. Einer, der mehr war als er.

So ging er auch an diesem Tage mit unguten Gefühlen zur Arbeit. Schichtbeginn war 14 Uhr, aber er hatte sich schon drei Stunden früher auf den Weg gemacht, weil er angeblich einen Kollegen zu vertreten hatte. In Wirklichkeit wollte er noch einmal zurückkommen und Gertrud in flagranti erwischen.

»Viel Spaß bei der Arbeit«, sagte seine Frau.

»Danke.«

»Deine Kratzer im Gesicht sind ja immer noch ganz rot ...«

»Wenn man so die Böschung runterfällt, die scharfen Schottersteine ...«

»Dann paß mal auf heute!«

»Ja.«

Er gab seinem Sohn einen Klaps auf den Po und verabschiedete sich von seiner Frau und Tochter mit kameradschaftlich erhobener Hand.

»Koch mir noch Kakao, wenn ich heute abend komme. Und Bücklinge dazu.«

»Ja, Paul.« Dann fiel die Tür ins Schloß. Als er den Vorgarten durchquerte, freute er sich schon auf den Sommer, wenn er wieder seine Tomaten und Kürbisse anpflanzen und wässern konnte.

Bei Seitz im Milchgeschäft war wenig zu tun. Die Frau sollte ja Halbjüdin sein, wie es hieß. Kein Wunder, daß da keiner mehr kaufte. Wenn es stimmte, würde er Trudi verbieten, je wieder dort bei der Arbeit zu helfen.

Der Fleischermeister aus der Dorotheastraße 25 stand vor seinem Schaufenster und war dabei, ein Plakat anzukleben.

»Heil Hitler, Herr Schumann!«

»Guten Tag, Herr Ogorzow.«

Er sah, daß es eine Warnung vor dem S-Bahnmörder war.

»Der wohnt vielleicht nebenan«, lachte der Fleischermeister.

»Da könnten Sie recht haben«, erwiderte Ogorzow. Sie lachten beide darüber und wünschten sich noch einen schönen Tag.

Ogorzow dachte nach. Am besten war es, wenn er zum S-Bahnhof ging, zum S-Bahnhof Karlshorst, und dann zurückkam, um Gertrud zu erwischen.

Otto Nielebock kam vorüber, einer aus dem Nebenhaus, wie immer im Daimler. Seit er Betriebsleiter war, ging er kaum noch zu Fuß. Sie winkten sich zu. Bei seiner Schwiegermutter hatten sie sich öfter getroffen und Mensch-ärgere-dich-nicht und anderes gespielt.

Der übliche Weg zum S-Bahnhof führte von der Dorothea- über die Junker-Jörg- und Dönhoffstraße zur Treskowallee. Ein Geschäft reihte sich an das andere. Nach Seitz und Schumann kam der Bäcker Lakau, dann ein Seifenladen, eine Plätterei, das Milchgeschäft der Frau Sturm aus Posen und schließlich die Kneipe, wo er öfter hinging, um mit den alten Kameraden von der SA sein Bier zu trinken. Kamen noch in der Dönhoffstraße eine andere Fleischerei, das große Gebäude von Portland-Zement, die Markthalle, der Gloria-Palast und Krummbeck, das

Eßlokal. In der Dönhoffstraße 37 hatte er vor der Heirat zur Untermiete gewohnt, ganz in Trudis Nähe.

Als er am Bahnhof angekommen war, hielt es ihn nicht länger. Er mußte zurück. Denn schon hatte sich Gertruds Kerl in die Wohnung geschlichen. Sie machte schon die Beine breit, um sich von ihm ficken zu lassen. Er sah es vor sich, so deutlich wie im Kino. So klemmte er seine abgegriffene Aktentasche unter den Arm und rannte zurück.

Obwohl er Sturm klingelte, wurde ihm nicht sofort geöffnet. Sein Mißtrauen verstärkte sich noch. Wahrscheinlich versteckte sich der Kerl jetzt irgendwo im Schrank. Endlich erschien seine Frau an der Tür.

»Wo steckst du denn so lange!?«

»Ich war gerade auf 'm Klo.«

»Mit wem?«

»Mit wem wohl?«

»Dem Gasmann wieder!« schrie er.

»Paul, ich hab kein Interesse an anderen Männern.«

»Und der vom Winterhilfswerk neulich, hast du mit dem Kaffee getrunken oder nicht!?«

»Nur Kaffee! Mit dem hab ich mal im Buddelkasten gespielt.«

»Und dabei hat er dir Ingrid angehängt, wa!?« höhnte Ogorzow.

»Paul, seit ich dich kenne ...«

Ingrid kam aus dem Zimmer, weil sie dringend auf die Toilette mußte.

Ogorzow hielt sie fest. »Hat Mutti wieder 'n Onkel dagehabt?«

»Nein ...«

Er haute ihr ein paar runter. »Lüg nicht immer!«

Er haßte dieses Kind. Weil Gertrud für einen anderen die Beine breit gemacht hatte, weil es etwas im Gesicht hatte, das ihn rasend machte.

Ingrid verschwand heulend in der Toilette, auch seiner Frau standen die Tränen in den Augen.

»Es ist wirklich nichts«, wiederholte seine Frau. »Da kannst du alle fragen.«

»Ich verbiete dir ein für allemal, daß 'n anderer Mann hier in der Wohnung ist, wenn ich auf Arbeit bin. Basta!«

Damit knallte er die Wohnungstür zu und ging wieder. Natürlich log sie und ließ die Kerle reihenweise ran. Eines war jedenfalls sicher, daß seine Frau bestraft werden mußte, für das, was sie getan hatte. Wie du mir, so ich dir.

Und darum ging er zu Anneliese Schulz, deren Mann im Felde stand. Sie hatte ihre Wohnlaube in einer der Kolonien, die er von seinem Stellwerk aus im Blickfeld hatte.

Kaum hatte sie ihm aufgemacht, war er schon über ihr und rammelte los. Wie mit einem Messer stieß er seinen Haß in sie hinein. Dieses Satanspack von Frauen! Sie waren der Untergang der Männer. Die Männer starben im Kriege, und überall machten sich die Frauen breit. Man mußte sie vernichten! Den Tripper hatten sie ihm angehängt, daß es dauernd bei ihm brannte, untenrum, und oben sein Gehirn zersetzte. Und sie hatten ihn zum Mörder gemacht. Wenn es keine Frauen gegeben hätte, wäre er absolut unschuldig geblieben. Die Frauen waren sein Tod.

Er war Eisenbahner, und so hatte er das Bild vor Augen, wie die Treib- und Kuppelstangen einer Lok voller Urgewalt vor- und rückwärts gingen. So auch sah er seinen Kolben bei der Arbeit. Bis der Kessel platzte, und sie beide schrien, Anneliese und er. Danach drehte er sich weg von ihr und suchte nach Schlaf.

Pünktlich aber war er oben im Stellwerk, um seine Eintragungen im Dienstübergabebuch zu machen.

»Gibt 's was Besonderes?« fragte sein Kollege.

»Was soll 's schon geben?«

»Frau und Kinder gesund?«

»Ja, danke. Und deine?«

»Mein Ältester hat die Masern.«

»Gute Besserung.«

»Danke.«

»Was is 'n das für 'n Zettel, da?«

»Ach so, Paul, ja, da hat 'n Freund von dir angerufen. Ich hab 's dir aufgeschrieben.«

Es war Herbert Bloh. »Erbittet Besuch bei sich in Oranienburg.«

Ogorzow saß schon weit vor Sonnenaufgang in der S-Bahn und fuhr nach Oranienburg, um seinem Freund Herbert Bloh den ersten Besuch abzustatten, seit er in Sachsenhausen seinen Dienst versah. Als SS-Hauptscharführer. Er war stolz auf ihn.

Umsteigen Ostkreuz, umsteigen Gesundbrunnen. Mit der Nordbahn waren es noch an die vierzig Minuten.

Er saß rechts im Abteil, in Fahrtrichtung. Schönholz, der Güterbahnhof. Viel kleiner als seiner in Rummelsburg. Überall Kollegen, die fleißig waren. Alle Reichsbahner halfen mit, daß der Krieg gewonnen wurde.

Es war ein schöner Tag. Die lange Fahrt ließ ihn schläfrig werden. Er fühlte sich wie ein satter Kater auf einem sonnenwarmen Dach. Wie ein Fisch, der durch den Ixt-See schwamm. Wie ein Hengst, der von der Stute stieg. Er war eins mit sich und der Welt. Die Welt liebte ihn, er liebte die Welt. Sie gab ihm alles, was er brauchte.

Ein neuer Tag dämmerte herauf. S-Bahn. Der Geruch des heißen Öls. Der verglühte Eisenstaub der Bremsen. Die blitzhellen Funken, wenn die Stromabnehmer an den Weichen gegen die unterbrochenen Stromschienen schlugen. Das Parfüm der Frauen in den Polstern. Er schwebte dahin. Wie der Bussard oben unterm Himmel. So hatte er sich nur gefühlt, wenn sie auf den Feldern um Muntowen viel frischen Mohn gegessen hatten.

Endstation. Es ärgerte ihn. Er wäre am liebsten einmal um die Welt gefahren.

Oranienburg. Das war wie Sensburg oder Nikolaiken. In Zugrichtung geradeaus, immer an der Bahn entlang, dann unter der Brücke hindurch die Bernauer Straße Richtung Osten, hatte Herbert Bloh gesagt.

Nach einem knappen Kilometer sah er die Bauten des Schutzhaftlagers. Sie gefielen ihm. Schlicht und schön. Er ging zur Torwache und sagte, der Herr SS-Hauptscharführer Herbert Bloh erwarte ihn. Der Posten griff zum Telefon, und fünf Minuten später war sein Freund zur Stelle.

Die Begrüßung war überaus herzlich. »Altes Schlachtroß, schön, dich hier zu sehen!«

Herbert Bloh klopfte ihm auf die Schulter und stellte ihn seinen Gefolgsleuten vor. »Mein alter Freund Paul Ogorzow aus Muntowen. Wir beide kennen uns seit fast dreißig Jahren, von der Wiege an. Ist ein tüchtiger Reichsbahner geworden – und Ehemann und Vater dazu. Komm, dann zeige ich dir mal mein Reich.«

Der Morgenappell war gerade zu Ende gegangen, und die Häftlinge strebten ihrer Arbeit entgegen.

»So viele Menschen«, sagte Ogorzow.

»Das sind keine Menschen hier«, korrigierte ihn der Freund. »Das sind Schädlinge. Volksschädlinge. Und wir hier sind sozusagen die Kammerjäger des Führers. Wir müssen uns wehren gegen alles Ungeziefer, sonst werden wir von ihm vernichtet. Die Ratten bringen uns die Pest, also vergiften wir sie. Die Mücken bringen uns Malaria, also erschlagen wir sie. Und wer hier im Lager sitzt, der bringt uns den Verfall unseres Volkes. Also vernichten wir ihn.« Und er zählte alle auf, die er meinte, die politischen Gegner des NS-Staates, die Homosexuellen, die Berufsverbrecher, die Angehörigen religiöser Sekten, die Wehrdienstverweigerer, die »Arbeitsscheuen«, die Geistlichen, die Angehörigen »minderwertiger Rassen«, die Menschen mit »lebensunwertem Leben«, die »Asozialen« und die »Querulanten«.

»Wir übernehmen für den Volkskörper die Funktionen, die bestimmten Zellen und den weißen Blutkörperchen im menschlichen Körper zugewiesen sind: die Abtötung krankmachender Viren und Bakterien.«

Ogorzow nickte. »Und die Frauen? Wo sind die?«

Herbert Bloh schien ihn nicht ganz zu verstehen. »Wir wollen welche aus Ravensbrück herholen und hier 'n Bordell aufmachen. Zur Belohnung für die Häftlinge, die uns die Arbeit erleichtern, und für unsere Mannschaften.«

»Großartig.« Das gefiel ihm, Frauen, die jederzeit kostenlos zum Gebrauch bereit gehalten wurden und für die der Geschlechtsverkehr gleichzeitig auch harte Strafe war. »Zwei Fliegen mit einer Klappe.«

Herbert Bloh hielt nach einem Häftling Ausschau, der ihm schon lange ein Dorn im Auge war. »Siehst du den Hinkefuß da? Das ist der Dr. Mehrow. Nicht nur Kommunist, sondern auch noch schwul. Ein Studienrat und Dichter. Paß mal auf ...« Er winkte Mehrow herbei.

Der nahm Haltung an. »Herr Hauptscharführer ...!«

Herbert Bloh herrschte ihn an: »Drecksau! Wie du wieder aussiehst heute!«

Und mit spitzen Fingern nahm er dem Häftling die Mütze vom Kopf. Der hätte das selber tun müssen, das war strenge Vorschrift, doch er hatte es im ersten Schrecken vergessen.

»Pfui Teufel, ist das ein Speckdeckel! Morgen früh meldest du dich bei mir mit gewaschener Mütze! Verstanden!«

»Jawoll, Herr Hauptscharführer.«

Mit einer lässigen Bewegung warf Herbert Bloh die Mütze ein ganzes Stück über die Postenkette hinweg.

Dr. Mehrow, froh, so billig davongekommen zu sein, stürzte der davonfliegenden Mütze hinterher. Weit über die Schußlinie hinaus. Die Posten hatten ihre strikten Befehle. So knallte es, und in der Todesmeldung hieß es: »Auf der Flucht erschossen.«

Ogorzow kannte das von Treibjagden her. Da hatten Herbert Bloh, er und die anderen Jungen vom Dorf dem Gutsherren und seinen Gästen die Wildschweine, Rehe, Hirsche und Hasen auch immer zugetrieben.

Paul Ogorzow genoß dieses Töten, auch das, was Herbert Bloh eben getan hatte. Es gab nichts an Gefühlen, was gewaltiger war. Da war er selber ein Gott, ein allmächtiger Gott. Wie er die Frauen aus dem Zug gestoßen, wie er die Ditter draußen in Rummelsburg erstochen hatte. Er als kleiner Hilfsweichensteller, der Herr über Leben und Tod. Wenn er es beschloß, dann starben sie. Wenn er es gnädig meinte, ließ er sie ungeschoren. Wenn Herbert Bloh es wollte, ließ er die Lumpen abknallen, wenn nicht, dann lebten sie weiter.

Als er den Häftling tot am Boden liegen sah, freute es ihn, und er dachte daran, daß die Ditter und die anderen Frauen auch so dagelegen hatten.

Es war seine Leidenschaft, das, was lebendig war, in etwas zu verwandeln, das sich nicht mehr regen konnte. Etwas zu zerstören, das brachte noch mehr Lust, als wenn er eine Frau lediglich gebrauchte. Nein, beides zugleich zu tun, das war der Gipfel.

»Komm«, sagte Herbert Bloh. »Ich zeig dir mal was.«

Er führte Ogorzow in einen Raum, der angefüllt war mit Metallgegenständen in allen möglichen Formen: Ringen, Ketten, Uhren, Töpfen, Tellern, Trinkgefäßen, Plaketten, Ehrenpokalen und etlichem mehr.

Ogorzow staunte. »Wie kommsten dazu?«

»Alles Metallspenden. Haben wir uns ein bißchen was von abgezweigt.« Herbert Bloh hielt ihm ein Flugblatt hin, auf dem es hieß:

Deutscher Volksgenosse! Hast Du dem Führer schon Dein Geburtstagsgeschenk in Form einer Metallspende gegeben? Bis zum 20. April hast Du Gelegenheit dazu!

»Das gefällt mir ...« Ogorzow hatte eine Aphrodite in Bronze vom Regal genommen.

»Nimm sie mit.«

»Oh, danke.«

Sie kamen den Korridor entlang, der den A- mit dem B-Flügel eines Blocks verband. Ogorzow hörte ein Ächzen, ein dumpfes Grummeln und Stöhnen, das ihn im ersten Augenblick an den Kampf zweier Mannschaften denken ließ, die sich beim Tauziehen maßen. Dann kamen noch Schreie hinzu, und das Husten und Röcheln von Menschen, die nahe am Ersticken waren. Zugleich sah er den Blockältesten vor einer schweren Holztür stehen, damit beschäftigt, das Schlüsselloch mit Papierschnipseln fest zuzustopfen.

Herbert Bloh grinste. »Das ist unser berühmtes Kabuff. Die Besenkammer, ein Quadratmeter, kein Fenster. Acht Stück stekken da drin. Am späten Nachmittag wird wieder aufgemacht. Meistens sind von den Dreckschweinen fünfe tot.«

»Wär ich man damals lieber zur SS gegangen als zur SA«, sagte Ogorzow.

»Bei der Deutschen Reichsbahn bist du doch ebenso wichtig«, sagte Herbert Bloh. »Wir hier sorgen für die Reinigung des deutschen Volkes, ihr sorgt dafür, daß unser Führer den Krieg gewinnt und wir den ganzen großen Raum im Osten, den die Geschichte der nordischen Rasse zugeeignet hat, bald kolonisieren können. Warte es ab: In zehn Jahren bist du Leiter eines großen Rangierbahnhofs zwischen Weichsel und Ural.«

»Ach, weißt du ...« Ogorzow war es viel lieber, in seinem Stellwerk zu bleiben. In Muntowen hatten sie einmal einen Marder gehabt, der fast jede Nacht gekommen war, sich ein Huhn zu holen. Und hatte wunderbar gelebt dabei. Gehaust hatte er in einem stillgelegten Backofen. Was hätte es diesem Marder genutzt, wenn er nach Berlin gebracht worden wäre, ins Hotel *Adlon* vielleicht.

Ein Peitschenknall ließ ihn zusammenzucken. »Ah, die Singenden Pferde! Das muß ich dir zeigen!« Nahe der Schuhprüfstrecke stand ein schwerer Lkw-Anhänger, an den man eine Deichsel montiert hatte. Achtzehn Häftlinge waren wie Pferde mit Gurten an diese Deichsel gespannt und mußten den Anhänger durch die Gegend ziehen.

»Milde, du Sau, wirst du dich wohl anstrengen!« Herbert Bloh ließ sich eine Peitsche geben und zog einem der Häftlinge den feinen Lederriemen quer übers Gesicht. »Wenn ihr singt, geht es besser. Drei, vier, ein Lied!«

»Hoch auf dem gelben Wagen« wurde gesungen. Der Mann vorne rechts brach zusammen. Instinktiv wollten die anderen bremsen.

»Wenn ihr anhaltet, geht ihr alle in den Draht!« schrie Herbert Bloh.

Die Männer hielten nicht. Ihr Kamerad wurde überrollt und getötet.

»Wieder einer weniger«, sagte Herbert Bloh. »Aber du kannst machen, was du willst, das Gesockse wird nicht alle. Da müßte man sich mal eine andere Lösung ausdenken für.«

Als Ogorzow wieder in der S-Bahn saß, um nach Hause zu fahren, stellte er sich vor, wie es in einem Schutzhaftlager sein mußte, in dem sich nur Frauen aufhielten.

Er kam spät zurück, und hinter Ostkreuz war die S-Bahn plötzlich leer. Nein, ganz vorn in seinem Zweite-Klasse-Abteil hörte er das unterdrückte Husten einer Frau. Sofort schoß der Drang in ihm hoch. Da war er wie ein Quartalssäufer. Wenn die einige Zeit lang keinen Schnaps gehabt hatten, war es nicht mehr auszuhalten für sie.

Es mußte sein. Und wenn ihm jetzt jemand ins Ohr geflüstert hätte: »Paul, laß es, denn wenn tu es tust, dann köpfen sie dich!«, dann hätte er dennoch nicht abgelassen von seinem Tun. Kein Hund, mochte er noch so gut erzogen sein, ließ sich durch scharfe Drohungen zurückrufen, wenn er auf die Spur einer heißen Hündin stieß.

Da saß sie. Klein und zierlich.

»Die Fahrkarte, bitte!«

Die Frau fuhr hoch. »Näi, der Paul!« Gott, das war die Margarete Maslonka. Er setzte sich neben sie, und sie hatten sich viel zu erzählen über ihre ostpreußische Heimat und das, was es damals alles so gegeben hatte.

»Bist du verheiratet?« fragte er.

»Ja, aber mein Mann ist im Felde.«

»Dann kann ich dir ja erzählen, was ich damals gedacht habe, als ich dich ...« Und er tat es.

»Kannst es ja jetzt nachholen«, sagte sie. Und er fuhr mit ihr mit.

Zwischen Weihnachten und Neujahr hatte er noch einen Tag Urlaub, und er ließ ihn ablaufen wie einen Sonntag ohne Dienst. Schon um 7 Uhr kamen die Kinder zu ihm und seiner Frau ins Bett. Es wurde gelacht, gebalgt und – auf Ingrids Wunsch – viel geraten. Wie heißt die Hauptstadt von Japan? Wer spielt die Hauptrolle im Film *Stukas*? In welcher Stadt ist der Führer geboren worden?

Um 8 Uhr, keine Minute später, kam die Oma zum Frühstück nach oben. Sie bewohnte im selben Haus die Eckwohnung im Parterre, da wo sie nach ihrer Eheschließung zuerst einmal Unterkunft gefunden hatten. Die Oma brachte Kirschgelee mit. Sie hatte es aus den Früchten gekocht, die er letzten Sommer hinten im Hof gepflückt hatte. Zudem gab es einen Bückling und für jeden ein weichgekochtes Ei, es war also ein geradezu fürstliches Frühstück. Ogorzow schnurrrte vor Behagen leise wie ein Kater. Das war das Leben, von dem er als Junge in Muntowen oft geträumt hatte. Weg vom Arme-Leute-Mief der Insthäuser, weg von der elenden Plackerei der Landarbeiter.

Nach dem Frühstück ging er mit seinem Sohn in den Bastelkeller hinunter, um an seinem Viehwagen zu basteln. Das war ein großer hölzerner Käfig auf Rädern, in dem Robert seine ganzen Plüsch- und Holztiere durch die Wohnung ziehen konnte. Seit sie so etwas im Zirkus Sarrasani gesehen hatten, ließ er ihm keine Ruhe mehr. Er spannte eines aus einem Kiefernbrett ausgesägtes Rad in den Schraubstock und versuchte, es rund zu feilen. Das war mühsam und fast unmöglich. Doch er war geduldig genug, es immer wieder zu probieren. Robert saß derweilen mit einer kleinen Feile am Boden und ahmte ihn nach. Seine Frau kam nach unten, um dem Jungen im günstigen Augenblick einen Löffel Lebertran in den Mund zu schieben.

Punkt 12 Uhr stand das Mittagessen auf dem Tisch. Tomatensuppe gab es, falschen Hasen und zum Nachtisch Griespudding mit eingeweckten Kirschen. Eingeladen hatten sie Tante Käthe, seine Schwägerin, und Tante Pauline. Letztere war aber gar keine richtige Tante, sondern nur eine Nachbarin aus der Dorotheastraße, der er ab und an half. Beim Malern in ihrer kleinen Wohnung wie beim Schleppen der Einkaufstasche oder Beschaffen eines neuen Wintermantels.

Tante Pauline war als Dienstmädchen nach Berlin gekommen, und zwar aus Ostpreußen, aus Nikolaiken. Sie kannte auch Muntowen.

»O du, mein himmlischer Herrgott!« rief sie. »Da wär ich ja fast mal auf dem Ixt-See ertrunken, beim Eislaufen. So ein Sirren und Krachen – und plötzlich war ich eingebrochen. Aber der Gutsverwalter war auch gerade da und hat mich wieder rausgezogen.«

»Das muß dem Herbert Bloh sein Vater gewesen sein«, sagte Paul Ogorzow.

»Die Welt ist wirklich ein Dorf«, fand seine Frau.

»Ja, wir Ostpreußen«, lachte er.

»Sie haben Glück gehabt, daß Sie einen Mann wie Paul bekommen haben«, sagte Tante Pauline zu seiner Frau. »So ein gütiger Mensch. Und die Ingrid hat endlich wieder einen Vater.«

Sie stießen an mit Apfelschorle, die sich in den langstieligen Gläsern seiner Mutter wie Sekt ausnahm.

Nach dem Essen zog sich Paul Ogorzow zu einem kleinen Nickerchen zurück. Als er wieder erwachte, zitierte er seine Frau aus der Küche herbei, und sie mußte sich im Kleid aufs Bett legen und ihm zu Willen sein.

»Das knautscht doch so.«

»Halt still!« Als er dann, mit nacktem Oberkörper noch, ans Fenster trat, um die Vorhänge wieder aufzuziehen, sah er unten auf der Straße viel Polizei. Und zugleich starrten ihn aus den Häusern gegenüber die Frauen an.

Was das hieß, war klar: Sie waren gekommen, ihn festzunehmen.

Viele Jäger sind des Hasen Tod, dachte er noch. Doch Sekunden später hieß es schon wieder Entwarnung. Die Polizisten waren nur gekommen, um den Hauswirt von gegenüber mit zur Wache zu nehmen. Der hatte, so hörte er, einer schwangeren Mieterin einen Schubs gegeben, und von der waren eine Ärztin und die Schupos herbeigerufen worden.

Sein Erschrecken erregte ihn sehr heftig, und er machte sich erneut über Gertrud her. Danach ging er in den Keller hinunter, um seine Zigarettenbilder ins Album zu kleben. Er selber rauchte nicht viel, aber alle seine Kollegen, sofern sie nicht auch sammelten, mußten ihm die kleinen Bildchen aufheben, die in den Zigarettenschachteln steckten. Die meisten aber bekam er von Herbert Bloh und seinem Nachbarn Nielebock.

Es war eine Qual für ihn, wenn in einer Serie das letzte Bild fehlte. Wie in der Rubrik Deutsche Traber von Rasse und Klasse das Bild Nr. 1 der Serie 33. Unter dem leeren, schwarz markierten Rahmen stand verloren der Text:

Aga, 3jähriger Fuchshengst, deutscher Traber. Besitzer Herr H. Nitschke. Aga triumphierte im deutschen Traber-Derby am 29. Mai 1927 auf der Trabrennbahn Ruhleben bei Berlin. Fahrer ist G. Jauss jr. Der Hengst wird seinem Besitzer noch viel Freude machen.

Die anderen beiden Bilder hatte er: »Guy Bacon« mit Charly Mills im Sulky und »Augias« mit seinem Bruder Jonny. Als Karlshorster ging er natürlich im Sommer immer auf die Trabrennbahn. Meist mit seinem Nachbarn Nielebock zusammen. Wetten aber tat er nicht, das war nicht seine Art. Da war ihm das Risiko zu groß.

Um 16 Uhr gab es Kaffee. »Kathreiner« mit ein paar echten Bohnen drin. Heute, wo Nielebocks zu Gast waren, hatte seine Frau ein paar mehr spendiert. Den Kuchen hatte seine Schwiegermutter gebacken. Apfelkuchen mit Gitter.

Otto Nielebock war Ingenieur bei der AEG in Oberschöneweide, und sie mußten immer wieder lachen, wenn sie daran dachten, was Ingrid mal von ihm gedacht hatte.

»Du, Mutti, was ist 'n Onkel Nielebock von Beruf?«

»Der paßt auf die Karusselldreher auf.«

»Ich weiß, da issa auf 'm Rummel.«

Nein, Karusselldreher waren hochspezialisierte Facharbeiter, die riesige und immer sehr wertvolle Werkstücke auf einer Art Drehbühne langsam rotieren ließen, während der Stichel, der die Späne abhob, am Rande starr befestigt war.

Otto Nielebock beherrschte die Tafel mit seiner sonoren Kommandostimme. »Ein Betrieb ist das zuverlässige Instrument der Deutschen Arbeitsfront und damit der politischen Führung der NSDAP. Und was ich von meiner Gefolgschaft erwarte, das ist soldatische Haltung. Einsatz der Persönlichkeit, Hingabe, vor allem aber der Wille zur Selbstbehauptung unseres Volkes kennzeichnen diese Haltung. Für Betriebsführer wie Gefolgschaft besteht ein gemeinsames Pflichtverhältnis gegenüber dem Gesamtvolke.«

»So ist er, mein Otto«, sagte Margot, seine Frau, und küßte ihn. Sie hatte, bis die beiden Kinder Gudrun und Helga gekommen waren, als Oberschwester im Krankenhaus Köpenick ihren schweren Dienst getan.

Nachdem das letzte Stück Kuchen weggeputzt war, spielten alle »Schlesische Lotterie«. Dazu brauchte man zwei Blatt Skatkarten mit unterschiedlich gefärbten Rücken. Reihum übernahm einer für ein paar Runden die Kasse und hatte das Recht, alle zweiunddreißig Karten des einen Stapels an die anderen Spieler zu verkaufen, jeweils für einen Pfennig das Stück. Der andere Stapel wurde zur Ziehung benutzt.

Paul Ogorzow war ganz scharf darauf, die Kasse zu haben, denn das brachte fast immer einen kleinen, aber sicheren Gewinn.

»Noch vier Karten sind zu verkaufen!« rief Ogorzow. Dabei war er gar nicht mal erpicht darauf, sie loszuwerden, denn wenn sie keiner nahm, das große Los aber auf eine dieser vier Karten fiel, bekam er selber den ganzen Betrag. »Keiner? Schön.« Damit begann dann die Ausspielung.

Die anderen hatten inzwischen die gekauften Karten offen auf den Tisch gelegt. Nielebock hatte neun Stück vor sich liegen, seine Schwiegermutter sechs, Margot Nielebock fünf, seine Frau vier und die beiden größeren Kinder, Gudrun und Ingrid, die mit geschenktem Geld mitmachen durften, je zwei. Robert und Helga durften beziehungsweise mußten im Kinderzimmer spielen.

»Schlesische Lotterie ist immer wieder schön«, sagte Margot Nielebock.

Frau Zimmermann, Ogorzows Schwiegermutter, sagte, daß das Spiel vor Hitler einen anderen Namen gehabt hätte, nämlich »Gottes Segen bei Cohn«.

»Das wollen wir doch bitte mal vergessen!« rief Margot Nielebock, die im BDM ihre Wurzeln hatte.

Gertrud Ogorzow ging schnell dazwischen und kolportierte den Spottvers, den Ingrid neulich in der Schule aufgeschnappt hatte: »Ham' Se nich den kleinen Cohn gesehen, mit der blauen Jacke; hinten kiekt det Hemde raus, janz beschmiert mit Kacke.«

Alle lachten, und der kleine Ausrutscher ihrer Mutter war schnell vergessen.

Ogorzow mischte den zweiten Stapel noch einmal und hob ihn dann derart hoch, daß die anderen die unterste Karte klar erkennen konnten. Kam die Ansage: »Freilos ... Karo As.«

»Hier.« Seine Schwiegermutter bekam die eine der vier nicht verkauften Karten und legte sie neben ihre sechs schon vorhandenen.

Dann begann die sogenannte Erste Ziehung, das heißt, er nahm die beiden obersten Karten von seinem Stapel und legte sie nebeneinander. Dazu kam die obligatorische Frage: »Karte oder 'n Stück Holz?« Was hieß, daß die Inhaber der beiden gezogenen Karten – Pique Sieben und Herz Zehn – die Wahl zwischen einem Pfennig und einer neuen Karte hatten, also die Aussicht auf höheren Gewinn oder aber nichts.

»... 'n Pfennig!« schrie Gudrun, die die Pique Sieben hatte, während Nielebock für seine Herz Zehn eine andere Karte haben wollte.

Weiter ging es, und die Spannung wuchs. Bei den nächsten drei Ziehungen stand jedesmal ein Pfennig mehr zur Ausschüttung an.

»Karo As! Kreuz Acht!« rief Ogorzow, als es in der vierten Ziehung um immerhin schon zweimal vier Pfennig ging.

»Beide!« schrie seine Schwiegermutter. »Einmal auf 's Freilos!«

»Den Seinen gibt's der Herr im Schlafe«, sagte Gertrud Ogorzow.

»Die dümmsten Bauern haben immer die größten Kartoffeln«, murmelte Otto Nielebock, der trotz seines Rieseneinsatzes noch nichts gewonnen hatte und langsam böse wurde. Aber solche Bemerkungen nahm nie jemand übel, das gehörte eben zum Spiel.

»Und nun der Hauptgewinn ...« Neun Pfennige, sage und schreibe. Ogorzow blies mit dem Mund einen Tusch und faßte die entscheidende Karte schon an. Alle blickten gebannt auf seine Hände.

Zwei Karten hatte er nicht verkauft beziehungsweise als Freilos oder als das »Stück Holz« bei der ersten Ziehung abgeben müssen: die Karo Dame und den Kreuz Buben.

»Und der Hauptgewinn ist ... Kreuz Bube!« Paul Ogorzow sprang auf und tanzte durch die Stube.

Um 19 Uhr, als Nielebocks gegangen waren, gab es Abendbrot. Es bestand aus Wurststullen, die Ogorzows Frau und seine Schwiegermutter in der Küche schmierten. Zu der Teewurst sagten sie immer Fensterkitt. Dann wurde Robert ins Bett gebracht. Der schlief nur ein, wenn das allabendliche Ritual eingehalten wurde.

»Papa, S-Bahn!« Dann mußte er den Jungen auf die Schulter nehmen und Huckepack mit ihm – unter einem langgezogenen Ööööhhhh-Laut – ins Kinderzimmer fahren. Da saß schon seine Frau, um Ingrid etwas vorzulesen.

Wenn die Kinder eingeschlafen waren, spielte er mit Frau und Schwiegermutter noch eine Runde Mensch-ärgere-dich-nicht. Dabei verlor er meistens, denn es tat ihm immer leid, wenn er eine der beiden Frauen rauswerfen mußte.

Um 22 Uhr sagten sie ihrer Schwiegermutter gute Nacht. Während seine Frau neben ihm schnell eingeschlafen war, las er im schwachen Schein der Nachttischlampe noch ein Weilchen im *Völkischen Beobachter.*

Punkt 22 Uhr 30 aber knipste auch er das Licht aus und zog sich das Bettdeck über den Kopf.

Da lag er und war zufrieden wie ein Tier nach dem Fressen. Eins mit sich und der Welt.

Und während er langsam in den Schlaf hinüberglitt, stiegen die Bilder seiner Kindheit wieder in ihm auf, kamen herangeweht wie Pusteblumensamen ...

Kapitel 14

Paul Ogorzow, geboren am 29. 9. 1912 in Mundthofen/Ostpreußen.

So steht es auf einer Tafel in der Berliner Polizeihistorischen Sammlung. Es ist aber in zweifacher Hinsicht falsch. Zum ersten, weil der Ort zu dieser Zeit nicht Mundthofen hieß, sondern Muntowen, woraus dann später bei den Nazis Muntau wurde. Im Geburtsregister Nr. 23 des örtlichen Standesamtes ist der Geburtsort mit Alt-Muntowen noch präziser angegeben. Und zweitens, hat es 1912 rechtlich wie logisch noch gar keinen Paul Ogorzow geben können, denn am 2. Oktober 1912 erscheint lediglich der Muntowener Hirte Friedrich Saga auf dem Amt und zeigt ordnungsgemäß an, daß von seiner unverehelichten Tochter Marie am oben angegebenen Tage um ein Uhr nachmittags ein Sohn geboren worden sei und den Namen Paul erhalten habe. Der Erzeuger sei unbekannt. Der Standesbeamte vermerkt unten auf dem Formular »wegen Schreibensunkunde unterkreuzt« und hält xx† als Handzeichen des Friedrich Saga fest. Erst am 26. August 1924 wird Paul Saga dann der Paul Ogorzow; der spätere Ehemann seiner Mutter, der Innstmann Johann Ogorzow, adoptiert ihn an diesem Tage.

Als Paul Saga hier vom sechsten bis zum vierzehnten Lebensjahr in die Volksschule geht, ist Muntowen ein Dorf im Kreise Sensburg, das sich durch seine auffallend großen Gehöfte ein wenig von den anderen Dörfern unterscheidet. Auf der Reichsstraße 140 sind es runde funf Kilometer, bis man in Sensburg ist.

130 Menschen leben hier. Post und Kirche hat man nicht, aber eine Glasschleiferei, eine Ziegelei und das obligatorische Gut, dessen Bauten direkt am Ixt-See beginnen. Der zieht sich auf einer Länge von sechs Kilometern von Muntowen nach Kossewen hinunter, das an der Bahnstrecke von Sensburg nach Nikolaiken liegt, dicht am berühmten Spirding-See und inmitten der Masuren, die durch Siegfried Lenz und sein *So zärtlich war Suleyken* zu einem Mythos wurden. Im Nachwort seiner masurischen Geschichten finden wir eine *Diskrete Auskunft über Masuren:*

Im Süden Ostpreußens, zwischen Torfmooren und sandiger Öde, zwischen verborgenen Seen und Kiefernwäldern, waren wir Masuren zu Hause – eine Mischung aus pruzzischen Elementen und polnischen, aus brandenburgischen, salzburgischen und russischen.

Meine Heimat lag sozusagen im Rücken der Geschichte; sie hat keine berühmten Physiker hervorgebracht, keine Rollschuhmeister oder Präsidenten; was hier vielmehr gefunden wurde, war das unscheinbare Gold der menschlichen Gesellschaft: Holzarbeiter und Bauern, Fischer, Deputatarbeiter, kleine Handwerker und Besenbinder. Gleichgültig und geduldig lebten sie ihre Tage, und wenn sie bei uns miteinander sprachen, so erzählten sie von uralten Neuigkeiten, von der Schafschur und vom Torfstechen, vom Vollmond und seinem Einfluß auf neue Kartoffeln, vom Borkenkäfer und von der Liebe. Und doch besaßen sie etwas durchaus Originales – ein Psychiater nannte es einmal die ›unterschwellige Intelligenz‹. Das heißt: eine Intelligenz, die Außenstehenden rätselhaft erscheint, die auf erhabene Weise unbegreiflich ist und sich jeder Beurteilung nach landläufigen Maßstäben versagt. Und sie besaßen eine Seele, zu deren Eigenarten blitzhafte Schläue gehörte und schwerfällige Tücke, tapsige Zärtlichkeit und eine rührende Geduld …

Paul schrie und schrie. Die Windel war voll. Matschig und naß. In seinem Bauch rumorte es. Die Fliegen quälten ihn. In dem Verschlag neben dem Stall war es heiß und stickig. Immer wieder streckte er die Ärmchen nach der Flasche aus. Vergeblich. Seit Stunden rief er nach seiner Mutter. Sie kam nicht mehr.

»Die is durchgebrannt mit 'nem Handlungsreisenden«, sagte der Bauer Buttgereit.

»Bring dit Balg in 't Waisenhaus.«

Doch nach vierzehn Tagen war Marie Saga wieder da.

Paul erwachte, als seine Mutter das Laken hochgerissen hatte und zu zetern begann.

»Haste wieder an dir rumgespielt! Nächstes Mal kriegste den Puscher abgeschnitten!«

Die beiden Samenflecken, der eine klein und frisch, der andere groß und halb getrocknet, sagten alles.

Sein Stiefvater kam mit dem Siebenstriemer. »Umdrehen!«

Paul tat es. Er wußte, daß alles nur noch schlimmer wurde, wenn er zu fliehen versuchte. Schon kam der erste Schlag. Ein heißer Schmerz. Er hatte das Bild vor Augen, wie sie gestern mittag mit dem Brennglas losgezogen waren, um Ameisen anzukokeln.

»Dir werd' ich deinen Trieb schon austreiben!«

Paul wurde von Frau Bloh gerufen. Nicht anders als sie es mit ihren Hunden tat. Er trabte herbei. Auf dem Gut gab es immer was zu tun für ihn. Brennesseln schneiden, Brombeeren pflükken, Fallobst aufsammeln, Kühe auf die Weide treiben, Spatzen aus den Kirschbäumen verjagen, mit dem Handwagen auf die Felder fahren und den Schnittern Essen bringen, mit der Post nach Kossewen laufen, Bindegarn aufzwirbeln, Hühner füttern, den Sand vor dem Haus glattharken oder im Kuhstall Wasser pumpen. Heute lag Schweineschlachten an, und sie brauchten einen, der das Blut auffing und dann im Eimer rührte, damit es nicht gerann.

Paul kam in den Vorraum des großen Stalls. Die anderen waren schon da. Der Schlachtermeister aus Sensburg, Herr Bloh und Lina. Die Sau, die heute dran glauben sollte, hieß Bertha. Lina klatschte dem Schwein auf's Hinterteil und redete mit ihm, während sie ihm die Hinterbeine mit einem dünnen Strick zusammenband. Es mußte ruhig stehen, sonst konnten es die beiden Männer nicht betäuben. Der Schlachter hielt einen dicken Bolzen in der Hand und versuchte, ihn Bertha mitten auf die Stirn zu drücken. Als er es geschafft hatte, ließ Herr Bloh seinen Vorschlaghammer niedersausen. Er traf genau, die Sau fiel um. Sie wälzten sie auf die rechte Seite, und der Schlachter stemmte sich mit dem linken Knie in den Nacken des Tieres. Dann zog er mit der linken Hand den linken Vorderfuß nach oben. Lina kniete sich hinter dem Schlachter auf das Tier und drückte seinen rechten Fuß fest auf den Boden.

»Dann man los«, sagte der Gutsinspektor. Der Hals des Tieres war nun angespannt, und der Schlachter konnte die optimale Einstichstelle gut erkennen. Etwa drei Zentimeter vom Brustbein entfernt. Er prüfte noch einmal die Schärfe seines Stechmessers. Das war ein Ritual, auf das er nie verzichtete. Beim Stechen nämlich sollte nie ein frischgeschliffenes, sondern nur ein gutabgezogenes und spitzes Messer verwendet werden. Sonst schwoll die Ader beim Einstich zu. Heute war alles in Ordnung.

Paul verfolgte das alles mit gehöriger Erregung. Der Alltag in Muntowen war ansonsten nur mechanische Leere, erst wenn getötet wurde, lebte er, erwachte er, wurde er Mensch. Wie auch die Löwen in der Steppe nur immer dahindämmerten und erst zu Löwen wurden, wenn sie Gazellen jagten.

Dieses Bild war im Schüler Paul Ogorzow, wie auch ein anderes. Sein Freund Herbert Bloh hatte einen kleinen Spielzeugschimpansen, der erst zu zappeln und zu laufen begann, wenn man eine flache Batterie in seinen Körper steckte und das kleine Knöpfchen drückte. So auch bei ihm. Erst wenn geschlachtet wurde, wurde er zum Leben erweckt.

Der Schlachter hob sein Messer in Richtung Schwanzwurzel und stach zu. Fast zwanzig Zentimeter tief drang der Stahl in das weiche Fleisch.

Paul zuckte zusammen und ein wildes Beben erfaßte ihn. Wie Schüttelfrost bei vierzig Grad Fieber.

Niemand merkte es, denn alle starrten auf die Hand des Schlachters, wie er das Messer in der Wunde drehte.

»Paul!« Er mußte mit der Blutschüssel zur Stelle sein, als der Schlachter das Messer wieder aus der Wunde zog und das Blut in zentimeterdickem Strahl herausgeschossen kam.

Paul kniete am Boden. Spritzer des warmen Blutes trafen seine nackten Schenkel. Da hielt es ihn nicht mehr. Sein Samen ergoß sich in die faltenreiche Lederhose.

Paul stand auf einem schmalen Brett unter dem Scheunendach und zielte mal auf diesen, mal auf jenen. Nur eine Kugel hatte er.

Und er mußte sich beeilen, bevor der Gutsinspektor merkte, daß man ihm seinen Karabiner gestohlen hatte. Eine Kugel. Für wen? Pukaß, der Lehrer, war längst einmal fällig. Buttgereit, der größte Bauer von Muntowen. Hermann Bloh, der Gutsinspektor selber. Seine Mutter … Ja, die! Sein Finger krümmte sich, zog den Hahn zum Druckpunkt hin. Er haßte sie. Nein, er liebte sie.

Paul schlitterte über das Eis des Ixt-Sees und wartete auf Herbert Bloh, der seine neuen Schlittschuhe angeschnallt hatte und weit draußen seine Kreise zog.

An der Uferböschung war ein großer Schlitten festgebunden, in dem Herberts Mutter und zwei ihrer Freundinnen aus Königsberg saßen. Sie waren extra nach Muntowen gekommen, um sich unter Schellengeläut über den zugefrorenen See bis nach Kossewen ziehen zu lassen. Es hatte schon längst losgehen sollen, doch der Braune, den der Gutsverwalter vor den Schlitten gespannt hatte, war in ein Loch getreten und hatte zu lahmen begonnen. So mußte er noch einmal zum Gut zurück, um ein anderes Pferd zu holen.

Wie auch immer, die drei Frauen im Schlitten hampelten herum, wohl um sich warm zu halten, und weil die Stelle doch viel abschüssiger war, als es Hermann Bloh eben noch erschienen war, erhielt das Gefährt plötzlich so großes Gewicht, daß es den jungen Baum, an dem es festgebunden war, mitsamt allen Wurzeln aus der Erde riß. Wegen des starken Frostes war dies alles als völlig unmöglich erschienen.

Auch Paul, der unten stand und seinen Freund bewunderte. Er wurde vom Schlitten, der da herabgeschossen kam, erfaßt, knallte mit dem Hinterkopf voll auf das glasharte Eis und wurde von dem angebundenen Baum zu allem Unglück viele Meter mitgeschleift. Und das am Ende auch noch auf dem Gesicht, so daß seine Nase brach, als ihr ein festgefrorener Ast im Wege war.

Er verlor sofort die Besinnung und kam erst wieder zu sich, als sie ihn nach Hause getragen hatten.

»Hättest du nicht aufpassen können!« schrie seine Mutter. »Immer uns nur Ärger machen!«

Paul stand hoch oben auf der Leiter und war beim Kirschen pflücken. Schattenmorellen. Nicht mit den Fingern runterreißen, hatte Frau Bloh befohlen, sondern mit einer alten Schere abschneiden und dann in den Korb tun. Denn wenn sie matschig waren, kaufte sie in Sensburg oder Nikolaiken keiner mehr. Mit Stiel hielten sie sich länger.

Paul pflückte gerne Kirschen. Da hatte er immer Zeit, sich was Schönes vorzustellen. Eigentlich nur zwei Sachen. Wie er Frauen die Röcke hochschob und sein Gesicht in ihrem Busch versteckte. An dem, was sie da unten hatten, wollte er saugen und lecken. Dann kam das Kribbeln in der Hose, und seine Hand fuhr in die Tasche. Wenn es nur nicht einen so großen

Fleck vorne drauf gegeben hätte ... und immer Prügel dafür. Aber das war ihm die Sache schon wert. Wenn es unten zuckte und dann herausgeschossen kam, dann war er am Ziel. Woanders wollte er nicht hin, einzig und allein dahin. Und wenn er überhaupt lebte, dann dafür. Wenn der Zug nach Königsberg fuhr, dann waren Schneidemühl, Chersk und Dirschau nur Zwischenstationen, und wenn er morgens aufstand, dann waren Schule, Auf-dem-Feld-arbeiten, Kirschenpflücken und so weiter auch nur lästige Aufenthalte, bevor er endlich da angekommen war, wo er hinwollte: zu dem Augenblick, an dem seine Ladung unten abgefeuert wurde.

Gerade war es geschehen, und die Leiter schwankte noch ein wenig, da kamen sein Stiefvater und Gutsinspektor Bloh unten angelaufen. Irgend jemand hatte ihn neulich mit Blohs Karabiner gesehen, und sie tobten nun los.

»Runter von der Leiter!« Paul gehorchte. Er tat es ohne Angst, fast uninteressiert.

Alles war so, wie es war. Der Blitz schlug in den Baum. Was konnte der Baum anderes tun, als stehenbleiben. Das Beil des Bauern traf den Kopf des Huhns. Seine Klotzpantinen zermalmten die Ameisen. Wenn man Huhn war oder Ameise, dann passierte das nun mal. Und wenn im Plan festgelegt war, daß der Zug von Berlin nach Königsberg fahren sollte, konnte er nicht plötzlich nach München runter. Da hatte Pukaß recht, wenn er immer sagte: »Der Mensch denkt, Gott lenkt.«

Sie zerrten ihn auf den Boden. Eine Maulschelle. Und noch eine. Links, rechts.

Paul heulte auf. Weniger aus Schmerz, dafür war er langsam unempfindlich, sondern weil es nun mal zum Ritual dazugehörte.

»Dir werd ich das schon noch austreiben: Gewehre klauen! Das wird ja immer schöner! Die Hosen runter!«

Und mit dem Siebenstriemer auf das nackte Fleisch. »In 'n Keller mit dir!« Fünf Stunden blieb er eingesperrt.

Paul liegt auf seinem Strohsack, seine Mutter neben ihm. Sein Stiefvater kommt nach Hause. Es ist weit nach Mitternacht. Irgendwo war ein Schützenfest. Er ist furchtbar besoffen. Er reißt die Handtücher runter, als er sich festhalten will. Besen fallen um. Paul wird wach.

Seine Mutter fährt hoch. Im hellen Mondlicht sieht Paul alles ganz deutlich. Sein Stiefvater ist dabei, sich das Hemd vom Oberkörper zu fetzen. Wie eine Riesenfledermaus steht er im Fenster. Er wird wütend, weil er sich irgendwie an den Hosenträgern verhakt.

»Los, Alte, jetzt mußte noch mal ran!«

»Ich hab meine Regel.«

»Dann haste sie eben.«

»Der Junge!«

»Hättste damals nich mit jedem ficken sollen.«

Der Vater wirft sich auf seine Mutter. Die schreit auf, schlägt um sich, wehrt sich. Er schlägt mit dem Kleiderbügel auf sie ein, überwältigt sie, preßt sie aufs Bett, zwingt ihre Beine auseinander.

Paul zittert mit seiner Mutter, betet, daß der Vater aufhören soll.

Seine Mutter ist ganz still, stöhnt dann, und der große Mann tobt sich in ihr aus. Wie der Bulle in der Kuh, wie der Hund in der Hündin, wie der Hahn in der Henne.

Dann schreit der Vater. Wie der Hirsch unten am See. In Pauls Körper vibriert es so, als würde er oben auf der Dreschmaschine stehen. Er ist eins mit dem Vater. Sein Puscher ist ganz groß und lang geworden.

Paul lief am Ufer des Ixt-Sees entlang. Ziellos. Getrieben nur von dem einen Verlangen, den Puscher einmal irgendwo hineinzustecken, wo es warm war, feucht und echt. Nicht immer nur das harte und trockene Bettlaken zu haben oder die eigene Hand, die immer rauh und aufgerissen war vom Sand, vom Spaten, von der Hacke. Es mußte raus und irgendwo hinein. Von Herbert wußte er, daß es die jungen Männer in den großen Städten ganz einfach hatten, wenn sie das wollten. Da ging man zu einer Frau, zahlte was, und die ließ einen ran. Es drängte ihn immer heftiger. Er hatte das Gefühl, daß es ihn zerriß, daß er sterben mußte, wenn er es nicht bald einer reinspritzen konnte. Aber wem? Er war mal gerade vierzehn Jahre alt, und in Muntowen hätte ihn sogar die häßlichste und fetteste Magd, die sonst niemand nahm, schallend ausgelacht, wenn er ihr damit gekommen wäre.

Es war kaum noch auszuhalten. Sein Sack wollte platzen, es schmerzte höllisch.

Er kam durch Schniodowen und spähte in die Ställe. Manchmal pißte eine Bäuerin im Stehen, Rock und Schürze hochgehoben. Oder eine Magd stakte das Heu nach oben und ließ ihn ihre Schenkel sehen. Das waren die Bilder, die er beim Einschlafen vor Augen haben wollte.

Sein Blick fiel auf eine festgebundene Kuh. Die war zu groß, aber bei einer Ziege mochte es gehen. Loch war Loch.

Der Bauer kam aus dem Haus. »Was willsten hier?«

»Mein'n Vater suchen.«

»Wieder mal besoffen?«

»Ja.«

»Hier isser nich.«

Paul bedankte sich und machte, daß er weiterkam. Auf dem Weg zum See zurück, klaute er aus einem der Gärten einen kleinen gelben Kürbis. Irgendwie hatte der ihn an den Hintern von Lina erinnert. Lina war die Magd auf dem Vorwerk draußen, der er öfter beim Wasserpumpen helfen mußte. Im Kuhstall war die Tonne jeden Tag mehrmals zu füllen, und eine elektrische Pumpe hatte sie weitab vom Gut natürlich nicht.

Als er wieder unten am Ufer angelangt war, konnte er es nicht mehr länger aushalten und holte sein Taschenmesser heraus. Als er es aufgeklappt hatte, fühlte er eine Sekunde lang den Zwang, sich seinen Puscher abzuschneiden. Dann würde schlagartig alles aufhören: das Gezetere seiner Mutter, die Schläge seines Stiefvaters und der dauernde Kampf gegen seinen Trieb. Zugleich aber schrie er leise auf vor Angst und Schrecken. Eine Entmannung war das Schrecklichste, was er sich denken konnte.

Nun war sein Puscher schlaff geworden, und es dauerte ein Weilchen, bis er ihn wieder schußbereit hatte. Der Gedanke an Lina half ihm dabei. Wie sie sich die Leiter zum Heuboden hinaufhangelte. Wahrscheinlich fickte sie da pausenlos mit Fritz. Dessen Riemen, sagte Herbert immer, sollte der größte in ganz Ostpreußen sein.

Paul nahm sein Taschenmesser und begann, den Kürbis auszuhöhlen. So groß, wie er sich Linas Loch vorstellte. Dann steckte er sein Glied in die saftige Öffnung, legte sich auf den Bauch, hielt den Kürbis mit beiden Händen umfangen und stieß so lange hinein, bis der Samen kam.

Einen Moment lang war er erschöpft. Klein und harmlos wie ein Regenwurm kam ihm der Puscher jetzt vor. Neulich im

Traum hatte er einen gehabt, der so groß war wie der von den Hengsten auf der Weide. Sowie er einmal ein paar Minuten Zeit hatte, stand er an der Koppel des Gutes und sah den Pferden zu. So wie Wotan hätte er leben mögen. Immer eine Stute da, die man bespringen konnte, wenn man den Trieb hatte. Wie ein Tier zu sein, das war das Herrlichste, was er sich vorstellen konnte. Wenn man spürte, daß es raus mußte, hin und rein.

Zuckend richtete sich sein Glied von neuem auf. Paul war klein und sehr beweglich, und er beugte sich nach unten, um es zu küssen und in den Mund zu nehmen. Es gelang zwar nicht ganz, aber es machte ihn froh. Gut, daß er ein Mann war und so was hatte. Was gab 's denn sonst noch für einen Landarbeiter, was Lust machen konnte? Den Schnaps noch. Ficken und Fusel, wie Herberts Vater immer sagte.

Paul streichelte das, durch das er war. Dann ging er weiter, strich wie der Wolf durch die Weiten um den Ixt-See herum.

Ein Stückchen weiter nach Sawadden hin sah er zehn Frauen auf einem Acker knien und Rüben verziehen. Er schlich sich unbemerkt hinter ein Gebüsch, setzte sich auf einen Feldstein und zog sein hartes Glied aus der Hose. Dann stellte er sich vor, wie er sie nahm. Eine nach der anderen. Die erste von hinten, so wie es die Bullen bei den Kühen taten oder die Hähne bei den Hennen. Die zweite von vorn, wie sein Stiefvater, wenn er mit seiner Mutter rammelte. Die dritte wieder von hinten.

Dabei erhob er sich und ging ein Stück aufs Feld hinaus. Wie im Rausch und ließ völlig außer acht, daß ein Vorarbeiter kommen und ihn verprügeln könnte. Ganz abgesehen davon, daß sein Stiefvater ihn erschlug, wenn er von so etwas erfuhr.

Zehn Frauen vor ihm kniend oder in der Hocke. O Gott! Mechanisch und weltentrückt stieß er seinen Kolben in den Flansch seiner Faust und ließ ihn heiß werden.

Als es kommen wollte, hörte er auf. Nur nicht zu früh. Der Moment, bevor sich der Schuß löste, war das Gewaltigste an allem. Da mußte man warten, das mußte man hinauszögern. Schon ein winziges Vibrieren eines Fingers konnte alles verderben. So nahm er die Hand wieder hoch und stand nur so am Rande des Feldes. Die Augen geschlossen, alle Sinne nur auf seine Wahnsinnslust gerichtet.

Da sah ihn eine der Frauen. Per Zufall, als sie sich abrupt umgedreht hatte, um eine Bremse zu verjagen.

Ihr Schrei hallte über den nicht eben breiten See bis nach Rotenfelde hinüber.

Alle Frauen sprangen auf und liefen in wilder Panik davon. Da schoß der Samen mit nie gekannter Wucht aus seinem Rohr.

Paul krümmte sich in lustvollem Schmerz, und seine Knie wurden weich, seine Beine brachen fast unter ihm hinweg.

Das schien ihm zum Verhängnis zu werden, denn die Frauen hatten bald bemerkt, daß kein Mann da stand, kein Riese, wie sie befürchtet hatten, der sich gleich auf sie stürzen würde, sondern ein Junge, der zudem noch ziemlich schmächtig war. Sie rafften Feldsteine vom Boden, stürzten auf ihn zu und schrien, daß sie ihn kastrieren würden.

Paul rannte, als ginge es um sein Leben. Die Steine, wie Geschosse, schlugen neben ihm ein. Doch sein Vorsprung war groß genug.

Es war ein Kaninchenloch, das ihm zum Verhängnis wurde. Mit dem rechten Fuß geriet er kurz hinein, strauchelte und schlug hart auf die ausgedörrte Erde. Ehe er sich wieder aufgerappelt hatte, waren die Frauen heran.

Die erste der Landarbeiterinnen hatte ihre Hacke umgedreht und holte aus, um ihm mit dem mausgrauen Stiel kräftig einen überzuziehen. Auf den Rücken oder auf den Allerwertesten. Und es wäre auch glimpflich abgegangen, wenn Paul sich ganz einfach in sein Schicksal gefügt hätte. Doch er wollte der Bestrafung immer noch entgehen und schnellte wieder hoch, geriet aber dabei in eine derart unglückliche Drehbewegung, daß der Schlag der Frau ihn ganz woanders traf, nämlich voll ins Gesicht, voll auf die Nase. Es gab ein Geräusch, als zerträte man mit dem Fuß eine Walnuß, und Blut spritzte auf.

»Das wird ihm eine Lehre sein«, sagte eine der Frauen. Die Rechnung war beglichen, man ließ ihn liegen. Es schmerzte höllisch. Paul raffte sich auf und lief nach Hause. Dort erzählte er, er sei vom Baum gefallen, direkt auf einen Stein.

Sein Stiefvater feixte. »Selber schuld.« Und sie lachten, weil es wieder mal die Nase getroffen hatte, seinen Riechkolben, wie damals beim Schlittenunfall. Mit seinem Sohn von Muntowen zum Arzt nach Sensburg oder Nikolaiken zu fahren, war für seine Eltern völlig unvorstellbar.

So kam es, daß Paul Ogorzow sein Leben lang eine schiefe Nase hatte. Und einen tiefverwurzelten Haß auf alle Frauen.

Verbunden mit dem bohrenden Wunsch, sich an ihnen furchtbar zu rächen. Zugleich aber war er mit süchtigem Zwang darauf fixiert, es mit ihnen zu treiben. Unaufhörlich auf und in ihnen zu sein.

Paul stromerte durch Muntowen. Seiner Mutter war er gerade mal entkommen. Die wollte ihn wieder zum Kirschenpflücken schicken. Wenn Frau Bloh ihn erwischte, hatte er mit Topfdekkeln um das kleine Weizenfeld zu rennen und Spatzen zu verscheuchen. Oder zur Koppel rauszulaufen, den Kühen Wasser pumpen. Im Dorf waren sie alle Arbeitssklaven.

Am liebsten wäre er zu Herbert Bloh gegangen und hätte mit dessen Eisenbahn gespielt. Märklin. Eine, die elektrisch ging und nicht eine, die immer neu aufgezogen werden mußte, wenn sie einmal im Kreis herumgefahren war. Aber Herbert war mit seinem Vater nach Sensburg gefahren.

Das brachte ihn auf die Idee, nach Kossewen zu laufen, wo es eine richtige Bahn zu sehen gab. Er nahm sein Taschenmesser, schnitt sich einen Stock von einer Weide ab und machte sich auf den Weg zum Ixt-See hinunter.

Dann saß er stundenlang am Bahndamm und wartete auf die vorbeirauschenden Züge. Er kannte die Loktypen in- und auswendig. Die P 8, die G 12, die Baureihen 17 und 18. Und wenn er Glück hatte, kam sogar noch eine alte preußische S 6 vorbei, die mit nur zwei großen Rädern. Lokführer werden, das war sein großer Traum. Wie stolz die auf die Strecke blickten, die rechte Hand am Bremsventil, die linke am Steuerungshandrad. Mit Schlips und Kragen. Meister wurden sie genannt. Lokführer Paul Ogorzow. Das klang nach was.

Der Zug aus Nikolaiken kam von Barranowen her, aus Richtung Osten. Paul legte das rechte Ohr auf die Schienen, um das Sirren zu hören. Wie es langsam anschwoll wie die Orgel in der Kirche.

Ein warnender Pfiff. Paul dachte daran, was nun wäre, wenn er sich den Kopf abtrennen ließe. Nichts. Was sollte sich groß ändern. Ob man nun eine Fliege zerklatschte, oder eine Lok einen Menschen zerteilte. Fliegen gab es jede Menge, Menschen auch. Was sollte das Gejammere, wenn da mal einer fehlte.

Seine Mutter fiel ihm ein. Als sein Stiefvater sie wieder einmal mit dem Schürhaken verprügelt hatte.

»Ich geh jetzt ins Wasser!«

»Bitte. Wenn du dich damit verbessern kannst.«

Vielleicht konnte Paul sich wirklich verbessern, wenn er sich von der Lok enthaupten ließ. Sicher, wenn das stimmte, was sie in der Religion immer sagten. Und wenn es das Paradies nicht geben sollte, sondern nur ein schwarzes Loch, nichts eben, dann war das auch nicht anders als jetzt.

Nein, man konnte es nie wieder hart haben bei sich unten am Bauch und die Lust, wenn der Schuß sich löste.

Er schnellte hoch, sprang von den Schienen. Ein Schrei. Nicht seiner. Er sah sich um. Ein Stückchen weiter war der See. Ein Mädchen war hineingefallen. Wohl vom Angelkahn aus. Sie mochte schon elf, zwölf Jahre alt sein, schien aber noch nicht schwimmen zu können. Sonst hätte sie nicht so geschrien, als ob sie am Spieße steckte. Niemand anders weit und breit.

Paul besann sich nicht lange, stürzte zum Ufer hinunter und sprang in den See. Das Mädchen war schon untergegangen. Paul hatte sich aber die Stelle gemerkt, wo sie eben herumgepaddelt war. Er war kein guter Schwimmer und riskierte, selber zu ertrinken. Zumal er noch Schuhe, Hemd und Hose anhatte.

Doch er schaffte es und konnte sie packen, als sie noch einmal an die Oberfläche kam. Mit ihr im Schlepp erreichte er das Ufer und legte sie ab.

Ihr Kleid war hochgerutscht, der grauweiße Schlüpfer so naß, daß er ihre Spalte deutlich sehen konnte. Paul konnte gar nicht fassen, welches Glück er hatte. Jetzt konnte er sich in Ruhe alles ansehen. Das Höschen zur Seite schieben und dann mit dem Finger ...

Da kamen die Leute aus Kossewen. Der Bauer Maslonka, der seine Tochter Margarete suchte. Einer wußte, wie das ging mit der Wiederbelebung.

Margarete schlug die Augen auf. Sie feierten Paul als ihren Lebensretter.

»Ich wußte doch: der Junge hat ein gutes Herz«, sagte Frau Bloh, als sich Pauls mutige Tat in Windeseile bis Muntowen herumgesprochen hatte.

Auch Pukaß war stolz auf diesen Schüler. »Ich wußte doch, daß meine Erziehung eines Tages fruchten würde.«

Seine Mutter strich ihm übers Stoppelhaar. »Wirste doch noch mal Lokomotivführer, was!«

»Tritt mal in die NSDAP ein«, sagte Herbert Blohs Vater. »Und in die SA. Die brauchen so beherzte Männer wie dich.«

Paul Saga, genannt Ogorzow, wie das amtlich hieß, nahm die Schule hin wie das Leben. Es war halt so. Wie bei seinem Freund Herbert Bloh, wenn man da eine Lore auf die Schienen setzte. Gab man ihr einen Schubs, rollte sie davon. Egal, ob da ein Stück Gerade war oder eine Kurve. Die Lore konnte gar nicht woanders hin. Wie er an den Vormittagen. Immer zu Pukaß ins Klassenzimmer. Obwohl er den ganzen Quatsch nicht brauchte. Mit ein bißchen Rechnen und Lesen kam man durchs Leben, wenn man Landarbeiter war. Zuviel war nicht gut für den Kopf und machte nur Revoluzzer, wie sein Stiefvater immer sagte. Zudem war Pukaß, der Lehrer, nicht einer, den er mochte. Sah aus wie Hindenburg und war wohl direkt vom Ulanensattel in die Schulstube geraten. Und dauernd ritt er auf diesem Deutschen Orden herum.

»Paul, wann hat der Deutsche Orden mit der Eroberung Preußens begonnen?«

Paul wußte es nicht, aber Herbert Bloh flüsterte ihm zu, wann es gewesen war.

Paul fuhr hoch und schmetterte es heraus: »1283.«

»Richtig! Setzen!«

Pukaß war stolz darauf, auch einen dieser dumpfen Landarbeiterjungen für seine Sache begeistert zu haben. »Kommen wir nun zum größten aller Ritter des Deutschen Ordens, einem Manne, dem wir zu verdanken habe, daß unser geliebtes Ostpreußen dem Dunkel der Geschichte und der Barbarei entrissen werden konnte ... Kinder, geschwind, wer ist das?«

Paul war gleich nach seiner Antwort wieder weggetreten und hätte nun auch für den Rest der Stunde friedlich vor sich hingedöst, wenn Pukaß nicht das Wort Barbarei in den Mund genommen hätte. Das klang für ihn nach Barbara. Barbara war die Tochter vom Pfarrer. Und seit ein paar Wochen ließ sich das nicht mehr verscheuchen, seine Vorstellung, wie er ihr unter den Rock faßte und ihr die Pflaume massierte. Um festzustellen, ob sie da schon Haare hatte. Darüber hatte er mit Herbert Bloh gewettet. Der meinte nein, er ja.

Der Name Winrich von Kniprode war gefallen, und Pukaß begann nun, von dem Manne zu schwärmen, der den Ordensstaat zu seiner höchsten Entfaltung gebracht hatte.

»1351 bis 1382. Die Litauer werden bei Rudau vernichtend geschlagen. Die planvolle Kolonisation setzt ein, tausendvierhundert Dörfer werden gegründet ...«

Während er seine Monologe hielt, hatte Georg Wilhelm Pukaß immer ein besonders wachsames Auge auf seine Zöglinge, insbesondere die Knaben. Denn immer wieder kam es vor, daß sie die Hände in die Hosentaschen steckten, um sich vom Satan verführen zu lassen. Das war sein Thema, seit er im Lehrerseminar darüber hatte sprechen müssen. Und erst gestern hatte er noch einmal nachgeschlagen. Vor allem bei O. Preiss, *Die heimlichen Jugendsünden als Ursache der Schwächlichkeit unseres Geschlechts,* in: »Die Kinderfehler. Zeitschrift für pädagogische Pathologie und Therapie in Haus, Schule und sozialem Leben«, 1899. Sehr interessante Passagen:

Es ist gar nicht zu leugnen, daß für die Jugend ein Aufwand moralischer Kraft dazu gehört, den zwingenden Lockungen des Geschlechtstriebs zu widerstehen, und daß in den Jahren des erwachten Triebes die Jugend einer Belehrung und kräftigen Stütze ... bedarf. Kinder glauben nur zu gern, der Trieb, der sich zeigt, dürfe oder solle befriedigt werden. Oft antworten dieselben ganz naiv, sie hätten nicht gewußt, daß man den Trieb beherrschen müsse – wenn ihnen das nur früher gesagt worden wäre! [...] Auch ist es Pflicht der Schule, daß Bänke, Pulte jederzeit eine Übersicht über die Unterkörper der Kinder gestatten. Der Lehrer muß zwischen allen Reihen verkehren können. [...] Die Hände der Schulkinder sollen stets oben auf dem Pult bleiben. [...] Die Gewohnheit der Jungen, die Hände in den Hosentaschen zu halten, ist in den fraglichen Jahren oft unbewußt Gelegenheit zu geschlechtlichen Spielereien und kann auch zur bewußten werden.

Pukaß wußte, daß vor allem der kleine Saga beziehungsweise Ogorzow immer wieder in Gefahr geriet, sich dem Taschenbillard hinzugeben. Schon zweimal hatte er ihn wegen einer Selbstbefleckung im Klassenzimmer mit seinem Haselnußstock kräftig züchtigen müssen. Auch sonst hörte man da einiges von ihm. Auffällig starker Trieb. Am besten, ihn Sodawasser trinken lassen oder gleich entmannen. Konnte er nicht. Blieb also vorerst nur der Stock. Auch der war ja nicht mehr zeitgemäß und sollte weggelassen werden, doch für ihn war er der Schlüssel zum pädagogischen Erfolg. Was er bei seiner Lehrerprüfung aus dem *Handbuch der Erziehungskunde* referiert hatte, war für ihn auch heute noch das A und O:

›Auf den eigentlichen Höhepunkt der Strafen gelangen wir mit der energischsten Straftat, der körperlichen Züchtigung. Wie die Rute als Symbol der väterlichen Zucht im Hause gilt, so der Stock als das Hauptwahrzeichen der Schulzucht. [...] Was liegt auch näher als die Regel: ›Wer nicht hören will, muß fühlen!?‹ Der pädagogische Schlag ist eine energische Aktion zur Begleitung des Wortes und Verstärkung seiner Wirkung. [...] Die körperliche Züchtigung hat ... eine tief im Wesen des sündigen Menschen liegende Berechtigung; sie wurzelt in der göttlichen Erziehung, die das Übel als natürliche Folge an die Sünde geheftet hat und immer noch heftet. [...] Durch den in erziehender Absicht zugefügten Schmerz redet die Seele mit der Seele. ›Die Schläge des Liebhabers meinen es recht gut‹, sagt Salomo, und wahrhaft pädagogische Schlage sind Schläge des Liebhabers. [...] Ist der Lehrer ein rechter Schulvater, so weiß er nötigenfalls auch mit dem Stock zu lieben, oft reiner und tiefer als mancher natürliche Vater.‹

Paul war es nie bewußt geworden, daß ihn jemand liebte, Pukaß am allerwenigsten. Warum sollten sie auch? Er war klein und häßlich, hatte nur Stroh im Kopf und wenn er es weit brachte im Leben, dann zum Schrankenwärter. Was sein leiblicher Vater gewesen war, wußte keiner. Seine Mutter ließ es sich nicht entlocken. Sie schälte in der Küche vom Gut Kartoffeln, wusch die Rüben und machte die Wäsche. Dadurch hatte sie furchtbar rauhe und rissige Hände. Wenn er von ihr eine Maulschelle bekam, dann war das wie ein Schlag mit einer Feile. Sie hielten sich im Verschlag neben ihrem windschiefen Holzhäuschen ein Schwein, eine Ziege und fünf Hühner. Das achte Haustier war er. Krepierte das Schwein an irgendeiner Pest, heulte die Mutter. Starb er, dann freuten sie sich, daß sie einen Esser weniger hatten und einen, über den sie sich nicht dauernd ärgern mußten. Er dachte lieber wieder an Barbara. Die schmuste oft mit ihrer Mutter. Vielleicht schmuste Barbara auch mal mit ihm. Ach, Quatsch! Die konnte er höchstens mal berühren, wenn sie schlief. Man müßte ihr etwas zu trinken geben, daß sie betäubt war. Und dann den Rock hochschieben. Sein Puscher wuchs und wurde hart. Mit dem Zeigefinger schob er langsam die Vorhaut nach unten und rieb die Stelle, wo es am schönsten war. Mit demselben Finger fuhr er auch in Barbaras Ritze hinein. Und stöhnte auf.

Da war Pukaß heran und riß ihn aus der Bank. Paul wurde mit dem Bauch auf die Bank gelegt, und dann ließ Pukaß den Stock auf seinem Hintern tanzen.

Paul saß mit Herbert Bloh am Ix-See und angelte. Sie befanden sich ein wenig südlich vom Gut und sahen nach Muntowenwerder hinüber. Die Fische bissen heute nicht, das Wetter war nicht danach. Vielleicht nachher, wenn das Gewitter kam.

Herbert Bloh hatte einen Roman seines Vaters gefunden und mitgebracht. Guy de Maupassant, *Stark wie der Tod.* Er suchte fieberhaft nach »Stellen«.

»Hier …« Herbert Bloh las vor, was sie da gedruckt hatten. »›Bis jetzt hatte ihn, sobald ihm eine Frau gefiel, sehr bald das Verlangen gepackt, so, daß er die Hände nach ihr ausstrecken mußte, wie um eine Frucht zu pflücken …‹«

Paul stellte sich vor, wie sich seine Hand um Linas Pflaume schloß.

»›Das Verlangen nach dieser Frau hatte ihn kaum gestreift und schien unter einem mächtigeren Gefühl, das noch dunkel und kaum erwacht war, geduckt und verborgen.‹«

Das entlockte Paul nur einen Unmutslaut, dann aber war es richtig gut, was Herbert Bloh da fand.

»›Als sie sich dann von ihm umschlungen und leidenschaftlich auf die Lippen geküßt fühlte, wollte sie schreien, sich wehren, ihn zurückstoßen, aber sogleich sah sie sich verloren, denn widerstrebend willigte sie ein, sich wehrend, ergab sie sich, und während sie noch: ›Nein, nein, ich will nicht!‹ rief, umarmte sie ihn.‹«

Paul und Herbert Bloh knöpften nun die Hosen auf, ließen ihre Ständer herausschnellen und maßen mit abgerissenen Schilfblättern nach, wer den Längsten hatte. Herbert Bloh siegte mit einem Vorsprung von gut zwei Zentimetern. Das traf Paul ziemlich schlimm.

»Ich kann aber eher!« rief er. »Und öfter.«

»Öfter schon ...« Herbert Bloh wußte, daß sie von seinem Freund sagten, er könnte es zehnmal am Tag. »Aber schneller nicht ...«

»Doch!« Sie formten ihre Fäuste und machten sich ans Werk. Bei Paul waren es nur noch Sekunden bis zur Zündung, da rief jemand hinter ihnen »Ihr Säue, ihr!«

Es war Jadwiga, eine Magd vom Gut, von der es hieß, daß sie mit jedem auf den Heuboden ging. Das gab Herbert Bloh den Mut zu seinem Vorschlag.

»Dann mach 's doch richtig mit uns.«

»Nich mit Kindern.«

»Paß mal auf ...« Sie stürzten vom Steg und packten sie. Jadwiga war stark, doch als die beiden Jungen wie Wölfe an ihr hingen, ging sie dennoch schnell zu Boden. Herbert Bloh hielt ihre Arme fest, Paul lag auf ihr und versuchte, ihre Knie zur Seite zu drücken.

Herbert Bloh war mehr dafür, mit Jadwiga zu handeln. »Mein Vater sorgt dafür, daß du vom Feld wegkommst und in die Küche. Da ist es viel besser ...«

Paul hatte einen Feldstein gepackt. »Komm schon – oder ...«

Jadwiga ließ ihn zwischen ihre Schenkel rutschen, umklammerte ihn nun aber wie mit einem Schraubstock, so daß er dem Ziel auch nicht entscheidend näherkam.

Als Paul so auf ihr lag, fand er sie wunderschön. Jetzt müßte sie sagen, daß sie ihn liebte und mit ihm nach Berlin gehen wollte. Ihn heiraten, wenn er Lokführer war. Eine Welle von Zärtlichkeit trug ihn davon. Er wollte nur noch gut sein und Gutes tun. Ganz sanft wollte er sein, wenn sie jetzt den Rock nach oben zog und ihn in ihrem Körper bergen würde. Er wollte nichts als nur zurück in eine Zeit, da er noch nicht geboren war.

»Jadwiga ...«, flüsterte er.

Sie konnte ihn erlösen, er wußte es. Daß Herbert Bloh noch immer ihre Arme hielt, nahm er gar nicht mehr war. Er wußte es, jetzt kam der Augenblick, wo sich sein Leben entschied. Ihr Rock war oben, sein Hose unten. Sein Fleisch rieb sich an Jadwigas Fleisch. Und die Innenseite ihrer Schenkel war so weich wie Samt, so kühl wie der Marmor der Figuren, die bei Blohs im Zimmer standen.

Paul war der Froschkönig, den sie gleich zum Prinzen machte. Er fühlte, wie sich ihr Schoß ein wenig hob, sich ihm entgegen streckte.

Gleich war er ein Mann, und sie seine Frau, und alles war gut.

»Jadwiga ...«

Wieder flüsterte er ihren Namen, und er beugte sich nach unten, sie zu küssen.

»Bitte, bitte ...«

Da bäumte sie sich auf und spuckte ihn an. »Nicht mit einem Drecksack wie dir!«

Paul hatte sein Taschenmesser in der Hand. Die große Klinge sprang heraus. Er wußte nicht mehr, was er tat. Und er hätte zugestochen, um Jadwiga zu gebrauchen, wenn nicht Herbert Bloh gewesen wäre, der Jadwiga fahren ließ, um sein Handgelenk zu packen.

»Bist du verrückt! Doch nicht dieser Schlampe wegen!« Sie kämpften miteinander. Herbert Bloh war der eindeutig Stärkere. Er entriß ihm das Messer und warf es in den See.

Jadwiga hatte inzwischen die Flucht ergriffen.

Paul kam gerade in der Sekunde auf den Gutshof, als Herr und Frau Bloh dabei waren, ein Huhn zu schlachten. Frau Bloh hatte eine dicke weiße Henne gepackt und preßte sie auf den großen Hauklotz. Herr Bloh hatte schon das Beil gehoben, ihr den Kopf abzuschlagen, traute sich aber noch nicht so recht, weil er fürchtete, die Hand seiner Frau zu treffen. Die kam mit dem Huhn, das um sein Leben kämpfte, nicht ganz klar. Immer wieder bekam das Tier Flügel oder Füße frei.

Hermann Bloh rief Paul herbei: »Komm mal her, helfen!«

Paul setzte sich in Bewegung. Als er bei Frau Bloh angekommen war, machte er Anstalten, mit ihr das Huhn zu halten. Doch der Gutsinspektor wollte es anders.

»Hier, das Beil ...«

Paul konnte es nicht fassen. »Wie, ich soll ...?«

»Trauste dich nicht?«

»Doch.« Paul nahm das Beil, hob es, wartete, bis beide Blohs das Tier sauber ausgerichtet hatten, und zielte kurz. Das Beil sauste nach unten, die scharfe Schneide trennte den Kopf vom

Rumpf. Die Blohs ließen los, und das kopflose Huhn rannte noch viele Meter über den Hof.

Paul war im Sommer 1926 zum ersten Mal im Barockkloster Heiligelinde am Deinowasee. Hermann Bloh hatte ihn mitgenommen. Und zwar in einem Auto, das einem Gutsherren aus der Gegend von Lyck gehörte. Der Vater seines Freundes Herbert war Gutsinspektor und Fachmann für Düngemittel.

Sie saßen in einem Gartenlokal. Auf dem Tisch stand ein Aschenbecher mit der Aufschrift:

Kostenlose Auskunft über richtige Düngung erteilt: Landwirtschaftliche Auskunftsstelle des Deutschen Kalisyndikats KÖNIGSBERG, Schönstrasse 1.

»Da habe ich mal gearbeitet«, sagte Herberts Vater. Von Königsberg war er auf das Gut nach Muntowen gekommen.

Paul bewunderte Herrn Bloh, und er neidete seinem Freund Herbert diesen Vater. Ein Gutsinspektor glich in Dörfern wie Muntowen einem kleinen Gott. Und Herr Bloh ließ die beiden Jungen, ebenso wie seine Frau, immer wieder teilhaben an seinen Visionen.

»Dort drüben liegt der neue Lebensraum für das deutsche Volk ...«

Er zeigte nach Osten. Bis zur Grenze nach Polen war es nicht weit.

»Die nordische Rasse ist nämlich die höhere Form des Menschen. Uns großen Arioheroikern wird in wenigen Jahren Deutschland gehören, und dann die ganze Welt. Wenn erst der Jude vernichtet ist, der finstere Feind des Ariers, der Abschaum der Menschheit. Die Herrenrasse wird siegen, die Untermenschenrasse untergehen.« Und er wies mit erhobener Hand zum Kloster hin. »Die Rasse ist Gott, nicht der da.«

Herbert Bloh sah seinen Vater mit großen Augen an. »Ich will Offizier werden und gegen die Äfflinge kämpfen.«

Äfflinge, das wußte Paul inzwischen auch, was das war: die Tschandalen und die Dunkelrassen, alle Slawen, Juden und Zigeuner. Das stand alles in den »Ostara-Heften«, die Herbert Bloh ihm ab und an zum Lesen gab. So sehr begeistert war er allerdings nicht von dem, was dort stand, denn wenn er in den

Spiegel sah, war er bestimmt kein Herrenmensch. Eher ein Äffling oder Tschandale. Zumal mit seiner krummen Nase.

Herr Bloh strich Herbert über das kurze blonde Haar. »Hier nebenan in Arys wird es einmal den größten Truppenübungsplatz im Reiche geben, und das ist gut für dich.«

Und dann erzählte Herr Bloh den beiden Jungen von Adolf Hitler. Wie er auf der Festung Landsberg sein großes Buch geschrieben hatte, *Mein Kampf*, und wie die NSDAP bald mit der »Systemzeit« Schluß machen werde. »Wir gehen einer großen Zeit entgegen.«

Paul wollte dabei sein und hoffte, daß sie auch ihn nehmen würden. Obwohl er so klein war und eine schiefe Nase hatte.

Frau Bloh kam von der Besichtigung des Klosters zurück, die achtjährige Tochter Freya an der Hand. Sie sollte einige Jahre später im Kreis Sensburg beim Aufbau des BDM, des Bundes Deutscher Mädel, tatkräftig Anteil nehmen.

»Kennt ihr die Sage, wie Heiligelinde hier entstanden ist?« fragte sie, nachdem sie ebenfalls Platz genommen hatte.

»Nein.«

»Da war einer, den sie zum Tode verurteilt hatten. Und dem ist im Traum die Mutter Gottes erschienen und hat ihm befohlen, ein Bildnis von ihr zu schnitzen und es an die größte Linde im nahen Wald zu hängen. Der Gefangene, der zuvor nie ein Schnitzmesser in der Hand gehalten hatte, schaffte das auch. Und sein Marienbildnis war so überirdisch schön, daß die Richter an ein Gottesurteil glaubten und ihn für unschuldig hielten und freigesprochen haben.«

Herr Bloh lachte. Wie denn ein Gefangener in den Wald käme, um das Bildnis dort aufzuhängen.

Paul aber war von dieser Erzählung zutiefst beeindruckt.

Paul fuhr mit seinen Eltern im Zug nach Nikolaiken. Ein Onkel hatte Geburtstag, es mußte sein.

Die Welt flog vorüber. Kurze Hügel. Kornfelder bis zum Horizont. Schattige Alleen, die so endlos waren, daß sie wohl durchs ganze Ostpreußen reichten. Kleine Seen. Wildenten, Haubentaucher, Bleßhühner, auch Graureiher ab und an. Kühe und Pferde auf ausgedehnten Wiesen. Birken, Linden und immer wieder Hainbuchen. Masurische Bauernhäuser, die Giebel mit Rautenmustern verschalt. Erntewagen verschwanden hinter der nächsten Erhebung.

Paul glaubte nicht, daß die Erde eine Kugel war. Sie war eine Scheibe. Und da, wo man den Zirkel reinstechen mußte, um die Mitte zu haben, da lag Muntowen.

Der Zug hielt auf einer kleinen Zwischenstation. Der Bahnhofsvorsteher hatte Zeit und Muße genug, sich direkt neben den Gleis eine Unmenge Hühner zu halten. Mit nur einem Hahn. Und der jagte gerade einer Henne hinterher, um sie zu besteigen. Kurz rauf und erledigt. Die Nächste. Paul hatte Mühe, seine Erektion den Eltern zu verbergen. Dumpf fühlte er, daß ein Ogorzow nie eine Chance haben würde, in diesem Leben ein Hahn zu sein. Das war man als Offizier oder als Fabrikant, aber niemals als ein Landarbeiter. Er haßte seine Eltern, weil sie nur das waren, was sie waren.

Sie gingen durch Nikolaiken. Es duftete nach frisch geräucherten Maränen. An der Brücke war der Stinthengst angekettet. Aus Metall einer. In der Schule war ihnen eingebleut worden, was das mit dem Stinthengst auf sich hatte. Der Stint war ein Lachsfisch, und eines Tages hatten die Fischer von Nikolaiken einen riesigen Stint gefangen, mit einer Krone auf dem Kopf. Den hatten sie dann an einem Brückenpfeiler festgebunden, um immer genügend Stinte zu fangen. Sein Stiefvater sagte, daß das alles Quatsch sei. Der Stinthengst, das sei nur ein Querbalken gewesen, den man vor die Brücke gelegt habe, um von den vorbeifahrenden Schiffen Zoll zu kassieren.

Sein Stiefvater blieb stehen, und es klang ganz feierlich, was er nun sagte:

»Große Fische, die gibt's hier nicht für unsereins. Wir machen weg von hier. In die Provinz Brandenburg. Nahe bei Berlin. Ich war bei der Zigeunerin. Die sagt, daß Großes passieren wird im Reich. Und wer sein Glück machen will, der muß nach Berlin.«

Juli 1928. Paul Ogorzow hatte das Gefühl, daß ihn die ewig sengende Sonne so einschrumpeln ließ, wie aus der Pflaume die Backpflaume und aus der Weintraube die Rosine wurde. Manchmal sah er sich auch als eine Ameise, die über ein Billardtuch kroch, so endlos war die grüne Weite des Havellandes ringsum. Und Stunde um Stunde stand er da, schlug Weidepfähle in den morastigen Grund und hämmerte dann tütenweise Krampen in das Holz, um den schwer biegsamen Drähten Halt und Führung zu geben.

Es gab Pferde, die mußten tagaus, tagein im Geschirr gehen und schwere Wagen ziehen, und es gab Pferde, die konnten über die Weiden galoppieren und durften ab und an noble Reiter tragen. Als seine Eltern westwärts, weiter hinein ins Reich, gezogen waren, hatte auch er gehofft. Doch vergeblich. Landarbeiter hätte er auch zu Hause bleiben können, in Muntowen auf dem Gut. Doch bis Berlin hatten es seine Eltern nicht geschafft, da hatte sich nichts an Arbeit ergeben. So waren sie in der Umgebung von Nauen gelandet.

Er hatte auf der staubigen Maschine zu dreschen. Er hatte das Heu zu wenden und auf den Boden hinaufzustaken. Er hatte schwere Milchkannen zu schleppen und zu spülen. Er hatte beim Kalben zu helfen, beim Schlachten und beim Wegebau. Er hatte Entwässerungsgräben auszubaggern und alles sonst zu tun, was Landarbeiter taten.

Der Bauer kam auf die Weide. »Na, Paule, du hast ja kaum was geschafft heute morgen.«

»Ich hab gerackert wie ein Pferd.«

»Die paar Meter!«

August 1928. Paul Ogorzow sah zu, wie sich Hella ins Heu kniete, und er verlor die Beherrschung. Wie der Stier, wie der Hengst, von hinten rein, so hatte er sich das schon immer vorgestellt. Seine Hose hatte er schon aufgeknöpft und seine Lanze aufgestellt. Er packte die Magd, um ihr Schürze und Röcke wegzureißen vom Loch. Daß sie keine Schlüpfer trug, davon sprachen sie alle.

Doch Hella hatte nicht nur die Figur einer Kugelstoßerin, sie war auch kräftig genug, ein Hämekin wie Paul Ogorzow abzuschütteln wie eine lästige Fliege.

»So doch nicht!« Er war gerade sechzehn Jahre alt geworden, und es war sein erstes Mal. Hätte es jedenfalls werden sollen. So richtig. Seit Muntowen stellte er sich unablässig vor, wie das so war, herzufallen über eine Frau und ihn endlich reinzustecken in ein Loch, und nun lag er da im Heu, hilflos wie ein Käfer auf dem Rücken.

Hella strich ihm die Haare aus der Stirn und küßte seine schiefgewachsene Nase.

»Mein Kleiner ...« Paul Ogorzow litt unter ihrer Berührung. Er war doch nicht im Lazarett, wo die Krankenschwestern einen trösten mußten, weil sie einem Arme oder Beine abgeschossen hatten.

»Ich bin richtig verliebt in dich«, flüsterte Hella. Er wußte nicht, was er erwidern sollte. Um zu reden, war er nicht hier.

»Du hast so ein süßes Kinn.« Sie nahm es zwischen ihre Finger und drückte es zärtlich zusammen.

Er kam sich wie beim Zahnarzt vor.

»Komm, küß mich.«

Sie beugte sich über ihn. Er wollte ihr ausweichen, doch ihre Hände packten seinen Kopf und hielten ihn wie in einem Schraubstock fest. Ihre Lippen waren feucht wie ein warmer Waschlappen, und als sie seine Zunge in ihre Höhle zog, glaubte er, in einen Aschenbecher geraten zu sein.

»Hier, streichle mal meine Brust.« Sie knöpfte ihre Bluse auf. Er sah weg, ihn schreckte dieses Rieseneuter, und als er es anfaßte, hatte er das Gefühl, in eine Qualle zu greifen.

»Hast du Angst vor mir?« Sie sah seine kleine Krabbe auf der Hose liegen.

»Ja.«

»Ich denke, du willst es mit mir machen.«

»Will ich auch.«

»Dann mußt du dich nicht so anstellen.«

»Ich stell mich nicht so an.« Er haßte sie. Und hätte die Forke nicht so weit entfernt an der Wand des Heubodens gelehnt, er hätte sie genommen und Hella in den Bauch gestoßen. Dieser Gedanke ließ sein Ding wieder in die Höhe schnellen.

»Na, bitte.« Hella machte sich daran, die Vorhaut ein wenig nach hinten zu schieben.

»Nicht!« Er stieß sie zurück.

»Das hab ich auch noch nicht erlebt.« Sie hatte geglaubt, diesem Jungen etwas Gutes zu tun. Sie brauchte jemanden für ihre Fürsorge, ihre Zärtlichkeit. Dieser Überschuß an Liebe mußte raus aus ihr. Das war wie bei ihren Kühen unten im Stall. Wenn die nicht gemolken wurden, schrien sie vor Schmerz. Ältere Männer, die es ihr besorgen konnten, gab es genug, das war nicht ihr Problem, sie brauchte einen jungen Burschen, den sie bemuttern konnte, zeigen konnte, wie das Leben war.

Paul Ogorzow lag da und war den Tränen nahe. So war das also alles. Langweilig wie die Schule, wie die Arbeit.

»Nun komm mal, wo wir schon oben sind.« Hella legte sich auf den Rücken, raffte Röcke und Schürze zusammen, gab alles frei.

Er guckte gar nicht hin. Dann schob sie ihrer Körper unter seinen wie einen Tortenheber unter ein Stück Kuchen. Es war für ihn wie damals in Nikolaiken, als sie ihm den Blinddarm rausoperiert hatten. Es tat weh, als sie sein Ding packte, und es dauerte eine Weile, bis sie es bei sich hineinbugsiert hatte. Er wünschte sich nur, daß es bald zu Ende sein möge.

»Nun los, mein kleiner Stier!« Es kam schon alles rausgespritzt, bevor er sich auch nur einmal in ihr bewegt hatte.

September 1930. Paul Ogorzow schippte die Schlacke vom Boden in die Lore. Es staubte so, daß er sich die halbe Lunge aus dem Halse husten mußte. Und nebenan brodelte der Stahl, heiß wie die Sonne und in ihren Farben. Er fühlte sich so wie eine der Ameisen, die sie in Muntowen mit dem Brennglas verdampft hatten.

Das Stahl- und Walzwerk in Brandenburg war die Hölle für ihn. Nur raus hier. Der Werksleiter kam vorbei. Ein Dr.-Ing. Manfred Lemmermann. Warum konnte er nicht tauschen mit dem?

Mai 1932. Paul Ogorzow saß mit Max und Bruno in einer kleinen Gaststätte am Bahnhof Nauen.

»Biste nicht in Brandenburg, im Stahlwerk?« fragte ihn Max.

»Nee, wieder in der Landwirtschaft.«

»Und wo?«

»In Wachow.« Das lag, wie alle wußten, an der Straße von Brandenburg nach Nauen.

»Ist doch alles nur 'n Hungerlohn«, sagte Bruno.

»Aber besser als nix.«

Max und Bruno waren beide schon seit Ewigkeiten arbeitslos. Der eine hatte Verkäufer gelernt, bei Tietz in Berlin, der andere Werkzeugmacher. Zuerst hatten sie sich mit Gelegenheitsarbeiten durchs Leben geschlagen, sich in letzter Zeit aber als Einbrecher betätigt. Vor allem Lauben im Berliner Umland. Aber das brachte wenig. Welcher Laubenpieper hatte schon eine goldene Uhr, eine Leica oder einen Pelzmantel in seiner Dachpappenhütte versteckt.

Jetzt aber hatte Bruno etwas ausbaldowert. »Am Beetzsee hat einer 'ne Villa, die nicht gut gesichert ist. Ein Direktor aus 'm Stahlwerk, Lemmermann ...«

Ogorzow horchte auf. Das war ganz sicher dieser Lemmermann, den er im Stahlwerk so mächtig beneidet hatte. Und es war eine ungemein lustvolle Vorstellung, nun bei dem zu Hause zu sein und alles zu benutzen, was sonst nur ihm gehörte. Aber da war noch eine zweite Sache. Seit es mit Hella nicht so richtig geklappt hatte, suchte er verzweifelt nach einer Möglichkeit, es mal richtig krachen zu lassen. Nicht immer kriechende Schnecke, sondern mal losgelassener Tiger. In Berlin gab es sicher Frauen, die es schafften, daß es bei den Männern richtig explodierte. Mit denen man auch mal was anstellen konnte, schlagen und würgen, damit es einem mit Karacho kam. Bloß, die kosteten viel Geld. Vielleicht mehr, als er in Wachow in einem ganzen Jahr verdiente.

»Die Sache ist ganz einfach«, sagte Bruno. »Lemmermann und seine Frau wohnen allein im Haus und gehen jeden Abend kurz vor zehn mit ihrem Hund spazieren. Mindestens eine halbe Stunde. Während dieser Zeit kann man ohne Risiko rein. Die Kellertür ist ein Witz.«

Max verzog das Gesicht. »Hör uff! Wat nutzt 'n det schon, wenn 'n Eunuch die schönsten Weiber sieht.«

»Wieso?«

»Na, hast du 'n Pkw, det allet wegzufahren?«

»Nee.«

»Na also!«

Ogorzow sagte, daß er da schon einen Rat wüßte. »Ich komm an den Horch von unserm Gutsbesitzer ran.«

Bruno sah ihn von der Seite an. »Willste denn mitmachen?«

»Ja.«

Drei Tage später standen sie dann im Salon des Werksleiters Dr.-Ing. M. Lemmermann und machten große Augen.

»Wie im Film!« rief Max.

»Da ist ja das glattweg 'n Stall, wo unsereins drin wohnt«, sagte Paul Ogorzow. Dieser Lemmermann, das war ganz sicher ein Wucherer und Ausbeuter, sonst wär der nicht zu all diesen Reichtümern gekommen. Den schweren altdeutschen Möbeln, aus einem Schloß wahrscheinlich, den Geweihen an den Wänden, der Ritterrüstung in der Ecke, dem Riesenperser auf dem Boden, den Brokatvorhängen. Alles dem Volke weggenommen. Da müßte mal einer kommen und ... Er erinnerte sich genau an das braune Wahlplakat, das 1925 in Muntowen am Gutstor gehangen hatte, von Hermann Bloh persönlich angenagelt. Herbert und er hatten es ständig bewachen müssen.

Arbeiter der Stirne! Arbeiter der Faust!
WER IST ADOLF HITLER? Der Mann aus dem Volke für das Volk! Der deutsche Frontsoldat, der in 48 Schlachten sein Leben für Deutschland eingesetzt hat!
WAS WILL ADOLF HITLER? FREIHEIT UND BROT für jeden ehrlich schaffenden Deutschen! DEN GALGEN für Wucherer, Schieber und Ausbeuter, gleich welcher Konfession und Rasse! Hinein in die Nationalsozialistische deutsche Arbeiterpartei.

Das hatte er damals auswendig gelernt.

»Träum nich!« Bruno warf ihm zwei leere Kartoffelsäcke zu. »Los, einpacken!«

Paul griff sich alles das, was wertvoll erschien und sich nachher in Berlin verkaufen ließ. Leuchter, Uhren, Sammeltassen, Perlenketten, Bestecke, Schallplatten, Spieluhren und und und.

Genug Geld für eine Frau, die ihn endlich mal vor Wollust schreien ließ. Mit einem Feuerhaken auf sie einschlagen, ihr eine Schere in die Schenkel stechen, das Blut sehen, spüren, schmecken und dann ... Er atmete schwer.

Da krachte es, die Tür flog auf. »Polizei! Hände hoch!«

Dezember 1932. Paul Ogorzow saß im großen Arbeitssaal und legte nach einem vorgegebenen Muster bunte Spielzeugsteine in einen Holzbaukasten. Zu neun Monaten Gefängnis war er verurteilt worden, und drei hatte er abgesessen. Er nahm es hin, wie man den Regen hinzunehmen hatte, den Schnupfen und das Älterwerden. Blätter trieben halt im Wind, und Menschen waren nicht anders als Blätter. Nein, eher sah er sich als Fuchs, der schon im Hühnerstall gewesen war, als der Bauer … Das schmerzte ihn nun wirklich, daß er das Geld nicht hatte, zu den Frauen zu gehen. Jetzt war er zwanzig Jahre alt, und noch immer suchte er nach dem Augenblick, wo alles so war, wie er es sich ersehnte. Ein Taumel, ein Rausch, ein Schrei, die Erlösung. So wie bei seinem Stiefvater, so wie bei Hermann Bloh, wenn der seine Frau verdroschen hatte und dann wie ein tollwütiges Tier über ihr war und rammelte.

Vielleicht ging das alles nur, wenn er eine heiratete. Woher aber eine nehmen. Und ernähren konnte er keine.

»Ogorzow, Besuch für dich!«

»Für mich …?« Wer sollte das sein? Seine Mutter hatte mit ihm gebrochen und geschrien, sie habe keinen Sohn mehr, und sein Stiefvater hat gesagt, daß er ihn mit der Flinte abknallen werde, wenn er sich noch einmal in Wachow sehen ließe.

Der Besucher war sein alter Muntowener Freund Herbert Bloh, jetzt SS-Sturmbannführer.

»Na, alter Junge, haste dich beim Lemmermann erwischen lassen?«

»Ja.«

»Schade, diesem dreckigen Juden wäre es schon zu gönnen gewesen, wenn ihr ihm die Bude ausgeräumt hättet.«

»Wär 'ne Menge zu holen gewesen.«

»Ich war mit Hitler unterwegs und hab das gestern erst erfahren.«

»Nun sitz ich hier …«

»Aber nicht mehr lange. Ich werd mal sehen, was sich machen läßt, mit ein paar Männern reden.«

Fünf Tage später kam die Amnestie.

Februar 1933. Paul Ogorzow trank sein Bier mit derselben existentiellen Inbrunst, wie dürstende Tiere an der Quelle stehen und saufen, oder Mücken ihren Stachel in die Haut des Menschen bohren, um das Blut herauszusaugen. Ein tiefer Ernst erfüllte ihn, ein stilles Wissen, daß ohne diese Flüssigkeitszufuhr der Organismus absterben mußte, die Zellen im Körper vertrockneten. Zugleich reizte der herbe Hopfen seine Zunge wie die Mundschleimhäute auf angenehmste Weise, und das Glukkern beim Herunterrinnen in den Magen ließ ihn an eine frische Quelle denken. Es war ein Auftanken seines Körpers mit neuer Energie. Sein Behagen erreichte aber nur dadurch seinen Höhepunkt, daß er nicht allein saß und trank, sondern mit den Kameraden zusammen im SA-Heim. Nur im Rudel war ein Wolf ein Wolf.

Auf den ersten Blick war ihr Lokal eine Kneipe wie jede andere. Der Wirt war noch jung und hatte etwas so Schneidiges an sich, daß man an einen Unteroffizier erinnert wurde, der nur schnell einmal die Uniform abgelegt hatte, um hier am Zapfhahn zu stehen. Links, über den Bierhähnen auf der Theke, leuchtete eine rotlackierte Sammelbüchse mit einem Hakenkreuz darauf. Rechts, an der Wand des ziemlich engen Schankraums, hing ein Schupo aus Pappe. Auf dem Bauch wie auch auf dem hochgehobenen rechten Arm klebte je ein großes Hakenkreuz. Dicht daneben, hinter einer schweren Tür, befand sich das Vereinszimmer, jetzt das Wachtlokal.

Fünfundzwanzig Kameraden waren heute zum Dienst erschienen, und der Gruf (Gruppenführer) M. Sommer hatte gerade das Wachbuch zur Hand genommen, um seine Eintragung betreffs der Abendwache (20.00 Uhr bis 0.30 Uhr) ordnungsgemäß vorzunehmen.

Der Kamerad Kunze war heute zu Gast, seit 1923 im Stahlhelm, seit 1926 erste Ordonnanz des Führers der SA-Standarte II, und alle hörten ihm zu, als er erzählte. Wie er am 11. März 1931 in Schöneberg den 17jährigen Bäckerlehrling Ernst Nathan auf offener Straße abgeknallt hatte. »Einer von den *Roten Wanderern* ...« Seine Strafe: ein Klacks. Beziehungen zu den Kreisen um Goebbels ...

Der Gruppenführer kam und teilte Paul Ogorzow mit drei weiteren Kameraden zur Patrouille ein.

»Posten III, feststellen, wo sich hier die nächste Kommune befindet!«

Ogorzow schlug die Hacken zusammen, nahm Haltung an und bestätigte den Befehl.

Er machte sich mit Werner, Ewald und Fritz auf den Weg durch die abendlichen Straßen, um nach Nestern der Kommunisten, der Sozialdemokraten und des Reichsbanners zu suchen und sie zu provozieren, wenn sich welche fanden.

Am 1. 4. 1932 hatte Paul Ogorzow in der Stadt Brandenburg seinen gleichzeitigen Beitritt in die NSDAP und die SA vollzogen. Vorangegangen war ein feuchtfröhlicher Abend mit Herbert Bloh und seinen Freunden.

»Du weißt doch, was ein Zug ist?«

»Ja ...«

»Und was passiert, wenn der Zug abgefahren ist?«

»Dann bleib ich auf 'm Bahnsteig zurück!«

»Siehste!«

Herbert Bloh stieß ihm die Faust in die Rippen. »Und wenn der Zug dahin fährt, wo Milch und Honig fließen, und du da zurückbleibst, wo nur 'n Misthaufen ist, dann bist du ein Idiot! Also ...?« Er sah den alten Freund aus den Muntowener Tagen fragend an. »Was machst du da?«

»Ich warte auf den nächsten Zug.«

»Da kommt in diesem Jahrhundert keiner mehr.«

»Dann geh ich wieder nach Hause.«

Herbert Bloh tippte sich gegen die Stirn. »Mensch, du springst noch auf den fahrenden Zug, um ans Ziel zu kommen!« Und er gab ihm die Adressen von Partei und SA.

Und so zog Paul Ogorzow dann durch die Straßen, auf der Jagd nach Kommuneverdächtigen. Ihrer Gruppe folgte in geringem Abstand ein Radfahrer. Der hatte die Aufgabe, bei gelungener Provokation sofort den Sturm oder den Trupp aus der nächsten SA-Kaserne in Marsch zu setzen.

Der Löwe riß das Gnu, der Wolf fraß das Kalb, der Sperber schlug den Hasen, der Marder tötete das Huhn. So war die Natur. Das stärkere Tier erledigte das schwächere. Und auch der Mensch war nur ein Tier. Somit entsprach es voll der Weltenordnung, wenn der stärkere Mensch den schwächeren Menschen jagte und einsperrte, schlug und erschlug. Das war nichts, worüber Paul Ogorzow lange nachdenken mußte, das war eben so. So selbstverständlich wie, daß die Sonne jeden Morgen und jeden Abend unterging, daß es Frühling wurde, Sommer, Herbst und Winter. Die einen töteten, die anderen wurden getötet. Und Herbert Bloh hatte schon recht gehabt, daß man nur sehen mußte, auf seiten der Stärkeren zu sein. Das war alles, wenn man überleben wollte.

Sie kamen an ein kleines Café, und Ogorzow erinnerte sich an den Tip eines jungen Mannes, daß dort ab und an ein Schauspieler und ein Schriftsteller, beides Kommunisten, beim Schachspiel sitzen sollten.

Er betrat mit seiner Gruppe das Café und hatte die beiden Kommuneverdächtigen schnell entdeckt. Der eine war fröhlich, hatte dunkles lockiges Haar und mochte kaum älter als dreißig sein, der andere war ein eher bulliger Typ, schien viel Rotwein zu trinken und konnte vom Alter her der Vater des anderen sein. Auffällig war sein langes graues Haar, das von einem schwarzen Schlapphut nur schlecht gebändigt wurde. Der Jüngere war, Ogorzow hatte ihn schon öfter auf einem Foto im *12 Uhr-Blatt* gesehen, der Schauspieler.

Ogorzow trat an den Tisch und sah ein Weilchen zu. Die beiden Intellektuellen taten so, als würden sie ihn und seine Kameraden gar nicht bemerken.

Ogorzow dachte an das, was er in Muntowen oft gesehen hatte: Daß sich ein wildes Karnickel reglos in die Ackerfurche schmiegte, in der Hoffnung, daß es der Bussard so nicht sah. Irrtum, denn der mußte die Wärme seines Blutes spüren.

Ogorzow verstand nichts vom Schach, konnte die Funktionen eines Turmes nicht von denen eines Springers trennen, nahm aber nun den schwarzen Turm, ließ ihn über die Felder tanzen, warf etliche Figuren dabei um und schrie: »Matt!«

Der Jüngere wollte auffahren, doch der Ältere drückte ihn auf den Stuhl zurück.

»Laß nur, Hans, du hättest das Spiel eh nicht mehr gewonnen.« Damit sah er zu Ogorzow auf.

»Danke, mein Herr, daß Sie uns ein qualvoll langes Endspiel erspart haben.«

Ogorzow fühlte sich verscheißert und sah rot. Er schlug dem Sprecher den Hut vom Kopf und schrie, daß er aufzustehen habe, wenn er mit einem Parteigenossen spräche.

Der Mann reagierte noch immer nicht und wurde hochgerissen. Als er sich dann wehrte, und der Jüngere ihm zu Hilfe kam, war das erreicht, was Ogorzows Trupp bezweckt hatte.

Der Schauspieler lag am Boden. Ogorzow trat ihm ins Gesicht und in die Weichteile. Immer wieder. Und je mehr der andere wimmerte, um so größer wurde seine Lust, wuchs sein Hochgefühl. Da war er plötzlich Herr über Leben und Tod, da war er ein Gott.

Minuten später war der Trupp aus der Kaserne zur Stelle und

die beiden Kommuneverdächtigen wurden gepackt und auf einen Lastwagen geworfen. In rasender Fahrt ging es davon.

Sie kamen in eine Kaserne, ein Wildes Konzentrationslager für die Gegner der Bewegung und des Führers.

Sie schleiften die beiden Schachspieler in ihren Bunker. Auf faulendem Stroh lagen dort Gestalten, übersät mit eiternden Wunden, zu Skeletten abgemagert. Man hatte sie tagelang stehend in enge Schränke gesperrt, um ihnen Geständnisse abzupressen.

Der Schauspieler wurde auf einen hölzernen Bock geschnallt. Ogorzow nahm den Ochsenziemer in die Hand, und mit jedem Schlag, den er führte, wollte er neu geboren werden.

Der Standartenführer war voll des Lobes über Paul Ogorzow und versprach ihm eine lohnende Stellung bei der Reichsbahn in Berlin.

August 1934. Paul Ogorzow stand auf den frisch verlegten Schienen und schippte Schottersteine zwischen die Schwellen. Alles stank fürchterlich nach Karbolineum. Aber immerhin, er hatte Arbeit. Trotz seiner Vorstrafe hatte die Deutsche Reichsbahn ihn genommen, und jetzt zog er mit dem Wohnbauzug II umher. Soweit war ja alles in Ordnung, was ihn aber weiterhin quälte, das war der ständige Druck untenherum, daß sich da nichts entladen konnte. Das war schmerzhaft wie eine Krankheit. Er mußte ständig daran denken, wie er über eine Frau herfiel, um sich zu holen, was er brauchte. Und er brauchte es so nötig wie Wasser, wie Essen und Schlaf.

November 1934. Paul Ogorzow ging durch das Scheunenviertel hinterm Alexanderplatz. Er wohnte jetzt in Berlin, gleich am Schlesischen Bahnhof. Der Wohnbauzug II war aufgelöst worden, und die Reichsbahn hatte ihn der Bahnmeisterei 40 zugeteilt, die am Schlesischen Güterbahnhof angesiedelt war.

Endlich hatte er das Geld beisammen, um sich das zu kaufen, was er haben wollte. Er sprach einige der Mädchen an, doch keine wollte. Schließlich fand er aber doch eine, die ihn offenbar verstand.

»Mit die Peitsche erst und mit Stöcke?«

»Ja.«

Sie nahm ihn mit auf ihr Zimmer. »Erst zahlen.«

»Ja.«

»Danke.« Sie ging mit dem Geld hinaus in die Küche. »Zieh dich schon mal aus.«

Er tat es. Es sah hier schäbiger aus als früher in Muntowen bei den Instleuten hinterm Gut. Aber gleich hatte er endlich das, wofür er keine Worte hatte, was aber das Eigentliche in seinem Leben war. Der schwarze Punkt in der Mitte einer Scheibe. Das, weswegen er überhaupt auf die Welt gekommen war.

Doch dann sollte alles anders kommen als gedacht. Das Mädchen, Elvira hieß sie, mußte ihn doch mißverstanden haben. Zwar stand sie nun in einer schwarzen Korsage in der Tür und hielt einen Rohrstock in der rechten und eine Peitsche in der linken Hand, aber dann fragte sie ihn, ob sie ihn vor dem Zuschlagen noch fesseln sollte.

»Umgekehrt: ich dich!« rief er.

Sie weigerte sich. »Nich mit mir.«

Da stürzte sich Ogorzow auf sie, um ihr die Sachen zu entreißen und die Sache umzukehren. Sie wehrte sich und schrie. Er warf sie zu Boden. Da schoß das Gefühl in ihm hoch, auf das er schon so lange wartete. Der Rausch war da. Fast jedenfalls. Denn ehe die Fontäne recht nach oben schoß, war der Zuhälter im Zimmer und riß ihn hoch.

»Sau du!«

»Laß ihn.« Elvira stand auf. Sie schien solche Szenen gewohnt zu sein, denn sie regte sich kein bißchen auf.

»Das ist Betrug«, rief Ogorzow. »Ich will mein Geld zurück.«

»Denkste.« Der Zuhälter ballte die rechte Faust.

»Dann will ich auch was von haben.«

»Aber normal«, sagte Elvira.

»Meinetwegen.«

Der Zuhälter verschwand, und Elvira stieg aufs Bett, legte sich auf den Rücken und wartete, bis Ogorzow sich auf sie wälzte.

Der Zuhälter stand hinter der halb offenen Tür. Ogorzow entleerte sich nicht viel anders, als wenn er Urin gelassen hätte.

Januar 1935. Paul Ogorzow kam vom Arzt. Er hatte sich bei Elvira einen Tripper eingefangen, in seiner Hose war es dauernd feucht.

Es war später Nachmittag und schon dunkel geworden. Er wohnte im 3. Hinterhaus, im 4. Stock, mit Stube und Küche.

Die Treppenbeleuchtung war wieder mal kaputt. Doch er hatte seine Taschenlampe mit. Um die Batterie zu schonen, knipste er sie nur hin und wieder an.

Eine junge Frau kam aus einer der Mietwohnungen. Sein Strahl traf sie mitten ins Gesicht. Sie schrie, und als sie aus Angst vor ihm nach oben lief, sah er lange Beine in seidenen Strümpfen, Strumpfbänder und weiches weißes Fleisch zwischen deren Rändern und dem zartblauen Schlüpfer.

Es bedurfte nur weniger reibender Bewegungen mit seiner freien Hand, und schon schoß es aus ihm heraus.

Mai 1935. Paul Ogorzow stand am Bahnhof Rummelsburg neben den Gleisen und starrte in Richtung Erkner, wann der nächste Zug kommen würde. Wenn andere das Postenstehen für eine Arbeit hielten, bei der man sein Geld im Schlaf verdiente, war das falsch. Es war schwer für ihn, sich stundenlang so stark zu konzentrieren. Er bekam immer heftige Kopfschmerzen davon. Und dann die Verantwortung für die Kameraden in der Rotte. Wenn er nicht Obacht gab, machte die Lok Hackfleisch aus ihnen.

Die Sonne knallte vom wolkenlosen Himmel. In seinem Kopf summte es wie in einem Bienenstock. Das war oft so. Seit er damals in Muntowen mit dem Hinterkopf aufs Eis geschlagen war. Und seine Augen wurden plötzlich starr wie die in einer Puppe. Der Magen krampfte sich zusammen, auch hörte er nichts mehr. Die Luft blieb ihm weg, er brach zusammen.

Die Kameraden bemerkten es und trugen ihn auf den Bahnsteig der S-Bahn hinüber. Von dort wurde er zuerst in die Bahnmeisterei und dann ins Karlshorster St. Antoniuskrankenhaus geschafft.

Aber, was sie auch mit ihm anstellten, seine Kopfschmerzen kamen immer wieder.

Herbert Bloh lachte. »Das ist der Samenüberschuß bei dir, das staut sich im Körper und drückt auf 's Gehirn. Du mußt dir öfter mal 'ne Frau suchen und richtig ficken, dann gibt sich das.«

Paul Ogorzow erwachte schon eine halbe Stunde vor dem Klingeln des Weckers. Halb fünf hätte vollkommen ausgereicht, um pünktlich zur 6-bis-14-Uhr-Schicht im Bw zu sein. Er lag auf dem Rücken und merkte, daß er einen Steifen hatte. In Muntowen hatten sie öfter geprüft, wer den Größten hatte. Er nicht, was ihn damals sehr geärgert hatte. Was hatten sie ihn immer mit seinem kleinen Stint gehänselt.

Wenn ihr wüßtet! dachte er. Ihr mit eurer Pferdenille, aber was ich mit meiner schon alles angestellt habe!

Die Gier nach einer Frau packte ihn, beutelte ihn, riß ihn empor wie der Sturm das Blatt vom Boden.

Nebenan schnorchelte seine Frau leise vor sich hin. Einen Augenblick lang hatte er Lust, ihr das Deckbett wegzureißen, sich auf sie zu wälzen, mit seinem Körper ihre Beine und Schenkel zur Seite zu pressen und dann schnell in sie hineinzustoßen. Doch er ließ es, denn sie hätte nicht um sich geschlagen, geschrien und um Schonung gewimmert, sondern es über sich ergehen lassen, ohne die geringste Regung zu zeigen. Sie nahm es hin wie die Hennen auf dem Hühnerhof. Er war der Hahn, und wenn ihm danach war, dann bitte. Daß man das als Frau erdulden mußte, war halt so. Wie die Regel jeden Monat, wie das Kinderkriegen. Es gab Schlimmeres im Leben. Keinen Mann zu haben, kein Dach überm Kopf und nichts zu essen. Die Minute, die er sich da austoben mußte, das war ein Klacks gemessen an dem, was andere Frauen durchzumachen hatten.

Nein, Gertrud nicht. Er wollte einen scharfen Doppelkorn an diesem Morgen und keinen Schluck schalen Leitungswassers.

So stand er auf. Seine Frau merkte nicht, wie er das Zimmer verließ und das Bad betrat. Er zog sein Nachthemd aus, um sich zu waschen.

Sein Apparat schmerzte, so groß war der Druck. Nein, noch mehr. Im Filmtheater hatte er letzte Woche gesehen, wie einer, der in der Wüste am Verdursten war, seine Hand ausgestreckt hatte nach einem Schluck Wasser. Ohne diesen Trunk wäre er gestorben. So ging es ihm. Bekam er heute keine Frau, würde er genauso sterben.

Es war ein Sonntag, und seine Chancen standen nicht schlecht. Da saßen trotz der frühen Stunde schon viele Frauen im Zug, deren Schicht wie die seine um 6 Uhr begann.

Er rechnete. Eine Woche war vergangen, seit er zwischen Rahnsdorf und Friedrichshagen Glück gehabt hatte. Die Explosion in seinem Körper, als er die Frau aus dem Zug gestoßen hatte, das hatte er zuvor noch nie erlebt. Die Röcke hoch, die Hand zwischen den Schenkel, sie dann kurz zur Tür gehoben, diese aufgerissen ...

Das waren die einzigen Momente in seinem Leben, die zählten. Wahrscheinlich hatten sie die Streifen verstärkt, und seine Jäger standen überall zwischen Rummelsburg und Rahnsdorf oder fuhren selber mit den Zügen, doch das schreckte ihn nicht. Selbst wenn er mit Sicherheit gewußt hätte, daß sie ihn heute morgen erwischten, er wäre dennoch auf die Suche nach neuer Beute gegangen. Er konnte nicht anders, er mußte es tun. Sein Körper schrie danach.

Und außerdem: sie erwischten ihn nicht. Sie waren bloße Beamte, er aber hatte den Instinkt des jagenden Tieres. Und wenn sie ihn wirklich fingen, dann blieb er nicht lange im Käfig. Dafür würde Herbert Bloh schon sorgen. Wie damals nach dem Einbruch bei dem Stahlwerksdirektor. Ein Wort von dem, und er war wieder draußen. Als Pg. allzumal. Völlig ausgeschlossen, daß sie einem Parteigenossen dafür den Kopf abschlugen. Sich die Frauen zu nehmen, war allemal das gute Recht des Mannes. Die Natur wollte es so.

Das etwa ging ihm durch den Kopf, als er sich seine beiden Stullen schmierte, eine mit Margarine und Harzer, die andere mit selbstgemachter Marmelade. Letzten Sommer hatte er Brombeeren jede Menge gesammelt. Wie das Eichhörnchen Vorrat für den Winter angeschafft. Er schrieb Gertrud einen Zettel, daß sie nicht vergessen sollte, ihm für den Abend Hakkepeter zu kaufen. Außerdem waren Streichhölzer und Kernseife alle geworden.

»Denke auch an die Pfannkuchen zu Silvester und was zum Bleigießen.«

Die Nachbarn kamen und ein Kollege mit Frau und älterer Tochter. Die Frauen tanzten gerne mit ihm. Nie hätte er etwas bemerkt, was anzüglich war, oder sie beim Tanzen unsittlich angefaßt. »Der Paule, immer Kavalier!« hieß es von ihm.

Als er auf dem Flur in seinen Eisenbahnermantel schlüpfte, kam sein Sohn aus dem Kinderzimmer. Er nahm ihn auf den Arm und sprach leise auf ihn ein.

»Was ist denn, mein Häschen?«

»Da war ein böses Tier bei mir im Zimmer.«

»Es gibt keine bösen Tiere. Nur gute. Kühe, Schafe, Enten, Gänse und Häschen.« Er küßte ihn auf sein Stupsnäschen.

»Bringst du mir was Schönes mit?«

»Ja, wenn du jetzt ganz leise bist und die Mamma schlafen läßt.«

»Was denn?«

»Ein, ein ... Bild, wo eine schöne Bahn drauf ist.«

»Au fein.«

Er trug Robert ins Bett zurück. Der Junge war sofort wieder eingeschlafen. Einen Moment horchte er noch an der Schlafzimmertür. Seine Frau schnarchte weiter leise vor sich hin. Vorsichtig nahm er seine Schlüssel vom Brett und schlich sich aus der Wohnung.

Nun galt es, die Eisenstange in den Ärmel zu stecken, ohne daß es einer merkte. Er hatte sie nach ihrem letzten Gebrauch im Vorgarten unter einer Lage Laub versteckt. Wenn jemand sie gefunden und mitgenommen hatte, dann ... Nein, sie war noch da. Hinten an der Junker-Jörg-Straße gingen zwei Männer, aber die waren zu weit entfernt, um ihn, dunkel wie es war, zu bemerken. Die einzige Gefahr drohte ihm vom Lebensmittelladen. Da war schon einer da, um auf die Milchkannen zu warten, und der schwache Lichtschein, der durch die Jalousien drang, störte ihn erheblich. Wenn jetzt plötzlich einer in der Tür erschien und ihn fragte, was er da machte ... Egal!

Und er hatte Glück, keiner hatte ihn entdeckt. Bis zur S-Bahn waren es achthundert Meter, er brauchte nur die Dorotheastraße rechts hinunterzugehen und dann, wiederum rechts, einzubiegen in die Treskowallee, und schon hatte er die Station Karlshorst im Blick, die Brücke jedenfalls, neben der sich der Aufgang zum Bahnsteig befand.

Dann stand er auf dem Bahnsteig oben und wartete. Auf den Zug, auf seine Beute. So ruhig, als gelte es nur, einen Weichenhebel nach unten zu ziehen, und zugleich in einer Erregung wie einer, der an einem Starkstromkabel hing. Seit die S-Bahn elektrisch fuhr, hatten sie das öfter gehabt.

Seine Nase lief, und er hatte schon das Taschentuch ganz vollgeschnaubt. War es die Aufregung jetzt oder ein neuer Katarrh? Es war die Folter, wenn ihm der Hals-, Nasen-, Ohrenarzt die Nebenhöhle spülte. Er hatte eine Riesenangst vor diesem Schmerz. Und daß sich das alles im Kopf festsetzte.

Der Zug fuhr ein, und alles lief genauso ab, wie er sich's erhofft hatte. Eine einzelne Frau saß im Zweiter-Klasse-Wagen, und er nutzte die drei Minuten bis zur nächsten Station, um ans Ziel zu kommen.

Als sein Zug auf dem Betriebsbahnhof Rummelsburg zum Stehen kam, war die Tür, die er aufgerissen hatte, längst wieder geschlossen.

Pfeifend stieg er aus und begrüßte die beiden Kollegen, die einen Wagen weiter vorn gesessen hatten.

»Na, Paule, so früh schon uff?«

»Wieso?«

»Na, 'ne jute halbe Stunde früha als sonst.«

Er wurde blaß. Damit hatte er nicht rechnen können, daß er auf Anhieb eine Frau antraf, mit der sich 's machen ließ. »Ick wollte noch mit eenem vonna Nachtschicht sprechen.«

Die Kollegen nahmen das als selbstverständlich hin, waren sie doch selber früher dran.

Der eine humpelte ein bißchen.

»Wat is 'n mit dir?« fragte Ogorzow.

»Nur 'n bißchen Muskelkater. Ick war jestern mit meine Kinda Schlittschuhloofen bei uns uff 'm Teich.«

Der andere, der die ganze Nacht über gefeiert und nur zwei Stunden Schlaf gefunden hatte, begann sofort zu rezitieren: »Auf einem trüben Teiche, da schwamm 'ne schöne Wasserleiche. Sie schwamm mal links, sie schwamm mal rechts und war des weiblichen Geschlechts. An ihren Brüsten, da frönten zwei Frösche ihren Gelüsten, und in ihrem Geschlechtskanal, da dehnte sich ein geiler Aal. Ihr Arsch, der war bemoost: dann Prost!«

»Prost!« schrie der andere Kollege und wieherte los. »Prosit Neujahr!«

»Nur Paule kann üba sowat nich lachen«, ärgerte sich der, der die Zote erzählt hatte. »Sag mal, bist du eigentlich …?«

Der andere fiel ihm ins Wort: »Wir sind zwar warm und brüderlich, doch warme Brüder sind wir nicht!«

»Nee, aba ick jehöre nich zu denen, die ihren janzen Lohn verficken!«

»Immer schön allet zu Hause bei Mamman jelassen!«

»So isses!« sagte Ogorzow. Sie kamen ins Werk, und er legte den langen Weg zu seinem Stellwerk allein zurück. Er freute sich schon darauf, bei Sonnenaufgang oben in der Kanzel zu stehen und wie ein Jäger auf dem Hochsitz über sein Revier zu blicken.

Da schreckte er zusammen. Ein klarer, pfeifender Ton ließ ihn die Hände auf die Ohren pressen. Ein Heißläufer! Vom Ostring kam ein Güterzug herunter, und an einem seiner Wagen mußte eines der vielen Gleitachsenlager heißgelaufen sein. Der Kesselwagen! Das hieß höchste Gefahr. Er sah das rotglühende Achslager, den dicken schwarzgelben Qualm des verbrennenden Öls. Brandgeruch. Schnell! Er hastete zum Stellwerk hinauf, griff sich den Fernsprecher.

»Betriebsgefahr, haltet den Zug vom Güterring zurück! Der achte Wagen vom Schluß ist ein Heißläufer. Es handelt sich um einen Kesselwagen!«

Eine Stunde später wurde er zum Betriebsinspektor ins Büro gerufen.

»Ogorzow, ich bin sehr zufrieden mit Ihnen, Sie sind stets pünktlich und zuverlässig und einer der besten Männer meiner Gefolgschaft. Ich möchte Sie im nächsten Jahr zum Lehrgang schicken. Sie würden später einmal einen guten Fahrdienstleiter abgeben.«

Vierter Teil

Die Fahndung nach dem S-Bahn-Mörder

Kapitel 17

Der 29. Dezember 1940 war ein Sonntag und ein Datum, das durch nichts in die Geschichte eingehen sollte.

Wieder hatte sich die Mordkommission unter Leitung von Kommissar Lüdtke an der S-Bahn eingefunden. Wieder am Morgen, wieder im Lichte von schnell installierten Scheinwerfern.

Um 6. 20 Uhr hatte eine Chemielaborantin die 46jährige verheiratete Postangestellte Gertrud Siewert aus der Biesdorfer Straße (Berlin-Köpenick) zwischen den Stationen Betriebsbahnhof Rummelsburg und Karlshorst leblos auf dem schmalen Weg am Bahndamm liegen sehen. Sie sollte wenig später im Krankenhaus ihren »schweren Schädelverletzungen und inneren Zerreißungen« erliegen.

»Ich hab ja immer 'ne Flasche Salzsäure mit«, sagte die junge Chemielaborantin. »Die kriegt er ins Gesicht, wenn er mich ... Aber daß ich nun eine Frau finde, die er ...«

»Soll der Arzt Ihnen ein Beruhigungsmittel geben?« fragte Baronna.

»Ja, bitte.«

Lüdtke erinnerte sich. »Dasselbe wie zwei Tage vor Weihnachten.«

»Ja.«

Am 22. Dezember 1940 hatte man die 30jährige Ehefrau Elisabeth Büngener zwischen Friedrichshagen und Rahnsdorf, genau am Schnittpunkt der Jagen 279/280, tot aufgefunden. Zwischen den Stromschienen. Schwere Schädelverletzungen und anderes. Zuerst hatte man, da ein Attest über »seelische Depressionen« bei ihr gefunden worden war, Selbstmord vermutet, dann aber 300 Meter vom Fundort entfernt – in Fahrtrichtung des Zuges – auch Handtasche, Einkaufsnetz und Zigaretten entdeckt.

Die Fälle 6 und 7 waren registriert, und Baronna hatte langsam Mühe, die Namen der Frauen wie die Zeiten und Orte der Taten richtig zu memorieren und auseinanderzuhalten.

»Wenn eine solche Serie erst einmal begonnen hat«, sagte Lüdtke düster.

»Ja.« Das war der einzige Kommentar, den Baronna noch für sinnvoll hielt. Der Morgen war heraufgedämmert, aber der

Schnee schmutzig-schwarz geblieben, angetaut und matschig. Keine Chance für sie, Spuren zu sichern. Neue Schneewolken türmten sich über Rummelsburg auf.

»Fahren wir zurück.«

Baronna hatte sich von der Fachschule der Reichsbahn das Modell eines S-Bahnwagens ausgeborgt, so groß vielleicht wie zwei hintereinander gestellte Schuhkartons.

Dieser Triebwagen der Baureihe 167 stand nun vor ihm auf dem Schreibtisch und sah ihn an wie ein gieriges Tier, das ihn verschlingen wollte. Die beiden Scheinwerfer als Augen, die Funkenhörner mit den Vorkontakten oben auf dem Dach als Fühler, die Scharfenbergkupplung als großes, schwarzes Maul, die blinkenden Räder als scharfe, tödliche Zähne.

Die S-Bahn als mordendes Tier. So schien sie ihm jetzt. Sie war der eigentliche Täter, und der Mensch, den sie suchten, war nur ihr Instrument.

Die S-Bahn verschlang die Menschen. Immer wieder. Nicht nur der S-Bahn-Mörder schlug zu, die Bahn selber tat es. Fast jeden Tag war im Dezember 1940 ein Todesfall gemeldet worden. Er hatte alles gesammelt, fein säuberlich herausgeschnitten aus den Zeitungen.

- Am 3. 12. war der 19jährige Wilhelm Klatt am S-Bahnhof Wilhelmsruh tot auf den Schienen aufgefunden worden.
- Am 4. 12. war die 31jährige Gerda May aus der Klopstockstraße auf dem S-Bahnhof Bellevue ausgeglitten und in der Dunkelheit auf die Schienen gestürzt.
- Am 5. 12. hatte man den Leichnam des 41jährigen Schneiders Willi Bake aus der Puttkamerstraße zwischen Lehrter Stadtbahnhof und Friedrichstraße entdeckt.
- Am 12. 12. war der 32jährige Karl Briese aus der Rüdersdorfer Straße 28 auf dem Bahnhof Friedrichstraße in der Dunkelheit auf die Gleise gestürzt und überfahren worden.
- Am 23. 12. hatte der 57 Jahre alte Gustav Bausdorf aus Biesdorf auf dem Bahnhof Ostkreuz auf einen anfahrenden Zug springen wollen und war unter die S-Bahn geraten. Tot. Beide Beine abgefahren.
- Am 27. 12. wurde ein 31jähriger Pole am Bahnhof Wilhelmsruh tot von den Gleisen geborgen.

Morde, Selbstmorde, Unfälle – das S-Bahn-Tier fraß die Menschen auf. Und Baronna mußte sich die gesammelten Zeitungsausschnitte immer wieder ansehen, um sich klarzumachen, daß der S-Bahn-Mörder nur ein spezieller Teil des Ganzen war. Tod auf der S-Bahn, das war so alltäglich geworden, daß die Morde in der Rummelsburger Gegend längst nicht das Echo und die Empörung auslösten, wie sie es eigentlich mußten und sollten. Aber klar: Wenn im Hintergrund eine Kreissäge lärmte, nahm man einen schrillen Schrei auch nicht recht wahr.

Sein Chef stand in der Tür. »Der Dr. Weimann hat mich zu einem Gläschen Wein eingeladen. Kommen Sie mit?«

»Gerne, Herr Kommissar.«

Lüdtke spielte mit einer der vielen Buddha-Figuren, die der Gerichtsmediziner in seiner Bibliothek aufgereiht hatte. »Wie ist das nun mit dem Rausschmeißen aus der S-Bahn?«

Dr. Weimann begann, laut zu denken. »Nachdem Raubmord ausscheidet, könnte es sich natürlich um eine originelle Methode von Mord aus Rache, Eifersucht, Überdruß oder ähnlichem handeln. Aber so originell ist ein Mensch velleicht einmal im Leben, doch nicht dreimal in drei Monaten.«

»Also ein Wahnsinniger?« fragte Baronna.

»Ein Schizophrener könnte es schon sein, auch einen Epileptiker im Dämmerzustand könnte ich mir vorstellen. Oder jemand, der eine schwere Gehirngrippe, einen schweren Gehirn- und Seelenschaden erlitten hat. Und doch glaube ich nicht an einen Geistesgestörten. So schwere Gewalttaten setzen ein derart fortgeschrittenes Stadium des Leidens voraus, daß der Kranke bestimmt schon seiner Umwelt aufgefallen wäre.«

Baronna hatte ständig Gretes Kommentare irgendwie im Ohr und fragte sich, ob der Medizinalrat nicht wußte – oder nicht wissen wollte, daß solche Kranken derzeit bevorzugt im KZ behandelt wurden.

»Und wie wäre es mit einem Sittlichkeitsverbrecher?« fragte Lüdtke.

»Ihre Frage ist berechtigt ...« Dr. Weimann kostete einen Schluck Eiswein. »Hinter vielen unverständlichen Handlungen verbirgt sich ja verirrte, gehemmte, krankhafte oder auch nur überschüssige Sexualität. Bestes Beispiel: der ungarische Kaufmann Sylvester Matuschka. Der hat 1931 in Ungarn,

Deutschland und Österreich drei D-Züge durch Sprengstoff zur Entgleisung gebracht und dadurch 26 Menschen getötet und 198 verletzt. Kriminalrat Gennat, der diesen Massenmord aufklärte, hat von vornherein auf sexuelle Abartigkeit als Motiv getippt und recht behalten.«

»Ist unser S-Bahn-Mörder, wie wir ihn mal nennen wollen, also ein Verbrecher dieses Typus?«

»Ja.«

Kommissar Lüdtke zog nun ein fotografisch vergrößertes Meßtischblatt aus seiner Aktentasche. Es zeigte die Gegend zwischen Rummelsburg, Lichtenberg, Friedrichsfelde und Karlshorst, reichte bis zur Wuhlheide hinunter und war übersät mit farbigen Symbolen, Zahlen, Pfeilen und kriminalistischen Anmerkungen.

»Nun sehen und staunen Sie«, sagte Lüdtke. »Zwounddreißig Tatorte, aber keine Morde, sondern alles Sachen von M II.«

M II war die Inspektion für Sittendelikte. Baronna faßte die Sache für Dr. Weimann zusammen: »Seit anderthalb Jahren hat man in besagtem Ressort zweiunddreißig Sittlichkeitsvergehen und -verbrechen in diesem Gebiet hier zu bearbeiten gehabt. Anfangs sind die Frauen nur angeleuchtet worden, mit einer Taschenlampe und vom Fahrrad aus, und es ist bei Belästigungen durch obszöne Aufforderungen geblieben. Aus den schmutzigen Redensarten sind aber dann allmählich Handgreiflichkeiten geworden, die sich zu Mißhandlungen und schließlich zu versuchter und zu vollendeter Notzucht gesteigert haben. In einigen Fällen hat der Täter die Opfer gewürgt, andere wurden mit einem Messer gestochen, die meisten haben jedoch schwere Schläge über den Kopf erhalten. Mit einem stumpfen Gegenstand übrigens. Am Ende schließlich steht der Mord an Gerda Ditter.«

Nun griff Lüdtke wieder ein: »Was mich dabei stutzig macht, ist die Tatsache, daß M II aus dem fraglichen Laubengelände keine Anzeigen mehr bekommen hat, seit die erste Frau aus dem S-Bahnzug geworfen worden ist.«

Dr. Weimann horchte auf. »Typisch! Ich habe viele Sittlichkeitsverbrecher kennengelernt und die Fieberkurven ihrer Taten zu rekonstruieren versucht. Fast alle haben mal klein angefangen; von schmutzigen Redensarten sind sie übergegangen zu Handgreiflichkeiten, dann zu Vergewaltigungen. Das deutet auch hier auf die Verbrechenskurve eines einzelnen.«

Auch Baronna war jetzt von der Ein-Täter-Theorie voll überzeugt, fand aber auch, daß Mediziner über die Seele eines Menschen kaum mehr zu wissen schienen als ein Laie und guter Zeitungsleser.

Für die Kriminalassistentin Grete Behrens gehörte es zum heiligen Ritual eines in Berlin geborenen und aufgewachsenen Menschen, einmal im Jahr in den Zoo zu gehen. Das war ebenso unabdingbarer Teil des Lebens wie das Ostereiersuchen, das Anschneiden der Geburtstagstorte, die Weihnachtsgans, der Silvesterkarpfen, die Dampferfahrt von Wannsee nach Potsdam, der Ausflug in den Spreewald und das Baden im Müggelsee oder sonstwo in der Mark. Das gab dem Alltag Glanz und Sinn und überhöhte ihn. Man inszenierte sich und diese Tage, sprach noch nach Jahrzehnten davon. Und solange das noch ging, fand sie, war die Welt noch irgendwie in Ordnung – trotz Hitler, Krieg und KZ.

»Ich würde erst dann Selbstmord begehen, wenn sie mir diese Rituale nehmen«, sagte sie.

Gerhard Baronna sah sie verständnislos an. Von Monat zu Monat schien sie ihm fremder zu werden. Da war eine Dekadenz, die er nicht mochte. Es war schon ein Unterschied, ob einer, wie er, aus dem Kohlenkeller kam oder, wie sie, aus einer Familie von Lehrern und Germanisten.

Immerhin war er ihr in den Zoo gefolgt, obwohl er dies, es war der erste Sonnabend im Jahre 1941, für blödsinnig hielt.

»In den Zoo geht man im Sommer.«

»Ich hab's das ganze letzte Jahr über nicht mehr geschafft.« Sie küßte ihn. »Und außerdem ist es jetzt so wunderbar leer überall.«

Es war im kleinen Raubtierhaus, und er versuchte, ihr unter die Röcke zu fassen.

»Komm, laß das!« Sie schlug ihm auf die Hand. Baronna war ein wenig verstimmt. Es war schon ärgerlich, was er jedesmal anstellen mußte, ehe sie ihn ranlassen wollte. Wenn das so weiterging, suchte er sich noch eine Kriegerwitwe, die es dringend brauchte. Grete wollte nur immer eins: Reden. Über sich, über ihn, über sie beide, über den Führer, über den Krieg, über Filme, Bücher und Musik.

Und sie liebte etwas über alles, was Baronna nicht mochte, die Negermusik.

»Im *Groschenkeller* in der Kantstraße – oder irgendwo da – haben Freunde von mir neulich aus dem Schild ›Swing tanzen verboten‹ ›Swing tanzen erbeten‹ gemacht, und der Heini vom HJ-Streifendienst hat richtig Schaum vorm Mund gehabt.« Und sie schwärmte von Django Reinhardt, Fiddlin' Joe, Hot Geyer, vor allem aber von Louis Armstrong und Bill Coleman.

»Ich mußte mich immer um den Kohlenmann meiner Mutter kümmern, wenn der besoffen war und die Zentner Briketts nicht nach oben schleppen wollte.«

Sie ließ nicht locker, ihn für ihre Welt zu interessieren. »Weißt du, daß Georg Kaisers *Rosamunde Floris* seit gestern auch auf der ›Schwarzen Liste‹ steht ...?«

»Ich kenne keine Rosamunde Floris.«

»Das Schicksal einer Frau, die ein Verbrechen auf sich nimmt, das sie nie begangen hat ...«

Er stöhnte auf. »Das sind die Fälle, die einen immer in den Wahnsinn treiben!«

»Es geht ihr um die Sühne. Der Verbrecher aus Schuldbewußtsein, das ist ja auch bei Freud ein wichtiges Thema. Sohn liebt Mutter und will deswegen den Vater beiseite schaffen – gleich Ödipuskomplex und unbewußtes, präexistentes Schuldgefühl. Darum – bei strengem Über-Ich – ein starkes Strafbedürfnis. Eine konkrete Straftat wird begangen, damit durch die sich anschließende Bestrafung die seelische Erleichterung eintreten kann. Das könnte ich mir in gewisser Weise auch bei unserm S-Bahn-Mörder denken.«

»Quatsch«, sagte Baronna. »Für den gilt einzig und allein, was hier über die Marder und die Hermeline steht.«

Er hielt sie am Ärmel fest, um mit ihr gemeinsam das zu lesen, was zur Belehrung der Besucher auf einer großen Tafel festgehalten war:

Beim Umherspähen bemerkt der Marder seine Beute, stürzt sich auf sie und erlegt sie mit einem Tötungsbiß in den Hinterkopf. Dies ist eine angeborene Instinkthandlung. Trifft der Marder weitere Beute, so muß er auch die erledigen – auch dann, wenn er keinen Hunger mehr verspürt. Die von lebenden Beutetieren ausgehenden Reize lösen beim Marder die in seiner Erbmasse angelegten Jagd- und Beutefanginstinkte auch bei völliger Sättigung aus, so daß alle wahrgenommenen Beutetiere von ihm getötet werden müssen.

Baronna lachte. »Tausch das Wort Marder gegen S-Bahn-Mörder aus, und du hast die Erklärung für alles.«

Grete fror. »Wir Frauen als Beutetiere der Männer.«

»Wenn die Natur es so will.«

Sie stieß ihn weg. »Geh, du bist eklig!«

»Und du einseitig.«

»Stimmt ...«

Sie dachte an die zahllosen Schlachten der Weltgeschichte und an die Konzentrationslager, wo vornehmlich Männer Männer töteten. Wie anomal war »ihr« S-Bahn-Mörder eigentlich? Nicht sonderlich, wie sie fand. Nur tötete er für sich allein und nicht im Namen von Königen, Kaisern, Göttern, Führern und Heilslehren aller Art.

Gerhard Baronna wollte wieder einlenken und fragte sie, was denn ihrer Meinung nach den S-Bahn-Mörder zu seinen Taten triebe. »Da wird ein Mann plötzlich von seinem Sexualtrieb übermannt, hat sich nicht mehr unter Kontrolle?«

»Nein, auf keinen Fall!« Sie dachte nach. »Eine Vergewaltigung ist fast immer geplant. Der Entschluß, sozusagen in der nächsten Stunde zuzuschlagen, reift langsam heran. Und natürlich kommt da auch eine sadistische Ader hinzu.«

»Kann er sich doch mit einer Frau zusammentun, die selber gerne ...?«

»Einer Masochistin? Nein, das nützt ihm nichts. Die Frau, die er sich aussucht, darf mit seiner sexuellen Handlung nicht einverstanden sein. Eine Vergewaltigung ist immer eine Mischung von Aggression und Sexualität. Vor allem aber dient sie zur Unterwerfung der Frau. Wir sollen eingeschüchtert werden.«

»Es sind doch immer nur einzelne Männer, die ...«, wandte er ein.

»Aber potentiell gilt das für alle. Jeder, der es tut, gibt den anderen zu verstehen, daß die überlegene Körperkraft des Mannes der alles entscheidende Faktor ist.«

»Unser S-Bahn-Mörder soll nicht gerade ein Riese sein.«

»Ja, aber seine Opfer sind alle noch kleiner und noch schmächtiger.«

»Ich denke immer, er haßt die Frauen und will sie erniedrigen«, sagte Baronna.

»Sicher. Er wird wenig Selbstbewußtsein haben, er wird enttäuscht sein darüber, daß er im Leben nicht sehr viel erreicht hat. Nimmt man Freud, würde ich sagen: Über-Ich-Defekte, Ich-Verarmung und im Es ein erhebliches Übergewicht der Destrudo.«

Baronna zuckte geradezu zusammen. »Wie bitte? Deutscher spricht deutsch!«

Während sie zum Löwenfreigehege gingen, versuchte sie, ihm den Meister zu verdeutlichen. »Das Über-Ich ist unser Gewissen, die moralische Instanz in uns. Da sind unsere Werte drin gespeichert. ›Du sollst nicht töten‹ beispielsweise.«

»Da scheint bei unserem S-Bahn-Mörder wenig zu sein.«

»Ja.« Sie war immer ein wenig gekränkt, wenn er sie unterbrach. »Das Es, das sind sozusagen unsere Triebe. Libido gleich Liebe, Destrudo gleich Zerstörung. Kurz gesagt jedenfalls. Wenn das eine nicht ausreicht, das andere zu binden, die libidinöse Energie die aggressive, dann kann es eben zu solchen Taten kommen: Mord und Vergewaltigung.«

»Und – wie bringt uns das bei der Fahndung weiter?«

»Überhaupt nicht, weil das nicht nur auf ihn zutrifft, sondern auch auf hunderttausend andere Männer.«

Baronna blieb stehen. »Auch auf mich?«

»Im Prinzip ja. Denn bei Freud im Instanzen-Modell spielt selbstverständlich auch die Realität eine entscheidende Rolle. Und die heißt bei uns im Deutschen Reich derzeit: SA, SS, Gestapo, Wehrmacht, Krieg, Verdunkelung. Es herrschen also Männerbünde, und die Umstände fördern seine Taten.«

»Und trotzdem tue ich es nicht!« warf Baronna ein.

»Du bist in keiner Weise krankhaft – und hast mich. Dein Ich ist offensichtlich stark genug, mit allem fertigzuwerden.«

»Danke.«

»Bitte.«

Grete Behrens genoß ihre intellektuelle Dominanz. »Ein genügend starkes Ich ist in der Lage, das Über-Ich, das Es und die Realität zu koordinieren.«

»Kannst du dir sonst noch etwas vorstellen … an ihm, was uns weiterbringen könnte?«

»Er wird bei seiner Frau sexuell nicht finden, was er sucht.«

Baronna sah Grete von der Seite an. »Auch damit dürfte er sich von hunderttausend anderen Männern wenig unterscheiden.«

»Gott stellt das ganze nicht zu sehr auf die Befriedigung des Geschlechtstriebes ab.« Sie erinnerte an den Serienmörder Peter Kürten, der in den 20er Jahren mindestens neun Menschen ermordet hatte. »Ich hab das mal in einem Fachartikel untersucht, daß man bei dem immer nur von einem überstarken Sexualtrieb ausgegangen ist. Sein ›erhöhtes Aktivierungsniveau‹, sein Hochgefühl hatte er aber nicht etwa bei sexuellen Handlungen, sondern immer dann, wenn er Macht über andere Menschen hatte und sie quälen konnte. Erektion und Ejakulation stellten sich bei ihm nicht ein, wenn er sich den Geschlechtsverkehr mit einer Frau vorstellte, sondern wenn er ihr in Gedanken den Bauch aufschlitzte. Gewalt und Rache waren seine primären Triebkräfte, nicht die sexuelle Befriedigung.«

Baronna widersprach ihr: »Aber unser Täter hat doch ganz offenbar als Sittlichkeitsverbrecher begonnen; siehe die über dreißig Delikte in den Laubenkolonien.«

»Mag ja sein, aber inzwischen scheint sich das bei ihm ganz erheblich von der sexuellen zur aggressiven Komponente verschoben zu haben; vorhanden war beides ganz sicher von Anfang an. Bei Kürten hat das sadistische Verhalten seines Vaters eine entscheidende Rolle gespielt. Er ist andauernd geschlagen und in dunkle Keller eingesperrt worden, und einmal hat der Vater gedroht, ihm den Hals mit dem Brotmesser abzuschneiden.«

»Fahnden wir also nach Vätern, die ihren Kindern den Hals abschneiden wollen«, kommentierte Baronna das in seiner Art, die Grete zunehmend als zynisch empfand.

Arthur Nebe selber rief alle beteiligten Beamten zu einer Dienstbesprechung im Reichskriminalpolizeiamt zusammen. Die wie immer fast militärisch knapp präzisierte Aussprache erfaßte alle Verbrechen und Überfälle im Quadrat Rummelsburg, Lichtenberg, Friedrichsfelde und Karlshorst sowie an der gesamten S-Bahnstrecke nach Erkner. Man prüfte noch einmal die vorliegenden Berichte, stellte Vergleiche an und erwog jede Maßnahme, die sowohl weitere Verbrechen verhindern als auch zur Ergreifung des Täters führen konnte. Es erging die abschließende Weisung, daß vor allem Vorbeugungsmaßnahmen ergriffen werden sollten und daß Kommissar Lüdtke alle weiteren Ermittlungen zentral leiten, während Kriminalrat Dr. Wehner für alle Fahndungsmaßnahmen zur Verfügung stehen sollte.

Nebe richtete das Wort an Lüdtke: »Was schlagen Sie also des weiteren vor?«

»Daß wir uns weiterhin an das Bleikabel und die Uniform halten. Das heißt: allgemeine Personalüberprüfung der auf der Bahnstrecke und auf den Bahnhöfen eingesetzten Beamten und Arbeiter, vor allem aber der Gefolgsleute des Betriebswerkes Rummelsburg.«

»Bitte, meine Herren!« Nebe schlug mit der flachen Hand auf den Tisch. »Nicht die kleinste Lücke darf offenbleiben! Und in jedem Zug sitzt einer unserer Assistenten.« Er stutzte einen Augenblick. »Warum haben Sie das nicht schon längst mit aller Kraft in Angriff genommen!?«

»Sein Sohn liegt im Lazarett«, murmelte Zach. »Drei Operationen, vielleicht muß der Oberschenkel amputiert werden.«

»Das ist es nicht«, widersprach ihm Lüdtke. »Bei dem heutigen Beamtenmangel, die jungen Leute sind ja alle in der Wehrmacht, wie soll ich denn da in jedem Abteil der zweiten Klasse einen von uns mitfahren lassen!?«

Baronna kam seinem direkten Vorgesetzten zur Hilfe: »Und wenn, dann würde das zwar die Sicherheit erhöhen, aber verhindern, daß wir den Täter fassen. Das verscheucht ihn nur und treibt ihn in die dritte Klasse oder sonstwohin.«

Arthur Nebe musterte Baronna mit einem Blick, als hätte er ihn in diesem Augenblick überhaupt erst wahrgenommen. »Nun, ja … Und, Herr Kriminalsekretär, was folgern wir daraus?«

»Wir sollten unsere Beamten nur auf den Bahnhöfen postieren. Unauffällig natürlich. Von Ostkreuz bis Erkner sind dafür nur elf Männer nötig.«

»Nein.« Lüdtke widersprach ihm. »In der Dunkelheit auf den Bahnhöfen kann ein Beamter höchstens zwei Wagen im Auge behalten. Macht – bei acht Wagen pro Zug – schon über vierzig Leute, plus der Beamten, die wir an den Bahnsteigsperren aufstellen müssen.«

»Sechzig Beamte …?« Nebe überlegte. »Gut, ab morgen stehen Ihnen die Beamten zur Verfügung.«

»Da wäre noch etwas ...« Lüdtke zögerte einen Augenblick. »Wenn schon, denn schon. Ich empfehle weiterhin, daß einige jüngere Beamte, die sich nach Aussehen und Größe eignen, als Frauen abends und frühmorgens in den Zweiteklasseabteilen sitzen. Natürlich in denen, die leer sind ...«

Baronna dachte an Grete. »Warum denn nicht Frauen selber?«

Nebe entschied die Sache schnell. »Probieren wir beides.«

Kommissar Lüdtke saß nun beinahe Tag und Nacht über den Akten mit den Überfällen im Laubengelände seit 1938. Dazu ließ er sich wiederholt die Beamten kommen, die sich seinerzeit damit beschäftigt hatten, und unterhielt sich mit den Opfern. Da, wo etwas ergiebig zu werden versprach, fuhr er zu den Frauen selbst und ließ sich die Tatorte zeigen. So viele kleinkarierte Bögen er aber auch mit seinen Zahlen und Notizen füllte, wissenschaftlich einwandfrei, im Endeffekt wußte er auch nicht mehr als vorher, nämlich nur dies, daß der Täter mit hoher Wahrscheinlichkeit im Betriebswerk Rummelsburg steckte. Aber niemand hatte ihn genau genug erkannt, und weder die Frauen noch die Männer, die ihn bei einer seiner Taten verprügelt hatten, vermochten eine hinreichende Täterbeschreibung zu geben. Und auch die per Presseaufruf erbetenen Hinweise der Bevölkerung, in der Mehrzahl anonym, brachten ihnen nichts, abgesehen vom Gefühl, von der Sympathie der Menschen getragen zu werden. Wäschekörbeweise gingen Briefe ein, aber nur selten fand Lüdtke etwas Bedenkenswertes. Ein Studienrat i. R. aus Magdeburg fragte sich und die Polizei, ob man nicht von einer geraubten Uniform ausgehen müßte (»... denken Sie nur an den *Hauptmann von Köpenick*). Lüdtke rief Baronna an. Was er wohl davon hielte?

»Das wäre schon eine fast geniale Irreführung, aber ich traue sie dem Kerl nicht zu: Der ist mir zu einfältig dazu.«

»Auch meine Meinung«, sagte Lüdtke. »Aber ich würde nicht sagen ›einfältig‹, sondern einer, der nicht anders kann. Denn soviel Intelligenz, um zu merken, daß er uns damit über kurz oder lang in die Falle gehen wird, muß doch nun jeder haben, der irgendwo bei der Bahn den Dienst versieht, jeder, der nach einem längeren Gespräch oder sogar einer Prüfung eingestellt worden ist. Immer in der Eisenbahneruniform, immer im selben Gebiet, das muß doch schiefgehen.«

Kriminalsekretär Gerhard Baronna arbeitete zumindest mit derselben Verbissenheit wie sein Vorgesetzter. Die Personalausweise von fünftausend Reichsbahnangehörigen aus achtundzwanzig Dienststellen waren durchzugehen. Tag für Tag betrachtete er mit rot gewordenen und brennenden Augen die kleinen grauen Lichtbilder, die oftmals auch noch vom Dienstsiegel verschmiert worden waren. Dazu kam, daß die Bendorf und die Kargoll nur sehr vage von einem »länglichen Gesicht« gesprochen hatten, auch davon, daß es »faltig« gewesen sei. Das wirklich hervorstechende Merkmal des Täters, seine auffallend schiefgewachsene Nase, hatte keine von beiden erkannt. Mit einigen der Fotos ging Baronna in die Laubenkolonien, doch auch hier war die Reaktion der angesprochenen Frauen immer dieselbe: »Tut mir leid, nein ...«

Das Bw Rummelsburg und seine nähere Umgebung nahmen sich dann Lüdtke und Baronna gemeinsam vor. Sie sprachen mit jedem Eisenbahner, den sie auf dem großen Areal im Dienst antrafen. Alle wußten schon, worum es ging, doch es gab immer nur die gleichen Antworten.

Tut mir leid, mir ist nichts aufgefallen. Von uns ist das keiner, da müssen Sie sich irren. Ich seh und höre nichts, ich hab mit mir und meiner Arbeit genug zu tun.

Baronna fand es zwar schön, daß die Männer hier keine Denunzianten sein wollten, und auch Kameradschaft war ja ein hoher Wert, aber ...

»Bleibt nur eins«, sagte Lüdtke. »Wir müssen einen unserer Männer als Arbeiter hier einschleusen und ihn verdeckt ermitteln lassen.«

Baronna nickte. »Vielleicht hat unser Tun aber auf den S-Bahn-Mörder so abschreckend gewirkt, daß er nun nicht mehr in Erscheinung tritt.«

Diese Hoffnung sollte allerdings trügen, denn trotz aller Maßnahmen, vor allem der Überwachung der Bahnhöfe und der Aktivitäten im Bw Rummelsburg, mußte die Mordkommission Lüdtke/Zach schon in den nächsten Tagen abermals ausrücken. Der Polizeibericht hielt die achte Bluttat im Bereich des Bw Rummelsburg in dürren Worten fest:

Mord Ebauer – 5 P Js / 63/41
Am 5. 1. 41 gegen 6.20 Uhr wurde zwischen den Stromschienen Nähe der Station Wuhlheide die 28-jährige Ehefrau Hedwig Ebauer aus Berlin-Köpenick, Semliner Straße 62, schwerverletzt aufgefunden. Sie starb noch am selben Tage in einem Krankenhaus, ohne das Bewußtsein wiedererlangt zu haben. Die Ebauer war gewürgt worden; die sonst an ihr festgestellten Verletzungen sind durch den Aufprall des Körpers auf die Gleisschotterung entstanden. Die Ebauer war im 6. Monat schwanger. Eine Fahrkarte ist bei der Toten nicht gefunden worden.

Im *12 Uhr-Blatt* war am Dienstag, dem 7. Januar 1941, folgender Aufruf zu lesen:

ÜBERFÄLLE IN S-BAHN-ZÜGEN
Wer kennt den Täter?

Seit einiger Zeit treibt auf der Stadtbahnstrecke zwischen Betriebsbahnhof Rummelsburg und Erkner ein Mann sein Unwesen, der verschiedentlich versucht hat, Frauen, die die S-Bahn-Züge auf dieser Strecke benutzten, zu überfallen und aus dem Zuge zu stossen. Wiederholt hat er Frauen unter Anwendung grober Gewalt misshandelt. In der Hauptsache waren Frauen gefährdet, die als Einzelperson in der zweiten Wagenklasse sassen. Der Täter hat den Opfern bis jetzt nichts entwendet. Er wird wie folgt beschrieben: 1,60 bis 1,65 Meter gross, mittelstarke Figur, hängende Schultern, nach vorn geneigter Kopf, nachlässiglatschender Gang. Er war mit einem dunklen Mantel – vielleicht Rangiermantel, wie er bei der Eisenbahn benutzt wird – und Eisenbahnermütze, die er stark nach hinten übergezogen trug, bekleidet. Es ist mit der Möglichkeit zu rechnen, dass bisher nicht alle derartigen Fälle der Kriminalpolizei zur Kenntnis gekommen sind. Alle Volksgenossen, die irgendwie zweckdienliche Beobachtungen bereits gemacht haben bzw. auf der genannten Fahrstrecke noch machen, oder die einen Mann, wie oben beschrieben, kennen, werden gebeten, sich sofort mit der Kriminalpolizei Berlin, Alexanderplatz, Dircksenstraße 13/14, Zimmer 902, oder mit jeder anderen polizeilichen Dienststelle in Verbindung zu setzen.

Kapitel 18

Der Kriminalassistent Günther Otto war der absolut richtige Mann, um im Bw Rummelsburg als verdeckter Ermittler eingesetzt zu werden. Er war 1910 in einem kleinen Dorf in der Ost-Prignitz geboren worden und noch während des Ersten Weltkrieges mit seinen Eltern nach Berlin gekommen. Die Gemeindeschule hatte er mit Erfolg hinter sich gebracht, auch die Lehre als Elektriker, dann aber als Strippenzieher keine Arbeit mehr gefunden. Was in den Zeiten der Massenarbeitslosigkeit und der Weltwirtschaftskrise wahrlich nicht an ihm gelegen hatte. Trotz aller Versuchungen, und die gab es mit den vielen kriminellen »Spar- und Ringvereinen« überreichlich, hatte er sich nie auch nur das Geringste zuschulden kommen lassen, sondern sein tägliches Brot immer ehrlich verdient. Mit eigener Hände Arbeit und manchmal überaus mühsam. Als Hucker auf dem Bau, als Rottenarbeiter bei der Bahn, als Kohlenträger in Neukölln, als Straßenbauarbeiter am stinkend heißen Teerkocher hinten. Dabei war er regelrecht eingegangen wie ein Primeltopp, und seine Freunde hatten ihn in dieser Zeit immer nur Mücke genannt. Bis er dann beim Tanzen draußen in Rangsdorf auf Lotte Lenz gestoßen war, die Flotte Lotte. Die liebte elastische Männer, hatte ihn aber dennoch ganz schön aufgepäppelt. Ihr Vater war seit Ewigkeiten Wachtmeister bei der Berliner Schutzpolizei, und er hatte es geschafft, auch seinen Schwiegersohn zu einem echten Schupo zu machen. Otto war vom ersten Tage an mit Herz und Seele dabei, und da er seinen Dienst nicht nur vorbildlich und mit Eifer versah und überall als ein Pfiffikus galt, recht bald auch Pg. geworden war, hatte seinem Aufstieg in die Kripo nichts im Wege gestanden.

Lüdtke hatte dafür gesorgt, daß er im Bw Rummelsburg ganz formal als Elektrikergehilfe eingestellt worden war. Nur der Leiter wußte von seinem Fahndungsauftrag, kein anderer sonst. Da immer und überall etwas entzweigegangen war, kam Günther Otto viel im Werk herum, und da er ohnehin sehr umtriebig war und sich gerne reden hörte, hatte er bald eine Vielzahl von Kontakten geknüpft. Auch fand er dadurch viele Freunde, daß er immer in der Lage war, knapp gewordene Sachen zu organisieren und anderen stets etwas »ablassen« konnte.

»Du, Jünne, hallo!?«Der Kollege vom Stellwerk Rgb sah oben aus dem Fenster.

»Wat is 'n?« Günther Otto blieb stehen und sah hinauf.

»Hast ma 'n Stücke Bleikabel üba?«

Otto nutzte jede Chance, um zum Thema zu kommen. »Wieso: willste ooch 'ne Frau erschlagen?«

»Komiker, du, ne, ick will für meinen Sohn 'ne S-Bahn bauen und die Räder selber aus Blei jießen, vastehste?«

Otto nickte. »Bring ick dir nachher ma wat vorbei.«

»Mein Dank wirta ewich nachschleichen.«

Als Otto ein Stückchen weitergegangen war und ihn niemand beobachten konnte, nahm er seinen Monteurkasten von der Schulter und holte aus einer Art Geheimfach einen kleinen Block hervor. Dort notierte er alle Kollegen, die sich irgendwie verdächtigt gemacht hatten. Wobei er – je nach Gewicht des auffälligen Verhaltens – jedesmal Punkte verteilte. Das ging dann beispielsweise so:

– *Starkes Triebleben, hat dauernd andere Frauen*	*10*
– *Schlägt und mißhandelt Frauen*	*10*
– *Zeigt anomales Verhalten (Anzeichen von Geisteskrankheit)*	*8*
– *Macht schlüpfrige Bemerkungen, erzählt unanständige Witze*	*7*
– *Kommt und fährt immer allein mit der S-Bahn*	*6*
– *Arbeitet allein im Bw*	*5*
– *Hat sich unerlaubt vom Arbeitsplatz entfernt*	*5*
– *Ist von anderen verdächtigt worden*	*5*
– *Interessiert sich für Bleikabel u. ä.*	*3*
– *Erweckt bei mir instinktiv einen Verdacht*	*1*

Mochten die anderen ihn auch als Buchhalterseele belächeln, Baronna beispielsweise, er war von der Wissenschaftlichkeit seines Tuns vollauf überzeugt. Der Kollege vom Stellwerk hatte soeben 3 + 1 Punkt bekommen.

Der Nächste, den er traf, war Funkturm, der baumlange Gehilfe des Streckenmeisters. Der schied wegen seiner ungewöhnlichen Körpergröße von vornherein als potentieller S-Bahn-Mörder aus, stand also nicht in Ottos geheimer Kladde.

»Na, du Uk-Gestellter!« begrüßte ihn der Lange. Wer in der

Heimat als unabkömmlich galt, also vom Kriegsdienst freigestellt war, erregte immer ein wenig den Argwohn der anderen.

Otto grinste. Auch daran hatten Zach und Lüdtke gedacht, als die Wahl auf ihn gefallen war. Er zog den rechten Ärmel seiner schwarzen Uniform hoch. Die Narbe eines Streifschusses war noch deutlich zu erkennen. »Polenfeldzug. Gleich am ersten Tag. Erst Lazarett, dann Richtung Heimat.«

»Nischt für ungut ...« Funkturm war vollauf überzeugt. »Ich brauche zwei Pfähle.«

»Willste Wäsche uffhängen?«

»Quatsch!«

»Oda Indianer spielen? Vorsicht, is nich mehr.«

Funkturm ging nun ein wenig auf Distanz.

»Du als Parteigenosse mußt det ja wissen.«

»Irjetwat braucht der Mensch ja, woranna sich festhalten kann.«

»Dazu brauch ick die Pfähle nich. Aba bei meine Schwiegamutta in Schmöckwitz, da kriegen se Strom und sie braucht zwee Pfähle – vonne Straße bis an 't Haus.«

Otto dachte nach. »Zwei Telegraphenmasten, müßte ick ma sehen. Vielleicht könn wa det tauschen jegen 'ne vanünftige Rejentonne, so 'n echtet altet Benzinfaß ...? Sowat haste doch.«

»Selbstredend.« Die beiden plauderten noch eine Weile über ihre Lauben. Otto hatte seine in Britz und Funkturm eine in Kaulsdorf an der Verbindungsbahn.

Der Kriminalassistent nutzte die Chance für einen Vorstoß, den er schon lange vorgehabt hatte. »Spielste eigentlich Skat?«

»Ja.«

»Na, ick ooch. Kennste nich noch 'n dritten Mann ...?«

»Doch nich im Dienst hier.«

»Nee, zu Hause.«

Der Lange dachte nach. »So uff Anhieb nich. Aba ick werd ma drüber nachdenken.«

»Ja, mach det.« Die beiden verabschiedeten sich, und Otto machte sich daran, die Lampe über der Tür zur Geräteverwaltung komplett auszuwechseln. Solange Verdunkelung angeordnet war, brannte sie zwar ohnehin nicht, aber Ordnung mußte sein.

Die Gleisharfen des Bahnbetriebswerks faszinierten Otto immer wieder. Inzwischen wußte er schon, daß es Ein- und Ausfahrgleise, Zufahr-, Umfahr-, Behandlungs-, Aufstell-, Warte- und Ladegleise gab. Dazu noch Kohlenwagen-, Kessel- und Tankwagen- sowie Schlackenwagengleise, also Gleise zur Zu- und Abfuhr von Stoffen.

Als er die Reparatur der schadhaften Lampe beendet hatte, machte er sich auf den Weg zu den Gleisen, an denen die Loks behandelt wurden. Das war ja sein großer Kindheitstraum gewesen, Lokführer zu werden.

Die ankommenden Lokomotiven fuhren zuerst zur Bekohlung. Ein Gleisdrehkran füllte die leeren Tender. Gleichzeitig erfolgte die Überprüfung der Betriebssicherheit. Dann wurde die Lösche gezogen und die Lok entschlackt. Das war eine furchtbar staubige Sache, und Otto war heilfroh, daß er das nicht tun mußte. Vor dem Vorrücken auf die Drehscheibe war noch Sand zu fassen. Dann ging es ab in den Schuppen oder gleich zum nächsten Einsatz auf ein Aufstellgleis.

Otto verfolgte alles mit großen Augen. So ließ es sich aushalten im Dienst. Jemand rief ihm zu, daß es hinten im Wasserturm einen Kurzschluß zu beheben galt. Er setzte sich in Bewegung.

Wieder traf er auf Dutzende von Männern, sah in Gesichter, in denen nichts zu lesen war. Eigentlich war es Unfug, hier herumzuschnüffeln. Aber egal, er wurde ja bezahlt dafür. Das einzige, was seiner Ansicht nach noch helfen konnte, war der Zufall. Auf den mußte man setzen. Daß der Täter eine Quittung verlor und der Ladenbesitzer sich dann an ihn erinnern konnte. Daß er Fingerabdrücke hinterließ, im Suff mit seinen Taten prahlte, seine Frau Verdacht schöpfte, weil er so verändert war, seine Nachbarin ihn sah, wie er sein Bleikabel versteckte. Alles das war doch möglich und darauf mußte man hoffen.

Er kam an den Gleisen vorbei, an denen sie die Personenwagen wuschen, und blieb vor einem Eisenbahner stehen, der von Statur und Alter her der Täter sein konnte.

»Schön machste det! Kannste nich ma nach Hause kommen zu mir?« Der Angesprochene klatschte seinen nassen Lappen mit Hilfe eines langen Schrubbers von neuem gegen die Fenster. »Wat zahlsten?«

»Een Bier.«

»Da müßt ick ja bescheuert sein!«

Otto murmelte noch: »Ja, ja: Selig sind die Bescheuerten, denn sie brauchen keinen Lappen mehr.«

Wieder ein Versuch gescheitert, neue Freunde zu finden. Es war eine Zeit, in der die Menschen beim Knüpfen von Kontakten sehr vorsichtig waren. Ein Witz am falschen Ort, und man kam in die Bredouille. Schon möglich, daß sie ihn für einen Spitzel hielten, soviel, wie er fragte.

Er versuchte es mit einem anderen Trick. Sicherlich machte er sich weniger verdächtig, wenn er nicht auf die Leute zuging, sondern wartete, bis einer kam, ihn anzusprechen. Also setzte er sich in einer der Lagerhallen auf einen Stapel alter Schwellen, holte seine Thermoskanne und seine Stullenbüchse raus und begann zu essen. Um die Kollegen anzulocken, holte er eines seiner Sammelalben heraus – alles Zigaretten-Bildchen – und begann darin zu blättern.

Deutsche Heimat
Eine Sammlung von Bildern, die von deutscher
Geschichte und wirtschaftlicher Stärke des
deutschen Volkes Zeugnis ablegen sollen
Den Liebhabern unserer Fabrikate
gewidmet von der
Cigaretten-Fabrik
Garbaty
Berlin-Pankow

Diese Alben waren sein ganzer Stolz. Da gab es im Band von 1928 Deutsche Landschaften, Deutschlands frühere Kolonien, Deutsche Trachten, Deutsche Märchen, Deutsche Handelsschiffahrt, Deutsche Verkehrsmittel, Deutsche Getreidearten, Deutsches Reichsbundmilitär, Deutsche Klassiker, Deutsche Baukunst, Deutsche Burgen, Deutsche Landwirtschaft, Deutsche Industrie, Deutsche jagdbare Tiere, Deutsche Musiker, Deutsche Bäume, Deutsche Kriegsschiffahrt, Deutsche Ströme, Deutsche Maler, Deutsche Bauernhäuser, Deutsche Nationaldenkmäler, Deutsche Volkslieder, Deutsche Volkstrachten und – als 24. Abteilung – Deutsche Städte in Norddeutschland.

Sooft deutsch, daß ihm richtig schwindlig wurde, wenn er es las.

Viele gingen vorbei, kümmerten sich um nichts als sich selber. Endlich biß einer an. Ein Rangierer.

»Sammelste ooch?«

»Selbstredend. Und wie.«

Otto blätterte sein Album durch. »Wat fehlten dir noch?«
»Na, hier, gleich det zweete bei Deutsche Landschaften.«
Da war nur das leere Kästchen mit der Inhaltsangabe:

2. Märkischer See. Mark ist ein altes deutsches Wort für Grenz-Scheide, später wurde es Begriff für Grenz-Provinz.

»Det hab ick allet ooch nur eenmal«, gab ihm der Rangierer Bescheid. »Aba ick kenne eenen hier, der sammelt ooch. Eena von die Hilfsweichensteller, der Paule, Paul Ogorzow. Ick weeß nich, wo 'a jetz is, mußte ma inne Kantine fragen.«

Otto vergaß es erst einmal zwei Tage lang, dann sprach er die Kellnerin auf den Bildersammler Paul Ogorzow an.

»Hamse Glück, da sitzta jrade.«

Otto aß auf und ging dann zu Ogorzow hinüber. Der saß mit zwei anderen zusammen und drosch einen zünftigen Skat.

»Achtzehn.«

»Ja.«

»Zwanzig.«

»Ja.«

»Zwei ...«

»Nee.«

»Pikus, der Waldspecht.«

Otto wollte nicht stören und setzte sich neben Ogorzow, um abzuwarten, bis sie ihr Spiel zu Ende gebracht hatten.

»Contra!« rief Ogorzow, der in der Vorhand saß, und Otto merkte schnell, daß er ein ausgezeichneter Skatspieler war.

Wie immer unterzog Otto alle drei Kollegen einer kurzen Kontrolle. Und war wiederum enttäuscht, denn nach den vorliegenden Beschreibungen konnte keiner der drei der Täter sein. Der, der den Skat vom Tisch genommen hatte, schied vom Alter her aus, war sicherlich schon mehrfacher Opa. Der in der Hinterhand war lang und dürr und hörte nicht umsonst auf den Spitznamen Spinne. Und Ogorzow selber hatte eine so auffallend schiefe Nase, daß eine der vielen überfallenen Frauen das trotz aller Verdunkelung mit hundertprozentiger Sicherheit bemerkt haben mußte. Auch seine leichten Basedowaugen.

Der Opa verlor sein Spiel, und Ogorzow, der zu recht Contra gegeben hatte, freute sich diebisch. Und als Spinne nun wieder an die Arbeit mußte, eingefrorene Weichen auftauen, wurde

Otto gefragt, ob er nicht an seiner Statt mitspielen wollte. Liebend gerne.

So kam er mit Paul Ogorzow ins Gespräch. Sie verabredeten sich für die nächsten Tage zum Bildertauschen.

Kapitel 19

Die Kriminalassistentin Grete Behrens hatte wenig Scheu, mit ihrem Anliegen direkt zu Lüdtke zu gehen. Sie wollte keine Karriere bei der Kripo machen und brauchte keine Angst zu haben, von den Vorgesetzten schlecht beurteilt zu werden. Etwa in der Richtung vorlaut, wenig frauliches Benehmen, denkt zuviel – oder wie immer das bei den Männern, vornehm umschrieben, auch heißen mochte.

»Ich fände es besser, wenn ich als Frau die überfallenen Frauen befrage.«

Lüdtke zog die Augenbrauen zusammen und steckte sich eine Juno an.

»Wieso?«

»Weil Sie auch ein Mann sind.«

»Seh ich so aus, als würde ich …?«

»Der S-Bahn-Mörder sieht auch nicht so aus, als würde er … Absolute Normalität, das ist ja die perfekte Tarnung dieser Täter.«

»Müßte also jede Frau vor jedem Mann Angst haben, daß er ihr Gewalt antun will?«

Grete Behrens nickte. »Ja.«

Lüdtke fuhr hoch. »Was Sie da sagen, stellt die Grundlage unserer Volksgemeinschaft in Frage!«

Ihr blieb nichts anderes, als schnell einzulenken. »Das will ich auf keinen Fall! Ich will lediglich sagen, daß ich mich als Frau viel besser in das Opfer einer Vergewaltigung hineinversetzen kann.«

»Wollen Sie uns Männern auch noch die Berufserfahrung absprechen?«

Grete Behrens merkte, daß es zwecklos war, mit Lüdtke über

dieses Thema zu reden. Er würde nie begreifen, wo da der Unterschied zu suchen war. Daß jeder Mann klammheimlich auf seiten des Vergewaltigers war, weil er aufgrund seiner Biologie nicht anders konnte, als an dessen Lust immer irgendwie auch teilzuhaben, und weil es sein Vorstellungsvermögen bei weitem überstieg, sich selber als Opfer einer solchen Tat zu sehen. Keine Frau konnte seinen schlaffen Penis nehmen und gewaltsam bei sich einführen. Und Lüdtke auf einen brutal an ihm ausgeführten Analverkehr hinzuweisen, wagte sie nicht.

»Ihre Berufserfahrung, die bewundere ich wirklich, aber ... manches ist nun mal von Frau zu Frau besser zu besprechen. Ich kann die Frauen auch mal in den Arm nehmen und trösten. Was Sie ja schlecht können.«

»Sicher, ja ...« Dieses Bild schien Lüdtke überzeugt zu haben. »Gut, aber ich hatte eigentlich gedacht, daß Sie sich jetzt auch abends in die S-Bahn setzen ...«

Grete Behrens zuckte zusammen. Ihr Einsatz als Lockvogel freute sie wenig. Aber ein Widerspruch in dieser Sache schien ihr zwecklos zu sein.

»Ja ... Aber kann ich nicht gleich beides miteinander verbinden, wenn ich ohnehin schon in der Gegend bin?«

»Gut«, sagte Lüdtke schließlich. »Da drüben auf dem Aktenbock liegt die Liste der überfallenen Frauen. Da, wo ein Häkchen hinter ist, da war ich selber schon. Übernehmen Sie den Rest.«

Grete Behrens aß ihre Sauren Eier mit ziemlich saurem Gesicht. Sicherlich, es war nicht die Zeit kulinarischer Genüsse, aber dennoch hätte ihre Mutter die Speisefolge schon ein wenig variieren können. Nicht immer nur Makkaroni mit Zucker und Zimt, Brühreis, Saure Eier, Brühnudeln, Blutwurst mit Sauerkraut, Kartoffelsuppe und – sonntags – Gulasch oder Falschen Hasen.

»Sei nicht so kiesätig!« sagte ihre Mutter. »Dein Vater würde sich nach solch einem Essen alle Finger lecken.«

Else Behrens hatte in Berlin-Neukölln in einer Reform-Schule gearbeitet, war aber mit fünfzehn anderen Studienassessoren der *Karl-Marx-Schule* schon im März 1933 aus dem Schuldienst entlassen worden. Seitdem arbeitete sie als Verkäuferin in einem Papierwarenladen, den ein befreundetes Ehepaar in der Nähe, in der Weichselstraße, betrieb.

Ihr Vater, promovierter Germanist und Deutschlehrer an der Neuköllner *Rütli-Schule*, dem man ebenfalls gekündigt hatte, zog derzeit mit einem Handwagen beziehungsweise Bauchladen über die Dörfer und verkaufte den Bäuerinnen Bänder, Knöpfe, Wolle und dergleichen. Wegen seiner extremen Kurzsichtigkeit hatten sie ihn noch nicht zum Militär geholt, und da er durch seine Mitarbeit im Winterhilfswerk (WHW) und bei der Nationalsozialistischen Volkswohlfahrt (NSV) positiv aufgefallen war, sich aber auch Freunde beim Nationalsozialistischen Lehrerbund (NSLB) für ihn eingesetzt hatten, war er dem KZ entgangen.

Grete Behrens stellte ihren Teller in die Spüle und ging in den Flur, um sich ihren dicken Wintermantel vom Haken zu nehmen. Ihre Mutter kam ihr zuvor, nahm den Hut von der Garderobe … und hätte ihn vor Schreck fast fallenlassen.

»Kind, der ist ja so schwer wie ’n Stahlhelm!«

»Da ist auch ’ne Stahlplatte drin«, erklärte sie ihr.

»Wie – ist das die neue Mode?«

»Nein, ich soll heute mit der S-Bahn fahren.«

Ihre Mutter sah den Zusammenhang noch immer nicht. »… ach, wenn Gepäck von oben runterkommt?«

Sie mußte unwillkürlich lachen und konnte nun nicht anders, als ihr den wahren Grund zu nennen: »Ich soll als Lockvogel fahren …«

»Wegen des S-Bahn-Mörders?«

»Ja.«

»Gott, Kind!« Ihre Mutter nahm sie in die Arme.

»Wird schon gutgehen, Mutti.«

»Ja, du hast ja deine Pistole.«

Nein, hatte sie nicht, denn die Chefin der weiblichen Kriminalpolizei kämpfte mit Eifer dagegen, daß ihre Einsatzkräfte Waffen bei sich führten. Das entspräche nicht dem Bild der deutschen Frau und gefährde sie zudem übermäßig.

»Es wird schon gutgehen. Unkraut vergeht nicht.« Sie war robust genug und hatte manchen Sieg im Speerwurf errungen, auch wenn es 1936 zur Teilnahme an den Olympischen Spielen nicht ganz gereicht hatte.

Es war früher Nachmittag, als Grete Behrens nach Rummelsburg fuhr. Zuerst mit der Straßenbahn, der 95, bis Braunauer

Straße, dann mit dem Vollring bis Ostkreuz und von dort in Richtung Erkner.

Je mehr sie sich den Tatorten näherte, um so mehr begann sie den S-Bahn-Mörder zu hassen. Abgesehen von den sechs Toten, über dreißig Frauen hatte er ein Trauma zugefügt, von dem sie sich nur schwer wieder erholten. Kam das unendliche Leid hinzu, das er den Angehörigen der Ermordeten zugefügt hatte. Die beiden Kinder der Ditter wuchsen ohne Mutter auf, und vier der ermordeten Frauen hatten Ehemänner hinterlassen. Es traf auch Mütter, Väter, Schwestern, Brüder, Cousinen und Cousins und Freundinnen. Grete Behrens sah sie alle auf den Friedhöfen. Schwarz gekleidet, die Blumen und die Kränze in der Hand, die Gesichter verweint.

Sie nahm es nicht als Rechenexempel, aber wenn man nur ein Dutzend Betroffene pro Opfer rechnete, dann hatte dieses Tier von Mann schon ein halbes Tausend Menschen ins Unglück gestürzt.

Grete Behrens erschrak. Und wieviel würden es bei Deutschlands Genius sein, wie viele Menschen würde ihr Führer auf dem Gewissen haben, wenn sein Reich versunken war, wie viele wurden jetzt schon in seinem Auftrage in den Lagern hingeschlachtet?

Der Mensch war ein Irrtum des Weltalls. Ein Irrtum deswegen, weil er denken konnte. Ein Irrtum, weil er seinesgleichen in Massen töten konnte.

Ostkreuz. Sie stand an der Bahnsteigkante. Der Zug kam von der Stadtbahn her. Der Impuls, sich auf die Gleise zu stürzen, schoß übermächtig in ihr auf.

Nein! Mit lautem Aufschrei sprang sie zum Zeitungskiosk zurück. Die Leute drehten sich um nach ihr. Sie tat so, als sei ihr die Tasche aus der Hand gefallen und bückte sich, um etwas aufzuheben, das es gar nicht gab.

Um ein Haar hätte man dem S-Bahn-Mörder ein weiteres Opfer ankreiden müssen. Als sie sich das klargemacht hatte, kehrte ihre alte Kraft zurück. Nein, so nicht! Wenn einer den anderen eliminierte, dann sie ihn und nicht er sie.

Der Zug hielt, und sie stieg ein. Zwar ging die Sonne schon unter, doch tagsüber ließ sich schwerlich nachvollziehen, was das S-Bahnfahren in der Nacht so schrecklich machte. Gerade in den Zweite-Klasse-Abteilen mit ihren eleganten Polstern war es so gemütlich wie im Salon ihrer Freundin Leonore, deren Vater Bankdirektor war. Friedlich saßen die Menschen da und lasen und träumten vor sich hin. Wenn sie die Augen schloß, dann konnte sie denken, daß tiefster Frieden herrschte und der Reichskanzler ein alter SPD-Mann war.

Rummelsburg, Betriebsbahnhof Rummelsburg. Grete Behrens stieg aus und erreichte durch den engen Tunnel den Bahnhofsvorplatz, der sehr einem Dorfanger glich. Lauben ringsum, Kleingärten, soweit das Auge reichte. Links die Zobtener Straße, rechts der Hönower Weg. Vor ihr die Kolonien Gutland I und II.

Erst nach dem Gespräch mit Kriminalkommissar Lüdtke war ihr klargeworden, daß es schon vor dem Mord an Gerda Ditter am 4. 10. 1940 im Laubengelände Rummelsburg-Friedrichsfelde-Karlshorst vier Mordversuche gegeben hatte. Das hatte man offensichtlich alles unter den Tisch gekehrt, um den Glanz des NS-Staates nicht zu trüben. Erst als sich der Täter die S-Bahn zum Schauplatz seiner Verbrechen gewählt hatte, war Alarm ausgelöst worden. Erst hatte eine der heiligen Kühe der Reichshauptstadt beschädigt werden müssen.

Sie hatte sich die vier Vorläufer-Fälle, wie sie sie nannte, stichwortartig aus den Protokollen abgeschrieben:

Mordversuch Budzinski – 73 P Js 931/39

Am 13. 8. 39, gegen 2.20 Uhr, wurde die 41jährige Ehefrau Lina Budzinski auf dem Wege vor ihrer Laube (Kolonie Friedrichsfelde) durch zwei Stiche in die linke Genickseite erheblich verletzt. Täter blendete die B. mit einer Taschenlampe, so daß sie nicht in der Lage war, eine Beschreibung abzugeben.

Mordversuch Jablinski – 29 P Js 756/39

Am 14. 12. 39, um 1 Uhr, wurde die 19jährige ledige Hertha Jablinski auf dem Wege von ihrer Laube durch mehrere Stiche in den Hals schwer verletzt. Die J. konnte den Täter wegen der Dunkelheit hinsichtlich der Größe und der Bekleidung nur mutmaßlich beschreiben.

Mordversuch Nieswandt – 4 Ps 1814/40

Am 27. 7. 40, um 1 Uhr, wurde die 25jährige Ehefrau Gertrud Nieswandt auf dem Wege vor der Laube ihrer Eltern zu Boden geschlagen. Als sie am Boden lag, versetzte ihr der Täter einen Stich in den Hals, 1 cm unter der Halsschlagader, und ei-

nen weiteren in den linken Oberschenkel. Auf Hilferufe und Schreie der N. flüchtete der Täter, von dem die N. keine brauchbare Personalbeschreibung abgeben konnte.

Mordversuch Schuhmacher – 4 P Js 2077/40

Am 21. 8. 40, um 23.15 Uhr, wurde die 40jährige Ehefrau Julie Schuhmacher auf dem Wege zu ihrer Laube am nördlichen Ausgang des Tunnels an der Zobtener Straße von einem Unbekannten mit einer Taschenlampe geblendet und mit einem schweren Gegenstand niedergeschlagen, so daß sie bewußtlos liegenblieb. Der Täter hat der Sch. auch einen Schlag gegen das Geschlechtsteil versetzt. Hier handelt es sich um einen schweren Fall von Notzucht. Der Täter hat der Sch. offenbar bei Geschlechtsakt die Geschlechtsteile verletzt, so daß sie längere Zeit an Blutungen litt.

Grete Behrens kochte vor Wut. Sie sah sie deutlich vor sich, die Geilheit des Kollegen, der das so geschrieben hatte. Und sie sah sich so sehr in die Rolle der Julie Schuhmacher versetzt, daß sie sich schwor, nicht eher Ruhe zu geben, bis der Mann, der das getan hatte, hingerichtet worden war.

Da erschrak sie über sich selbst. Denn es war ihr tief im Innern klar, daß man die Welt nicht besser machen konnte, wenn man dem Staat – und damit den Menschen – das Recht zubilligte, einen anderen zu töten. Niemand und keiner durfte es! Wenn einer einen getötet hatte, dann mußten die anderen ruhig bleiben. Ihn sicher zu verwahren, tat es auch. Aber ...

Grete Behrens hatte Mühe, sich wieder zu sammeln. Für sie war es einfach unfaßbar, daß man diesem mörderischen Treiben nicht schon längst ein Ende bereitet hatte. Das durfte es doch einfach nicht geben, daß in einem zivilisierten Land ein solcher Strolch über einen solch langen Zeitraum hinweg immer wieder zuschlagen konnte. War man denn demgegenüber völlig wehrlos? Offenbar ja. Und vielleicht war es in einem Volke wie dem deutschen geradezu natürlich, daß so etwas geschah? Waren sie nicht schon alle unendlich verroht respektive ließen alles klaglos über sich ergehen wie die Lämmer?

Grete Behrens fürchtete es. Sie ging die noch längere Liste der Frauen durch, die »nur« sexuell belästigt und ohne Mordversuch vergewaltigt worden waren. Sie reichte von Fall 1 (Bessel – 71 P Js 206/6) bis Fall 32 (Nagel – 3 P Js 184/40). Wo sollte sie anfangen? Sie entschied sich für den Namen, der ihr seiner

Länge und seines Klanges wegen besonders ins Auge fiel: Ulla Stabschläger.

Sie hatte sich die Parzellennummer aufgeschrieben, verlief sich aber alsbald im Labyrinth der vielen Wege und Karrees. Überdies brach die Dämmerung schon bald nach 15 Uhr herein. Kahl und kalt war alles, und die Krähen erhoben sich, um in Scharen zu gemeinsamen Plätzen zu fliegen. Vereinzelt aber stieg aus niedrigen Schornsteinen schwefelgelber Rauch in den schneeschweren Himmel und sorgte für etwas Anheimelndes in dieser Szenerie des Abgestorbenen. So empfand es Grete Behrens jedenfalls. Sie sehnte sich danach, irgendwo in einer dieser Hütten im Warmen zu sitzen, Kaffee zu trinken und wie eine kleine Katze wohlig zu schnurren.

Zugleich aber erschauderte sie. Da, wo sie jetzt stand und an Erfreuliches dachte, war eine der Frauen auf ihrer Liste überfallen und fast erstochen worden. Nichts erinnerte mehr an diese Tat, an diesen Schrecken. Keine Gedenktafel, keine Warnung, nichts. Die Spezies Mensch besaß zwar einzigartige Möglichkeiten, alle ihre Erfahrungen für die Nachwelt zu speichern, und dennoch verstand sie es wunderbar, alles Böse zu vergessen oder zu verdrängen. Das Leben ging weiter. Wegen dieser natürlichen Amnestie waren die Menschen auch unfähig, aus ihrer Geschichte zu lernen.

Sie wußte nicht mehr, wo sie war, und kindliche Ängste erfaßten sie. Daß jetzt die Hexe kam und sie in den Ofen steckte. Oder der böse Mann.

Grete Behrens blieb stehen, um sich zu sammeln. Sie wollte irgendwo klingeln, um nach der Gesuchten zu fragen, doch die ersten Lauben schienen unbewohnt zu sein, hatten keinen Klingelknopf. Bei den nächsten rührte sich nichts. Doch irgendwie hatte sie das Gefühl, daß man sie beobachtete.

Unsinn. Sie blieb abermals stehen. Sollte der Täter hier wohnen? Auf die Idee war noch keiner gekommen, obwohl es nahelag. Hier eine Laube haben und hinten im Bw den Arbeitsplatz. Warum hatte sich noch niemand darangemacht, die Namen der hier ansässigen Männer mit denen der im Bw Beschäftigten zu vergleichen?

Sie schreckte hoch. Jemand kam hinter einer immergrünen Hecke hervor. Sie griff ihre Handtasche, um sie als Schild einzusetzen, wenn der Schlag mit dem Bleikabel …

Es war nur eine Frau. Entwarnung. Beide lachten, denn auch die andere schien einen gehörigen Schreck bekommen zu haben.

»Kriminalassistentin Grete Behrens.«

»Ich bin die Frau Borowka, Emmi Borowka. Keine, die bisher …«

»Sie ahnen also, weswegen ich ich hier draußen bin?«

»Ja, natürlich. Wir sind ja hier seit über zwei Jahren … Es ist schrecklich alles!«

»Wir sind ganz nahe dran, jede Stunde können wir ihn haben.«

»Oder er uns.«

Grete Behrens wußte das. »Warum schließen Sie sich nicht zusammen und gehen immer nur zu zweit?«

»Wie denn? Keiner hat doch 'n Telefon. Und wenn wir zur Arbeit fahren, da hat doch jeder 'ne andere Zeit, wo er anfängt und wo nachher Schluß ist.«

Grete Behrens nickte. Die Männer im Krieg, die Frauen nehmen deren Arbeitsplätze ein. Trotzdem. Sie verstand diese Haltung nicht ganz, mich wird's schon nicht treffen. Dennoch fand sie diese Emmi überaus sympathisch. Und mehr noch.

»Ihr Mann ist auch Soldat?«

»Nein, bei der Bahn.«

Grete Behrens hatte Mühe, nicht zurückzufahren und Oh! zu rufen. Doch ihre Zusatzfrage kam blitzschnell und war voller heißer Hoffnung. »Da im Bw drüben?«

»Nein, bei der S-Bahn. Triebwagenführer.«

Große Enttäuschung bei Grete Behrens. Sie hätte es den Männern gerne gezeigt, wie man schnell zum Ziele kam, all diesen aufgeblasenen Kraftmeiern und Wichtigtuern, Baronna eingeschlossen. Schade, aber Triebwagenführer schieden aus. Sie waren ständig unter Kontrolle ihres Kollegen, und ihre Schichten verliefen ganz anders. »Ja, Triebwagenführer …«

Triebtäter, Triebwagenführer, Führer, befiehl … Es waren ungute Assoziationen, die sie da überfielen.

»Also, weswegen ich hier bin … Ich wollte noch einmal mit einigen der Opfer sprechen. Jede winzige Beobachtung kann uns jetzt helfen. Wir sind nämlich alle ziemlich verzweifelt, daß wir den Mann immer noch nicht …« Sie konnte nicht anders, als sich dieser Frau gegenüber offen zu geben. »Da wollte ich mal mit der Frau Stabschläger beginnen.«

»Ulla Stabschläger ...« Emmi Barowka kannte sie gut. »Gleich hier am Weg 5, die grüne Laube da.« Sie zeigte hinüber. »Aber die macht nicht auf, die sitzt nur den ganzen Tag da, hat Angst und weint.«

»Wenn Sie mitkommen?«

»Gut.«

Sie gingen vielleicht zwanzig Meter schweigend nebeneinander her, und Grete Behrens hatte das sichere Gefühl, daß sich mit dieser Begegnung ihr Leben irgendwie verändern würde. Es war ein ungewisses Ahnen, mehr der seismologische Instinkt eines Tieres, das ein fernes Beben registrierte.

»Hier ist es.« Emmi Barowka drückte auf den Klingelknopf, der locker an zwei Drähten am hölzernen Briefkasten hing.

Es verging gut eine halbe Minute, bis ein rotweiß gewürfelter Vorhang zur Seite gezogen wurde.

»Eine Freundin von mir!« rief Emmi Borowka.

Grete Behrens hörte es mit Freude und realisierte in keinster Weise, daß die andere das nur sagte, um das Mißtrauen der geschädigten Frau ein wenig abzubauen.

Es dauerte eine Weile, dann öffnete Ulla Stabschläger die Tür. Sie mochte keine dreißig Jahre alt sein, schlurfte aber in ihren Pantoffeln wie eine alte Bauersfrau in ihren Pantinen, trug auch einen schwarzen Umhang, der sie noch gebeugter scheinen ließ.

Grete Behrens stellte sich vor und sagte Emmi dann auf Wiedersehen. »Ich hoffe, daß wir uns wirklich wieder einmal sehen.«

Emmi hielt ihre Hand länger als es eigentlich üblich war. »Ich arbeite in Neukölln.«

»Und ich wohne in Neukölln.«

»Na, das ist ja ...« Jetzt war es aber Zeit, sich der anderen zuzuwenden.

»Können wir einen Augenblick miteinander reden?«

Ulla Stabschläger ging wortlos voran. Grete Behrens folgte ihr und kam in eine Wohnlaube, der man ansah, daß sie einmal mit sehr viel Liebe eingerichtet worden war. Jetzt wirkte sie mehr als verwahrlost.

»Seit das passiert ist ...« Ulla Stabschläger legte sich wieder auf ein niedriges Sofa und deckte sich zu. Ihr Plaid zeigte ein verwaschenes Schottenmuster. Auf dem Tisch stand eine halbleere Flasche mit Danziger Goldwasser.

»Nehmen sie sich einen.«

Grete Behrens holte sich ohne weitere Worte ein Glas aus dem Schrank. Es war ein Getränk, das sie mochte. Alkohol im Dienst war streng verboten, aber wenn sie es abgelehnt hätte, wäre es mit ihrem Gespräch schon aus gewesen, bevor es recht begonnen hatte.

»Prost! Dann erzählen Sie mal …«

»Was soll ich da groß erzählen … Ich war Angestellte bei der Bewag und bis dahin eine glückliche Frau. Mein Mann ist bei den Fliegern. Ich wollte ihn wirklich nicht betrügen, ich wollte nur mal wieder tanzen gehen. Da ist es dann ein bißchen später geworden. Und direkt hier bei mir am Gartentor, da hab ich dann dran glauben müssen.« Sie zeigte Grete Behrens ihre Wunde an der linken Schulter.

»Das sieht schlimm aus, ja …« Dicht an der Halsschlagader vorbei.

»Aber das ist ja meine Schuld, ich hätte ja zu Hause bleiben können, müssen. Erwin zuliebe.« Sie sank wieder nach hinten. »Die kleinen Sünden bestraft der liebe Gott sofort.«

»Unsinn!« rief Grete Behrens. »Hören Sie auf mit Ihren Selbstvorwürfen!«

»Er kommt wieder. Bestimmt. Und dann tötet er mich richtig.« Ulla Stabschläger preßte das Gesicht in ihr Kopfkissen und begann zu schluchzen.

Grete Behrens kniete sich neben das Sofa und streichelte ihren Rücken. »Nicht doch, Ulla. Das passiert nicht wieder.«

»Doch, was bin ich denn jetzt: ein Stück Dreck doch bloß.«

»Sie sind immer noch die, die Sie immer waren.«

»Nein. Erwin sieht mich nicht mehr an, und ich will Erwin nicht mehr haben, hier bei mir im Bett. Keinen Mann mehr. Früher war ich verrückt nach einem. Jetzt nicht mehr. Jetzt hasse ich sie. Jetzt hasse ich mich. Jede Nacht sehe ich es, wie er über mich kommt. Ich geh nicht mehr raus hier, ich lieg nur noch hier und trinke. Ich will keinen mehr sehen, ich … Das ist doch kein Leben mehr! Ich hänge mich auf!«

Als Grete Behrens um 23.40 Uhr auf dem Bahnhof Karlshorst auf den Zug in Richtung Ostkreuz wartete, stand ihr dieses Bild noch immer vor Augen. Ulla Stabschläger, einstmals eine blühende, eine lebenslustige Frau, war nur noch ein menschliches Wrack. Ihr Haß auf den S-Bahn-Mörder wuchs und wuchs, und sie schwor sich, ihn selber aus dem Zug zu stoßen und zum Krüppel zu machen, wenn sie ihn in dieser Nacht noch traf. Mit einem Tritt in die Geschlechtsteile, der ihn vorher noch kastrierte. Aber die Wahrscheinlichkeit, daß sie ihm begegnete, schien ihr gegen Null zu gehen. Seit 22 Uhr pendelte sie hin und her zwischen Rahnsdorf und Rummelsburg, denn um diese Zeit war ja Schichtwechsel im Bw und man mußte mit ihm rechnen. Der 13. Januar war ein Montag, und da er an seinem bevorzugten Tag, dem Sonntag, nicht aktiv geworden war, sprach einiges dafür, daß es nun bald wieder fällig sein würde. Der berühmte Triebstau, wie die Laien sagten.

Grete Behrens rückte sich ihren Hut zurecht, ihren ›Stahlhelm‹. Die Weisungen, die sie bekommen hatte, waren präzise:

– *Unauffällig auf den Bahnsteigen stehen und auf den Zug warten.*
– *Möglichst ein freies Abteil der zweiten Klasse aufsuchen.*
– *Die Abteile bevorzugen, wo schon ein Uniformierter sitzt oder zusteigt.*
– *Sitzt ein Uniformierter allein in einem Abteil, dann in seiner Nähe Platz nehmen und ruhig abwarten, bis der Mann zum Schlag ausholt.*

Einerseits hoffte sie, den Täter zur Strecke zu bringen, andererseits aber auch, daß ihr diese Nervenprobe erspart bleiben würde. Na, bis jetzt hatte sie nur wenige Eisenbahn- und Postbeamte gesehen, und die waren allesamt nur dritter Klasse gefahren. Sie war müde und freute sich schon auf ihren Feierabend, ihr warmes Kuschelbett. Gott sei Dank, dies war die letzte Fahrt. Sie erschrak.

Der Zug aus Richtung Erkner näherte sich mit hellem Rauschen. Die beiden abgedunkelten Lichter ließen eher an zwei Radler denken, die nebeneinander fuhren. Grete Behrens bewegte sich vom Abgang weg in Richtung Bahnhofsende, wo die Wagen der zweiten Klasse halten sollten. Hier war es noch finsterer als schon in der Mitte des Bahnsteigs.

Da passierte das, was sie die ganze Zeit über ebenso erhofft wie befürchtet hatte: Sie sah eine Eisenbahnermütze. Es war, als hätte sie sie mit ihren Gedanken herbeigezaubert. Aber nun, da sie da war, erschrak sie gehörig. Erst mit dem zweiten Blick erfaßte sie den Mann, der diese Mütze trug. Er war kaum größer als sie selber. Sein Gesicht war nicht richtig zu erkennen. Dazu war das Licht zu schlecht, dazu hatte er den Schirm zu tief ins Gesicht gezogen.

Sie durfte jetzt nicht zögern. Jedes Zögern hätte ihn stutzig machen und warnen können.

Das ist er! Sie wußte es ganz einfach. Die Beine schienen ihr wegzuknicken, als sie weiterging. Sie hatte das Gefühl, nackt über einen Laufsteg zu gehen und von lauter lüsternen Männern angestarrt zu werden. Sie schämte sich, sie hätte rennen mögen. Und mußte doch ganz ruhig und gelassen wirken. Es war eine gigantische Anstrengung, die eigene Natur derart niederzuhalten. Doch sie schaffte es.

Aber sie hatte sich irgendwie verkalkuliert. Der Zug war zwar schon eingelaufen, aber noch immer nicht zum Halten gekommen, als sie die Stelle erreicht hatte, wo sich die Wagen der zweiten Klasse befinden mußten.

Sie blieb stehen und tat so, als sei ihre Handtasche plötzlich aufgesprungen. Das brachte Zeit. Erst sah sie hinein, dann fummelte sie leise schimpfend am scheinbar defekten Schloß herum.

Da war der Mann mit der Reichsbahnermütze und der dunklen Uniform schon hinter ihr und sprach sie an.

»Na, Fräulein, die Fahrkarte verloren?«

Das Stichwort! Das ist er! Sofort waren ihr die Vermerke in den Protokollen eingefallen. Daß den Opfern regelmäßig die Fahrkarten gefehlt hatten.

»Nein.« Sie ließ ihn stehen und ging voraus zum zweiten Wagen mit Abteilen zweiter Klasse. Der erste Wagen war, wie sie beim Einlaufen des Zuges gesehen hatte, mit einigen Reisenden besetzt. Sie stieg ein, bog zur Mitte des Wagens und setzte sich auf einen Platz am Mittelgang.

Kein Geräusch, niemand sprach, niemand hustete. Zum Lesen war es ohnehin zu finster. Die abgedunkelten Lampen an der Decke sorgten für eine sehr gedämpfte Beleuchtung. Es schien ihr so, als würde man mit einem Taschenlampenbirnchen eine Turnhalle erhellen wollen. Ihr Herz schlug wild und unregelmäßig.

Als sie eben ihre Handtasche auf die Knie gestellt hatte, fiel der Mann mit der Eisenbahnermütze ihr gegenüber in das Polster.

Jetzt geht's los! Ihr Organismus kannte nur noch eine Reaktion: die Flucht. Und es kostete sie beinahe unmenschliche Kräfte, ruhig sitzenzubleiben. Ihr Gegenüber, das war der Tod. Diese Hände hatten vielfach gemordet, dieser Penis unter dem schwarzen Stoff war wie eine Lanze in die Körper ihrer Schwestern gefahren.

Grete Behrens war sich sicher: Hätte sie eine kleine Walther-Pistole bei sich gehabt, sie hätte den Mann »in Notwehr« erschossen. Doch die Kriminalrätin Wiecking hatte es ja abgelehnt, die als Lockvögel in der S-Bahn fahrenden Kriminalbeamtinnen mit Pistolen zu bewaffnen, weil dies dem Charakter der weiblichen Kriminalpolizei widerspräche.

So aber hatte sie die geringeren Chancen, die nächsten zwei, drei Minuten am Leben zu bleiben. Denn die rechte Hand des Mannes steckte in der Manteltasche. Das Bleikabel, ohne Frage.

Was nützte es ihr, daß in den angrenzenden Abteilen der dritten Klasse Kollegen steckten, die sie beschützen und den Täter packen sollten.

Der Zug fuhr an. Grete Behrens mußte unbeteiligt tun, gleichzeitig aber hellwach sein und jede seiner Bewegungen verfolgen. Wie eine Fechterin die Klinge ihrer Gegnerin. Das Bild ihrer ersten und letzten Fechtstunde war plötzlich da. Sie verscheuchte es. Es störte sie, es lenkte ab, konnte tödlich sein für sie.

»Na, haben Sie Ihre Fahrkarte wiedergefunden?«

»Nein.«

Was ihr auffiel, war die angenehm warme Stimme des Mannes.

Sein Gesicht vermochte sie noch immer nicht richtig zu erkennen. Diese verdammte Verdunkelung! Es war wie bei einem gänzlich unterbelichteten Foto.

»Keine Fahrkarte. Sie wissen doch, daß man Schwierigkeiten bekommt, wenn man keine Fahrkarte vorweisen kann. Mit dem Nachlösen ist es nicht getan.«

Grete Behrens ahnte, was jetzt kommen würde. Das, was man umgangssprachlich einen unsittlichen Antrag nannte. Wenn sie nein sagte, würde er über sie herfallen.

Ihre Erregung wuchs, denn der Mann war zwar kein Hüne, sondern nur von höchstens mittelgroß zu nennender Statur, aber dabei ziemlich kräftig gebaut. In einem Zweikampf konnte sie kaum Siegerin sein.

Der Zug fuhr jetzt ungewöhnlich langsam, rollte aus und hielt. Offenbar ein Signal auf Rot.

Jetzt kam sein entscheidender Vorstoß. Ganz wie sie es erwartet hatte.

»Wenn Sie ohne Fahrkarte sind, kann ich Ihnen die Gestapo nach Hause schicken.«

Sie spielte die zutiefst Erschrockene. »O Gott!«

»Wenn Sie aber ein bißchen nett zu mir sind, können wir es auch vergessen.«

»Kommen Sie mit nach Hause zu mir.«

Er starrte auf ihre Knie. »Nein, gleich hier.«

Sie schwankte. Sollte sie zum Schein darauf eingehen? War das ihre große Chance? Oder war das ihr Tod? Wie weit war es bis zum nächsten Bahnhof?

Der Zug fuhr wieder an. Da kam seine rechte Hand aus der Manteltasche hervor.

Etwa fünfzig Kriminalbeamte befanden sich an diesem Abend zwischen den Bahnhöfen Karlshorst und Rummelsburg im Einsatz. In Zweierstreifen sollten sie entlang der S-Bahnstrecke Patrouille laufen.

Eines dieser Paare bestand aus Kriminalkommissar Lüdtke und seinem Gefolgschaftsmann, dem Kriminalsekretär Gerhard Baronna.

Baronna knipste die Taschenlampe an und sah auf seine Armbanduhr. »Gleich ist Geisterstunde.«

»Ja, unser Mann müßte jeden Augenblick ... Unsichtbar wie ein Geist ist er ja bisher gewesen.«

Sie befanden sich auf dem Teil der Strecke, wo hinter den letzten Häusern von Karlshorst rechterhand die Laubenkolonien begannen, während sich links hinter den S-Bahn-Gleisen das Bw Rummelsburg erstreckte. Es lag soviel Schnee, daß es auf dem schmalen Pfad zwischen Bahn und Gärten nicht völlig dunkel war. Kreuzte jemand ihren Weg, bemerkten sie ihn immer schon rechtzeitig. Sie beeilten sich, denn sie wollten den letzten Zug Richtung Ostkreuz erreichen.

Sie kamen zur Station Betriebsbahnhof Rummelsburg, als oben gerade ein Zug aus Richtung Erkner in den Bahnhof rollte.

»Gehen wir noch ein Stückchen weiter und sehen mal, wer da aus dem Ausgang kommt«, sagte Lüdtke.

Die Schrecksekunde war vorüber. Ihr Gegenüber war wieder in die Polster gesunken, hatte kein Bleikabel aus der Tasche gezogen, um ihr damit den Schädel zu zertrümmern.

Grete Behrens registrierte dies alles mit überwachem Verstand. Aber es war noch nicht vorbei. Dazu starrte er zu gierig auf ihren Körper, auf ihre Knie, die sie so stark zusammenpreßte, daß es schmerzte.

Da sprang er auf. Grete Behrens ließ sich zur Seite fallen, Richtung Fenster. Doch er warf sich nicht auf sie, sondern fiel wieder auf seinen Sitz zurück und murmelte etwas von Ischiasschmerzen: »Wie ein Nadelstich.«

Ob er in ihr die Kripo-Frau gewittert hatte? Ob er wirklich nur ein harmloser Eisenbahner war, der es in der Tat im Kreuz hatte?

Nein, das ist er! Der S-Bahn-Mörder. Sie beschloß, ihn auf alle Fälle festzunehmen, wenn der Zug auf der Station Betriebsbahnhof Rummelsburg angehalten hatte.

Es vergingen nur noch wenige Sekunden, dann war es soweit. »Halt, Kriminalpolizei! Kommen Sie mit zur Personalfeststellung!«

Mit diesen Worten war sie an seine Seite getreten und hatte mit schnellem Griff die Tür geöffnet, um Hilfe herbeirufen zu können.

Noch rollte der Zug. Zunächst stand der Mann ganz still, dann aber, als er das Wort Kriminalpolizei gehört hatte, machte er einen gewaltige Satz auf den Bahnsteig hinaus. Und da der Zug noch fuhr, hatte das eine wahre Katapultwirkung für ihn.

Grete Behrens sprang zwar nur einen Herzschlag später ab als er, hatte aber sofort die entscheidenden Meter verloren. Sie eilte hinter ihm her, prallte aber mit einigen aus- und einsteigenden Reisenden zusammen, und als sie sich wieder losgemacht hatte, war der Mann verschwunden. Durch die Sperre konnte er nicht sein, also war er hinter dem Zug auf die Gleise gesprungen.

Sie ließ sich sitzend auf die Bahnsteigkante hinab und setzte nach kurzem Sprung die Beine auf den Schotter. Im Schein ihrer Taschenlampe erkannte sie, wie sich der Eisenbahner in die Richtung entfernte, aus dem der Zug gekommen war, mitten in die Dunkelheit hinein.

Da erfaßte der scharf gebündelte Strahl ihrer Lampe zwei Männer, die jenseits des Zaunes am Bahndamm standen. Sie erkannte sie sofort. Es waren Lüdtke und Baronna.

»Da läuft er!« schrie sie zu ihnen hinunter. Alle drei nahmen sie nun die Verfolgung des Mannes auf, der mit ziemlicher Sicherheit der S-Bahn-Täter war. Doch in der Dunkelheit hatten sie keinerlei Chance.

»Dicht daneben ist auch vorbei«, sagte Baronna. »Festzuhalten bliebe, daß er sich nicht ins Laubengelände geflüchtet hat, sondern ganz offensichtlich ins Gleisfeld hier.«

Lüdtke sah verzweifelt zum angrenzenden Bw hinüber. »Jetzt müßte man das Betriebswerk abriegeln und dann sehen, ob einer dabei ist, der nicht zur Schicht gehört. Geht aber nicht.«

»Ja, es ist wirklich zum Heulen«, stimmte Baronna ihm zu.

»Mir ist eher zum Lachen«, sagte Grete Behrens. »Daß ich 's überlebt habe. Das müßte eigentlich gefeiert werden. Wer kommt mit auf ein Glas Sekt?«

Baronna war erstaunt. »Du und …?«

»Ja, du hast ja recht. Er ist immer noch nicht hinter Gittern und …«

Sie mußte wieder an Ulla Stabschläger denken.

Kapitel 20

Lüdtke konnte es am nächsten Vormittag bei der allfälligen Dienstbesprechung noch immer nicht fassen, daß er und seine Leute in der letzten Nacht soviel Pech gehabt hatten. »Wie, wenn man die Fliege schon in der hohlen Hand gefangen hat und sie dann einem doch noch entkommt.«

»Sie ist aber auf alle Fälle noch im Raum«, sagte Baronna.

Zach sah sich staunend um. »In welchem Raum?«

»Bildlich gesprochen: im Raume Rummelsburg, Friedrichsfelde und Karlshorst.«

Lüdtke wußte, was er damit meinte.

»Also: Großfahndung. Alles abriegeln, jede Ritze verstopfen, jeden Winkel systematisch absuchen, alles und alle kontrollieren.«

Baronna erlaubte sich, seine Bedenken vorzutragen.

»Was kann das ergeben? Unser Täter ist höchstwahrscheinlich nach außen ein ganz normaler, biederer Bürger, der sich ganz brav kontrollieren lassen wird und absolut unauffällig ist.«

Zach war ganz Pragmatiker und erbat sich von Baronna noch einmal die Übersicht von Tatzeiten und Tagen. Die sah folgendermaßen aus:

Datum	*Wochentag*	*Tatzeit (ca.)*
20. 9.	*Freitag*	*23.35*
3. 10.	*Donnerstag*	*ca. 24.00*
4. 11.	*Montag*	*23.50*
3. 12.	*Dienstag*	*24.00*
4. 12.	*Mittwoch*	*4.30*
22. 12.	*Sonntag*	*8.00*
29. 12.	*Sonntag*	*6.20*
5. 1.	*Sonntag*	*6.20*

»Und wenn unsere Kriminalassistentin Behrens vorgestern nacht nicht so tüchtig und beherzt gewesen wäre, dann könnten wir noch hinzufügen: 13. 1., Montag, 23. 30 Uhr.«

»Was vollkommen im Rhythmus gelegen hätte«, fügte Zach hinzu.

Der Kriminalassistent Günther Otto wies noch einmal auf den Schichtbeginn beziehungsweise das Schichtende im Bw Rummelsburg hin: 6.00–14.00–22.00 Uhr. »Das spricht für sich selber. Immer nach der Schicht geht er auf Tour. Bis auf den 4. 12., da muß er während der Dienstzeit Gelegenheit gehabt haben, das Gelände zu verlassen.«

»Apropos: Bw Rummelsburg …« Lüdtke sah ihn an. »Sie haben gestern nichts in Erfahrung bringen können?«

»Über den Mann, den Fräulein Behrens festnehmen wollte – nein. Keiner hat einen beobachtet, der gegen Mitternacht vom Bahnsteig runtergesprungen und dann übers Betriebsgelände gelaufen ist. Wie denn auch, wo's da so dunkel ist, daß man kaum die Hand vor Augen sehen kann …«

Zach hatte auch noch eine Frage, allerdings an Baronna gerichtet: »Haben Sie denn mal nachgeprüft, wer von den Reichsbahnern im Bw gleich nebenan in den Kleingärten wohnt?«

»Ja, Fräulein Behrens hatte die Idee dazu.« Baronna wühlte in seinen Notizen herum. »Da haben wir 's: Fünfzehn sind es. Aber sie kommen alle nicht in Frage. Zu groß, zu alt, zu den Tatzeiten anderweitig im Einsatz oder ein Alibi, das hieb- und stichfest ist.«

»Schockschwerenot!« Zach schlug mit der Faust auf den Tisch. »Das geht doch nicht an, daß dieser Kerl uns jahrelang zum Narren hält! Das Reichskriminalpolizeiamt ist schließlich kein Karnickelzüchterverein.«

Lüdtke blieb gelassen. »Was soll man tun außer dem Menschenmöglichen. Aber, wie hat mein Vater immer gesagt: Wenn du Pech hast, verlierst du das Wasser aus der Kiepe.«

Der Kriminalassistent Otto sagte, daß der S-Bahn-Mörder im Bw Rummelsburg das Thema Nummer Eins geworden sei. »Und alle wissen, wie dicht unser Netz inzwischen ist: die Patrouillen, die Kontrollen, die Beamten an den Fahrkartenschaltern, die Lockvögel in den Zügen.«

Baronna spann den Faden weiter: »Und wir dazu, die Mordkommission mit x Beamten: das muß den Kerl doch abschrekken, das muß ihn doch dahin bringen, es von jetzt ab sein zu lassen. Wenigstens das!«

Lüdtke lächelte. »Ach, Baronna, wenn ich im Sommer bei mir im Garten sitze und Kaffee trinke, da stürzen sich die Wespen auch dann noch auf den Pflaumenkuchen, wenn ich längst mit der Fliegenklatsche ausgeholt habe.«

»Aber das ist ein Mensch, der denken kann, das ist kein Tier.«

»Doch, der ist wie ein Tier. Immer dann jedenfalls, wenn es ihn plötzlich überkommt.«

»Aber so planvoll, wie er handelt …?« gab Baronna zu bedenken. »Siehe Schichtdienst.«

»Das ist die Mischung bei ihm, die ihn so gefährlich macht.«

In diesem Augenblick kam Arthur Nebe ins Besprechungszimmer, und sie erhoben sich alle zackig-prompt, um mit festen Handschlag begrüßt zu werden.

Er mußte den letzten Teil ihrer Diskussion mitgehört haben, denn er fragte, ob sie ihn wohl gemeint hätten.

»Womit, Herr Direktor?«

»Mit dem Tier. Sind hohe Tiere auch Tiere, sind sie wie die Tiere – in dem eben von Ihnen gemeinten Sinne?«

Alle versicherten eilfertig, daß dem natürlich keineswegs so sei.

Nebe lächelte. »Ich weiß nicht so recht ...«

Diejenigen unter den Anwesenden, die das Ende des Krieges und des Dritten Reiches überleben sollten, erinnerten sich später oft an diese kleine Szene und fragten sich, ob dies der Beginn der großen inneren Wandlung des Arthur Nebe gewesen sei, mindestens ein Anhaltspunkt dafür, denn der Chef der Reichskriminalpolizei war nach dem 20. Juli wegen seiner Verbindungen zu den Widerstandskämpfern untergetaucht, im Januar 1945 verhaftet und im März 1945 hingerichtet worden.

Nebe breitete die Arme aus und sagte mit einer entspannenden Geste, daß man sich doch bitte wieder setzen sollte. »Oder ist die Szenerie draußen in Rummelsburg schon im Sandkasten nachgestellt, so daß wir stehenbleiben müssen?«

»Nein, nur auf der Karte hier ...«

Sie informierten Nebe über alles Wesentliche.

Der Reichskriminaldirektor lehnte sich zurück. »Da sind wir ja klüger als es Sokrates war. Seinem ›Ich weiß nur, daß ich nichts weiß‹ setzen wir kühn gegenüber: ›Wir wissen, daß wir alles wissen.‹ Wir wissen, daß der Mann im Bw Rummelsburg arbeitet. Wir wissen, daß er Schichtdienst hat und seine Taten durchweg vor oder nach der Schicht begeht; die aufgelisteten Tatzeiten sprechen ja eine eindeutige Sprache. Wir wissen, daß er wie eine jagende Katze oft umherstreifen und sich anschleichen muß, um Beute zu machen; nicht jeder Versuch wird glücken. Wir wissen, warum er den Sonntag besonders schätzt; weil dort immer die wenigsten Leute im Zug sitzen. Wir wissen, daß er nicht weit weg von seiner Arbeitsstelle wohnen dürfte, weil es doch irgendwie auffallen müßte, wenn er – hier wie dort – des öfteren zu spät kommt oder zu früh geht. Und wir können ferner davon ausgehen, daß er glücklich verheiratet ist, weil sich mit dieser Tarnung solche Taten am besten über Jahre weg begehen lassen; ein Junggeselle oder Hagestolz käme da viel eher in Verdacht. Wenn er uns jetzt seinen Dienstausweis zeigt, wissen wir sofort, wer er ist.«

Baronna konnte nicht umhin, Nebe zu bewundern. Das war absolut souverän und in der richtigen Mischung ebenso arrogant wie ironisch.

Lüdtke blieb sachlich: »Wir haben uns nichts vorzuwerfen, nichts ist unterlassen worden, alles Menschenmögliche getan. Der Betriebsbahnhof Rummelsburg gleicht einer belagerten Festung. Doppelstreifen der Polizei und der Parteiformationen patrouillieren Nacht für Nacht durch die Gegend. Lockvögel sitzen im Zug. Die Sperren an den Bahnhöfen sind mit Kriminalbeamten in Eisenbahneruniformen besetzt. Mehrmals haben wir alles abgeriegelt und jeden Passanten kontrolliert. Hunderte von Personen, deren Papiere nicht in Ordnung waren und die wegen anderer Delikte von den Kollegen gesucht wurden, sind festgenommen worden. Alle haben von diesen Maßnahmen profitiert, nur wir nicht.«

Nebe sah ihn an. »Nun ja, mit Gewalt läßt sich kein Bulle melken.«

»Hoffen wir also auf den Zufall«, sagte Zach.

Lüdtke lächelte müde. »Hoffen und Harren macht manchen zum Narren.«

Nebe seufzte: »Was muß das für ein verbrecherisches Genie sein, das uns solange ...? Nein, meine Herren, ist es nicht, ist er nicht, sonst wär' er uns schon längst ins Netz gegangen beziehungsweise hätte seine Taten anders und woanders begangen. Unser Verstand wäre allemal größer als seiner, wenn er denn welchen einsetzte. Nein, das ist kein Genie, das ist ein Tier mit unheimlich sicheren Instinkten. Es weiß, wo die Köder liegen, die Fallen stehen und die Jäger lauern.«

Baronna wagte es, den allmächtigen Reichskriminaldirektor auf den kleinen Denkfehler hinzuweisen, den er eben gemacht hatte. »So unfehlbar ist unser Tier nun auch wieder nicht: daß unsere Kollegin Behrens ein Lockvogel war, das hat er nicht gemerkt.«

Nebe zuckte regelrecht zusammen. Einerseits schien er die Kühnheit des jungen Mannes zu bewundern, andererseits fand er das nun doch ein wenig zu vorlaut und frech.

»Klug erkannt. Und welche Schlußfolgerung ziehen wir daraus?«

Nun geriet Baronna doch ein wenig ins Schwimmen. »... daß ... daß es nicht der eigentliche Täter war, der Fräulein Behrens angesprochen hat, sondern ein anderer Mann.«

»Das wohl weniger. Sondern, daß seine Gier noch ausgeprägter ist als der Instinkt, der ihn vor drohenden Gefahren warnt. Also sollten wir ihm noch mehr Frauen anbieten, allerdings in Form von Männern, die dann auch eine Schußwaffe mit sich führen dürfen.«

Zach erlaubte sich ein geradezu abfälliges Lachen. »Verkleidete Männer – Charlys Tante, was?«

»Der Zweck heiligt die Mittel.«

Auch Lüdtke war von Nebes Einfall nicht eben angetan. »Ich schlage dennoch eine Großfahndung vor, und zwar an einem der folgenden Sonntage frühmorgens nach dem Schichtwechsel beim Bw.«

Nebe nickte. »Gut. Nehmen wir den 26. Januar.«

Pünktlich traten schon in aller Frühe des Sonntagmorgens die vorgesehenen Einheiten zur Großfahndung an. Um die tausend Menschen hatte man in Bewegung gesetzt. Das Bahnschutzkommando war dabei und die örtliche SA-Standarte, Beamte der motorisierten Verkehrsbereitschaft standen neben den Angehörigen der Schupo und der Kripo. Von allen Seiten außerhalb des Sperrgebiets rückten die Männer durch den tiefen Schnee und in schneidender Kälte heran, und um 6 Uhr war die vorgesehene Linie im Umkreis von fünfhundert Metern rechts und links des Bahndamms zwischen Karlshorst und Rummelsburg besetzt. Alle zehn Meter ein Mann. An bestimmten kritischen Stellen waren von der motorisierten Polizei Beiwagenmannschaften postiert worden. Und außerhalb der Kette waren auf bestimmten Punkten Kriminalkommissare im Einsatz. Lüdtke leitete die gesamte Fahndung selbst.

Jede Person, die aus dem Sperrgebiet heraus wollte oder es zu betreten wünschte, wurde genauestens überprüft. Alle Personalien wurden dann notiert. Aber es waren nur sehr wenige Personen am Sonntagmorgen bei dieser strengen Kälte unterwegs.

Der Reichsbahnangehörige Paul Ogorzow wurde um 6.10 Uhr kurz vor dem Tunnel am Betriebsbahnhof Rummelsburg vom

SA-Mann Helmut Schulze kontrolliert. Beide kannten sich seit Jahren.

»Was macht 'n ihr für 'n Frühsport hier?« fragte Ogorzow.

»S-Bahn-Mörder.«

»Gleich 'n Kopf kürzer, das Schwein.«

»Soll einer aus'm Werk bei euch sein.«

»Frag mal die Kameraden: keiner kann sich das vorstellen.«

»Ich halt 's auch eher für was, was der englische Geheimdienst angezettelt hat. Die Heimatfront aufweichen.«

»Schreibst du alles auf?«

»Ja. Muß ich.«

»Meinetwegen.«

»Na, dann: 'n schönen Sonntag noch.«

»Gleichfalls.« Ogorzow ging rechts an der Bahn entlang, unterquerte die Verbindungsstrecke nach Kaulsdorf im Zuge der Wallensteinstraße und kam über die Tannhäuser-, die Walküren- und die Marksburger zur Dorotheastraße nach Hause. Runde anderthalb Kilometer mochten es sein.

Als die Großfahndung um 7.30 Uhr abgebrochen wurde, war das Ergebnis gleich Null.

»Hinterher ist man immer klüger«, sagte Lüdtke.

»Ich glaube, ich bin 's schon vorher gewesen«, sagte Baronna.

»Was bleibt uns anderes übrig, als Aktivitäten zu zeigen. Möglichst groß und aufwendig. Mag die stille und unauffällige Arbeit auch tausendmal mehr bringen, als tüchtig gilt man nur, wenn man groß trommelt. Heydrich, Müller, Nebe – sie müssen dem Führer wie der Öffentlichkeit zeigen, daß alles unternommen wird, was menschenmöglich ist.«

»Jeder braucht sein Alibi«, sagte Baronna.

Die Tage vergingen, ohne daß sie den »S-Bahn-Mörder« fassen konnten. Allerdings fiel auch kein Verbrechen mehr an. Immerhin ein Erfolg ihrer umfassenden Bemühungen.

»Gibt 's was Neues?« Grete Behrens traf Gerhard Baronna in der Kantine des Polizeipräsidiums.

»Ja. Die S-Bahn als solche hilft weiterhin dabei, daß die Berliner ein klein wenig dezimiert werden.«

Er zog das *12 Uhr-Blatt* vom 27. 1. 1941 aus der Seitentasche seines Sakkos.

»Auf dem Bahnhof Südende warf sich die 43jährige Anna W.

aus Steglitz, Hünensteig, vor einen in Richtung Lichterfelde fahrenden Zug. Sofort tot. Und Nähe Unterführung Kiefholzstraße, zwischen den S-Bahnstationen Braunauer Straße und Treptower Park, ist der 25jährige Friedrich T. aus Steglitz, Adolfstraße, von einer S-Bahn überfahren und sofort getötet worden.«

»Wird er wohl auch Selbstmord begangen haben«, vermutete Grete Behrens.

»Wenn er sich dadurch verbessern konnte«, sagte Baronna.

Sie wandte sich ab. »Dein Zynismus widert mich an!«

Da explodierte er: »Und was meinst du, wie du mich ankotzt mit deiner Blauäugigkeit. Immer nur die Höhere Tochter spielen, was Besseres sein! Du paßt nicht zu uns.«

Damit ließ er sie stehen. Er fühlte es, das war der Bruch. Es tat weh. Vor allem schmerzte es ihn, daß er nun keine Frau mehr hatte, wenn das Tier in ihm erwachte.

Kichernd ging eine Schar junger Stenotypistinnen vor ihm den Flur entlang. Und plötzlich verstand er den S-Bahn-Mörder. Denn er verspürte eine ungeheure Lust, ihnen die Röcke hochzureißen und in sie hineinzustoßen. Von vorne, von hinten, bis zum Wahnsinn hinein. Nur das war Mannsein in letzter Konsequenz. Die Hennen treten, wenn einem als Hahn der Sinn danach stand.

Zwischen Menschenvolk und Hühnerhof war der Unterschied nur gering.

Er saß auf seinem Drehstuhl und wußte, daß Grete Behrens recht hatte, wenn sie sich über diese Sicht der Dinge so erregte. Als Frau. Wer als Frau auf die Welt gekommen war, mußte sich erniedrigt fühlen, stets als Opfer. Er rief bei ihr an, um sich vielmals zu entschuldigen.

»Ist schon gut.«

»Wirklich?«

»Ja.«

»Sehen wir uns heute abend?«

»Ja.«

Es war alles so unendlich schwierig. Sollte er nun Parteigenosse werden, endlich, oder nicht? Sollte er mit Grete auf die Verlobung zusteuern, Zeit wurde es ja, oder lieber nach einem Mädchen suchen, das sanfter war als sie und weniger gebildet?

Im *Völkischen Beobachter* las er die Rede, die der Reichspressechef Dietrich anläßlich einer Festsitzung der Deutschen

Akademie gehalten hatte. »Der Mensch handelt nur dann in Wahrheit frei, wenn er dem Wesen der Gemeinschaft gemäß handelt, der er angehört.«

Sollte er sich fallen lassen in den Schoß dieser Gemeinschaft – oder mit Grete Behrens zusammen die eigenen Wege gehen? Das war die Alternative, und er schob die Entscheidung weiter vor sich her.

Was gab es noch in diesen Tagen? Zeitunglesen lenkte ab. Die Engländer hatten Tobruk erobert. Am 30. Januar, zum Jahrestag der Machtergreifung, hatte der Führer im Berliner Sportpalast eine große Rede gehalten. »Der Nationalsozialismus wird die kommenden Jahrtausende der deutschen Geschichte bestimmen. Er ist nicht mehr wegzudenken.«

Jemand hatte ihm die Gesetze auf den Schreibtisch gelegt, nach denen ihr S-Bahn-Mörder reif war für ein Sondergericht. Er überflog sie geradezu genüßlich.

VERORDNUNG GEGEN VOLKSSCHÄDLINGE
Vom 5. September 1939.
Der Ministerrat für die Reichsverteidigung verordnet mit Gesetzeskraft:
2. Verbrechen bei Fliegergefahr
Wer unter Ausnutzung der zur Abwehr bei Fliegergefahr getroffenen Maßnahmen ein Verbrechen oder Vergehen gegen Leib, Leben oder Eigentum begeht, wird mit Zuchthaus bis zu 15 Jahren oder mit lebenslangem Zuchthaus, in besonders schweren Fällen mit dem Tode bestraft.
4. Ausnutzung des Kriegszustandes als Strafverschärfung
Wer vorsätzlich unter Ausnutzung der durch den Kriegszustand verursachten außergewöhnlichen Verhältnisse eine sonstige Straftat begeht, wird unter Überschreitung des regelmäßigen Strafrahmens mit Zuchthaus bis zu 15 Jahren, mit lebenslangem Zuchthaus oder mit dem Tode bestraft, wenn dies das gesunde Volksempfinden wegen der besonderen Verwerflichkeit der Straftat erfordert.
5. Beschleunigung des sondergerichtlichen Verfahrens
In allen Verfahren vor den Sondergerichten muß die Aburteilung sofort ohne Einhaltung von Fristen erfolgen, wenn der Täter auf frischer Tat betroffen ist oder sonst seine Schuld offen zutage liegt.

Lüdtke kam herein und machte einen sehr energischen Eindruck.

»Wir werden am Sonnabend, dem 8. Februar, eine Durchkämmung der Siedlungen Gutland I und II vornehmen. Sie setzen sich bitte sofort mit der Partei in Verbindung. Wir sind gezwungen, ihre Organe um Hilfe zu bitten. Aufgrund ihrer Unterlagen muß die gesamte Einwohnerschaft durchgesiebt werden, Name für Name. Vielleicht bringt uns das auf die Spur. Ich selbst werde mit dem Ortsgruppenleiter sprechen.«

Die NSDAP lieferte dann bis zum 31. Januar brauchbare Unterlagen zur Vorbereitung der Durchkämmung.

Am 8. Februar 1941 versuchten es Lüdtke und seine Helfer noch einmal, den Volksschädling aus dem Raume Rummelsburg, Friedrichsfelde und Karlshorst mit schweren Waffen zu erlegen. Planmäßig rückten die vielen hundert Männer vor und hatten um 16 Uhr ein Feld von drei bis vier Quadratkilometern umstellt.

Von der äußeren Absperrung aus drangen Zwei-Mann-Streifen schlagartig von allen Seiten ins Innere der Laubenkolonien vor. Auf dem Damm der Verbindungsbahn nach Kaulsdorf standen Posten und beobachteten das Gelände unter ihnen. Wenn das Netz sich zuzog, sollte keiner herausschlüpfen können.

Baronna stand mit Lüdtke in der Zobtener Straße. Das war eigentlich nur ein Schotterweg, der sich, immer zwischen den S-Bahn-Gleisen und den Laubenkolonien, von der Schlichtallee in Rummelsburg hinzog bis zum Betriebsbahnhof. Länge 1,2 Kilometer, wie Baronna nachgemessen hatte.

Er lehnte sich an den Maschendrahtzaun, der verhindern sollte, daß sich Kinder aus dem Siedlungsgelände die S-Bahngleise als Spielplatz aussuchten. In regelmäßigen Abständen kamen die Züge vorüber, und die in Richtung Innenstadt schienen Baronna jedesmal im Fahrtwind mitreißen zu wollen.

Die Dämmerung war längst hereingebrochen. Wieder ein Zug. Unwillkürlich sah er vor seinem inneren Auge eine Tür aufgehen. Ein Frauenkörper flog heraus. Der Kopf eine blutige Masse.

Bilder, die sich nicht verscheuchen ließen. Lüdtke zeigte zum Stellwerk Vnk hinauf, das kurz vor einer Brücke stand, auf dem eine Güterstrecke über die S-Bahn hinweg in Richtung Ostring ging.

»Da oben müßte man stehen, dann hätte man den besten Überblick.«

»Aber auch nur mit den Suchscheinwerfern unserer Flugabwehr.«

»Läuft doch alles planmäßig«, sagte Lüdtke. So war es in der Tat. Und mit wenigen Ausnahmen begrüßten die Menschen die Arbeit der Beamten. Drei Gelegenheitsdiebe waren schon festgenommen worden, ein gewöhnlicher Gewaltverbrecher folgte noch.

Doch den S-Bahn-Mörder bekam man auch an diesem Tage nicht zu fassen.

»Schade«, sagte Lüdtke. »Aber ein Ziel haben wir auf alle Fälle erreicht: den Täter zu verscheuchen.«

Da sollte sich Lüdtke gründlich geirrt haben, denn am 12. Februar 1941 wurde die 39jährige verheiratete Johanna Voigt gegen 22 Uhr auf dem Bahngleis zwischen Betriebsbahnhof Rummelsburg und Karlshorst mit schweren Schädelverletzungen, von einem stumpfen Gegenstand herrührend, tot aufgefunden. Die Voigt war Mutter zweier unmündiger Kinder und im dritten Monat schwanger.

Das RKPA wurde sofort davon in Kenntnis gesetzt, und Nebe tobte.

Lüdtke wurde aus dem Bett geklingelt und war noch immer kreidebleich, als er den Dienstwagen bei Baronna in Kreuzberg vor dem Kohlenkeller halten ließ.

»Wenn wir nicht bald einen festnehmen, dann werde ich wohl festgenommen.«

Dies sagte er, bevor er seinem Sekretär von der neuen Tat berichtete.

»Schnell, ziehen Sie sich an.«

»Was haben Sie vor?«

»Otto ist alarmiert. Er hat da im Bw Rummelsburg so eine Liste aufgestellt, und die vier Männer mit den höchsten Punktwerten werden wir uns noch in dieser Nacht genauer ansehen. Anders geht es jetzt nicht mehr.«

Die Verdächtigenliste, die der Kriminalassistent Günther Otto im Bahnbetriebswerk Rummelsburg angelegt hatte, zeigte vier Männer an der Spitze. Lüdtke und Baronna lasen die Namen Klocksin, Waberski, Ogorzow und Bugewitz. Wobei die ersten beiden recht hohe Punktzahlen hatten, die anderen beiden hingegen erheblich abfielen.

»Wenn Sie kurz einmal erläutern wollen, wie Sie auf die vier gekommen sind«, bat Lüdtke.

Es war kurz vor ein Uhr morgens, und sie saßen im Fahrkartenschalter des Betriebsbahnhofs Rummelsburg. Das hatte sich so ergeben, weil hier an der Sperre ein Kollege postiert gewesen war. Doch der schwor Stein und Bein, daß in der fraglichen Zeit kein Eisenbahner die Fahrkartenkontrolle passiert hatte.

»Natürlich«, sagte Baronna. »Um 22 Uhr war ja auch Schichtwechsel, und der Kerl hat die Tat entweder kurz davor oder aber kurz danach verübt, ist also direkt aus dem Bw gekommen oder danach hineingelaufen.«

Am Tatort das gehabte Bild und nichts Neues an Erkenntnissen: Sturz aus dem fahrenden Zug, Schädeldecke zertrümmert.

Otto begann mit seinen Erläuterungen: »Reinhold Klocksin habe ich auf der Toilette bei der Selbstbefriedigung erwischt. Also einer, der es nicht mehr aushalten kann, bis er zu Hause ist. Außerdem erzählt er vor Kameraden ständig Witze übelster Art. Von der Figur und vom Alter her könnte er es sein. Er wirkt wie ein Raubtier auf mich. Rangierer ist er.«

»Die Adresse haben Sie?«

»Ja. Köpenick, Borgmannstraße 12, das muß gleich am S-Bahnhof sein.«

»Ah ja. Und, hat er Nachtschicht heute?«

»Nein.«

»Gut, dann fahren wir nachher nach Hause zu ihm. Erst nehmen wir uns die im Werk hier vor, das heißt die, die heute Nachtschicht haben. Wo wir ohnehin schon da sind. Aber zuerst einmal: Wer ist noch nach Schichtende 22 Uhr nach Hause gefahren?«

»Der Paul Ogorzow.«

»Und wie sind Sie auf den gekommen?« Lüdtke war heute so, wie ihn noch niemand erlebt hatte: ungeduldig und nervös.

»Na, bei Ogorzow bin ich selber zu Hause gewesen. Karlshorst, Dorotheastraße 24.«

»Wie, zu Hause eingeladen ...?«

Lüdtke und Baronna staunten.

»Ja, zum Skatspielen und Tauschen von Zigarettenbildchen.«

»Und?«

»Seine Frau hatte ein blaues Auge. Offenbar war sie von ihm geschlagen worden. Außerdem habe ich gesehen, wie er sich im Materiallager herumgetrieben hat. Da, wo auch die Kabelreste lagern. Anfangs hielt ich es für völlig ausgeschlossen, daß er es sein könnte, dann aber ...«

Lüdtke nickte. »Gut. Und Bugewitz?«

»Bugewitz, Bugewitz ...« Otto mußte ein Weilchen blättern. »Hier ... 1932 Vorstrafe wegen eines Sittlichkeitsdeliktes. Hat sich Frauen entblößt zur Schau gestellt. Befindet sich oft allein am Arbeitsplatz, das heißt, er ist Streckengänger.«

»Dem werden wir gleich mal auf den Zahn fühlen. Und weiter! Der andere mit der gerade laufenden Schicht ...« Lüdtke trommelte einen Marsch auf die hölzerne Platte der Fahrkartenausgabe.

»Das ist der Ewald Waberski. Arbeitet im Stellwerk wie Ogorzow, aber in einem anderen, dem Rgb, gleich hier nebenan am S-Bahnhof ...«

»Ist ja interessant!« entfuhr es Lüdtke. Auch eine Reaktion, die Baronna bei ihm noch nie erlebt hatte. Nebe mußte ihm ganz schön eingeheizt haben.

»Waberski ist Fleischer von Beruf, wird als grober Kerl geschildert und hat neulich in der Kantine eine Serviererin belästigt. Außerdem hat er sich schon einmal unerlaubt vom Arbeitsplatz entfernt.«

»Nun gut ...«, Lüdtke sprang auf. »Gehen wir hinüber ins Bw.«

Baronna klopfte Otto auf die Schulter. »Sie haben's gut, Sie können jetzt nach Hause fahren und sich ins Bett legen.« Lüdtke wollte ihn weiter als Elektriker im Werk arbeiten lassen, also ging es nicht, daß er sich jetzt an den Verhören beteiligte.

Als ersten knöpften sie sich Walter Bugewitz vor. Nach einigem Hin und Her trafen sie ihn in den Räumen der Streckenmeisterei. Von Alter und Statur her kam er als S-Bahn-Mörder in Frage, denn er war knapp dreißig Jahre alt und nicht einmal 1,70 m groß. Baronna fand, daß er ziemlich schleimig aussah, hinterhältig, feige.

Es war Baronnas Aufgabe, die einführenden Worte zu sprechen: »Wir haben Hinweise, daß der sogenannte S-Bahn-Täter oder -Mörder hier aus dem Bw kommen soll und überprüfen deswegen die heutige Schicht. Wo waren Sie um 22 Uhr?«

Bugewitz strich sich die schwarzen Haare zurück. Die Pomade, so dick sie war, schien nicht mehr zu halten.

»Wo ich war? Na hier.«

»Pünktlich?«

»Ja.«

»Gibt es Zeugen dafür?«

»Ich bin nicht allein gekommen.«

»Mit wem denn zusammen?«

Bugewitz grinste. »Mit unserm Schichtleiter.«

Der Mann bestätigte ihnen die Aussage von Bugewitz.

»Schade«, sagte Baronna hinterher. »Wenn ich mir jemanden als Täter gewünscht hätte, dann den.«

»Irgendwo habe ich auch mal gehört, daß Exhibitionisten keine Vergewaltiger sind.« An normalen Tagen wäre Lüdtke das ein wenig eher eingefallen.

Sie gingen zum Stellwerk Rgb und versuchten es bei Ewald Waberski. Vom Äußeren her kam auch der in Frage, da war Otto recht zu geben. Ein wirklich grobschlächtiger Mensch. Den gelernten Fleischer sah man ihm an.

Diesmal ging Lüdtke sofort in die Vollen. »Sie sind beobachtet worden, wie Sie sich unerlaubt vom Arbeitsplatz entfernt haben.«

»Das ist vorbei, dafür bin ich gemaßregelt worden.«

»Was war es denn?«

»Ach ...«

»Eine Frau?« fragte Baronna.

»Nein.«

»Was dann?«

»Einer von den Rangierern hat mich beleidigt. Da bin ich schnell raus hier und ...«

»Verstehe«, sagte Lüdtke. Baronna fragte ihn nun, wie pünktlich er heute zum Dienst erschienen sei.

»Ganz pünktlich.«

»Gibt es Zeugen dafür?«

»Das Dienstübergabebuch.«

Baronna sah es sich an. 21.59 Uhr – Dienst übergeben: Heinrich. 21.59 Uhr – Dienst übernommen: Waberski.

»Alles in Ordnung.«

Lüdtke sah seinen Adlatus an. Man hatte Johanna Voigt genau um 22.12 Uhr gefunden. Der Zug in Richtung Erkner, aus dem sie hinausgestoßen worden war, hatte die Station Betriebsbahnhof Rummelsburg um 22.02 Uhr verlassen. Wenn die Eintragung stimmte, schied Waberski ganz offensichtlich als Täter aus. Es sei denn, er hatte sich mit seinem Kollegen abgesprochen. Aber das hielten sie für unwahrscheinlich.

Was blieb Lüdtke und Baronna, als sich in ihren Horch zu setzen und die beiden Männer aus dem Bett zu klingeln, die nach der Schicht nach Hause gefahren waren, Klocksin und Ogorzow.

Rummelsburg, Karlshorst, Oberschöneweide, Köpenick. An sich keine Entfernung, aber im Kleingartengelände am Bw ging es zuerst nur über bessere Feldwege, und ansonsten glich das Ganze, wie Baronna konstatierte, dem berühmten Kampf der Neger im Tunnel. Überall nur das allernötigste an Licht, und mit den kleinen Schlitzen in den Scheinwerfern ihres Dienstwagens konnte ihr Chauffeur nur mühsam die Fahrbahn abtasten.

Baronna hätte die Fahrt gerne zu einem kurzen Schläfchen genutzt, aber Lüdtke war noch immer zu aufgedreht, um ihn in Ruhe zu lassen.

»Diesmal sind wir aber wirklich von allen guten Geistern verlassen«, sagte Lüdtke. »Das gibt's doch einfach nicht, soviel Pech!«

Baronna ritt ein wenig der Teufel. »Das kann doch aber nicht die Vorsehung sein, die unsern S-Bahn-Mörder schützt ...«

»Meine Mutter hat immer gesagt: Der Mensch denkt, Gott lenkt.«

»Wenn Gott auf seiten der Verbrecher ist, gehört er wirklich abgeschafft.«

Lüdtke dachte nach. »Ganz so verwunderlich ist es nun doch wieder nicht ... Wenn der Kerl wirklich im Bw Rummelsburg sitzt, dann kriegt er doch alles mit, alle unsere Fahndungsmaßnahmen, und kann sich darauf einstellen.«

»Siehe Hase und Igel.«

»Aber was sollen wir denn machen?«

Lüdtke war wirklich verzweifelt, und Baronna wußte, daß ihn der bisherige Mißerfolg bei der Jagd nach dem S-Bahn-Mörder, wie ihn allmählich alle nannten, viel Prestige zu kosten begann. Sein Ziel, den großen Ernst Gennat einmal zu überflügeln, schien in weite Ferne gerückt zu sein.

»Was wir machen sollen …?« Baronna hatte mehr Phantasie als seine Kollegen. »Evakuieren wir alle Frauen aus dem fraglichen Gebiet und verbieten ihnen, S-Bahn zu fahren.«

»Schaffen wir doch gleich alle Menschen ab.«

»Sind wir nicht auf dem besten Wege dazu?«

Der Fahrer hustete warnend. Baronna erschrak. Ob man das, was er so sagte, wirklich schon bei der Sicherheitspolizei notiert hatte? Wahrscheinlich ja. Er hatte das sichere Gefühl, daß sein Kopf schon ganz schön in der Schlinge steckte. Vielleicht blieb eines Tages wirklich nichts anderes übrig, als die Flucht nach vorne anzutreten, also endlich Pg. zu werden, SS-Mann und so weiter.

Sie kamen nach Köpenick und hielten vor dem Vorstadthaus in der Borgmannstraße.

Es begann das übliche Ritual. Die Schwierigkeit, ins Mietshaus zu gelangen, wenn es verschlossen war, und dann das Türschild mit dem gesuchten Namen zu finden. Sie hatten Glück, der Hausmeister wohnte im Parterre, wurde schnell wach und öffnete ihnen.

Reinhold Klocksin, der Rangierer, war ein kräftiger weizenblonder junger Mann, der für Baronna etwas von einem Zirkusartisten an sich hatte, in etwa der Typ des Fängers war, wenn sie den Salto mortale wagten.

Lüdtke hielt ihm das vor, was er auf der Toilette getrieben haben sollte.

»Selbstbefriedigung?« Klocksin lächelte. »Det waren meine Magenschmerzen. Da hab ick jestöhnt wegen.«

»Und wie ist das mit den schlüpfrigen Witzen, die sie andauernd erzählen. Über Frauen.«

»Det muß ’n absoluta Irrtum sein.«

»Wieso.«

»Nur so.«

»Könnte es sein, daß Sie heute etwas später als sonst nach Hause gekommen sind?«

»Nein.«

»Haben Sie Zeugen dafür?«

»Nein.«

»Dann kommen Sie mal mit.« Da ging die Tür zum Schlafzimmer auf, und ein älterer Mann erschien, bekleidet mit einem dunkelblauen Bademantel.

»Nein, lassen Sie!« rief er. »Ich kann es bezeugen, daß er pünktlich hier gewesen ist.«

Baronna war ein wenig erstaunt. »Sie sind der Vater?«

»Nein, Untermieter bei Herrn Klocksin.«

Sie ließen sich seine Personalien geben. Er war Kellner im *Adlon* gewesen, aber vor kurzer Zeit entlassen worden.

Alles andere lief so automatisch ab, daß sich Baronna kaum noch daran erinnern konnte, als sie wieder im Auto saßen.

»Für mich ist Klocksin der S-Bahn-Mörder«, sagte Lüdtke. »Das mit seinem Untermieter, das war doch nur ein Trick, viel zu offensichtlich.«

»Daß er uns weismachen wollte: Ich bin ein Homosexueller und scheide damit aus?«

»Ja.«

»Und warum sollte der Kellner ihm dann das Alibi gegeben haben?«

»Vielleicht hat er Schulden bei Klocksin.«

Lüdtke schlug voller Zorn mit seinen Handschuhen auf die Rückenlehne des Vordersitzes. »Vielleicht, vielleicht! Wenn wir den Kerl nicht bald haben, können Sie mich nach Herzberge bringen, ins Irrenhaus.«

»Sollen wir nicht lieber zurück und Klocksin doch mitnehmen?«

»Nein, aber Otto soll ihn nicht mehr aus den Augen lassen. Er war es!«

»Dann können wir uns den vierten Mann von Ottos Liste jetzt sparen?«

»Nein, hin müssen wir schon, aber ...«

In dieser ebenso gereizten wie depressiven Stimmung hielten sie vor dem Haus in der Dorotheastraße. Unten im Lebensmittelladen waren sie schon wach, um auf die Milchkannen zu warten, die frühmorgens kamen, und so konnten sie ohne Schwierigkeiten mit Paul Ogorzow sprechen.

Kaum hatten sie im dritten Stock der Vorstadtvilla den Klingelknopf gedrückt, stand er drinnen hinter dem Spion und fragte, was denn los sei. Baronna gab ihm Auskunft.

»Denn man rein in die gute Stube«, sagte Ogorzow, schob die Sicherungskette beiseite und öffnete die Tür.

Baronna mußte sich ein leichtes Grinsen verkneifen, denn im langen weißen Nachthemd sah Ogorzow ein wenig aus wie Onkel Pelle. Das war der klassische Clown der Berliner Volksfeste, der speziell die Kinder amüsierte. Baronna leierte seine einleitenden Sätze nun geradezu herunter.

»Hab ick mir schon gedacht, daß Sie kommen tun«, sagte Ogorzow.

»Warum?« fragte Lüdtke.

»Weil ja da die Unruhe ist im Werk, die ganze Zeit über, und alle in Verdacht geraten.«

Baronna fiel auf, daß Ogorzow für einen Hilfsweichensteller sehr wenig berlinerte. Sein überraschendes Hochdeutsch klang erkennbar nach Ostpreußen.

»Dann dürfen wir mal …«

Lüdtke ging in den Flur hinein. Baronna folgte ihm und prallte fast ein wenig zurück, als er an der Flurgarderobe einen schwarzblauen Eisenbahnermantel hängen sah. Darüber die Mütze mit dem Flügelrad und der Kokarde. Ach was, sollte er etwa eine Admiralsuniform hier hängen haben?

»Machen wir's kurz …«, Lüdtke wartete kaum, bis Ogorzow die Tür hinter ihnen wieder zugedrückt hatte.

Baronna wunderte sich über die Hektik seines Vorgesetzten. Ganz offenbar war Lüdtke am Ende seiner Kräfte, wollte nur schnell ins Bett und hielt diesen letzten Besuch für überflüssig. Für ihn schien festzustehen, daß Klocksin der Täter war.

»Was haben Sie nach Ende Ihrer Schicht gemacht?«

»Was soll ich gemacht haben?« fragte Ogorzow.

»Ob Sie gleich nach Hause gefahren sind?«

»Nein.«

»So?«

»Ja.«

»Was dann?!«

Lüdtke klatschte in die Hände, als wollte er Ogorzow damit zu schnellerer Gangart anfeuern.

»Ich bin gelaufen.«

»Ist das nicht ein bißchen weit?« fragte Baronna.

»Ich laufe oft«, erwiderte Ogorzow. »Im Winter. Im Sommer fahr ich auch auf 'm Rad.«

Irgendwo am Ende des langen Flures weinte ein Kind. »Das ist mein Sohn«, erklärte Ogorzow, »der Robert.«

Rechts ging eine der Türen auf, und eine stämmige und nicht übermäßig ansehnliche Frau blickte erstaunt auf die Männerrunde, die sich da morgens um fünf vor ihrer Schlafzimmertür ein Stelldichein gegeben hatte.

»Meine Frau«, sagte Ogorzow, »die Gertrud.« Wieder empfand Baronna eine Art freudiges Erschrecken, denn Frau Ogorzow hatte ein blaues Auge, das heißt, ihr rechtes Auge war geschwollen und von einem Hämatom umgeben, das in allen Farben zwischen Blaurot und Grüngelb chargierte.

»Angenehm.« Lüdtke stellte sich und Baronna vor. »Wir überprüfen nacheinander die gesamte Gefolgschaft des Bw Rummelsburg.«

»Tun Se det ma. Man wird ja vor Angst noch janz meschugge.«

Baronna sah Gertrud Ogorzow an. »Sie haben ja ein schlimmes blaues Auge.«

Sie lachte. »Da bin ick beim Einkoofen mit 'm Radfahra zusammenjekracht.«

Nach Ottos Erkenntnissen hätte das blaue Auge von Schlägen ihres Mannes herrühren müssen, doch Baronna konnte nicht glauben, daß dem wirklich so war. Ansonsten wäre sie besser gewesen als jede Ufa-Actrice in Babelsberg draußen.

»Ick muß denn ma nach meinem Kleenen seh'n ...« Sie verschwand im Kinderzimmer.

Auch Baronna wollte ins Bett und kam ohne Umschweife zum zweiten Indiz.

»Man hat Sie gesehen, wie Sie mit einem Stück Kabel das Bw verlassen haben.«

»Mich?«

»Ja, Sie.«

»Das ist verboten.«

»Sie haben aber?«

»Wenn Sie mich so fragen, Herr Kommissar ...«

»Sekretär. Aber was ist denn nun: ja oder nein!?«

»Ja.«

»Und?«

»Wie: und?«

Jetzt explodierte Lüdtke: »Verdammt und zugenäht: Was haben Sie damit gemacht?«

»Es benutzt.«

»Wozu?« schrie Lüdtke.

»Ich habe es mit dem Beil zerhauen und dann benutzt.«

»Nachher also«, sagte Baronna so, daß es ganz beiläufig klingen mußte.

Ogorzow guckte irritiert. »Was: nachher ...?«

»Mann!« schnauzte Lüdtke ihn an. »Sie wissen doch, daß der S-Bahn-Täter die Frauen mit 'nem Bleikabel erschlagen hat, bevor er sie aus dem fahrenden Zug ...«

»Nein. Hat das in der Zeitung gestanden?«

Baronna wußte es nicht, und so mußte das offenbleiben. Er knüpfte statt dessen an die vorangegangene Frage an.

»Wozu haben Sie das Kabelende denn nun benutzt?«

»Für meine Frau ...« Nun begann es sogar bei alten Hasen wie Lüdtke und auch Baronna im Magen zu kribbeln.

»Wie ...?« Baronna hatte Mühe, ruhig zu atmen. »Um Sie damit zu schlagen?«

»Nein. Was Sie denken!« Ogorzow lächelte so schelmisch, daß er fast etwas von einem Schwejk an sich hatte, zumal mit seiner schiefen Nase. Er führte die beiden Kriminalbeamten in den Keller hinunter, um ihnen zu zeigen, was er mit Hilfe seines zerschnittenen Kabels gerade bastelte. Er hatte die einzelnen Adern aus der Ummantelung herausgepult, an den Enden abisoliert, dann fein säuberlich verdrillt und auf diese Weise eine zweipolige elektrische Leitung von gut und gerne zehn Metern Länge erhalten.

»Und was machen Sie damit?« fragte Baronna.

»Das ziehe ich außen am Haus lang bis in unsere Küche hoch. Und wenn ich hier unten im Keller bastle, drückt meine Frau oben auf 'n Knopf, wenn det Essen fertig is. Dann klingelt 's hier, und ick weeß Bescheid. Sonst muß immer erst einer runter und mich rufen.«

Stolz und strahlend erzählte er das.

»Nichts für ungut ...« Lüdtke gab ihm die Hand. »Das wär 's gewesen.«

Sie gingen gleich vom Haus aus zum Wagen zurück. »Ein drolliger Kerl«, sagte Lüdtke.

»Trotzdem ...«

»Wie?«

»Hier ...« Baronna zeigte ihm ein handtellergroßes Stück der Bleiummantelung des von Ogorzow im Werk organisierten Kabels.

»Wenn da auch nur ein Futzelchen Blut dran ist ...«

Um der Mordkommission Lüdtke/Zach Feuer unterm Arsch zu machen, setzte Heydrich Mitte Februar 1941 den Kriminalrat Koss in Bewegung. Siegfried Koss kam wie er aus Halle/Saale und galt als enger Vertrauter.

Bei der ersten »Morgenandacht« unter seiner Leitung kam es gleich zu einem Zusammenstoß mit der Kriminalassistentin Grete Behrens.

»Dieser S-Bahn-Mörder, was ist das wohl für ein Mann?« fragte Kriminalrat Koss in mehr rhetorischer Absicht.

Grete Behrens nahm die Frage ernst. »Ein kranker Mensch.«

Kriminalrat Koss schlug mit der flachen Hand auf den Tisch. »Das möchte ich von einem meiner Leute nicht noch einmal hören, ist das klar!?«

Die meisten murmelten ihr Ja, Grete Behrens schwieg, Baronna fragte nach dem Warum.

»Weil wir nicht mehr in der Systemzeit leben, wo die Seelenklempner ungestraft an solchen Fällen herumdoktern konnten. Heute wird mit solchen hemmungslosen Subjekten kurzer Prozeß gemacht. Bevor der Führer aufgeräumt hat mit diesen Machenschaften, was hat man den Triebtätern da für eine Leidensgloriole geflochten, und erst die Presse, wie hat sie daraus spaltenlang sogenannte soziologische Probleme konstruiert und das Publikum verrückt gemacht damit! Man hat sich ja bald selber nicht mehr ausgekannt und mußte Bedenken haben, da energisch anzupacken, denn unter Umständen mischten sich von oben Leute ein, die einem im Dienst die größten Schwierigkeiten bereiten konnten.« Seine Stimme hob sich. »Aber das ist vorbei jetzt, endgültig vorbei!«

Die Runde schwieg. Baronna fand diesen Fatzke mehr als widerlich. Der hätte bestenfalls zum Ritzenschieber bei der Straßenbahn getaugt. Das waren die einfältig scheinenden Männlein, die mit einem schmalen Besen die Rillenschienen vom Schmutz befreiten. Andererseits wußte er genau, daß er, wollte er Karriere machen, Leuten wie Koss auffallen mußte.

Und zwar nicht als Jasager und Speichellecker, sondern als einer, der auch einmal Widerworte geben konnte. Heydrich selber, so flüsterte man sich zu, habe noch nie einen ins KZ gesteckt, der nicht seiner Meinung gewesen sei, sondern habe im Gegenteil vor solchen Menschen immer Hochachtung bewiesen und sie zu fördern versucht. Auf diese Karte wollte Baronna nun setzen.

»Schön und gut, Herr Kriminalrat, aber man kann einen nur dann hängen, wenn man ihn hat; und um ihn kriegen zu können, ist es schon gut, wenn man weiß, an welcher psychischen Erkrankung er leiden könnte.«

Da alle anderen Zustimmung murmelten, blieb Kriminalrat Koss nichts anderes übrig, als ihm recht zu geben.

»Natürlich, Kamerad.«

Baronna freute sich, in diesem Scharmützel Sieger geblieben zu sein. Außerdem fühlte er sich heute morgen stark, denn jeden Augenblick mußte das Ergebnis aus dem kriminaltechnischen Institut vorliegen, das Bleikabel betreffend, von dem er bei Ogorzow ein Stück mitgenommen hatte. Er war sich sicher, daß man auf seiner Oberfläche Blutanhaftungen gefunden hatte.

Koss tat etwas zur Wahrung seines Gesichts.

»Was ich sagen wollte, ist dieses: Daß uns nicht das Händchenhalten vor Triebtätern schützt, sondern nur die rechtzeitige Entmannung. Wäre der S-Bahn-Täter rechtzeitig entmannt worden, bräuchten unsere Frauen und Mütter jetzt nicht zu zittern vor ihm, und wir säßen jetzt nicht hier. So zeigt uns die Zusammenstellung von sieben bedeutenden kriminalbiologischen Sammelstellen im Deutschen Reiche, daß in 808 Fällen vorgenommener Entmannung 794 Fälle nicht mehr einschlägig rückfällig geworden sind. Ein Ergebnis, das eindeutig für die Richtigkeit der Maßnahmen spricht.«

Als das Wort Entmannung gefallen war, hatte sich bei Baronna im Schritt, wie seine Mutter das immer umschrieben hatte, alles zusammengezogen. Wenn er sich vorstellte, wie jemand geköpft wurde, erschütterte ihn das wesentlich weniger.

Einer seiner Assistenten kam herein, entschuldigte sich mit knapper Verbeugung bei Koss für die Störung und flüsterte ihm dann etwas ins Ohr.

Baronnas Gesicht verzog sich schmerzhaft. Er schloß die Augen und senkte aufstöhnend den Kopf.

»Dürfen wir an dem teilhaben, was die Herren da bewegt?« fragte der Kriminalrat Koss.

»Ja.« Baronna blickte wieder auf. »Am Bleikabel von Ogorzow war leider kein Blut.«

Man schrieb den 17. Februar 1941. Der Führer erklärte in einer Besprechung mit dem Führungsstab der Wehrmacht, er »wünsche die studiengemäße Bearbeitung eines Aufmarsches in Afghanistan gegen Indien im Anschluß an die Operation Barbarossa«.

Es war 21.50 Uhr. Gerhard Baronna und Grete Behrens standen auf dem Bahnhof Ostkreuz und warteten auf den Zug in Richtung Erkner. In einer halben Stunde war im Bahnbetriebswerk Rummelsburg wieder einmal Schichtwechsel.

»Hallo, ihr beiden Süßen, wie wär 's denn mit uns?«

Ein Mann vom S-Bahn-Täter-Typ war vom Ringbahnsteig herabgestiegen und hatte sie aufs Korn genommen.

Baronna konnte sich nur mühsam beherrschen. Die Verkleidung versetzte ihn, so ernst die ganze Sache war, unwillkürlich in eine gewisse Faschingslaune. Er steckte in einem alten Mantel seiner Mutter, den sie mit einem Stück Kaninchenpelz ein wenig verlängert und seiner Körpergröße angepaßt hatte. Die weiten Hosen wie die Schuhe hatte er sich von seiner sehr maskulinen Tante Margot ausgeborgt, und nur Hut und Perücke kamen aus dem Fundus der Kripo. Das Schminken hatte Grete Behrens nicht ohne Spaß besorgt. Einerseits fand er den Mummenschanz überaus albern, andererseits war schon etwas dran an Lüdtkes Hoffnung, daß ein verkleideter Mann wesentlich mehr Chancen hatte als die eingesetzten Kolleginnen, wenn es zum Handgemenge mit dem S-Bahn-Mörder kam.

Baronna umarmte Grete Behrens. »Tut uns leid, wir sind schon ein Paar.«

»Huch!« Der Freier, offensichtlich angetrunken, ging weiter.

»Du mußt sehr aufreizend auf die Männer wirken«, sagte Grete Behrens.

»Besonders im Dunkeln beziehungsweise Schummerlicht.«

»Das war immerhin schon der dritte, der ein Auge auf dich geworfen hat.«

»Das läßt mich ja hoffen, was unseren Täter betrifft.«

Als der Zug dann einfuhr, mußten sie sich trennen. Grete

Behrens sollte bis Karlshorst fahren und dann nach Rummelsburg zurück, Baronna auf der Station Betriebsbahnhof Rummelsburg den Zug verlassen und entlang den Lauben nach Karlshorst laufen, teilweise aber auch die Wege der Kolonien Gutland I und II benutzen.

»Mach 's gut.« Er küßte Grete Behrens auf die Wange.

»Du auch.« Sie verteilten sich auf die beiden Wagen mit den Zweite-Klasse-Abteilen. Bei Baronna war niemand ausgestiegen, so daß er die Messinggriffe selber auseinanderziehen mußte, um die Tür zu öffnen. Ihre Kälte drang durch seine Wollhandschuhe hindurch. Fast hätte er die Handtasche seiner Mutter fallenlassen. Ein ungewohnter Gegenstand. Aber seine Dienstwaffe steckte in ihren Tiefen.

Baronna setzte sich an einen Fensterplatz in der Mitte des Abteils und konzentrierte sich auf die Geräusche ringsum. Es war offensichtlich niemand weiter im Wagen. Seine Erregung wuchs. Dabei war es ihrer Theorie nach ja völlig unmöglich, daß ihr Täter schon ein paar Minuten vor Schichtende im Bw hier in Ostkreuz in den Zug steigen konnte. Wenn nun aber seine Ablösung aus irgendwelchen Gründen früher erschienen war und man von Kollege zu Kollege ...?

Baronna verblieb in höchster Anspannung. Eines hatte er sich vorgenommen: wirklich sofort zu schießen, wenn er angegriffen wurde.

Leichter gedacht als getan. Wenn sich der Täter nun unbemerkt heranschlich und zum Schlag ausholte ... Ehe er da die Waffe herausgerissen hatte und ... Zum Glück hatte er die Stahlplatte im Hut.

Irgendwie freute er sich aber auch auf den S-Bahn-Mörder, wünschte ihn herbei. Denn wenn er ihn faßte und unschädlich machte, war auch er einer der unsterblichen Helden der Berliner Kripo geworden, konnte sich einreihen in die Schar der Gennat, Dettmann, Liebermann, Trettin, Teigeler und wie sie alle hießen. Dann kam er ganz nach oben. Vom Kohlenhändler zum Polizeipräsidenten ... Er hatte sich stets zu seinem Ehrgeiz bekannt.

Doch nichts geschah. Wenige Minuten nach Schichtende erreichten sie den Betriebsbahnhof Rummelsburg. Er stieg aus und unterdrückte den Impuls, Grete Behrens zuzuwinken. Viel konnte er nicht sehen, aber die ersten Eisenbahner kamen gerade aus dem Tunnel und versuchten noch, ihren Zug nach Köpenick und Erkner zu bekommen. Der Aufsichtsbeamte war sichtlich in der Zwickmühle. Einerseits wollte er seine Kollegen nicht zwanzig Minuten in der Kälte stehen lassen, andererseits hatte er strikte Weisung, den Zug absolut pünktlich abzufertigen. Dreißig Sekunden gab er zu, und so schafften es die schnellsten noch. Einer war auch in dem Abteil verschwunden, in dem Grete Behrens saß. Baronna hatte Angst um sie. Andererseits, wenn sie erfolgreich war und sich die Federn an den Hut stecken konnte, waren die Männer blamiert. Nun ja.

Er ging auf den Ausgang zu. Die meisten Eisenbahner warteten auf den Zug in Richtung Innenstadt. Andere, so machte er sich klar, verließen das Bw auf der anderen Seite, zur Spree hin also, von wo aus man wesentlich schneller nach Schöneweide und Johannisthal kam und wo die Straßenbahn, die Linie 13, zum Kraftwerk Klingenberg fuhr.

Da sprach ihn jemand an. Er fuhr herum. Es war eine junge, mit einem Schal vermummte Frau.

»Ob wir zusammen gehen können?«

Baronna brach irgendwie der Angstschweiß aus. Er nickte nur.

Was nun?

Im Drehbuch des Lebens konnte nun nichts anderes folgen als eine Ufa-Komödie. Das kleine Fräulein lud ihn ein zu einer kleinen Tasse Tee, und in ihrer kleinen Laube entdeckte sie dann seine wahre Identität. Folgte, nachdem abgeblendet worden war, eine heiße Liebesnacht.

Sollte er ihr auf der Stelle sagen, daß er der Kriminalsekretär Baronna war und sich auf Geheiß verkleidet hatte, um den S-Bahn-Mörder anzulocken? Sollte er, oder sollte er abwarten, was passierte? Wenn es wirklich passierte, während der Dienstzeit, und einer es merkte, dann war es aus mit all seinen Träumen. Andererseits ... Morgen konnte er Soldat sein, übermorgen tot.

»Mein Mann ist im Felde«, sagte sie.

19. Februar 1941. In Bethel begann die Euthanasiekommission »Aktion T 4« mit der Registrierung der Kranken. Pastor Fritz von Bodelschwingh leistete entschieden Widerstand und erklärte: »Es wird uns heimgezahlt werden.«

Auf Befehl des Gauleiters Goebbels richtete die NSDAP im Bereich des Betriebsbahnhofs Rummelsburg einen Lotsendienst für alleingehende und alleinfahrende Frauen ein. Es meldeten sich Volksgenossen aus allen Berufskreisen. Auch der Alt-Parteigenosse und ehemalige SA-Oberscharführer Paul Ogorzow aus Berlin-Karlshorst stellte sich für diesen Ehrendienst zur Verfügung.

Als Emmi Borowka kurz vor 23 Uhr aus der S-Bahn stieg, war sie heilfroh, als sie drei Männer vom Lotsendienst am Tunnelmund sah. Keiner von ihnen trug eine Uniform der SA oder SS, was ihre Freude noch verstärkte. So groß ihre Angst auch war, von einem solchen Mann hätte sie sich nie begleiten lassen.

»Paule, du bist dran«, hörte sie einen der Männer sagen. Der so Angesprochene kam auf sie zu. »Guten Abend. Gestatten: Ogorzow mein Name. Wenn es Ihnen recht ist, darf ich Sie nach Hause bringen.«

»Ja, gerne.« Der Mann hatte eine angenehme, sonore Stimme, und die leicht ostpreußische Färbung verlieh ihr etwas Gemütliches. Überhaupt schien er ihr viel Ruhe auszustrahlen. Seine Gegenwart tat so wohl wie ein heißer Grog nach einer langer Wanderung in Eiseskälte.

»Sie wohnen hier in der Laubenkolonie?«

»In Gutland I, ja.«

»Dann kommen Sie mal, da kenn' ich mich gut aus.«

Sie gingen in den Fußgängertunnel hinunter, unterquerten das nördliche S-Bahn-Gleis und stiegen wieder hinauf zum kleinen Platz, an dem die beiden schmalen Straßen zusammenstießen. Vor ihnen lag das ausgedehnte Laubengelände wie ein dunkles Meer.

»Ist Ihr Mann im Felde?« fragte Ogorzow.

»Nein, S-Bahnfahrer.«

»Wo?«

»Hier, Potsdam – Erkner.«

Ogorzow erwiderte nichts, knipste nur seine Taschenlampe an.

»Kommt Ihre Frau auch immer so spät von der Arbeit nach Hause?« fragte Emmi Borowka.

»Nein, die ist Hausfrau und Mutter, die ist nie weg.«

»Halten Sie bitte mal die Lampe 'n bißchen höher ...«

Emmi Borowka wollte das Eingangstor aufschließen, fand aber das Schlüsselloch nicht. »So, danke ...«

Sie schloß auf und wartete, bis er durch den Bogen aus Kletterrosen hindurchgegangen war.

»Schön wieder zuschließen«, sagte Ogorzow. »Das schreckt den Kerl sicherlich ab.«

»Ja, das ist furchtbar alles.« Emmi Borowka steckte den Schlüssel wieder ein. Es waren ja noch ein paar hundert Meter bis zu ihrer Laube. Wäre sie allein gewesen, hätte sie schon wieder vor Angst gezittert und ihr Heil im Dauerlauf gesucht.

Sie kamen an der Laube vorbei, in der die arme Ditter erstochen worden war.

»Ist es noch weit?« fragte Ogorzow.

»Drei Minuten.«

»Ist das kalt heute!« Ogorzow pustete sich mit hochgeschobener Unterlippe warme Luft gegen die Stirn.

»Was will man vom Februar anderes verlangen.«

»Jetzt eine Tasse mit heißem Kaffee.«

»Ja.«

»Sie sind wirklich eine nette kleine Frau«, sagte Ogorzow.

»Ach ...«

»Meine Batterie ist am Ende«, sagte Ogorzow. »Ich mach mal die Taschenlampe aus.«

Wie auf einem verlassenen Schlachtfeld, so tot und bizarr ragten die Bäume in den grauen Winterhimmel. Fremdarbeiter aus dem Osten hatten das Grab aus dem hartgefrorenen Boden wie aus einem Felsstück meißeln müssen. Oben in den Ästen saßen schwarz und drohend die Vögel, und die Trauergäste schienen nur riesige Krähen mit Menschenköpfen zu sein.

Fast war es ein Anachronismus, daß hier inmitten der Reichshauptstadt noch ein Pfarrer seines Amtes waltete.

»Vater im Himmel, all die Worte, die wir uns zurechtlegen im Angesicht des Todes – sie erfrieren uns jetzt auf den Lippen, denn der Mensch, von dem wir nun Abschied nehmen – er hatte sein Leben noch nicht gelebt, er war noch so jung, er hatte die Spanne seines Lebens noch lange nicht durchmessen. Hilflos und ohnmächtig müssen wir erfahren, wie der Tod hier schon so früh nach dem Leben eines Menschen griff, einer Frau, die gerade Mutter werden wollte ...«

Grete Behrens konnte ihre Tränen nicht mehr zurückhalten, als ihr bewußt wurde, wie der Schlag mit dem Kabelende nicht nur die Mutter getötet, sondern auch das Leben im Uterus vernichtet hatte. Kein Lachen , kein erstes Mama und Papa, kein Da-da, kein erstes Sprechen und Lesen, kein erster Kuß. Daß dies nun alles niemals in der Welt sein würde, darum weinte sie.

Sie war zur Beerdigung gekommen, weil man auch die geringste Möglichkeit nicht außer acht lassen durfte, daß nämlich der S-Bahn-Mörder auch noch Lust daraus zog, sein Opfer vorn im Sarg zu wissen. Infolgedessen versuchte sie, jedes Gesicht auf solche Regung hin zu messen.

Da war der Ehemann. Gramgebeugt, hätte man mit einem alten Wort gesagt. Die beiden Kinder neben ihm. Im Hitler-Jungen-Alter der Sohn, gerade eingeschult die Tochter. Dann die Mutter. Erst der Sohn im Felde geblieben, nun die Tochter hingemordet. Schwiegereltern, Verwandte der Johanna Voigt, Kolleginnen und Kollegen, Männer in Uniformen. Einfache Soldaten, ein Schwager dabei, SA-Leute, »Goldfasane«. Ein langer Trauerzug.

Den Mörder fand sie nicht. Wie denn auch, wo er so aussah wie jeder andere Mensch.

Es gab keinen Trost. Außer dem, daß alles so war wie bei den Ameisen und Bienen: Die große Zahl war die Garantie für das Überleben einer Art. Mochten noch so viele Menschen getötet werden, es blieben immer noch genügend übrig, das Erbe weiterzugeben. Das Böse war nötig, damit die Erde nicht von Menschen überquoll und unterging.

Sie wurde zornig und war nicht bereit, dies als letzte Wahrheit hinzunehmen.

Seit dem Mordfall Johanna Voigt – 6 P Js 287/41 – waren schon zwei Monate vergangen, ohne daß der S-Bahn-Mörder ein neues Opfer gefunden hätte. Und die Menschen in Deutschland hatten bald auch anderes im Kopf als nur ihn. Am 6. April 1941 – morgens um 5.15 Uhr – hatte der Balkanfeldzug gegen Jugoslawien und Griechenland begonnen. Am 7. April wurde Skopje erobert und in Nordafrika Derna genommen.

Die Angehörigen der Mordkommission Rummelsburg atmeten auf und ergingen sich in Vermutungen nach den Gründen.

»Jeden Abend haben wir über zweihundert Beamte im Einsatz«, sagte Lüdtke. »Das wird ihn abgeschreckt haben.«

Zach hingegen glaubte, daß er eher weggezogen oder zur Wehrmacht eingezogen worden war.

Baronna lachte. »Da die Katze das Mausen nicht läßt und der Marder nicht das Töten, gibt 's für mich nur eine Lösung: Der Mann ist tot. Eines natürlichen Todes gestorben oder sonstwie – vielleicht von der S-Bahn überfahren ...«

So schön diese Vorstellung auch war, Mitte April wurden sie durch vier kleinere Vorfälle daran erinnert, daß ihr S-Bahn-Mörder noch immer unterwegs war und ungebrochen aktiv auf neue Beute lauerte.

Freitag, den 11. April 1941: Karin Mahnke, eine Angestellte der weiblichen Kriminalpolizei, beobachtet spätabends auf ihrer Fahrt von Wuhlheide nach Rummelsburg einen Mann, der in Karlshorst in den vorderen Teil des Wagens steigt, sich umsieht und auf sie zukommt. Sie sitzt am Ende des Wagens in der Mitte einer Polsterbank. Überraschend macht er aber halt und setzt sich hin. Trotz der Dunkelheit weiß sie, daß er zu ihr herüberstarrt. Plötzlich springt er auf und kommt immer näher. Er scheint sehr nervös zu sein. Sie rechnet fest mit einem Angriff, doch kurz vor ihr schwenkt er herum und geht auf die Abteiltür zu. Über die hölzerne Trennwand hinweg starrt er sie weiterhin an. Sie hat Weisung, sich nur im Abwehrfall auf einen Kampf einzulassen und zur Festnahme tunlichst Hilfe in Anspruch zu nehmen. So wartet sie, bis der Zug am Betriebsbahnhof Rummelsburg hält. Sie springt hinaus und ruft dem dort postierten Kriminalassistenten zu: »Hierher, ich hab ihn!«

Der mutmaßliche Verbrecher hat den Zug Richtung Erkner inzwischen ebenfalls verlassen und hetzt über den Bahnsteig, wo auf dem anderen Gleis der Gegenzug zur Abfahrt bereitsteht. Er springt hinein, offensichtlich in der Absicht, die gegenüberliegende Tür aufzureißen, auf den Schotter hinunterzuspringen und ins Bahnbetriebswerk zu entkommen. Doch da fährt der Zug schon ab. Der Kriminalassistent eilt zum Stationsvorsteher, um den Bahnhof Karlshorst zu alarmieren. Doch dort ist man nicht schnell genug, hat auch nicht genügend Kräfte, um den Verdächtigen zu stellen. Der Flüchtige hat weder Eisenbahnermantel noch -mütze getragen.

Sonnabend, 12. April 1941: Um 6 Uhr beobachtet ein Kriminalbeamter auf dem Betriebsbahnhof Rummelsburg, wie eine Gestalt vom Werk kommt und auf den Bahnsteig klettert, dort ein paar Schritte zur Mitte macht und dann stehenbleibt. Der Beamte mimt den Gleichgültigen und tut so, als warte er auf den Zug. Dabei bewegt er sich wie zufällig auf den Verdächtigen zu. Er ist aber kaum ein paar Meter nähergekommen, da springt der wieder auf die Gleise hinunter und verschwindet auf dem Gelände des Bahnbetriebswerks. Bei einem Vorsprung von über fünfzig Metern mißglückt die Verfolgung.

Freitag, 18. April 1941: Eine in der Zweiten Klasse fahrende Kriminalassistentin bemerkt kurz nach 22 Uhr auf dem Bahnhof Karlshorst, wie ein Mann in Uniform vom Bahnsteig her an die Abteiltür herankommt und suchend ins Wageninnere starrt. Sie reckt sich hoch, doch er scheint sie nicht entdeckt zu haben, denn in dem Augenblick, wo der Zug anfährt, tritt er zurück.

Sonntag, 20. April 1941: Kurz vor 22 Uhr bemerkt ein Reisender, wie ein Eisenbahner, der erst in Rummelsburg zugestiegen ist, schon in Karlshorst wieder den Zug verläßt und nicht den Ausgang benutzt, sondern hinter dem letzten Wagen auf die Gleise springt und in Richtung des Kleingartengeländes davonhastet. Der Reisende, der von den Überfällen gehört hat, läuft zur Bahnhofsaufsicht und macht Meldung, doch wegen der Dunkelheit muß von einer Verfolgung abgesehen werden.

»Ich könnte jede Wette eingehen, daß das unser Mörder war!« rief Lüdtke, als er alles gelesen hatte.

»Wie lange soll denn dieses Katz- und Maus-Spiel noch fortgesetzt werden?« fragte Baronna. »Dieser Riesenaufwand ...«

»Immerhin hat es keinen Mord mehr gegeben«, sagte Zach. »Und die Herren über uns haben sich wieder ein wenig beruhigt.«

Baronna verwies darauf, daß Nebe jede Woche drängte, wo der Abschlußbericht denn bliebe, womit er die Aufklärung des Falles meinte.

Zach winkte ab. »Aber unsere Männer sind müde. Sich vier Monate lang die Nächte um die Ohren zu schlagen ... Und die Partei zieht auch nicht mehr so richtig mit.«

Lüdtke sprang auf. »Es wird so weitergemacht wie bisher. Wir sind doch auf dem richtigen Wege, dem einzigen, den es überhaupt gibt. Das ist doch wie im chemischen Labor, wo man auch Jahre warten muß, ehe man den neuen Stoff gefunden hat, die einzig richtige von tausend möglichen Verbindungen.«

20. Juni 1941. Am Abend wurde das Stichwort »Dortmund« gegeben, mit dem der deutsche Angriff auf die Sowjetunion ausgelöst wird.

Zu dieser Stunde saßen auch Lüdtke, Zach, Baronna und elf weitere Kollegen der Mordkommission Rummelsburg beisammen. Als gälte es, ein Jubiläum zu feiern. Seit genau vier Monaten war dem S-Bahn-Mörder keine neue Untat mehr gelungen.

»Ein Erfolg«, sagte Zach.

»Ein Mißerfolg«, lächelte Baronna. »Denn noch ist er nicht entschärft, und wenn wir unsere Maßnahmen beenden, wird er wieder losschlagen, möglicherweise schon Stunden später. Vom Bw Rummelsburg aus merkt er doch sofort, daß da nichts mehr ist, daß er wieder morden kann, ohne Gefahr zu laufen, daß man ihn faßt.«

Lüdtke sah ihn an und kniff die Augen zu kleinen Schlitzen zusammen.

»Das ist die Idee ...«

»Was, welche?«

»Genau das. Wir machen ihm weis, daß wir den Mut verloren und aufgegeben haben. Oder aber nicht mehr glauben, daß er nach so langer Zeit noch einmal aktiv werden könnte. Otto, Sie verbreiten ab sofort im Bahnbetriebswerk das Gerücht, daß vom 1. Juli an alle Polizeistreifen, Posten und so weiter zurückgezogen werden. Mit aller Deutlichkeit: Es hat alles keinen Zweck mehr, die Übung wird eingestellt.«

»So dumm kann der Kerl doch nicht sein, daß er darauf hereinfallen wird«, wagte Baronna einzuwenden.

»Der ist so dumm, der hat bisher nur unverschämtes Glück gehabt.«

»Wollen Sie denn wirklich alles abblasen?« fragte ein junger Assistent.

»Nicht doch!« Lüdtke war ebenso wütend über diese Frage, wie er sie dankbar aufnahm, um den anderen zu vermitteln, was er meinte. »Natürlich bleiben wir in voller Bereitschaft, aber wir täuschen die Bahnleute alle und locken ihn so aus seiner Reserve. So werden unsere Leute aus den Wannen an den Bahnhofssperren herausgenommen und woanders postiert. In der Nähe. Wo sie in den Tagen nach dem 1. Juli doppelt so aufmerksam sein müssen wie schon bisher. Alles hat so abzulaufen wie bei einem militärischen Einsatz.«

Fünfter Teil

Der Volksschädling – dumpf und triebhaft

Kapitel 22

Der 1. Juli 1941, ein Dienstag, brach an. Der Führer hatte sich am Vortage in das ostpreußische Hauptquartier Wolfsschanze begeben, 14 km von Rastenburg entfernt und nicht weit weg von Sensburg, Nikolaiken, dem Ixt-See und Muntowen.

Die Mordkommission Rummelsburg wartete sozusagen Gewehr bei Fuß. Wenn Lüdtke die Psyche ihres Mannes richtig eingeschätzt hatte, dann mußte er ihnen heute ins Netz gehen. Und dieses Netz war so dicht gespannt wie noch nie. Zwischen den Stationen Rummelsburg und Betriebsbahnhof Rummelsburg hatte man das Gelände an der Bahnstrecke bis zu einer Tiefe von zweihundert Metern durch Streifen wie durch geschickt in Lauben und Schuppen versteckte Beamte vollkommen unter Kontrolle.

Grete Behrens hielt wenig von Lüdtkes Idee. »Das sieht doch nun wirklich so aus, als wollte er eine der Frauen opfern.«

»Um vielleicht zehn, zwanzig andere dafür zu retten«, gab Baronna zu bedenken.

»Und wenn es nun eine gewisse Lieselotte Encke treffen sollte?« fragte Grete Behrens. »Diese wilde Malerin, von ihren Freunden Lolo genannt.«

Baronna wurde blaß. Das hatte sie also irgendwie herausbekommen.

»Ich habe sie als Begleitschutz nach Hause gebracht.«

»Und bis zum frühen Morgen an ihrem Bett gesessen und Händchen gehalten.«

Beide schwiegen. »Es hat wohl keinen Zweck mit uns«, sagte Baronna.

»Es ist meine Schuld, ich hab mich getäuscht in dir.«

»Wieso?«

»Du bist auch nicht anders als die anderen Männer.«

»Doch.«

»Nein.«

Sie saßen in der Kantine des Polizeipräsidiums, und das war nicht der Ort, wo Baronna seine Emotionen hätte zeigen können. Andererseits stand ihr Zweiertisch so weit allein in der hintersten Ecke, daß doch noch einiges gesagt werden konnte.

Baronna starrte auf seine Gabel, die gerade in einer zu hart gekochten Kartoffel steckte.

»Ich hab' doch kein Verhältnis mit ihr. Einmal ist keinmal.«

»Das ist männliche Logik. Es ist ein Treuebruch.«

»Nun mißt du dem Ganzen aber doch zuviel Bedeutung bei. Wir sind doch Menschen, und ich schätze dich, weil du intelligent bist und alles durchschaust. Und das da war doch nur was Tierisches.«

»Wie beim S-Bahn-Mörder.« Ihr Lachen war eine Anklage, wie sie nicht deutlicher hätte sein können.

»Nun komm!« Baronna warf sein Messer auf den Tisch. »Es ist nicht gegen ihren Willen geschehen, ganz im Gegenteil.«

»Ihr biegt und lügt euch die Welt doch so zurecht, wie ihr sie braucht. Wahrscheinlich sind auch die Frauen selber schuld, die der S-Bahn-Mörder auf'm Gewissen hat: Sie hätten ja nur bereitwillig ja sagen müssen.«

»Du setzt mich also mit einem Mörder gleich?«

»Alle Männer werden blitzschnell Mörder. Vor allem in Ämtern und Uniformen.«

»Jetzt reicht 's mir aber!« Baronna stand auf und lief aus dem Saal.

Man schrieb den 3. Juli 1941. In einer Sondermeldung des OKW hieß es: »Mehr und mehr ist zu übersehen, daß die Vernichtungsschlacht ostwärts Bialystok eine Entscheidung von weltgeschichtlichem Ausmaß gebracht hat. Ein unvorstellbares Chaos ist über die Sowjet-Armeen hereingebrochen ...«

Albert Borowka war kurz vor vier Uhr schreiend hochgefahren. Er hatte geträumt, von einem russischen Panzer über ein ebenes Schneefeld gejagt zu werden. Nirgendwo eine Deckung, das Rohr der Kanone folgte ihm mit jeder Bewegung. Noch eine Sekunde, dann zerfetzte es ihn. Da stolperte er in einen kleinen Bombentrichter. Gerettet! Nein. Denn nun war der Panzer über ihm, drehte sich mit seinen Ketten, um ihn zu zermalmen.

»Ist was?« Emmi streichelte ihn.

»Nein. Schlaf weiter.«

Was sollte er sie auch noch quälen. Er wartete, bis sie wieder eingeschlafen war und stand dann auf. Besser die Morgenstunde nutzen und nützliches im Garten tun, als daliegen, ins Grübeln geraten und immer wieder von schrecklichen Träumen geplagt zu werden. Sie hatten in dieser Nacht seinen Schlaf von Anfang an zerrissen. Der Grund war einfach genug: Der Einberufungsbefehl hatte in der Post gelegen. Das Todesurteil?

Er wusch sich kurz und zog sich an. Der Trainingsanzug genügte. Dann schlich er sich aus der Laube, holte die Leiter aus dem Schuppen und begann, Stangenbohnen zu pflücken. Zur Arbeit mußte er heute erst am frühen Nachmittag.

Das Leben erwachte. Die Vögel begannen zu zwitschern, die Bienen zu summen, Tautropfen glitzerten wie kleine Christbaumkugeln auf den frischen Blättern. Die Luft war würzig und tat dem Körper wohl. Ein herrlicher Sommertag sollte es werden.

Sein letzter Sommer möglicherweise. Sterben sollte er für den größten Verbrecher dieser Erde seit Neandertaler-Zeiten, irgendwo verscharrt werden. Zerfetzt, durchlöchert, erschlagen, zermanscht, zerstückelt oder verbrannt wie hunderttausend andere. Nur, damit sich diese braune Scheiße über die halbe Welt ergießen konnte.

Was aber sollte er anderes tun, als sich tatsächlich mit seinem Pappkarton am 1. August in Spandau, in der Kaserne, zu melden?

Sollte er fliehen und versuchen, irgendwo unterzutauchen? Auf dem Lande, bei einem Bauern? Versuchen, sich in den Wäldern allein durchzuschlagen? Nein, dann hätte es Emmi getroffen. Sippenhaft. Und Deutschland war zudem zu eng besiedelt und voll von Denunzianten.

Sollte er sich vor die S-Bahn werfen und allem schnell ein Ende machen? Nein. Ein Mensch hatte nicht das Recht dazu, sich das Leben zu nehmen. Es war ihm ohne sein Zutun gegeben worden, und es mußte ihm auch ohne sein Zutun wieder genommen werden. Das war das Gesetz der Schöpfung.

Sollte er jetzt ganz nach oben auf die Leiter klettern und dann so unglücklich fallen, daß er sich Arme, Beine oder gar das Rückgrat brach? Lieber Krüppel als tot? Nein. Das schaffte er nicht, das ging gegen sein Innerstes.

Also würde er sich genauso zur Schlachtbank führen lassen, wie es all die anderen taten. Der Mensch zerfiel in zwei Arten von Tieren: Die, die töteten, und die, die sich töten ließen. Oder anders: Die einen mußten töten und die anderen mußten sich töten lassen. So war es vom Kosmos ein für allemal festgelegt worden.

Damit reckte er sich ganz nach oben, um die längste aller Bohnen zu erreichen, mit der Schere abzuschneiden und in den schon halb gefüllten Korb zu werfen, der mit einem Fleischerhaken an der Leiter baumelte.

Da schrie er auf. Am Zaun vor seiner Laube, inmitten einer lichten Hecke, lag die Leiche einer Frau. Der Kopf eine blutige Masse, die Kleider hochgeschoben, der Schlüpfer zerrissen.

Er sprang von der Leiter, griff sich sein Fahrrad, jagte zum Bahnhof Rummelsburg und stürzte zum Fahrdienstleiter hinauf.

»Sie müssen die Polizei anrufen. In der Kolonie Gutland ist eine Frau ermordet worden! Interessentenweg, neben dem Eingang zum Weg 3.«

Eine knappe Stunde später hatte die Mordkommission Rummelsburg den Tatort erreicht. Die Tote, so stellte sich alsbald heraus, war die 35jährige Ehefrau Frieda Koziol.

»Ohne Zweifel unser S-Bahn-Mörder«, sagte Zach. »Von der S-Bahn selber und der Strecke scheint er abgelassen zu haben und betätigt sich nun außerhalb des Areals, das wir abgesichert haben.«

Baronna lachte. »Ein schöner Erfolg unserer Bemühungen.«

»Aber diesmal haben wir ihn!« Lüdtke deutete auf einen klaren Fußabdruck neben der Toten. »Um Mitternacht hat es einen Wolkenbruch gegeben. Der Mord ist zwischen ein und zwei Uhr geschehen. Es ist nur dieser eine Fußabdruck vorhanden, also stammt er mit größter Wahrscheinlichkeit vom Mörder.«

Die Spur ließ sich vom Tatort bis in die Nähe des Betriebsbahnhofs Rummelsburg zurückverfolgen. Dabei fiel auf, daß sich zumeist nur die Schuhsohle, nicht aber der Absatz abgedrückt hatte. Der Täter mußte also vom Bahnhof hinter seinem Opfer hergeschlichen oder hergerannt sein. Vom Tatort an verlor sich die Spur in den unbebauten Parzellen des Laubengeländes.

Der Ehemann der Ermordeten hatte zur Tatzeit im Bw Rummelsburg als Rangierer mit mehreren Kollegen zusammen seinen Dienst versehen. Als er vom Tod seiner Frau erfuhr, brach er zusammen und mußte ins Krankenhaus gefahren werden.

Der Erkennungsdienst stellte ohne große Mühe fest, daß es sich beim fraglichen Herrenschuh um das Profil der Marke Salamander-»Fußarzt« handelte, und zwar Größe 43.

Lüdtke hielt den Gipsabdruck in der Hand, als sein Stab am Vormittag im Präsidium zuammensaß.

»Der hier wird uns ganz schön in Trab bringen, meine Herren.«

»Ich nehme mir mit Otto zusammen das Bahnbetriebswerk vor«, sagte Kommissar Zach. »Reichsbahner mit Schuhgröße 43. Und unsere Leute sollen alle Fußabdrücke untersuchen, die sich im Bw finden lassen.«

Otto hakte ein. »Es wäre zu schön, um wahr zu sein, wenn einer von unseren vier Verdächtigen vom Februar – Kocksin, Waberski, Ogorzow und Bugewitz – ›Fußarzt‹-Schuhe trägt und Größe 43 hat. Aber sehen wir mal ...«

»Gut. Und, Baronna, Sie sehen sich mit unseren restlichen Kräften alle Schuh-Bezugsscheine an, die im Bezirk Lichtenberg seit der Einführung der Bewirtschaftung ausgegeben worden sind.«

Sachdienliche Mitteilungen und Wahrnehmungen, die mit der entsetzlichen Tat in Zusammenhang stehen und auf die Spur des entkommenen, noch unbekannten Mörders führen können, nimmt die Dienststelle ML 2 im Polizeipräsidium (Zi. 753 und 754, Anruf 510012, Hausapparat 683) entgegen. Die vertrauliche Behandlung gemachter Angaben wird zugesichert.

Gerhard Baronna legte das *12 Uhr-Blatt* mit dem Bericht über den zehnten Mord beziehungsweise Mordversuch des S-Bahn-Mörders wieder beiseite. Die Stulle war gegessen, jetzt galt es, weiterhin die Karteikästen durchzuflöhen. In den 14 Karteistellen des Bezirks Berlin-Lichtenberg waren die Bezugsscheine von 20 000 Einwohnern nach vier Kriterien zu sichten:
– männlich
– Schuhgröße 43
– Firma Salamander
– Marke »Fußarzt«.

Trotz der eingesetzten dreißig Kräfte – auch Grete Behrens war dabei, er vermied jedoch jeden Kontakt mit ihr – war sich Baronna bald im klaren darüber, daß sie eine Ewigkeit brauchen würden, ehe sie alles durchgesehen hatten. Darum gab er Order, diese Arbeit erst einmal kurzzeitig zu unterbrechen und statt dessen lieber auszuschwärmen und alle Schuhgeschäfte im Raume Rummelsburg, Friedrichsfelde und Karlshorst aufzusuchen und zu fragen, ob sie überhaupt und wann »Fußarzt«-Schuhe verkauft hatten. Als das geschehen war, suchte man sich die aus diesen Geschäften zurückgekommenen Bezugsscheine heraus.

»Fünfunddreißig männliche Personen nur noch«, sagte Baronna nicht ohne Genugtuung. »Mal sehen, was sich noch so aussieben läßt …«

Er brach ab, denn in der Tür war eine Beschäftigte des Bezirksamtes Lichtenberg erschienen, um ihn ans Telefon zu rufen. Kommissar Lüdtke wollte ihn sprechen.

»Hören Sie, Baronna, Sie sind jetzt meine letzte Hoffnung, denn was Zach und Otto im Bw herausgefunden haben, ist sehr deprimierend. Unsere vier Verdächtigen von damals haben weder Größe 43 noch tragen sie den speziellen Salamander-Schuh. Und auch sonst: Alle, die ihn tragen, haben ein Alibi beziehungsweise sind als Täter auszuschließen.«

Baronna lachte. »Sagen Sie mir, daß die Erde plötzlich keinen Mond mehr hat.«

»Wie meinen Sie das?«

»Entschuldigung, aber bisher war es doch für uns genauso sicher, daß der Mörder Eisenbahner ist.«

»Vielleicht war es unser entscheidender Fehler, das alles als gegeben anzunehmen. Der alte Fehler, immer wieder …«

»Also: Kehrt marsch, marsch?«

»Ja.«

So fühlten sich Baronna und seine Leute ganz besonders angespornt. Nach ihrer ersten Aktion waren fünfunddreißig Männer übriggeblieben, und deren Zahl reduzierte sich ständig weiter, denn einige der Schuhbesitzer waren inzwischen zur Wehrmacht eingezogen worden, und andere wohnten so weit vom Tatort entfernt, daß man sie ruhigen Gewissens aussortieren konnte.

Vier Tage, nachdem sie begonnen hatten, schrie ein junger Assistent, daß er den Täter habe.

»Hier ist einer, der in der Kolonie Gutland I gemeldet ist. Ein gewisser Hermann Weikow, Tischler von Beruf.«

Baronna sprang auf, vergewisserte sich, daß alles seine Richtigkeit hatte und rief dann bei M II an, der Inspektion für Sittlichkeitsdelikte. Ob die Kollegen etwas über einen gewissen Hermann Weikow hätten.

Die Antwort kam nach einer halben Stunde.

»Ja, ’ne ganze Latte.«

Baronnas Leute jubelten wie bei einem Tor von Szepan oder Kuzorra. Er selbst hängte sich sofort ans Telefon, um Lüdtke in Kenntnis zu setzen und die Verhaftung Weikows vornehmen zu lassen.

»Herr Kommissar, wir haben ihn, den S-Bahn-Mörder!«

Bevor sich Lüdtke und Baronna den Festgenommenen zur Vernehmung kommen ließen, gingen sie noch einmal durch, was die Kollegen über diesen Hermann Weikow inzwischen in Erfahrung gebracht hatten.

Die Nachbarn hatten Hermann W. einen ausgesprochen unsoliden Lebenswandel nachgesagt. Er komme und gehe zu den verschiedensten Nachtzeiten, ohne daß das irgendwie in Zusammenhang mit seinem Beruf stünde.

Sein Arbeitgeber in Treptow bescheinigte ihm, unzuverlässig, schludrig und renitent zu sein. Er scheine ständig über seine Verhältnisse zu leben, käme oft völlig übernächtigt zur Arbeit, fehle aber auch oft ohne Attest ganze Tage. Dazu führe er ständig ordinäre Redensarten und belästige die weibliche Gefolgschaft.

»Das paßt ja wie die Faust auf 's Auge«, sagte Baronna. »Das Strafregister ebenfalls.«

Da waren im Jahre 1937 zwei geringfügige Betrugsversuche, ein Roheits- und dann ein Sittlichkeitsdelikt – ein Vergewaltigungsversuch, bei dem das Opfer nach eigenen Angaben geschlagen und gewürgt worden war –, das ihm drei Monate Gefängnis eingebracht hatte. Diese Strafe hatte er 1938 abgesessen.

»Genau mit Beginn unserer Serie war er also wieder draußen«, bemerkte Baronna.

»Dann lassen Sie den Weikow mal vorführen«, wies Lüdtke ihn an.

Zweiundsiebzig Stunden quälender Tag- und Nachtverhöre sollten nun beginnen.

Als Baronna den Tischler Hermann Weikow dann sah, mußte er unwillkürlich an das denken, was er neulich im *Völkischen Beobachter* gelesen hatte. Da hatten sie einen Schriftsteller gefragt, was er denn jetzt so fühle, wo sein Roman von der Ufa verfilmt worden sei und die Figur, die er sich ausgedacht und mit der er die ganze Zeit über in seiner Phantasie zusammengelebt habe, nun bald auf der Leinwand sehen würde.

Die Antwort: »Das eine hat mit dem anderen überhaupt nichts zu tun, da gibt es nicht die geringste Entsprechung.«

So erging es Baronna jetzt mit Weikow. Der sah mit seinen dreißig Jahren und seiner Körpergröße von immerhin 1,80 m eher aus wie ein Schlawiner, wie ein Filou, vielleicht auch wie der Liliom aus dem Theaterstück, in das ihn eine frühere Freundin mal mitgeschleppt hatte, aber nicht wie einer, der acht Morde, sechs Mordversuche und zweiunddreißig Sittlichkeitsverbrechen auf seinem Konto hatte, also das war, was im Volksmund ein Massenmörder hieß. Aber Baronna war auch schon zu lange im Beruf, um nicht zu wissen, wie sehr man sich da täuschen konnte. Siehe Haarmann, siehe Kürten. Und gerade die Tatsache, daß man es ihnen nie und nimmer zutraute, ermöglichte ja diesen Männern erst die Serie ohne Ende.

Lüdtke begann geradezu gemütlich und fragte Weikow nach Namen, Wohnung und Personalien wie man eine Urlaubsbekanntschaft in Kühlungsborn beschnupperte.

Baronna hatte Zeit, den Mann genauer zu betrachten. Ruhig saß er da, hatte die Hände in den Schoß gelegt und die Beine übereinandergeschlagen, ganz lässig. Sein Kopf war schmal und hoch, das Gesicht so hager wie bei einem Langstreckenläufer. Die tiefen Falten, die sich von den Nasenflügeln zu den Mundwinkeln zogen, und die riesigen blauroten Ohrmuscheln ließen ihn ausnehmend häßlich erscheinen. Das Gesicht eines Waldschrates, wenn man es genauer betrachtete. Aha, dachte Baronna, und korrigierte damit seinen ersten Eindruck, der ist so potthäßlich, daß mit dem keine Frau freiwillig mitgehen würde. Dazu kam eine geradezu krächzende Stimme.

Lüdtke ließ die S-Bahn-Morde und die Sittlichkeitsverbrechen im Laubengelände zunächst völlig unerwähnt und fragte ihn nur sanft, was er denn in den Nachtstunden so mache.

Weikow beugte sich leicht vor und hielt den beiden Kriminalbeamten die linke Gesichtshälfte hin, so, als hörte er nur auf einem Ohr.

»Zur Nachtzeit, Herr Kommissar? Habe ich das richtig verstanden? Wie kommen Sie denn darauf?«

Lüdtke hätte nun sagen können, daß er hier die Fragen stellte, blieb aber gelassen und vieldeutig. »Wir haben da einiges festgestellt über Sie ...«

Weikow ließ sich nicht beirren. »Herr Kommissar, ob Sie mir wohl bitte sagen könnten, warum ich hier vernommen werde?«

»Das werden Sie noch erfahren, Herr Weikow. Immer der Reihe nach. Also, bitte, warum sind sie des nachts so oft unterwegs?«

»Von oft kann ja wohl kaum die Rede sein!« Weikow setzte sich energisch zu Wehr. »Es kommt schon mal vor, daß ich spät nach Hause komme, aber ...«

»Und woher kommen Sie da?«

Weikow stellte ein breites Lächeln zur Schau und zeigte dabei eine Reihe kräftiger gelber Zähne, die Baronna an das erinnerten, was seine Mutter immer ein Pferdegebiß zu nennen pflegte.

»Na?« hakte Lüdtke nach.

»Man ist doch auch mal mit 'nem hübschen Mädel zusammen, und dann wird 's schon mal später als sonst.«

Baronna konnte nicht mehr an sich halten. »Bei einem Charmeur wie Ihnen, da muß das doch sehr oft vorkommen?«

»Ja, das tut 's.« Weikow schien nicht bemerkt zu haben, wie er auf den Arm genommen werden sollte.

Lüdtke warf dennoch einen mißbilligenden Blick zu Baronna hinüber.

»Na schön, Herr Weikow. Wann fängt denn morgens Ihre Arbeit an?«

»Im Sommer um halb achte.«

»Und wie lange brauchen Sie von Ihrer Wohnung bis zur Arbeitsstelle?«

»Im Winter 'ne Dreiviertelstunde, im Sommer 'ne halbe.«

»Eine halbe Stunde also. Und warum sind Sie denn im Juni, Juli oft schon um sechs Uhr morgens unterwegs?«

Weikow stutzte und mimte den Verwirrten. »Um sechs Uhr, Herr Kommissar ...? Ich versteh nicht, wie Sie das meinen, denn ich geh immer erst um sieben von zu Hause weg.«

»Nicht doch, Herr Weikow, wir wissen ganz genau, daß Sie öfter früher weggehen.«

Lüdtke richtete sich auf und fixierte den Tischler. »Aus welchem Grund!?«

Weikow schien entsetzt über die Richtung, die das Verhör jetzt nahm. Baronna registrierte das genau, und er wußte auch, warum. Lüdtke sah, als Weikow nicht antworten wollte, auf seine

Notizen. »Am Donnerstag, am 3. Juli, sind Sie auf alle Fälle sehr früh aufgestanden beziehungsweise spät schlafengegangen.«

»Wieso?«

»Weil Sie nachts zwischen ein und zwei Uhr in der Kolonie Gutland II, gleich bei sich nebenan, eine Frau erschlagen haben.«

Ohne daß Baronna es verhindern konnte, sprang Hermann Weikow daraufhin auf, schlug mit der Faust auf den Tisch und brüllte: »Das lasse ich mir nicht anhängen!«

Lüdtke reagierte mit absolutem Nichtstun und tat so, als säße er in der ersten Reihe eines kleinen Theaters und wartete, wie das Stück nun weiterging.

Baronna glaubte zu wissen, wie es bei Weikow im Innersten zugehen mußte. Einschlägig vorbestraft war er, und als Rückfälliger mußte er nun mit Konzentrationslager und Entmannung rechnen.

Weikow fiel auf seinen Stuhl zurück. Im Gesicht aschfahl geworden, wirkte er wie ein Krebskranker kurz vor dem Ende. Nur seine übergroßen Ohren leuchteten rot. Er zitterte am ganzen Körper. Seine Hände hatte er ineinandergekrallt, und ab und an schnipste er mit den Daumennägeln.

Lüdtke ließ ihn schmoren. Eine Minute, zwei Minuten. Man hörte nur das Summen der Fliegen und das Ticken einer Uhr. Erst als in der Nähe eine S-Bahn dröhnte, machte Lüdtke weiter.

»Also, Herr Weikow, Sie leugnen, in jener Nacht noch unterwegs gewesen zu sein?«

»Jawoll, war ich auch nicht!«

Da wurde Lüdtke wieder so gemütlich wie am Anfang. »Gut. Dann reden wir mal über die Schuhe, die Sie so haben. Zählen Sie mal auf, was da so alles ist«

»Mein Schuhzeug? Da muß ich mal nachdenken ...«

Baronna fragte sich, ob Weikow wirklich nicht wußte, was hier gespielt wurde. Jedem halbwegs intelligenten Menschen hätte doch klar sein müssen, daß die Kripo schon längst bei ihm zu Hause gewesen war und alles auf den Kopf gestellt hatte. Natürlich hatten Sie sich Weikows Schuhe allesamt angesehen und seine gesamte Garderobe, vom Hut bis zum letzten Schnürsenkel, zum kriminaltechnischen Institut schaffen lassen, um sie auf Blutspuren zu untersuchen.

Lüdtke wollte ihm auf die Sprünge helfen. »Na, ein Paar haben Sie doch sicherlich an ...?«

»Ja, die hier ...« Weikow hob seine Füße und zeigte den beiden Kriminalbeamten seine grob gearbeiteten Sandalen.

»Danke. Und weiter?«

»... nu', da sind noch 'n paar andere, ja. Zwei Paar schwarze und zwei oder drei Paar braune für 'n Sommer.«

»Eigentlich etwas viel ...«, warf Baronna ein.

Wiederum blockte Lüdtke ihn etwas unwirsch ab. »Das spielt doch keine Rolle jetzt. Herr Weikow, kommen wir mal zu den Salamander-Schuhen, die Sie im Frühjahr in der Frankfurter Allee gekauft haben ...«

»Welche Salamander-Schuhe?«

»Die mit den dicken Gummisohlen, Marke ›Fußarzt‹?«

»Die sind doch bei den drei Paaren bei, die ich schon angegeben habe!« rief Weikow. »Wieso?«

»Weil wir deren Abdrücke neben der Frau gefunden haben, die von Ihnen erschlagen und mißbraucht worden ist!« Lüdtke griff blitzschnell in eine seiner Schubladen, zog den Gipsabdruck hervor und knallte ihn so auf den Tisch, daß er fast zerbrach. »Hier!«

Wieder sprang Weikow auf und schrie zum zweiten Mal, daß er die Frau nicht getötet habe.

Lüdtke wartete, bis er sich wieder etwas beruhigt und hingesetzt hatte. »Ihre Arbeitskollegen berichten, daß Sie am 3. Juli etwas später zur Arbeit gekommen sind und sehr verstört waren.«

»Ich hatte einen Schaden am Rad. Vorne der Reifen war geplatzt.«

Lüdtke gab Baronna einen Wink, nun weiterzumachen.

»Lassen wir mal den Morgen«, begann Baronna. »Viel interessanter ist ja die Nacht davor. Herr Weikow, Sie kennen ja unsere Sondergerichte: Da wird kurzer Prozeß gemacht mit Leuten wie Ihnen. Und so sicher, wie zwei mal zwei vier ist, so sicher ist, daß Sie in jener Nacht da langgegangen sind, wo Frau Koziol erschlagen worden ist. Ihr Schuhabdruck ist ein hundertprozentiges Indiz. Da hilft kein Leugnen mehr.«

Weikow sackte in sich zusammen. »Ja ...«

Baronna sandte ein triumphierendes Lächeln zu seinem Vorgesetzten hinüber: Hurra, jetzt haben wir ihn!

»Nu erzählen Sie mal!« drang Baronna weiter auf Weikow ein. Der richtete sich wieder ein wenig auf und sah ihn von unten her bittend-demütig an.

»Bitte, glauben Sie mir ... Es war alles ganz anders, als Sie denken ...«

»Da bin ich ja mal gespannt ...« Das war Baronna wirklich. Auf die Ausreden und Ausflüchte, die jetzt kommen mußten.

Weikow begann mit dünner und gepreßter Stimme: »Also, ich komme da um halb zwei mit dem Rad zurück. Alles dunkel, und mein Dynamo geht auch nicht so richtig, der setzt immer aus. Als ich an der Zobtener Straße bin, am Eingang zur Kolonie, da höre ich einen Schrei. Ich fahre los. In die Richtung, wo das hergekommen ist. Da ist mein Dynamo wieder im Eimer. Ich leg mein Rad zur Seite und renne weiter. So nach fünfzig Meter stoße ich mit dem Fuß gegen was. Wie ich mich bücke und genauer hinsehe, liegt da 'ne Frau. Sie lag ganz still da und war vielleicht schon tot. Ich weiß das nicht genau, denn ich bin gleich wieder hoch und losgerannt wie ein Irrer!«

Baronna wartete, ob Weikow noch mehr sagen wollte, doch der sah nur von einem Kriminalbeamten zum anderen, und es war so, als wolle er deren Überraschung genießen.

Baronna faßte sich als erster: »Na, das ist ja wirklich eine nette Geschichte, Herr Weikow. Während Sie da ganz friedlich auf Ihrem Rad angefahren kommen, schlägt ein anderer eine Frau tot, und Sie sehen sich das an und gehen dann, ohne einem Menschen oder der Polizei einen Ton davon zu sagen, ganz einfach schlafen. Und der Täter: der große Unbekannte also wieder mal! Wie im Film. Fehlt nur noch, daß Sie ihn gesehen haben. Wie sah er denn aus? Na, sagen Sie's schon, Sie haben doch eine so wunderbare Phantasie?«

»Gedrungen. Und 'ne Eisenbahneruniform hat er angehabt.«

Baronna lachte. »Darauf hätte ich mein ganzes Vermögen gewettet. Aber schön, daß Sie unsere Fahndungsplakate so aufmerksam gelesen haben.«

Nun änderte Weikow plötzlich seine Taktik und wurde geradezu patzig: »Das ist doch nicht meine Schuld, daß die Polizei den S-Bahn-Mörder nicht kriegt!«

Lüdtke stand auf. In zwei Stunden war Mitternacht, und er war am Ende seiner Kräfte.

»Herr Weikow, Sie stehen unter Mordverdacht und bleiben weiterhin in Haft. Abführen!«

Als Hermann Weikow draußen war, sah Lüdtke seinen Mitarbeiter an.

»Na, Baronna, ist es unser Mann, oder ist er es nicht?«

»Sie glauben, daß er es ist ...?«

»Ja.«

»Ich auch. Er ist intelligent genug, nein, ich will mal sagen: Er hat die richtige Bauernschläue dazu, das Ganze von Anfang an so anzulegen, daß alles in Richtung Eisenbahner geht.«

»Ja, er hat uns ganz bewußt in die Irre geführt. Fehlt nur noch, daß wir die Uniform finden, die er ja irgendwo versteckt haben muß.«

Am nächsten Morgen ging es weiter. Hermann Weikow blieb bei seiner Darstellung und ergänzte sie noch um einige Einzelheiten.

»Warum ich nicht zur Polizei gegangen bin? Sie wissen doch, was ich da hinter mir habe.«

Er erinnerte an das Sittlichkeitsdelikt aus dem Jahre 1938. »Was sollte ich denn machen, als ich die Frau da liegen sah? Hätte mir ja doch keiner geglaubt, daß ich 's nicht gewesen bin. Wie Sie beide jetzt! Da hab ich dann den Kopf verloren und bin weggelaufen. Völlig durcheinander bin ich gewesen und hab' stundenlang keinen klaren Gedanken mehr fassen können, auch auf Arbeit. Ausgerechnet das!«

Baronna mußte sich eingestehen, daß das recht glaubwürdig klang. Aber Weikow hatte ja auch eine ganze Nacht lang Zeit gehabt, diese Szene einzuüben.

»Kommen wir noch einmal auf die Nacht vom 2. auf den 3. Juli zu sprechen. Was haben Sie da alles gemacht?«

»Ich hab nicht einschlafen können und bin mit dem Rad umhergefahren.«

»Auf der Suche nach einer Frau?«

»Nur so.«

»Ein Mann wie Sie, der immer gern mal ein Mädel hat, der fährt doch in einer Sommernacht nicht nur so umher.«

»Doch.«

»Hören Sie auf, uns auf den Arm zu nehmen.«

»Dann sag ich eben gar nichts mehr, so!«

Dabei blieb denn Hermann Weikow auch, und Lüdtke und

Baronna konnten nicht anders, als das Verhör abermals abzubrechen und den Tischler in seine Zelle zurückzuschicken.

Am nächsten Tag ging das Spiel von vorne los. »Hier ist die Karte der Gegend ... Zeigen Sie uns doch bitte mal, wo Sie dort in der fraglichen Nacht überall langgeradelt sind.«

Weikow trat an die Wand und fuhr mit dem Finger zwischen Rummelsburg, Karlshorst und Friedrichsfelde hin und her. Baronna zuckte jedesmal zusammen, wenn er die Stellen streifte, wo Frauen überfallen und ermordet worden waren. Sie waren auf dieser Karte nicht markiert, aber er hatte sie alle im Kopf. Blieb nur noch eines offen.

»Sie fahren immer mit dem Rad zur Arbeit?«

»Ja.«

»Auch im Winter?«

»Meistens.«

»Also nicht immer?«

»Doch.«

»Wir haben aber bei Ihnen in der Laube auch einige S-Bahnfahrkarten gefunden.«

Weikow mußte zugeben, daß er manchmal auch mit der S-Bahn gefahren war. »Im Schnee.«

Lüdtke kam nun auf die Morde zu sprechen, die sich im Winter ereignet hatten.

»Vielleicht können Sie uns mal sagen, was am 22. 12., am 29. 12., am 5. 1. und am 12. 2. gewesen ist?«

»Was soll da gewesen sein?«

»Da sind auf der S-Bahn die Frauen Elisabeth Büngener, Gertrud Siewert, Hedwig Ebauer und Johanna Voigt ermordet worden.«

Auch diesmal sprang Weikow auf und wiederholte das, was er schon zwei Tage zuvor herausgeschrien hatte: »Das lasse ich mir nicht anhängen!«

Da schlug Baronna zu. »Schön, Sie lassen sich das nicht anhängen, aber das wird das Gericht nicht davon abbringen, Sie aufzuhängen, das heißt einen Kopf kürzer zu machen!«

Weikow saß wieder auf seinem Stuhl und hatte die Hände ineinandergekrallt, rang so mit sich, daß die Knöchel furchtbar knackten. Dann brach es aus ihm heraus: »Herr Kommissar, es hilft denn wohl nichts ...«

Lüdtke und Baronna sahen sich am Ziel. Endlich. »Nun ...?«

Weikow stieß die Luft aus den Lungen. »... da muß ich wohl die Wahrheit sagen, sonst komm' ich aus der Geschichte wohl überhaupt nicht mehr raus. Ich war in der Laube drin, vor der das passiert ist.«

»Soll das heißen, daß Sie da eingebrochen sind?«

»Ja. Das will ich lieber zugeben, als das mit der Frau. Damit hab ich nicht das Geringste zu tun, wirklich nicht. Ich war öfter mal auf Tour.«

Und er gab noch drei weitere Einbrüche zu, die er in den Laubenkolonien begangen haben wollte. »Darum auch die vielen Schuhe.«

Baronna glaubte das zwar, hielt es aber lediglich für einen Trick, um vom Eigentlichen abzulenken, denn er erinnerte sich an das, was ihm einige der Frauen in Gutland I und II berichtet hatten. »Ein sehr schönes Ablenkungsmanöver.«

»Wovon denn?«

»Halten wir mal fest, daß Sie zugegeben haben, nachts durch die Laubenkolonien geschlichen zu sein.«

»Ja. Um zu sehen, wo sich einbrechen läßt.«

»Nein: Um mal zu sehen, was die Liebespaare so machen.«

»Auch mal.«

Baronna stand auf. Da hatte er den Kerl doch noch aufs Glatteis geführt. Das war der Sieg. Am liebsten hätte der die Arme hochgerissen.

»Als Ritzenkieker also. Um Liebespaare zu belauschen, durch Fenstervorhänge, Ritzen und Astlöcher zu spähen und dabei Lustgefühle zu haben.«

Weikow begriff schlagartig, daß er damit in der Falle saß. Vom Ritzenkieker bis zum Lustmörder, für die Beamten war das nur ein kleiner Schritt.

Wenig später hielten Lüdtke und Baronna Vortrag beim Reichskriminaldirektor. Arthur Nebe hörte sich das alles aufmerksam an und wirkte fast ein wenig belustigt.

»Ist also Weikow noch in Haft?«

»Ja. Zunächst nur wegen der vier Laubeneinbrüche, die er zugegeben hat.«

»Dann darf ich Ihnen zu Ihrem großartigen Erfolg gratulieren, meine Herren. Allerdings ...«, Nebe nahm ein dünnes Blatt aus einer Umlaufmappe, »... allerdings spricht das Gutachten unseres kriminaltechnischen Instituts ein wenig gegen Sie. Man hat an Weikows Sachen zwar geringe Blutspuren gefunden, die aber von der Blutgruppe her mit hoher Wahrscheinlichkeit von ihm selber stammen, auf keinen Fall aber von der ermordeten Frieda Koziol.«

Schweigen. Lüdtke hatte den Kopf gesenkt, Zach pulte sich vor Verlegenheit im Ohr herum, andere starrten aus dem Fenster, und Baronna fühlte sich wie ein angeschlagener Boxer, der den Ringrichter zählen hört. Acht, neun ...

Nein! Kurz vor dem Aus sprang er auf, um weiterzukämpfen. »Moment mal!« rief er. Instinktiv hatte er begriffen, daß das der Moment war, in dem sich sein Schicksal entschied. Wenn er jetzt den Einfall hatte, der alles rettete, war er der Mann der Stunde und hatte alle Chancen, Karriere zu machen. Denn neben Nebe saß ein gewisser Herbert Bloh, der ein enger Vertrauter Heydrichs war und vom Reichsführer SS und Chef der Deutschen Polizei zu dieser Sitzung geschickt worden war, um alles unter Kontrolle zu haben.

»Was ist, Herr Kriminalsekretär?« fragte Nebe mit gehörigem Tadel in der Stimme.

»Wie auch immer, es gibt noch genügend Indizien, die gegen Weikow sprechen. Er ist ein Voyeur, er hat nachweislich vorher schon ein Sittlichkeitsverbrechen begangen und ist ebenso hundertprozentig zur Tatzeit am Tatort gewesen.«

Herbert Bloh hatte als erster begriffen, was Baronna da meinte. »Das ist eine geniale Idee!«

Arthur Nebe sah ihn an, blickte dann in seiner Runde umher. »Hermann Weikow als S-Bahn-Mörder, schön und gut ... Aber wenn der wirkliche Täter nun gefaßt wird oder kommt und ein Geständnis ablegt?«

»Dann wird er ganz einfach abserviert«, sagte Herbert Bloh und verwies auf sein KZ.

Daß Gerhard Baronnas Überlegungen alles andere als unrealistisch waren, zeigte bald darauf der Fall Lüdke, bei dem der Kriminalkommissar Heinz Franz, SA-Mann und Parteigenosse, den »doofen Bruno«, Bruno Lüdke aus Berlin-Köpenick, im Jahre 1943 als »bestialischen Massenmörder und Frauenschlächter« hinstellte und ihm in einer Geheimen Reichssache eine Reihe von Morden anhängte, die er gar nicht begangen haben konnte, neunundvierzig insgesamt, verübt in Tateinheit mit Vergewaltigung und Raub. Alles, um die Bevölkerung wieder in Ruhe zu wiegen und Himmler und Goebbels in den Zeitungen und Wochenschauen mit ihren Erfolgen zu preisen. Außerdem ließ sich mit ihm das Euthanasieprogramm zur Vernichtung lebensunwerten Lebens »wissenschaftlich« untermauern, war er doch bei vorherigen Untersuchungen schon als »blöde« gebrandmarkt worden.

Nebe, der zwei Jahre später das Spiel seines Kommissars Franz mitmachen und die Überführung Bruno Lüdkes nach Wien anordnen sollte, bat sich im Fall des Tischlers Hermann Weikow noch eine kurze Bedenkzeit aus.

»Inzwischen machen Sie mal weiter, meine Herren.«

Kapitel 23

Donnerstag, 10. Juli 1941. Der Führer hatte zwei Tage zuvor bei einer Lagebesprechung seine Absicht erklärt, »Moskau und Leningrad dem Erdboden gleichzumachen, um zu verhindern, daß Menschen darin bleiben, die wir im Winter dann ernähren müßten«. Es tobte die Doppelschlacht um Bialystok und Minsk, nach einer Meldung des OKW »die größte Material- und Umfassungsschlacht der Weltgeschichte«, nach deren Abschluß 323 898 Gefangene gemacht und 6 233 sowjetische Flugzeuge abgeschossen worden waren.

Am späten Nachmittag dieses Tages stampfte der Berliner Kriminalsekretär Gerhard Baronna mißmutig hinter seinem Chef durch das Bahnbetriebswerk Rummelsburg.

»Wir machen weiter«, hatte Lüdtke gesagt.

»Aber wir haben ihn doch, Herr Kommissar!«

»Nicht mit mir. Ich komme aus einer Generation, in der das nicht üblich ist.«

Baronna mußte sich fügen, aber er kochte vor Wut. Vieles sprach ja wirklich dafür, daß Weikow es war. Und wenn nicht, dann war das auch nicht weiter schlimm. Den aus dem Verkehr gezogen zu haben, konnten sie sich allemal als Verdienst anrechnen.

»Es gibt schließlich übergeordnete Gesichtspunkte«, knurrte er.

»Ja«, erwiderte Lüdtke. »Mein Gewissen. Das ist der höchste Gesichtspunkt. Und wenn wir Weikow dem Henker zuliefern, und er war es nicht, was dann? Dann sucht sich doch der wirkliche Täter neue Opfer – oder? Dann sieht er die Verurteilung des anderen als Freibrief an. Und dann kommen wir in Teufels Küche. Lügen über Lügen, was bleibt uns anderes übrig.«

»Das sehe ich anders. Der Mann wird von Weikows Hinrichtung Kenntnis erhalten, froh sein, seinerseits mit dem Leben davongekommen zu sein und sich in Zukunft nichts mehr zuschulden kommen lassen.«

Lüdtke lachte ebenso bitter wie höhnisch. »Hängen Sie vor den Fuchsbau ein Schild: ›Ab heute wird das Töten von Hühnern mit dem Tode bestraft!‹ Was meinen Sie, was das die Füchse abhalten wird!«

Baronna war zu intelligent, um das nicht einzusehen, und trotzdem! Lüdtke machte ihm kaputt, was er da mühsam aufgebaut hatte. Sich an Herbert Bloh anzuhängen, brachte ihn auf der Karriereleiter etliche Stufen nach oben. Was hatte er außer seiner Arbeit? Die Sache mit Grete Behrens war aus. Und außerdem: Konnte er zum SD überwechseln, wie Bloh ihm das versprochen hatte, brauchte er keine Angst mehr zu haben, an die Ostfront zu kommen. Also widersprach er seinem direkten Vorgesetzten.

»Unser S-Bahn-Mörder ist kein Tier, das nur von seinem Trieb gesteuert wird, das ist ein Mensch, der denken kann und überleben will. Also wird er die Zeichen verstehen und nicht mehr morden.«

»Aber acht Morde hat er schon auf 'm Gewissen, und sechs Mordversuche dazu und über dreißig Sittlichkeitsverbrechen. Und die blieben dann alle ungesühnt!« Lüdtke stampfte mit dem Fuß auf den Boden. »Nicht mit mir!«

Baronna verfluchte ihn. Er sagte ihm, der Reichskriminaldirektor habe keine Weisung gegeben, die Suche fortzusetzen.

Lüdtke wischte sich den Schweiß von der Stirn und lächelte verschmitzt. »Aber auch keine, sie abzubrechen.«

So zogen sie weiter durch das weite Feld der vielen Gleisharfen, der Stellwerke, Wagenhallen und Wassertürme und suchten nach dem Kriminalassistenten Günther Otto, von dem ihnen niemand sagen konnte, wo er gerade steckte.

Günther Otto hatte nichts von der Verhaftung des Tischlers Hermann Weikow erfahren und suchte deswegen den S-Bahn-Mörder noch immer mit der alten Verbissenheit im Bw Rummelsburg.

So trat er an diesem Nachmittag zu einer kleinen Gruppe von Reinigungsarbeitern, die auf einem Haufen alter Schwellen saßen, und fragte, ob er seine Stulle bei ihnen esse dürfe.

»Wenn de nich so schmatzen tust!«

»Du mit dein' Jebiß, du hast det nötich!«

Die Männer, zwischen denen sich dieser Dialog abgespielt hatte, kannte Otto schon. Einer kam aus Schlesien, und der Vorarbeiter meinte von ihm, er sei Dick und Doof in einer Person. »Der denkt nich weita als 'n Bulle scheißt.«

Der andere war schon einige Grade klüger, hatte aber einen sehr strengen Körpergeruch, und man sagte ihm nach, daß er sich höchstens Weihnachten einmal gründlich wusch. Infolgedessen hatte er auch den Spitznamen Stinki abbekommen.

Otto war letzte Nacht, als er wegen einer Mandelentzündung seines Jüngsten kaum Schlaf gefunden hatte, auf die Idee gekommen, es mal anders zu probieren, sich nämlich selber als potentieller S-Bahn-Mörder verdächtig zu machen. Mal sehen, ob einer anbiß. Die Belohnung von wohl inzwischen 13 000 RM war ja hoch genug.

»Wer hat mal 'n Schluck Muckefuck für mich?« fragte er.

»Warum hasten dir selba keen'n jekocht?«

»Alles verfickt jestan!« Und dann erzählte er in aller Ausführlichkeit, wie er in der Neuköllner Rollbergstraße eine Prostituierte aufgesucht hatte. Reine Phantasie war das nicht, er kannte das aus den Akten der Inspektion M II. Die Männer hörten gerne zu, und bei einem, zweien wölbte sich die Hose schnell nach oben.

»Aba det is ja allet nischt, so richtich Spaß macht det ja nur, wenn eene nich will und dann ...«

Die anderen schwiegen. Mochten sie auch nicht mit großen Geistesgaben gesegnet sein, jetzt schienen sie doch den Agent provocateur in ihm zu wittern.

»Der red wie 'n Kriminaler«, hörte er einen flüstern. Da kam

Günther Otto ganz spontan die Idee, mit offenen Karten zu spielen. Solange war er nun schon als falscher Eisenbahner hier im Werk und auch am Werke, und es hatte nichts gebracht; was sprach dagegen, es einmal anders zu versuchen. Nichts. Außer der Kleinigkeit, daß er zuerst einmal Lüdtkes Zustimmung brauchte.

»Und wenn?« fragte er, ohne sich ganz aus der Deckung zu wagen.

»Dann kannste nich der S-Bahn-Mörder sein«, stellte einer fest, den sie Opa nannten, weil er trotz seiner höchstens dreißig Jahre schon eine Vollglatze hatte.

»Ick weeß, wer et is«, sagte Stinki plötzlich.

»Du selber, wa!« lachte der, den der Vorarbeiter für den absolut dümmsten seiner Truppe gehalten hatte. »Aba du kriegst doch nie eenen hoch!«

Stinki blieb ernst, und ganz feierlich sagte er: »Der Paul Ogorzow isses.«

Otto hatte Mühe, nicht zusammenzuzucken. Klocksin, Waberski, Ogorzow und Bugewitz – er hatte alle vier deutlich vor Augen.

»Der Paule doch nich!« rief Opa. »Det is doch 'n warmer Bruder.«

»Wie kommsten darauf?« fragte Otto.

»Weil der die Frauen hassen tut! Hatta mir selba ma jesagt. Weil die die Männer aus allet rausdrängen jetzt, und weil a sich bei die 'n Trippa jeholt hat, alza nach Paris abjeordnet war, und in Polen wohl ooch. Det die ihn ruiniert ham, die Weiber.«

Otto nickte. Das klang logisch, und außerdem hatte sich ihr Verdacht gegen Ogorzow ja im Winter auch sehr schnell wieder verflüchtigt.

Doch Stinki ließ sich nicht beirren. »Ick hab aba selba jesehn, wiea 'n paarmal üba'n Zaun rüba is, da an seim Stellwerk und in die Lauben rin.«

Otto war jetzt voll der Kripobeamte. »Und warum haben Sie das nicht schon früher gemeldet?«

»Weil ... 'n Kameraden scheißt man nich an!«

»Der Mann ist Parteigenosse«, sagte der Vorarbeiter. »Und wenn einer auf 'm Stellwerk seinen Dienst tut, dann kann er nicht weg von da.«

Otto konnte nicht anders, als ihm zuzustimmen. Natürlich

hatte er Ogorzow damals sorgfältig unter die Lupe genommen und herausgefunden, daß er zwar in dreien der Tatnächte im Dienst gewesen war, aber nach Auskunft aller befragten Eisenbahner unmöglich Zeit gehabt haben konnte, sich dabei unbemerkt zu entfernen.

»Nicht als Laternenaufhänger und Hilfsweichensteller, und schon gar nicht als Telegrafist.«

»Vergessen wir's«, sagte Otto deshalb und wechselte das Thema. »Reden wa lieba über wat andret. Wat loofen denn jetz' für Filme so ...?«

Vor der Streckenmeisterei trafen Lüdtke, Baronna und Otto endlich zusammen.

»Nichts gefunden, was?« fragte Baronna.

»Doch.« Otto verkündete es nicht gerade mit dem Pathos eines Wochenschau-Sprechers. »Einer will gesehen haben, wie jemand übern Zaun rüber ist.«

»Und der Name schon bekannt?«

»Ja. Ogorzow.«

»Der wieder!« rief Baronna. »Na ...« Was soviel heißen sollte wie: Da sind Sie aber ganz schön reingefallen, mein Lieber!

Lüdtke erinnerte sich »Das war doch der in Karlshorst, dessen Frau das blaue Auge hatte ...?«

»Ja. Von einem Fahrradunfall herrührend. Was auch stimmt, ich hab das nachprüfen lassen. Außerdem sind sich die Nachbarn sicher, daß er seine Frau nie geschlagen hat. Ogorzow scheidet also aus. Ich glaube, wir sollten uns weiterhin auf Weikow konzentrieren. Daß wir kein Blut an seiner Kleidung gefunden haben, ist doch kein Beweis für seine Unschuld. Man kann blutbefleckte Kleidungsstücke schließlich verbrennen. Nur der Schuhabdruck zählt, und der spricht doch nun wirklich eine deutliche Sprache.«

Lüdtke sah den Kriminalassistenten Otto an. »Sie haben doch alle Leute im Werk überprüft: Was war denn da mit diesem Ogorzow, hat er Schuhe der fraglichen Marke und Größe besessen?«

»Moment bitte ...« Otto mußte erst in seinem Monteurkasten nach den diesbezüglichen Notizen suchen. »Nein, bestimmt nicht. Außerdem hat er nur Schuhgröße 40.«

»Na also!« Je zögerlicher sich sein Vorgesetzter zeigte, desto dominanter wurde Baronna. Außerdem hatte er gestern nach der Besprechung bei Nebe noch ein Weilchen mit Herbert Bloh zusammengesessen, und beim Weinbrand waren sie sich nähergekommen. Und mit seinem neuen Freund im Rücken konnte er sich Lüdtke gegenüber schon ein wenig mehr herausnehmen als sonst üblich. »Ogorzow kann es nicht sein.«

Lüdtke blieb stur. »Ich will mir den Mann noch einmal ansehen.«

Otto war auf Baronnas Seite. »Aber der ist doch wirklich einwandfrei!«

»Übern Zaun ist er gestiegen! Der wird vorgeführt!«

Kapitel 24

Baronna ließ den Dienstwagen in der Karl-Egon-Straße halten und erklärte dem Kriminalassistenten Müller, den er mitgenommen hatte, daß er sich gern noch einmal die Füße vertreten wollte. Das Haus Dorotheastraße 24 stand ziemlich an der Ecke, und es waren nur ein paar Meter. Nur widerwillig hatte er Lüdtkes Weisung Folge geleistet, den Ogorzow zur Vernehmung abzuholen. Bis zuletzt hatte er noch auf Nebe gehofft, aber der Reichskriminaldirektor hatte sich von Lüdtke belatschern lassen und darauf verzichtet, den Tischler Hermann Weikow sozusagen offiziell zum S-Bahn-Mörder erklären zu lassen. Baronna wertete das als persönliche Niederlage und wußte, daß sein Verhältnis zu Lüdtke nie mehr so sein würde wie vorher. Aber, wie auch immer, noch war Lüdtke sein Vorgesetzter, und er hatte dessen Weisungen ohne Wenn und Aber Folge zu leisten.

Von der Karl-Egon-Straße hatte man einen guten Einblick in den Innenhof des Hauses Dorotheastraße 24. Und was Baronna da sah, war die reinste Idylle. Paul Ogorzow stand hoch auf einer Leiter und war beim Kirschenpflücken. Unter ihm wuselte eine Schar fröhlicher Kinder herum, darauf wartend, daß ihm eine Kirsche aus den Fingern glitt oder er in guter Laune absichtlich eine fallen ließ. Geschah dies, brach jedesmal lauter Jubel aus. Besonders begehrt waren Zwillinge oder gar Drillinge, die sich die Mädchen an die Ohren hingen, um damit zu tanzen.

Unvorstellbar, daß dieser Mann ein vielfacher Mörder und vertierter Frauenschänder sein sollte. Mit seinen viel zu weiten schwarzen Hosen und seinen dicken Hosenträgern überm weißen Hemd wirkte er ungemein gemütlich und lieb.

Sicherlich, Gerhard Baronna hatte in all den Jahren bei der Kripo schon viele Mörder hinter Gitter bringen helfen beziehungsweise dem Henker zugeführt, doch noch immer glaubte er in seinem tiefsten Innern nicht, daß es Menschen gab, die andere töten konnten. Ganz mechanisch hatte er gehandelt, als er hierher gekommen war, wie ein Apparat nach einem Knopfdruck. Nein, das war es nicht. Eher, daß er alles wie ein Spiel gesehen hatte. Das Räuber-und-Gendarmen-Spiel seiner Kindertage. Man spielte nur, daß man jemanden umschoß, in Wirklichkeit gab es das nicht. Menschen sprachen miteinander, Menschen liebten sich, aber Menschen töteten sich nicht. Das konnte nicht sein. Und wenn er einen Menschen sah, der getötet worden war, konnte das für ihn immer nur ein Unfall gewesen sein, ein Unglücksfall oder die Tat eines Tieres. Kriege, Morde, das gab es alles nicht, das war nur Phantasie.

Vor dem Hintergrund dieser Empfindungen zögerte er lange, an die Leiter zu treten und Ogorzow beim Kirschenpflücken zu stören. Die Szene hatte den Hauch des Heiligen. Er hatte Diogenes vor Augen und auch Archimedes. Das »Geh mir bitte aus der Sonne« des einen, als ihn Alexander der Große nach dem größten seiner Wünsche gefragt hatte, und das »Störe meine Kreise nicht« des anderen, als ihn die Soldaten in Syrakus aufgestöbert hatten. Als ein solcher Störenfried kam sich Baronna vor, brachte es nicht übers Herz, den Kindern ihren Gott zu nehmen, zumal zwei davon offensichtlich seine eigenen waren. Nie konnte es ein Vater seinen Kindern antun, als achtfacher Mörder in Plötzensee geköpft zu werden. So etwas denken konnte nur ein krankhaftes Hirn.

»Gehen Sie mal bitte hin«, sagte Baronna zu seinem Begleiter.

Kommissar Lüdtke nahm sein Parteiabzeichen vom Rockaufschlag und steckte es in die Tasche. »Vielleicht wird sich der Pg. Ogorzow einem einfachen Volksgenossen überlegen fühlen, so als alter Kämpfer, und sich eher eine Blöße geben.«

»Soll ich ihn vorführen lassen?« fragte Baronna.

»Ach …« Lüdtke stöhnte auf. »Vielleicht wäre es doch klüger gewesen, wir hätten von einer abermaligen Vernehmung Abstand genommen und ihn statt dessen während des Dienstes von allen Seiten beobachten lassen, um ihn auf frischer Tat zu stellen. Erst das hätte Beweiskraft gegeben, so aber haben wir ja nichts gegen ihn in der Hand, nichts von Gewicht jedenfalls.«

»Bis auf die Tatsache, daß ihn angeblich jemand gesehen hat, wie er über den Zaun gestiegen ist.« Baronna gab sich kaum Mühe, dies nicht höhnisch klingen zu lassen.

Doch Wilhelm Lüdtke schien es nicht bemerken zu wollen. »Wenn er sich aber wieder unserer Bewachung entzogen und noch einmal eine Frau getötet hätte …?« Er setzte alle Kraft daran, sich selber Mut zu machen. »Und oben von seinem Stellwerk aus hat er ja das Laubengelände direkt vor seinen Füßen liegen, sitzt da wie ein Adler auf dem Felsen und muß sich nur auf seine Beute stürzen.«

Baronna hatte noch immer den Kirschenpflücker Ogorzow vor Augen. »Ich hab ihn vorhin ganz anders erlebt.« Er erzählte Lüdtke von der Szene hinterm Haus.

»Ach, Baronna, was will das schon besagen. Mit den Menschen ist es wie mit den Messern: Kunstwerke kann man damit schnitzen oder sich seine Butter aufs Brot streichen, aber auch andere damit erstechen.«

Baronna nickte. Fast hätte er gespottet, daß das messerscharf geschlossen sei. »Sollen wir ihn kommen lassen?«

»Ja.«

Paul Ogorzow wurde hereingeführt und vom Kommissar und seinem Sekretär mit Handschlag begrüßt.

»Setzen Sie sich doch bitte, Herr Ogorzow.«

Lüdtke begann freundlich-reserviert und fast gelangweilt. »Es geht immer noch um die Bluttat in der Kolonie Gutland II am 3. Juli. Wir haben da einen Tatverdächtigen, der aber noch immer leugnet, und suchen nun nach Zeugen aus dem Bw Rummelsburg. Das ist alles nicht gegen Sie selbst gerichtet, damit Sie das bitte nicht mißverstehen wollen.«

»Nein, nein.« Ogorzow schnipste an seinen Hosenträgern. »Es geht ja um diese Bestie in Menschengestalt, wie sie den nennen, und da darf die Kripo auf keinen Rücksicht nehmen.«

»Ja, genau.« Lüdtke nickte in herzlicher Verbundenheit.

»Unser Tatverdächtiger schiebt alles auf die Eisenbahner und meint, daß es nur einer aus dem Bw gewesen sein kann. Meinen Sie denn, daß sich da wirklich einer von ihnen unbemerkt während seiner Schicht davonstehlen kann?«

Ogorzow hatte die Hände auf die Knie gelegt und bemühte sich, aufmerksam zuzuhören. Baronna erinnerte er dabei irgendwie an einen Schäferhund, wenn die Befehle »Sitz!« und »Platz!« gegeben wurden, im Hintergrund aber schon das Stückchen Wurst zu sehen war, das es später zur Belohnung geben sollte. Irgendwie wirkte er ein wenig schläfrig, schwerfällig-bäuerisch auch, eben wie ein Landarbeiter, bei dem der Prozeß der Verstädterung noch nicht so recht vorangekommen war.

Lüdtke wiederholte seine Frage: »Kann man sich also bei Ihnen unbemerkt vom Dienst entfernen?«

»Nein. Soviel Zeit kann man nicht herausholen.«

»Auch nicht als Streckengänger und als einer, der Laternen aufhängt und nach den Weichen sieht?«

»Nein.« Ogorzow blieb dabei.

»Mal etwas anderes …« Lüdtke stand auf und trat an die Karte. »Sind Sie eigentlich im Siedlungsgelände bekannt?«

»Wie bekannt? Nein, ich kenn da keinen.«

»Ich meine nicht, ob Sie dort Bekannte haben, sondern ob Ihnen das Gelände bekannt ist.«

»Nicht viel, höchstens, wenn man da mal mit dem Rad vorbeikommt.«

Baronna hatte das Gefühl, auch einmal auf seine Anwesenheit aufmerksam machen zu müssen. »Ihr Stellwerk, das ist doch das Vnk …?«

»Ja.«

»Das müssen Sie doch aber ab und an mal verlassen während des Dienstes?«

Ogorzow nickte und gab bereitwillig Auskunft: »Ja, wenn ich die Strecke begehe, nach den Weichen sehe oder Signallaternen aufhänge oder wieder abnehme.«

Baronna warf Lüdtke einen Blick zu, der heißen sollte: Siehste, alles ganz harmlos bei dem!

»Ja, klar.« Lüdtke setzte sich wieder und gab sich harmlos. »Ach, wissen Sie, Ogorzow, das ist ein Kreuz mit diesen Fällen da. Fünfzehnhundert Hinweise aus der Bevölkerung – und alles nur Wichtigtuerei, Phantasie, üble Nachrede.«

»Na ja ...«

»Also, nehmen Sie's bitte nicht krumm, daß da auch etwas über Sie gemeldet worden ist. Von einem Bahnarbeiter.«

»Was denn?«

»Daß Sie während des Dienstes über den Zaun geklettert sind. Zur Zobtener Straße hin, direkt zum Laubengelände ...«

Lüdtke hielt den Atem an. Dies war die alles entscheidende Frage, auf diesen Moment hatte er von Anfang an hingearbeitet. Doch er sollte fürchterlich enttäuscht werden, denn Paul Ogorzow leugnete nicht im allergeringsten, sondern grinste breit und erzählte alles weitere so wie in einer Männerrunde beim Skat.

»Na, aber ja, da wische ich schon mal übern Zaun, wenn da 'ne Strohwitwe was will. ›Kommen Sie rein, mein Mann ist im Felde!‹ Herr Kommissar, was Sie da alles so erleben können.«

»Sie sind doch aber glücklich verheiratet!« warf Lüdtke ein.

»Na ja. Meine Frau weiß ja auch nichts davon. Da is so 'ne Bekanntschaft.«

»Eine Bekanntschaft, mit der Sie intim verkehrt haben ...?«

»Ja.«

»Wie oft?«

»Ich hab sie ja erst im Frühjahr kennengelernt, und wie oft ich bei ihr war ...?«

»Ja. So unter Männern, da ...« Lüdtke gab sich lüstern.

»Fünf-, sechsmal.«

»Und wie ist das so gegangen?«

Ogorzow sah an Lüdtke vorbei. »Wie das eben so geht, ganz normal.«

Für Baronna bewies das alles nur, daß Ogorzow auf keinen Fall der S-Bahn-Mörder war. Wenn einer eine Ehefrau besaß und außerdem noch eine Geliebte, die ausgehungert war, dann mußte das doch reichen, da blieb doch nichts mehr an überschüssigem Trieb.

Er ging da von sich und seinen Bedürfnissen aus. Das Geschlechtliche war für ihn nicht eben wichtig. Ein gutes Essen, ein guter Film, das zählte mehr für ihn. Die wenigen Male, die er mit Grete Behrens zusammen war, die reichten für den Rest des Jahres. Ansonsten tat es auch ein nächtlicher Erguß. Dann war wieder Ruhe im Karton. Daß Kameraden in Bordelle gingen oder Freunde sich einer Frau wegen den Arsch aufrissen und Riesenschulden machten, war für ihn völlig unverständlich.

Lüdtke hatte, so schien es Baronna, ganz offensichtlich erwartet, daß Ogorzow von irgendwelchen Perversitäten berichten würde.

»Ganz normal ...?«

»Ja. Beine breit und rauf und losgefickt.«

Baronna sah, wie Lüdtke regelrecht zusammenzuckte. Ihm war diese Sprache fürchterlich zuwider. Und vielleicht hätte er Ogorzow sofort wieder nach Hause geschickt, wenn der in seiner Ausdrucksweise nicht derart direkt gewesen wäre.

»Ich weiß nicht«, sollte Lüdtke später sagen, »aber wer eine Frau derart als Gebrauchsgegenstand betrachtet, dem ist auch anderes zuzutrauen. Da ist soviel Haß dabei ...«

Lüdtke ließ sich aber in diesem Augenblick nichts weiter anmerken und wechselte das Thema. »Ogorzow, warum haben Sie denn vorhin abgestritten, daß es möglich sei, den Dienst für eine gewisse Zeit unbemerkt zu verlassen?«

»Das ist ganz einfach, Herr Kommissar, weil die Frau verheiratet ist und ich nicht wollte, daß sie ... Wenn ihr Mann dahinter kommt, dann macht er ihr die Hölle heiß. Mir auch.«

Lüdtke fragte, ob man denn wissen dürfe, wer die Frau im kleinen Siedlungshäuschen sei.

»Nein.«

»Weil es die gar nicht gibt, weil Sie die erfunden haben! Um den wahren Grund zu verschleiern, warum Sie über den Zaun geklettert sind. Und der wahre Grund heißt Frieda Koziol! Die hier!«

Lüdtke riß das Foto der Ermordeten aus seiner Schublade und hielt es ihm hin.

Wieder erlebte er eine Riesenenttäuschung, denn er hatte erwartet, daß Ogorzow nun so zurückzucken würde wie der Teufel, wenn man ihm das Kreuz hinhielt, doch der Eisenbahner hatte nur einen müden Blick für das Tatortfoto übrig.

»Das geht mich nichts an.«

»Dann sagen Sie uns, wie die Frau heißt, mit der Sie zur Tatzeit Geschlechtsverkehr hatten!«

Ogorzow begriff nun, daß er keine andere Wahl mehr hatte, und gab den Namen preis.

»Eine gewisse Anneliese Schulz.«

»Schön ausgedacht der Name«, sagte Lüdtke.
»Die gibt es wirklich.«
»Gut. Baronna, Sie sorgen bitte dafür, daß Frau Schulz auf der Stelle ins Präsidium geholt wird. Zur Gegenüberstellung und Vernehmung.«
»Bitte nicht!« Ogorzow blickte ihn flehentlich an. »Das kann doch jedem Mann mal passieren, daß er da in was reinrassselt. Bitte, Herr Kommissar, haben Sie doch Verständnis dafür. Ich will auch alles tun, was Ihnen weiterhilft. Aber Anneliese, wenn ihr Mann das erfährt, der bringt sie doch um, der ist doch so eifersüchtig. Das können Sie ihr doch nicht antun, bitte!«
»Hören Sie auf, Ogorzow, es hat keinen Zweck!«
Da begann Ogorzow, ihm zu drohen. »Sie werden sehen, was Sie davon haben, Volksgenosse!«
»Parteigenosse, bitte!« Lüdtke steckte sich sein Abzeichen wieder an.
Ogorzow, blaß geworden, verstummte, und Lüdtke hätte in dieser Sekunde jede Wette abschließen können, daß er die liebestolle Strohwitwe nur erfunden hatte.
»Sie kommen in U-Haft. Wir suchen nach Frau Schulz.«

Kapitel 25

Gerhard Baronna fuhr diesmal mit dem Dienstwagen nach Rummelsburg hinaus, das Erlebnis S-Bahn glaubte er nicht noch einmal nötig zu haben. Im Gegensatz zu seinem Vorgesetzten zweifelte er keinen Augenblick daran, daß es die Ehefrau Anneliese Schulz auch wirklich gab. Und in der Tat, schon die erste Rentnerin, die er in der Laubenkolonie Gutland II nach ihr fragte, wußte Bescheid.
Kaum hatte er am Zaun vor dem flachen Siedlungshäuschen den Klingelknopf gedrückt, stand Anneliese Schulz in der Tür. Sie trug eine bunte Kittelschürze, die oben und unten klaffend offenstand und eine Fleischbeschau gestattete, die Baronna ziemlich peinlich war. Das war eine Zurschaustellung, wie er sie früher einmal auf St. Pauli erlebt hatte. Die Frau hatte etwas

Ordinäres an sich oder Animalisches, und Baronna hätte Angst gehabt, von ihr vernascht zu werden, wenn er nicht vom Assistenten Müller begleitet worden wäre. Wenn sich Ogorzow bei der ausgetobt hatte, war er bestimmt auf dem Zahnfleisch nach Hause gegangen und hatte nur noch ans Kirschenpflücken gedacht.

Baronna murmelte sein Verslein. Daß sie wegen des Mordes an Frieda Koziol hier seien.

»Dann komm Se ma rin.« Man setzte sich auf die Zementplatte vor der Laube, und Anneliese Schulz brühte ihnen eine Kanne Muckefuck. Dazu gab es selbstgebackenen Käsekuchen.

»Hier im Grünen kann man's aushalten«, sagte Baronna.

»Wenn man nich jrade umjebracht wird.«

»Wobei Sie ganz besonders Glück gehabt haben könnten«, begann Baronna.

»Icke, wieso?«

»Weil meine Kollegen einen gewissen Paul Ogorzow für den Täter halten. Was die Überfälle und Morde hier in der Kolonie wie in der S-Bahn betrifft ...«

Anneliese Schulz prustete los. »Det Paulekin!? Machen Se keen Quatsch, der doch nicht!«

»Wieso?«

»Der is doch nich der Mann dazu.«

»Er war also hier bei Ihnen?«

»Hab ick det jesagt?«

»Es schien mir fast so.«

»Det muß 'n Irrtum jewesen sein.«

»Sie kennen Ogorzow aber, Frau Schulz?«

»Ja, klar.«

»Und von woher?«

»Als ick drüben im Werk inne Kantine jearbeitet hab.«

Baronna schlürfte seinen Kaffee und beugte sich etwas vor zu ihr. »Und nun haben Sie sein Schicksal quasi in der Hand.«

»Wieso?«

»Weil er beobachtet worden ist, wie er über den Zaun da hinten rüber ist, vom Stellwerk Vnk auf die Zobtener Straße und dann in die Kolonien hier rein. Und wenn er nicht bei Ihnen war, dann nimmt man an, daß er die Frauen überfallen hat.«

Anneliese Schulz überlegte einen Augenblick. »... und Sie

lassen meinen Mann aus 'm Spiel, det der nischt davon erfahren tut …?«

»Ich verspreche es Ihnen.«

»Na jut, er ist hier jewesen. Manchmal zweemal die Woche.«

»Auch am 3. Juli …?«

»In die Nacht, wo die Koziol …?«

»Ja …« Baronna wartete gespannt.

»Nee, da nich, det weeß ick jenau.«

Baronna wäre es recht gewesen, wenn Ogorzow damit ein absolut sicheres Alibi gehabt hätte. Aber seine Schuld war damit ja noch lange nicht bewiesen, denn sein Kollege hatte ihn ja nur irgendwann einmal über den Zaun klettern sehen und nicht genau am 3. Juli.

»Sie haben also Verkehr mit ihm gehabt?« Baronna wurde rot, als sie auf dieses Thema kamen, und es war ihm außerordentlich peinlich, mit ihr darüber sprechen zu müssen.

»Und wie!« Anneliese Schulz schnalzte genießerisch mit der Zunge.

»Ja, wie denn?« fragte Baronna, während er es krampfhaft vermied, Anneliese Schulz die weit geöffneten weißen Schenkel hinaufzusehen, dahin zu gucken, wo rote Weckgummis ihre Strümpfe hielten.

Sie hob neckisch den rechten Zeigefinger. »Junger Mann, na, na!«

Baronna schnauzte sie an: »Frau Schulz, das ist eine ernste Sache hier; es geht immerhin um Mord.«

»Ja, 'tschuldigung!« Sie suchte nach den passenden Worten: »Wie schon? Wie et alle machen: de Hühna, de Hunde, de Kühe …«

Lüdtke stand im Labor von Dr. Lampert, einem der Spezialisten am Kriminaltechnischen Institut des Reichskriminalpolizeiamtes.

»Sie wissen, Doktor, daß ich wegen Ogorzow komme. Die Art der Verletzung von Frau Koziol macht es ja sehr wahrscheinlich, daß Blutspritzer an der Kleidung des Mörders haftengeblieben sind. Nun sind wir gespannt.«

»Einen Augenblick, bitte.« Dr. Lampert begann auf seinem Aktenbock zu suchen. »Wir hatten noch einiges andere … Mit dem bloßen Auge war ja nichts zu erkennen gewesen, aber unter dem Mikroskop ... Hier!« Er überflog die Expertise. »Kleine Spritzer auf dem Jackett, eine größere Blutmenge aber, im Verhältnis dazu, auf dem Vorderteil der Hose, auf der Innenseite der Beine, am Schlitz. Menschenblut!«

»Sein eigenes?«

»Wissen wir nicht, leider. Wegen der Winzigkeit der Spuren war eine Blutgruppenbestimmung aussichtslos.«

Lüdtke sagte Dr. Lampert dennoch tausend Dank, ging in sein Büro zurück und ließ erst Baronna, dann Ogorzow kommen.

»Na, Baronna, Ihrem Gesicht sehe ich an, daß es diese Anneliese Schulz wirklich gibt und Ogorzow uns nicht angelogen hat.«

»So ist es, Herr Kommissar.«

»Steigen Ihre Aktien also, was Hermann Weikow betrifft?«

»Ich glaube schon.«

»Ich nicht.«

Lüdtke berichtete ihm vom Ergebnis der chemischen Analyse. »Das ist ja wohl eindeutig genug. Die Stelle, wo das Blut gefunden worden ist.«

»Vielleicht hat er sich auch nur geschnitten«, sagte Baronna.

Da wurde Lüdtke drastisch: »Beim Pinkeln, ja!«

In diesem Moment wurde Ogorzow hereingeführt. Baronna fand, daß er nicht so aussah wie einer, auf den das Fallbeil wartete. Eher so, als würde er sich gleich mit den beiden Kriminalbeamten zum Skat hinsetzen. Nach einer knappen Begrüßung informierte Lüdtke ihn, daß seine Angaben hinsichtlich der Frau Schulz ganz offensichtlich stimmten.

»Wie alles bei mir, Herr Kommissar.«

»Gut, Ogorzow, ehrlich währt am längsten. Nun sind Sie auch mal ehrlich, was das Blut an Ihrer Hose angeht.«

Lüdtke hatte sich diesmal für eine schnelle Attacke entschieden und war sich seines Erfolges ziemlich sicher.

Doch Ogorzow zeigte auch diesmal keinerlei Wirkung und erklärte, daß ihm das ganze zwar sehr peinlich sei, er aber sagen müsse, daß er vor acht bis zehn Tagen mit seiner Frau heftigen Geschlechtsverkehr gehabt habe. »... aber, wo die noch ihre Regel gehabt hat. Da musset denn passiert sein.«

Grete Behrens hatte schon oft nahe Angehörige von Mordopfern aufsuchen müssen, um ihnen Mitteilung vom Unvorstellbaren zu machen, doch diese Aufgabe schien ihr wesentlich einfacher zu sein als die, die sie an diesem Tage zu erfüllen hatte. Einem Mann zu sagen »Es tut mir leid, aber Ihre Frau ist das Opfer eines Kapitalverbrechens geworden«, war schon schwer, aber einer Frau zu vermitteln, daß ihr Mann ein »Massenmörder« war, ein »Frauenschlächter«, wie sollte das gelingen?

So stand sie mit bangem Herzen vor dem Namensschild P. Ogorzow und mußte sich wirklich überwinden, den weißen Knopf mit der Fingerkuppe nach unten in die Messingfassung zu drücken. Sie kam sich dabei vor wie ein Pazifist, der Soldat geworden war und nun ein Geschoß abzufeuern hatte, auf unschuldige Zivilisten.

»Ja …?« kam eine mürrische Stimme von drinnen. Zwei Kinder stritten sich, ein Junge schrie, ein Mädchen zeterte und weinte.

»Grete Behrens, Kriminalpolizei.« Dies so leise wie möglich, damit die Nachbarn nichts merkten.

»Meinem Mann seine Kleider sind schon abjeholt.«

»Ich weiß. Aber trotzdem habe ich noch ein paar Fragen dazu.«

»Denn komm Se ma.«

Die Kette wurde abgezogen und die Tür nach innen geöffnet. Sie erblickte eine Frau von jener Biederkeit, wie sie vor der Hitler-Zeit die Sängerinnen der Heilsarmee zur Schau getragen hatten, lang und mager war sie, vermochte aber durchaus auch nett zu lächeln. Ah ja, irgendwer hatte ihr gesagt, daß Erna Ogorzow sich ihr Geld als Verkäuferin verdiente, zumindest verdient hatte, vor der Heirat, vor den Kindern.

Der Junge war ein richtiger Bengel, das Mädchen ein süßer kleiner Fratz. Noch ahnten sie nicht, daß sie vielleicht einmal wie mit einem Schild um den Hals herumlaufen würden: »Mein Vater war ein Massenmörder.«

»Der Kleene ist der Robert, die Jroße die Ingrid. So, los, jeht ma wieda runta uff 'n Hof spiel'n.«

Sie scheuchte die Kinder ins Treppenhaus und bat Grete Behrens in die Wohnstube.

Grete Behrens staunte. Sehr sauber und ordentlich alles. Ein bißchen düster vielleicht die Anrichte, der Eßtisch, die Standuhr, aber sehr gediegen die Möbel. Häkeldeckchen überall, eine Zimmerpalme, ein Radiogerät. Sogar ein elektrischer Plattenspieler war vorhanden. Darauf stand ein bräunliches Foto mit einer

Mutter, die ein Kind im Arme hielt. Hineingedruckt ein Spruch: »Nur eine Mutter weiß allein, was Lieben heißt und glücklich sein.« Auf einem Teetisch lagen Zigarettenbildchen, die darauf warteten, ins Album eingeklebt zu werden. Sofa und Sessel waren frisch bezogen. Über dem Sofa hing ein großes Bild des Führers. Es roch intensiv nach Bohnerwachs und Mottenkugeln.

»Nehmen Se den Sessel da«, sagte Gertrud Ogorzow. »Ich jeh' uff de Couch hier.«

»Danke, ja ...« Grete Behrens setzte sich und wußte nicht so recht, wie sie alles anpacken sollte. Einerseits wollte sie so schnell wie möglich alles hinter sich bringen, andererseits aber, um die Frau vor ihr zu schonen, ganz behutsam zum Thema kommen.

Gertrud Ogorzow machte es ihr leicht. »Ick weeß schon, warum se 'n verhaftet ham. Der S-Bahn-Mörda solla sein.«

»Nun, Frau Ogorzow, es gibt da viele Verdächtige, und Ihr Mann ist höchstens einer von ihnen.«

»Und warum ham se dann seine Sachen abjeholt?«

»Reine Routine.«

»Da muß doch wat sein mit, sonst wär'n Se doch nich hier.«

Grete Behrens entschloß sich, nun doch ohne Umschweife zur Sache zu kommen; die Frau schien hart genug zu sein. »Da ist auch was mit ...«

»Blut dran, wa? Mir machen Se doch nischt vor.«

»Wie kommen Sie denn darauf, Frau Ogorzow?«

»Ick bin doch nich uff 'n Kopp gefallen.«

Das war zu merken. Grete Behrens fragte sich, ob bei dieser Frau wirklich soviel Mitleid angebracht war. »Ja, Sie haben recht, es ist Blut gefunden worden. Und zwar am Hosenschlitz.«

»Dann warat also doch!« Mit ihrer Selbstbeherrschung war es nun vorbei, sie wurde von einem Weinkrampf geschüttelt. »Ick hab nischt davon jewußt, ick schwör't Ihnen! Eenmal wara janz zerkratzt in't Jesicht und anne Arme ... da hatta mir jesagt, detta bei sich 'ne Böschung runtagefallen is.«

Grete Behrens setzte sich neben sie, legte ihr den Arm um die Schultern und hielt ihr ein Taschentuch hin. »Sie sind furchtbar dran, ich weiß ...«

»Wegziehen müssen wa hier, und die Kinder erst ...«

Grete Behrens sagte nichts mehr, minutenlang. Die beiden Frauen saßen regungslos da. Der Perpendikel der großen Uhr schlug wie ein Metronom die Zeit, aber die löste sich auf.

Eine Ewigkeit verging, bis Gertrud Ogorzow sagte, daß es nun wieder ginge. »Und Ihr nasset Taschentuch, det wasch ick Ihnen und bügele et wieder glatt.«

»Da machen Sie sich mal keine Sorgen wegen.«

»Wat is 'n nu mit dem Blut?«

»Ihr Mann sagt, er hätte mit Ihnen Verkehr gehabt, während Ihrer Regel. Stimmt das wirklich?«

Gertrud Ogorzow wollte so schnell nicht antworten, denn instinktiv mußte sie spüren, daß es davon abhing, ob ihr Mann hingerichtet wurde oder nicht.

Grete Behrens konnte sich da voll in sie hineinversetzen. Bejahte sie die Frage, dann stand ihr Mann als jemand da, der vor nichts zurückschreckte, wenn ihm danach war, also auch als einer, der Frauen niederschlug, um sich seine Lust zu holen. Verneinte sie aber den Verkehr zur Zeit der Menstruation, dann war das ebenso schlimm für ihn, denn dann hieß das ja nichts anderes, als daß es sich um das Blut einer der Ermordeten handeln mußte.

»Überlegen Sie ruhig«, sagte Grete Behrens. Beide Bilder waren eine Marter für sie.

Bald merkte sie, daß Gertrud Ogorzow am ganzen Körper zitterte. Die Entscheidung war zuviel für sie. Eher würde sie zusammenbrechen, als sich durchzuringen zu einem Ja oder Nein.

»Es ist nicht Ihre Schuld, daß alles so gekommen ist«, sagte Grete Behrens. »Wenn er es wirklich war, dann verdient er keine Schonung. Und wenn nicht, dann finden wir das ganz sicher heraus, und Sie müssen sich keine Vorwürfe machen, daß Sie ihn reingeritten hätten.«

Gertrud Ogorzow wagte es nicht, die Kriminalbeamtin anzusehen. »Ja, er hat. Wenn et plötzlich über ihn jekommen is, hatta nicht druff jeachtet, ob ick 'ne Binde umjehabt habe oder nich, da wollta bloß schnell ran, sojar noch inna Uniform und mittem Mantel an.«

Als Grete Behrens das den Männern der Mordkommission Rummelsburg berichtet hatte, herrschte lange depressives Schweigen.

»Der Mann ist nicht zu fassen«, sagte Lüdtke. »Der rutscht einem immer wieder durch die Finger wie 'n glitschiger Aal.«

Baronna lachte. »Darum habe ich mich ja schon lange für den Hermann Weikow entschieden.«

»Nicht doch!« Kommissar Zach war ganz auf Lüdtkes Seite. »Was Fräulein Behrens eben erzählt hat, das deutet doch nun wirklich auf einen unkontrollierten Trieb.«

»Und?« fragte Baronna. »Das haben tausend andere Männer auch, ohne gleich zum Mörder zu werden.«

Grete Behrens sah aus dem Fenster. »Bei denen äußert's sich aber dann auf andere Art und Weise.«

»Wie meinst du das!?« Baronna sah sie lauernd an. Er wußte wohl, auf wen das zielte.

Lüdtke, obwohl Pg., nahm sie in Schutz. »Sie werden Boxer oder gehen ins Bordell, was soll schon sein!«

Zach brachte das Gespräch wieder auf Paul Ogorzow zurück. »Müssen wir ihn also laufen lassen. Das mit dem Zaun hat sich aufgeklärt, das mit dem Blut hat sich aufgeklärt, der Fußabdruck stammt nicht von ihm, Tatzeugen haben wir nicht ... Nagele du mal einen Pudding an die Wand.«

»Das schaff ich dicke!« rief Lüdtke, plötzlich wieder von einer Optimismuswelle erfaßt.

»Vormachen!« rief Zach.

»Bitte sehr.« Lüdtke holte eine Packung Puddingpulver aus seiner Schublade und dazu Hammer und Nagel. Sekunden später war das Wunder vollbracht. »Da hängt der Pudding an der Wand.«

Alle klatschten Beifall, nur Baronna meinte, daß das nicht gelten würde. »Es sei denn, Herr Kommissar, Sie sagen uns, was Sie damit meinen.«

»Mach ich.« Lüdtke kaute einen Augenblick an seiner Oberlippe. »Es ist makaber, aber ich meine, daß wir ihn, also Ogorzow, eines Tages als Asche haben werden. Nun nicht gerade im Beutel, aber in der Urne wenigstens.«

»Aber wie dahin?« fragte Zach.

Lüdtke riß die Packung von der Wand und ließ das gelbe Puddingpulver langsam auf den Boden rieseln. »Indem ich ihn ganz langsam mürbe kriege.«

»Den nicht!« rief Baronna. Da klopfte es, und nach dem brummigen Herein! von Lüdtke stand Dr. Lampert in der Tür.

»Entschuldigung, Herr Kommissar, aber ich hab' in der Eile vergessen, Ihnen zu sagen, daß das Blut an der Hose von Ogorzow mit größter Wahrscheinlichkeit kein Menstrualblut ist. Das hat auf einem Extrablatt gestanden ...«

Kapitel 26

Ogorzow ging in seiner engen Zelle auf und ab wie sonst immer im Stellwerk Vnk. Was war passiert? Warum war er hier? Er begriff es eigentlich ebensowenig wie ein Maikäfer, der vor Sekunden noch durch den jungen Frühlingstag geflogen ist und plötzlich im Schuhkarton steckt. Der Maikäfer konnte vielleicht meinen, daß es das Schicksal aller Maikäfer war, im Schuhkarton zu enden, aber Ogorzow wußte wohl, daß nicht alle Menschen im Gefängnis landeten.

Er hatte kein Tagebuch geführt und keine Strichliste, und in seinem Gefühl verdichteten sich all die Fälle, bei denen er sich die Frauen genommen hatte, wie er es brauchte, zu einer höchst diffusen Singularität: Da war doch nur einmal etwas gewesen. Nicht wirklich, sondern in der Phantasie, im Traum. Er war der Eisenbahner Paul Ogorzow, der Familienvater, der Parteigenosse – und nicht der S-Bahn-Mörder. Das war ein ganz anderer. Wozu also saß er hier?

Dann wieder kamen Phasen, wo er sich seiner Taten voll bewußt war. Aber was war denn schlimm daran? Es war seine Natur. Und keiner konnte an dagegen. Wenn er dann auf seiner Pritsche lag, und der Trieb überfiel ihn wieder, dann erinnerte er sich daran, wie er sich die Frauen gegriffen und die Türen aufgerissen hatte. Den Männern Lust zu verschaffen, dazu waren sie doch da, so oder so. Na also!

Zuweilen auch freute es ihn, daß er es geschafft hatte, eine ganze Stadt in Angst und Schrecken zu versetzen. Und daß so viele hohe Herren sich mühten, ihn zu fangen, ihn, den kleinen Paule aus Muntowen, weit draußen in Ostpreußen. Aber denkste, sie bekamen ihn nicht. Er war viel klüger als sie alle.

Die meiste Zeit aber bedachte er gar nichts, dachte weder vorwärts noch rückwärts, sondern lebte ganz einfach. Atmete. Trank den dünnen Muckefuck. Aß den Eintopf. Setzte sich auf die Toilette. Wischte sich den Hintern ab. Und schlief, schlief viel. Trieb dahin, wie er sich immer hatte treiben lassen. Wie ein Holzstöckchen im Strom. Was war, das war. Nicht er war grausam, sondern das, was in ihm steckte. Und das war der Kosmos. Was konnte er dafür.

»Ogorzow, aufstehen!«

Baronna kannte seinen Vorgesetzten nicht mehr wieder, so hellwach und dynamisch wirkte Lüdtke an diesem Morgen. Wie ausgewechselt war der Leiter der Mordkommission.

»Also, Ogorzow, nun sagen Sie uns doch mal, wie Sie immer so zur Arbeit gekommen sind.«

»Immer frisch und munter.«

»Was soll das!?« Lüdtke hatte keine Ader für kleine Scherze dieser Art. »Ich meine mit welchem Verkehrsmittel!«

Ogorzow zögerte, sah ihn wachsam von unten an und massierte sich seine schief gewachsene Nase, als müsse er jeden Augenblick niesen. »Ich weiß schon: Sie wollen auf die S-Bahn raus ...«

»Nein, aufs Fahrrad!« konterte Lüdtke.

»Ich bin aber meistens zu Fuß gegangen«, erklärte Ogorzow.

Baronna grinste und warf Lüdtke nur das Stichwort Pudding zu.

»Machen Sie mal weiter«, sagte Lüdtke, der sich eingestehen mußte, daß diese erste Runde klar an den Verdächtigen gegangen war.

Baronna stand auf und ging zur Karte. »Kommen Sie mal, Ogorzow, und zeigen Sie uns, welchen Weg Sie genommen haben ... Von der Dorotheastraße zur Arbeit und umgekehrt.«

Ogorzow erhob sich schwerfällig wie ein alter Bauer, der stundenlang vor seinem Haus gesessen hatte. »Das ist verschieden ...«

»Trotzdem hätten wir's gerne gewußt.«

Ogorzow trat an die Karte. »Mal bin ich über die Fußgängerbrücke rein ins Werk, mal auch hier lang an'er Bahn ... Bis zu mir hin zum Stellwerk.«

»Über den Zaun rüber und die Gleise?«

»Ja.«

»Und nicht durch das Laubengelände hindurch, sondern immer nur am Rande entlang ...?«

»Nee, wozu denn? Wär doch 'n Umweg gewesen.«

Lüdtke nahm den Faden auf: »Ich hab's mal nachgemessen, Ogorzow, Sie sind genau zweieinhalb Kilometer unterwegs gewesen, also zu Fuß mindestens fünfundzwanzig Minuten, wenn nicht gar dreißig, und mit dem Rad auch gut und gerne acht, neun Minuten ... Da trifft man doch 'ne ganze Menge Leute.«

»Morgens ganz früh und abends ganz spät nich so.«

Lüdtke zwang sich zur Geduld. »Aber wenn Sie nun doch mal jemanden getroffen haben, wer war das dann?«

»Männer.«

»Was für Männer?«

Ogorzow dachte nach. »Bekannte. Kollegen. SA-Kameraden.«

»Keine Frauen?«

»Wenig Frauen.«

»Aber es arbeiten doch heutzutage viele Frauen, und die sind auch morgens ganz früh und abends ganz spät unterwegs.«

Ogorzow machte eine Handbewegung, die andeuten sollte, wie gleichgültig ihm Lüdtkes Frage war. »Ja, auch Frauen.«

Lüdtke tat so, als sei dieser Punkt damit erledigt und kam auf Ogorzows Fahrrad zurück, nur scheinbar sprunghaft. »Haben Sie eigentlich eine Lampe bei sich am Fahrrad?«

»Natürlich, is ja Vorschrift.«

»Karbid oder Dynamo?«

Natürlich wußte er das längst, aber er wollte es von seinem Gegenüber wissen. Das war Methode.

Ogorzow zögerte. Offenbar, so schien es Baronna jedenfalls, witterte er nun in jeder Frage eine Falle. Der Instinkt des Tieres, das nicht zu fangen war.

»... 'n Dynamo«, kam die Antwort schließlich.

»Diese blöden Dinger!« rief Lüdtke. »Machen einen Mordskrach, man hat ganz schwer zu treten und außerdem leuchtet man dauernd die Fußgänger an.«

Ogorzow überhörte es. »Kann sein.«

»Ist Ihnen noch nie passiert, so aus Versehen?«

»Nein.«

»Manche machen's ja aus Spaß ...«

»Kann sein.«

Lüdtke besah sich seine Fingernägel. So war Ogorzow nicht zu kriegen. Und mit jeder Minute wuchsen seine Zweifel, ob das denn wirklich »ihr« S-Bahn-Mörder war. Wieder war er so ratlos wie an den Tagen zuvor.

Baronna erkannte die Notlage seines Vorgesetzten und machte weiter, ohne daß der ihn unmittelbar dazu aufgefordert hätte. Und das mit einem Mittel, wie es bei der Kripo alter Schule nicht nur verpönt, sondern auch verboten war. Er hatte da keine Skrupel, denn die Zeiten hatten sich geändert und der

Zweck, einen Massenmörder unschädlich zu machen, heiligte dieses Mittel allemal.

»Lieber Herr Ogorzow, wie kommt es denn nun, daß wir Zeugen haben, die genau das angegeben haben, was Sie abstreiten: daß sie nämlich von Ihnen angeleuchtet worden sind?« Dabei blätterte er in einem x-beliebigen Aktenstück.

Lüdtke guckte entsetzt, aber Ogorzow fiel prompt auf diesen Trick herein.

»Nun ja … Es kann schon sein, daß ich auf dem Nachhauseweg mal aus Versehen welche angeleuchtet habe.«

»Und was haben die Frauen da gemacht?«

»Die hat geschimpft.«

»Die hat geschimpft«, wiederholte Baronna und freute sich, daß er Ogorzow abermals reingelegt hatte. Der war jetzt offenbar ziemlich verwirrt und machte nur noch falsche Züge. Bei der letzten Frage hätte er natürlich darauf bestehen müssen, Männer angeleuchtet zu haben, und danach war es aus seiner Sicht ein großer Fehler, auf eine ganz bestimmte Frau Bezug zu nehmen, denn nun mußte ja unvermeidlich die Frage nach dem Wo und Wie gestellt werden.

»Und wo war das?«

Jetzt überlegte Ogorzow ziemlich lange. Wie waren die beiden Fehler wieder auszubügeln?

»Nun man los, sonst …!« Baronna verstand es, den Zeitdruck auf Ogorzow zu verstärken. »Wo war das? Oder soll ich's Ihnen sagen!?«

Das war wieder so ein an sich verbotener Bluff.

Und prompt kam Ogorzows nächster Schnitzer. »Das war vorm Tunnel an der Zobtener Straße.«

Lüdtke sprang auf. Das konnte doch nicht wahr sein! An dieser Stelle war am 21. August 1940 die Ehefrau Julie Schuhmacher – er hatte diese Daten alle im Kopf – nicht nur mit einer Taschenlampe angeleuchtet, sondern danach auch niedergeschlagen und brutal vergewaltigt worden.

»Ja, und wie ging es dann weiter?«

»Wie ich mich dann rumgedreht habe, bin ich gegen einen Mann gefahren. Da ist die Frau zurückgekommen und hat schon von weitem dem Mann was zugerufen, und da hab' ich mich schnell aufs Rad gesetzt und bin weggefahren.«

Alle Achtung, dachte Baronna, da hat er sich aber, indem

er den Mann ins Spiel bringt, geschickt aus der Affäre gezogen.

Lüdtke bohrte weiter. »Und wo haben Sie noch Leute angeleuchtet, mit einer Taschenlampe ...?«

Ogorzow sah auf seine Schuhspitzen. Er mußte gemerkt haben, wie ungeschickt er sich in den letzten Minuten verhalten hatte. Baronna erschien er wie ein Schachspieler, der nacheinander ein Pferd und einen Läufer eingebüßt hatte und nun krampfhaft überlegte, wie sich der Turm noch retten ließ.

»Mit 'ner Taschenlampe?« fragte Ogorzow.

»Ja.«

»Einmal abends, da hab ich 'ne Frau überholt, als ich zu Fuß ging, und hab sie angeleuchtet, als ich neben ihr war.«

Lüdtke hakte nach. »Mehr nicht?«

»Ja, ich hab sie so im Vorbeigehen am Arm angefaßt und was zu ihr gesagt. Was, weiß ich auch nicht mehr. Das war alles.«

»Und wo war das? Wenn Sie uns das mal auf der Karte zeigen wollen ...«

Für die beiden Kriminalbeamten war es schier unfaßbar, daß Ogorzow diese harmlose Szene ausgerechnet dort ansiedelte, wo am 27. 7. 1940 die 25jährige Ehefrau Gertrud Nieswandt mit mehreren Messerstichen schwer verletzt worden war. Warum tat er das? Es gab nur eine Erklärung dafür: Wer innerhalb von zwei Jahren 32 Sittlichkeitsverbrechen, acht Morde und sechs Mordversuche auf dem Konto hatte, der konnte die einzelnen Taten nicht mehr richtig auseinanderhalten, zumal sie allesamt auf einem relativ eng umgrenzten Areal begangen worden waren.

Baronna verwarf seine Weikow-These und war sich nun ziemlich sicher, daß Ogorzow der S-Bahn-Mörder war.

Lüdtke machte weiter. »Also, Ogorzow, dann werden Sie ja auch noch in einigen anderen Fällen das gleiche getan haben. Das wissen wir ganz genau, daß es in solchen Fällen nicht bei ein oder zwei Versuchen bleibt.«

Und abermals hatte Ogorzow der Autorität des Kommissars, die durchaus mit einem gewissen Charisma angereichert war, nichts entgegenzusetzen. Er erzählte von zwei weiteren Fällen, bei denen er Frauen angesprochen hatte, und wieder waren die angeblichen Tatorte genau jene Punkte, an denen die Mordkommission auf einer anderen Karte die Markierungen für Mord und versuchten Mord angebracht hatte.

Baronna erwartete nun, daß Lüdtke auf die ganz schweren Verbrechen im Siedlungsgelände und in der S-Bahn zu sprechen kommen würde, doch der Kommissar gab lediglich das Zeichen, Ogorzow wieder abzuführen.

Als sie allein waren, zeigte sich Baronna sehr verwundert darüber.

»Das muß man reifen lassen«, erklärte Lüdtke ihm. »Morgen ist auch noch ein Tag, und da nehmen wir Ogorzow mit hinaus zu den Tatorten.«

»Sind Sie wirklich sicher, daß er es ist?«

»Ich will sein Geständnis, und das bekomme ich am ehesten bei einer Gegenüberstellung mit den Opfern.«

»Weder die Kargoll noch die Bendorf haben damals den Täter genauer beschreiben können, wenn Sie sich erinnern.« Baronna war da eher skeptisch.

»Ich setze auf den Schock, wenn er mit einer Frau konfrontiert wird, die große Stichwunden hat.«

»Dazu ist der doch viel zu abgebrüht«, befand Baronna und hatte eine Idee. »Sollen wir nicht eine unserer Kolleginnen in den Lauben postieren und das Opfer spielen lassen. Wenn die dann schreit ›Das war er!‹, dann verliert er vielleicht die Nerven.«

»Eher ich mit Ihnen.« Lüdtke stand auf und ging hinaus.

Die Wagen der Mordkommission hielten am Betriebsbahnhof Rummelsburg, und wie sie alle dastanden, Paul Ogorzow in ihrer Mitte, sah es aus, als wären sie an diesem heißen Julinachmittag auf einem Betriebsausflug, von einem Kollegen, der hier in der Kolonie Gutland I eine Laube besaß, eingeladen zu Weiße und Würstchen mit Kartoffelsalat.

»So, Ogorzow, nun führen Sie uns mal zu den einzelnen Tatorten, von denen Sie uns gestern erzählt haben.«

»Das ist doch noch keine Tat, wenn man ’ne Frau anleuchtet.«

»Klar, Entschuldigung. Aber wo haben Sie die denn nun geblendet?«

»Da müssen wir noch ein Stückchen rauffahren, die Kaulsdorfer Unterführung liegt da hinten.« Er zeigte nach Osten, Richtung Karlshorst. Er sprach mit leiser Stimme. Die vielen Beamten schienen ihn eingeschüchtert zu haben.

Jetzt ist er kein Puma mehr, dachte Baronna, der alleingehende Frauen anspringt, tötet und sich an ihnen gütlich tut, jetzt ist er nur noch ein ängstlicher Hase, von Jägern umstellt und an der Flucht gehindert.

Lüdtke nutzte Ogorzows Schwäche, faßte ihn am Ellenbogen und dirigierte ihn ins Laubengelände. »Nein, nein, bleiben wir erst mal in der Nähe hier. Hier in der Gegend ist ja auch eine Stelle, die Sie mir genannt haben.«

»Gut.«

Sie machten sich auf den Weg, und nach drei mühseligen Stunden hatten Ogorzow, Zach und Baronna herausgefunden, daß an zwei der von Ogorzow angegebenen sechs Stellen Mordversuche stattgefunden hatten. Nur an einem Ort hatte er sich damit zufriedengegeben, eine Frau lediglich anzusprechen, an den drei anderen jedoch war es zu tätlichen Belästigungen gekommen.

»Und was war hier?« fragte Lüdtke, als sie an der Laube angelangt waren, in der die Gerda Ditter am 4. 10. 1940 vom NSV-Amtswalter Wenzke erstochen aufgefunden worden war.

Ogorzow überlegte. »Hier? Da hab ich einer mal ins Gesicht geleuchtet, aber die war schon über achtzig. Und die ist dann auch noch mit einem Schlüsselbund in der Hand auf mich los. Da bin ich dann weg.«

»Ah, ja …« Lüdtke trat ein paar Schritte zur Seite und ging die Liste aller Überfallenen durch. Dann gab er zwei Assistenten einen Wink.

Danach ließ er sich von Ogorzow weiter durch das Gelände führen. Es war ein wahres Labyrinth von Wegen, Gängen und Pfaden. Einfache Lauben, Holzlattenkästen mit schwarzer Dachpappe darauf, dominierten, doch hin und wieder gab es auch schmucke Siedlungshäuschen, unterbrochen von Brachen und Wäldchen. Es war dies eine eigene Welt, ein Tal der Idylle, und wie die Zacken schroffer Gipfel erschienen die Türme von Lichtenberg, Rummelsburg und Klingenberg, wie langgestreckte Hügel die Dächer von Friedrichsfelde bis Karlshorst.

Baronna verlor sekundenlang den Bezug zu sich und seiner Arbeit. Wer war er? Was machte er in dieser Landschaft? Er war mit seiner Mutter unterwegs, Tante Lene besuchen, Kirschenpflücken.

Ogorzow ging schweigend zwischen den Männern, blickte

weder nach links noch rechts, sah nur auf den Boden, um nicht zu stolpern, tat so, als ließe ihn das Ganze völlig kalt.

Auf einmal aber machte er schnellere Schritte. Das war Baronna schon lange aufgefallen. Immer, wenn sie sich einem Tatort näherten, tat er das. Offenbar ein Schuldgeständnis mit den Füßen.

»Was war hier?« fragte Lüdtke, als Ogorzow stehenblieb.

»Da hab ich eine angeleuchtet. Nur so.«

»Vom Fahrrad aus?«

»Ja.«

»Da sind Sie aber ganz dicht rangefahren an sie …?«

»Nee, aus zehn Metern Entfernung war das.«

»Mensch, Ogorzow, soweit reicht doch kein Fahrradscheinwerfer!«

»Doch!«

Völlig überraschend nach diesem kleinen Geplänkel herrschte Lüdtke ihn plötzlich an: »Drehen Sie sich um!«

Ogorzow fuhr herum. An ihrem Gartentor stand Gertrud Nieswandt, sein Opfer Nummer Sechs, was das Laubengelände betraf.

Sie schrie laut auf, als sie den Eisenbahner erblickte.

»Das ist er!«

Ogorzow schien ungerührt. Spöttisch und gelassen, so notierte es Baronna, sah er an der jungen Ehefrau vorbei.

Da brüllte Lüdtke ihn an: »Mann, wissen Sie, was Sie mit der Frau hier gemacht haben!?«

Ogorzow duckte sich zwar, wich aber keinen Zentimeter zurück. »Na, angeleuchtet …«

»Nein, das hier!« Frau Nieswandt riß sich die hochgeschlossene Bluse vom Hals. Zum Vorschein kam eine lange, schlecht verheilte Narbe.

Ogorzow wendete sich achselzuckend ab.

»Einen Zentimeter an der Halsschlagader vorbei!« rief Frau Nieswandt in immer größerer Erregung.

»Wie bei der Ditter, der Budzinski und der Jablinski!« fügte Lüdtke hinzu. »Alles hier im Laubengelände.«

Ogorzow drehte ihm den Rücken zu und ging ganz einfach weiter.

Baronna sah zu seinem Vorgesetzten hinüber. »Gegen einen Pudding kommt keiner von uns an …«

Da verlor Lüdtke die Contenance. »An allen Tatorten haltmachen!« schrie er seinen Leuten zu. »Überall klingeln, wo überfallene Frauen wohnen, ihn jeder gegenüberstellen, die wir finden!« Dann fügte er leise hinzu, nur für Baronna bestimmt. »Den zermürbe ich durch Dauerfeuer.«

Doch sie trafen nur wenige der Opfer an, und von den Frauen, die sie fanden, konnte sich keine an Paul Ogorzow erinnern. Es sei damals viel zu dunkel gewesen.

»Ich geb's auf«, sagte Lüdtke schließlich.

Kapitel 27

Ogorzow fühlte sich wie das Gnu im Maule des Löwen. Starr und todgeweiht, wegen der erheblichen Endorphinausschüttung aber doch auch wieder im euphorischen Rausch, eins geworden mit dem Kosmos, geschrumpft zu einem Quentchen jener Energie der nichtmateriellen Art, die ewig blieb.

Er saß im Dienstwagen neben Kommissar Lüdtke und hatte soeben gesagt: »Parteigenosse, kann ich dich nachher mal unter vier Augen sprechen?«

Nichts konnten sie ihm beweisen, nichts, und dennoch hatte er sich quasi ergeben. Warum? Weil er erlöst werden wollte.

Er war wie einer, der aus Angst vor dem Tod Selbstmord begeht. Je näher sie aber dem Präsidium kamen, desto mehr erholte er sich wieder. Noch hatte ihn der Löwe ja nicht totgebissen, und vielleicht ergab sich noch die Chance zur Flucht. Daß sie ihn wegen der kleineren Sittlichkeitsdelikte vor Gericht stellen würden, war wohl nicht mehr zu vermeiden. Aber wenn er da alles gestand, dann würden sie ihm auch Glauben schenken, wenn er schwor, mit den Frauenmorden in der S-Bahn und den Lauben nichts zu tun zu haben. Da sollten sie sich mal einen anderen für suchen.

»Du mußt mir helfen«, begann Ogorzow, als er mit Lüdtke allein im Zimmer war. »Die anderen Beamten sind alle von der SS, du bist der einzige SA-Mann, wie ich. Deshalb mußt du mir helfen.«

»Das kommt darauf an«, sagte Lüdtke. »Na ja, was die Frau da gesagt hat ... Die mit der Narbe ...«

Ogorzow schüttelte den Kopf, und seine auffallend behaarten Hände fuhren unruhig über die Schreibtischplatte. Dann schwieg er.

Auch Lüdtke verhielt sich ruhig und wartete. Wenn er sich in den Eisenbahner hineinversetzte, dann wurde ihm immer klarer, daß ihn der Rundgang durch die Laubenkolonien ganz schön erschüttert haben mußte. Bis dahin mußte er sich vergleichsweise sicher gefühlt haben, und nun war er der Welt der Polizei begegnet, hatte deren Macht gespürt. Und wahrscheinlich überschätzte er sie auch, glaubte vielleicht, daß sie ihn schon eingekreist und voll in der Hand hätten, während es doch in Wirklichkeit nur Vermutungen und schwerwiegende Verdachtsmomente gab, nichts weiter.

Die Zeit blieb stehen. Beide schien ein schwarzes Loch verschluckt zu haben. Ogorzow wechselte oft die Stellung, saß mal vornübergebeugt, mal seitwärts verdreht, dann wieder streckte er Arme und Beine weit aus und kippelte nach hinten, aber er sagte kein Wort. Nur sein gelegentliches Aufstöhnen und Seufzen verriet dem Kommissar, wie sehr es in ihm arbeiten mußte. Der Kampf um Sein oder Nichtsein offenbar. Aufgeben oder kämpfen. War er stark genug, der Polizei die Stirn zu bieten? War er wirklich nur Tier, wie Baronna immer sagte, oder doch auch Mensch mit zumindest Resten von Gewissen, Reue, Schuld und Scham?

Fast eine Stunde saßen sie so, und draußen wurde es allmählich dunkel.

Keiner von ihnen schaffte es, das erste Wort zu finden. Das Wagnis war zu groß. Alles hing ja davon ab.

Baronna war es schließlich, der sie aus ihrer Erstarrung erlöste. Er klopfte und entschuldigte sich nach Lüdtkes Herein dafür, beide gestört zu haben.

»Nein, nein. Kommen Sie in einer halben Stunde noch mal.«

Lüdtke stand auf. Nicht nur, um die Tür hinter Baronna wieder zu schließen, sondern um Ogorzow damit anzuzeigen, daß die Dinge nun wieder in Fluß gekommen waren. Jetzt mußte sich alles entscheiden.

Ogorzow empfand es offenbar ebenso wie der Kommissar, denn er stöhnte abermals.

»Was ist denn jetzt?«

»Wieso? Was soll denn jetzt sein?« Lüdtke sprach zu ihm wie zu einem guten Freund, und wenn er sich prüfte, dann fand er nicht, daß er diesen Mann haßte und unbedingt zur Strecke bringen mußte. Sein Sohn war nicht älter als Ogorzow, und ein bißchen waren, als sie solange so vertraut geschwiegen hatten, väterliche Gefühle in ihm aufgestiegen. Sosehr, daß er sich einige Male durchaus wieder an die Baronna-Lösung erinnert hatte, nämlich Weikow zum S-Bahn-Mörder zu machen.

»Ja, es muß doch irgendwas sein, sonst hättet ihr mich doch heute nachmittag nicht in die Siedlung rausgeführt ...«

Lüdtke scheute sich davor, hart zuzuschlagen. Der Mann war irgendwie possierlich. Er erinnerte sich an eine Ratte, auf die er monatelang bei sich in der Wohnung Jagd gemacht hatte. Mit Gift, mit Fallen, mit Glassplittern im Gips, um ihr die Löcher zu verstopfen. Immer wieder war sie dagewesen, und seine Frau hatte hysterisch geschrien, als die Ratte eines Nachts auf der Klobrille gehockt hatte.

»Übergieß sie mit Benzin und zünd sie an«, hatten ihm die Kollegen geraten. »Das vertreibt die ganze Brut, der Gestank und das Quieken!« Und er hatte sich das ganz fest vorgenommen, so groß waren Ekel und Wut gewesen. Dann aber hatte er das Tier auf dem Küchentisch erwischt. Sich an sie herangeschlichen, wie sie am Rouladenrest genagt hatte. Unvorsichtig und in wilder Gier. Der Knüppel war schon erhoben, sie zu erschlagen. Da hatte sie ihn angeblickt. Mit süßen Knopfaugen. Irgendwie lächelnd. Da hatte er nicht zuschlagen können.

»Was ist jetzt?« fragte Ogorzow von neuem.

»Nichts. Wir haben nur Ihre Angaben überprüfen wollen. Das ist doch ganz einfach, nicht wahr?«

»Ja.« Ogorzow preßte die Lippen aufeinander.

»Warum machen Sie sich denn Gedanken deswegen?«

»Na ja, was die Frau da gesagt hat ...«, wiederholte Ogorzow.

Lüdtke wußte, daß sich bei Verhören dieser Art alles stundenlang im Kreise drehen konnte und war auch diesmal geduldig genug. Trotzdem, jetzt war die Zeit gekommen, vorsichtig anzugreifen.

»Was die Frau betrifft, ja ... Die ist ja wirklich überfallen und nicht nur belästigt worden, durch Sie ...«

»Da hab ich von gehört.«

»Ist Ihnen denn da mal einer aufgefallen, der das sein könnte, im Werk oder anderswo?«

»Nein.«

Lüdtke zog die nächste Figur. »In der S-Bahn sind ja auch Frauen überfallen worden.«

»Das hab ich gelesen, ja.«

»Und Sie sind über den Zaun gestiegen, Ogorzow! Wirklich nur, um zu Frau Schulz zu gehen?«

»Sie müssen mir helfen, Herr Kommissar!«

»Aber, Ogorzow, wie soll ich Ihnen denn helfen!?« Daß beide Parteigenossen waren, schien Ogorzow glauben zu machen, in ihm eine Art Seelsorger gefunden zu haben. Vielleicht auch den Vater, zu dem er sich jetzt flüchten wollte. Dabei schien er Lüdtkes eigentliche Aufgabe völlig verdrängt und vergessen zu haben.

Wieder verfiel Ogorzow in tiefes Schweigen. Da beschloß Lüdtke, den entscheidenden Zug zu tun. Er beugte sich weit nach vorn und sah Ogorzow in die Augen, die braun und grau und grün gesprenkelt waren. Ganz leise sprach er und so intensiv wie nie zuvor: »Schön, ich will Ihnen helfen ... Aber das geht nur auf die eine Art und Weise.«

Damit richtete er sich wieder auf, öffnete einen Schnellhefter und fing an mit monotoner Stimme zu lesen. Es war die Liste aller Frauen, die im Raume Rummelsburg auf den Straßen und in den Laubenkolonien belästigt, vergewaltigt und ermordet worden waren. Und er trug alle Einzelheiten vor.

Ogorzow saß da, hatte den Kopf gesenkt und starrte auf den grünen Linoleum, der den Boden bedeckte.

Lüdtke schlug die Liste wieder zu, stand auf und sah Ogorzow an. »Der Mann, der all diese Scheußlichkeiten auf dem Gewissen hat, sind Sie, Ogorzow!«

Ogorzow zeigte keine Reaktion.

»Sie haben mich allein sprechen wollen«, sagte Lüdtke. »Das ist nun geschehen. Und ich sage Ihnen noch einmal von Mann zu Mann: Sie alleine waren der Täter!«

Ogorzow sah zu ihm auf, und seine Augen waren so tot wie die einer Bronzefigur.

»Ja, ich bin's gewesen.«

»Danke!« Lüdtke klopfte ihm auf die Schulter. Freude zu empfinden, verbot er sich. Er war im Dienst.

»Kann ich ein Glas Wasser haben?« fragte Ogorzow.

»Na sicher. Auch 'n Bier.«

Lüdtke ließ eine Flasche kommen, und während Ogorzow trank, erzählte er, aufgekratzt wie bei einer Geburtstagsfeier unter Kollegen und Verwandten, wie er Gerda Ditter, Irmgard Freese und Frieda Koziol ermordet hatte. Alles sehr präzise und mit fast wissenschaftlicher Distanz.

Lüdtke hatte nicht zum Bleistift gegriffen, denn man schrieb nicht mit, wenn einem ein Freund das Herz ausschüttete oder der Sohn. Und viel anders sah er diese Szene nicht. Er hatte die Rolle des Kommissars verlassen und war hinübergewechselt in die des Freundes, Vaters, Seelsorgers oder Psychologen. Daß er es nicht geschafft hätte, Ogorzow so zu öffnen, wenn Baronna dabeigewesen wäre, war ihm so recht bewußt geworden, als sein Gefolgschaftsmann kurz eingetreten war. Aber durch diese Aktion hatte der immerhin die Sache ins Laufen gebracht. Gleichviel, zu mehr als einem Katalysator taugte er nicht. Wenn es nach ihm gegangen wäre, hätte man ja Ogorzow laufen lassen und den Tischler Hermann Weikow statt seiner nach Plötzensee geschafft.

Doch mit Ogorzows erstem Geständnis war ja die Sache noch nicht ausgestanden.

»So, Ogorzow, das war ja bis jetzt nur das Siedlungsgelände, und wie sieht's denn mit der S-Bahn aus?«

Das waren immerhin noch fünf Morde und zwei Mordversuche, die es aufzuklären galt. Jetzt kam der Moment, wo sich zeigen mußte, ob die große These von dem einen Täter nun stimmte oder nicht. Lüdtke hatte insofern gute Chancen, als Ogorzow nicht mehr behaupten konnte, nie und nimmer eine Frau umbringen zu können. Allerdings, für die S-Bahn-Morde gab es keine absolut sicheren Beweise und Indizien, und wenn sich Ogorzow nun auf stures Leugnen verlegte, war er, der Kommissar, gescheitert.

Lüdtke war sich dessen voll bewußt und begann wiederum ganz sanft.

»Das mit dem Messer, daß Sie da zugestochen haben, das kann ich verstehen, das ist der Affekt. Aber bei einigen Frauen, da haben Sie denen doch auch noch ganz schön auf den Kopf gehauen ...«

Und bei den Namen, die er jetzt nannte, mischten sich Opfer aus dem Laubengelände und der S-Bahn.

»Der Freese zum Beispiel, der Franke, der Büngener … Womit denn eigentlich?«

»Na, mit den Fäusten.«

Lüdtke wunderte sich, daß Ogorzow nicht gemerkt hatte, wie sich hier die Ebenen verzahnten, und daß er nicht sofort dagegen protestiert hatte.

»Mit den Fäusten, das kann doch nicht sein, da muß Sie Ihr Erinnerungsvermögen im Stich gelassen haben. Dazu waren die Schädelverletzungen der Frauen doch viel zu schwer.«

»Mit den Fäusten!« wiederholte Ogorzow.

Lüdtke war ein wenig verwirrt. Das Messer hatte der Mann doch ohne weiteres zugegeben; warum nicht auch eine Eisenstange, ein Bleikabel oder was sonst noch zu vermuten war.

»Nur die Fäuste!«

»Womit haben Sie geschlagen?« drang Lüdtke weiter in ihn.

Ogorzow starrte nur stumm auf seine Hände. Er sagte nicht, daß er nichts mehr sagen wolle, aber es war offenkundig, daß von ihm jetzt nichts mehr als Leugnen oder Schweigen zu erwarten war.

Da war auch Lüdtke mit seinem Latein am Ende. Der Mann hatte, was das Laubengelände und die angrenzenden Straßen betraf, soeben drei Morde gestanden – begangen an Gerda Ditter, Irmgard Freese und Frieda Koziol –, dazu die Mordversuche an Lina Budzinski, Hertha Jablinski, Gertrud Nieswandt und Julie Schuhmacher und mehr als dreißig Sittlichkeitsdelikte, warum scheute er aber nun davor zurück, auch in den Mordfällen Elfriede Franke, Elisabeth Büngener, Gertrud Siewert, Hedwig Ebauer und Johanna Voigt die Wahrheit zu sagen (kamen die beiden Frauen hinzu, die aus dem Zug gestoßen worden waren, aber überlebt hatten, die Gerda Kargoll und die Elisabeth Bendorf). Ob er sich nun schämte, weil ihm diese Taten eine besondes perverse sexuelle Lust beschert hatten? Ob er eine ganz besondere Beziehung zur Eisenbahn hatte und nun merkte, daß er die mit seinen Morden gleichsam derart geschändet hatte, daß die Berlinerinnen auch fünfzig Jahre später vielleicht die S-Bahn mieden, weil sein Schatten noch immer über ihr hing? Oder ob er ganz einfach begriffen hatte, daß Lüdtke doch nur ein Kommissar war und gar kein richtiger Freund? Zu spät womöglich, aber immerhin.

Lüdtke hatte eine erhebliche Abneigung gegen Psychologen,

bei ihm immer nur Seelenklempner genannt, aber jetzt hätte er sich doch einen herbeigewünscht, der ihm erklären konnte, warum Ogorzow nun auf einmal auf toter Käfer machte.

Plötzlich kam Lüdtke darauf, daß alles doch viel einfacher sein konnte: Es gab wirklich zwei Täter, und Ogorzow und Weikow teilten sich die Morde. Der Eisenbahner Ogorzow hatte im Laubengelände gemordet und der Tischler Weikow in den S-Bahn-Zügen. Ogorzow war im Schutze der Dunkelheit von seinem Stellwerk über den Zaun in die Laubenkolonien gelaufen, und Weikow war über denselben Zaun ungesehen von den Lauben auf den Bahnsteig gelangt, womöglich sogar von der falschen Seite in die Züge gestiegen.

Das war die Lösung. Lüdtke lief zur Tür und rief nach Baronna.

»Ja, Herr Kommissar ...?«

»Ach, nichts!« Nein, er brachte es nicht fertig, Baronna den Triumph zu gönnen. Die Jungen waren ihm mitunter zuwider.

Es war nur ein Täter, sagte er sich immer wieder, und wenn bei Ogorzow nichts anderes mehr half, dann blieb ihm immer noch der Versuch mit einem kräftigen Schock.

Jetzt war es im Zimmer fast dunkel geworden. Etwa so wie in einem S-Bahn-Zug nach Einführung der Verdunkelung. Wie beim Vollmond in einer leicht verhangenen Nacht. Nur ein Mensch mit sehr guten Augen hätte noch größer Gedrucktes lesen können.

Die beiden Männer waren noch immer allein. Lüdtke hatte Mitleid mit dem anderen. Das Todesurteil war ihm sicher. Obwohl er ein Mensch war, der Frau und Kinder hatte, ein Parteigenosse und Kamerad der SA aus frühen Tagen. Warum konnte man nicht sagen: Was gewesen ist, das ist gewesen? Morgen brauchte Deutschland Männer in Hülle und Fülle, um den leeren Raum im Osten zu füllen. Für eine Sekunde erwog Lüdtke sogar, folgendes zu Ogorzow zu sagen: »Du, Kamerad, vergessen wir beide, was du getan und mir gesagt hast. Du tust es nicht wieder, und ich lasse dich laufen.«

Dann konnte er Baronna alles weitere besorgen und Weikow als S-Bahn-Mörder hinrichten lassen. Erst Baronna beglückwünschen – »Ogorzow ist unschuldig, Weikow muß es sein« –, dann Zach rufen und mit ihm und Ogorzow einen Skat dreschen, der sich gewaschen hatte.

Lüdtke brauchte an die fünf Minuten, um mit dieser Versuchung fertigzuwerden, dann siegte der alte Kriminalist in ihm über den SA-Mann und Pg.

In die Dunkelheit hinein fragte Lüdtke Ogorzow noch einmal, womit er zugeschlagen habe.

Wieder keine Antwort. Da bückte Lüdtke sich, öffnete das Seitenfach seines Schreibtisches, zog vorsichtig eine der Schubladen heraus und stellte sie vor sich auf den Tisch.

»Womit haben Sie geschlagen, Ogorzow!?«

Schweigen.

»Sehen Sie mal her, Ogorzow!«

Langsam und müde hob der Eisenbahner den Kopf. Im selben Augenblick drückte Lüdtke auf den kleinen weißen Knopf seiner Schreibtischlampe.

Ogorzow sah, was er sehen sollte, stieß einen Schrei aus, der unartikuliert zu nennen war, tierisch, warf seinen Stuhl um und prallte bis an die Wand zurück. Dann preßte er die Hände vor die Augen.

»Nehmen Sie die Dinger da weg!« schrie er, stöhnte er, würgte er hervor.

Wie ein Scheinwerfer war Lüdtkes Tischlampe, und sie traf voll auf fünf gelblich gebleichte, gewölbte Knochengebilde. Es waren die Schädeldächer der fünf S-Bahn-Opfer. Alle zeigten ein eckiges Loch von der Größe einer Streichholzschachtel.

»Womit haben Sie geschlagen?«

Ogorzow sprach nicht mehr, er lallte nur noch: »Mit einem Bleikabel.«

Der S-Bahn-Mörder war überführt.

Lüdtke trat ans Fenster und ließ die Jalousie herunter. Verdunkelungsvorschrift.

Kapitel 28

Paul Ogorzow saß an einem wackligen Holztisch und mühte sich, seinen Lebenslauf zu formulieren. Man verlangte es so. Er hatte nie viel schreiben müssen und sah auch nicht ein, wozu das gut sein sollte, den anderen alles auf die Nase zu binden, denn sein Freund Herbert Bloh kam ja doch und holte ihn raus. Aber bitte. Zu offensichtlich war doch, daß er nicht der Täter, sondern das Opfer war. Das Opfer dieses verdammten Juden da. Vielleicht war es doch gut, das alles noch mal aufzuschreiben.

So brachte er im Laufe eines ganzen Tages folgendes zu Papier, setzte immer wieder an, war erst im dritten Anlauf ganz mit sich zufrieden.

Berlin, den 16. 7. 41
MEIN LEBENSLAUF
Ich heisse Paul Ogorzow, bin geb. am 29. 9. 1912 in Muntowen Kreis Sensburg (Ostpr.). Vom 6. Lebensjahr bis 14ten habe ich die Volksschule in meinem Geburtsort Muntowen besucht. Als ich ungefähr 15 Jahre alt war, sind meine Eltern nach der Provinz Brandenburg verzogen. Dort habe ich in der Landwirtschaft beim Gutsbesitzer Palte gearbeitet. Später in den Stahl und Walzwerken in der Stadt Brandenburg. Als meine Eltern ihren Wohnsitz und auch die Arbeitsstelle nach Wachow gewechselt haben, musste ich die Arbeit in Brandenburg aufgeben und mit meinen Eltern nach Wachow ziehen. Dort habe ich wieder in der Landwirtschaft geholfen. Im Jahre 1934 habe ich bei der deutschen Reichsbahn angefangen zu arbeiten und zwar in einem Wohnbauzug II. Im Herbst 1934, als der Bauzug II aufgelöst wurde, waren wir nach Berlin, den Bahnmeistereien zugeteilt. Ich kam nach der Bahnmeisterei 40 am Schlesischen Güterbahnhof. Meinen Wohnsitz habe ich am Schlesischen Bahnhof gehabt. Ich habe mir auch die Geschlechtskrankheit dort geholt. Ich habe mich danach in ärztliche Behandlung begeben. Als ich kurz danach nach der 44. Bahnmeisterei nach Karlshorst überwiesen wurde und mein Leiden noch nicht behoben war, wurde mir ein gewisser Arzt Wilhelm SCHWARZBACH angeraten. Ich habe mich von dem genannten Arzt behandeln lassen, er hatte mir hoch und teuer versprochen, mich vollständig auszuheilen, was in Wahrheit der Fall nicht war sondern hatte mir falsche Einspritzungen und nicht zutreffende Pillen verschrieben, welche sich bei mir in meinem Körper als schädlich erwiesen. Da der genannte Arzt wie ich später zu wissen bekam ein Jude war und ich als Parteigenosse bei ihm in Behandlung war wird er wohl mich mit Bestimmtheit dann falsch behandelt haben, was sich auch nach

kurzer Zeit bemerkbar machte. Denn als ich inzwischen am Bahnhof Rummelsburg beim Unternehmer Posten gestanden habe, brach ich dort zusammen und konnte mich nicht mehr auf den Füssen halten. Ich wurde dann auf den Bahnsteig geführt und in Begleitung zur Bahnmeisterei gefahren. Von dort aus wurde ich zu den jüdischen Arzt SCHWARZBACH geführt. Er war sehr erstaunt als ich eine Überweisung nach einem Krankenhause verlangte. Er mir aber doch dieselbe bewilligte. Im St. Antoniuskrankenhaus habe ich einige Wochen gelegen, wurde jedoch auch nicht ausgeheilt, da ich von dem Juden zu sehr versaut war. Da mich der jüdische Arzt Schwarzbach bis zu einem 1/2 Jahr falsch behandelt hat und sich die Krankheit in meinem Körper verpflanzt hat wurde ich nach dieser Zeit von der Krankenkasse ausgesteuert. Die Kosten die im Krankenhaus entstanden waren hat die N.S.V. vorläufig übernommen. Ich habe auf jeden Fall von der Krankheit sehr viel in meinem Körper behalten, denn ich habe schon oft festgestellt dass ich von meinen jungen Jahren ein gewisses steifwerden und aus diesem Grunde auch meine Kopfnerven stark in Mitleidenschaft gezogen worden sind. Ich war auch in meinen Schuljahren auf den Kopf stark gefallen. Mir ist auf einem See eine Stange vielmehr ein Baum mit einem besetzten Schlitten, der sich durch das Drehen vom Pfahl gelöst hat und mir gegen die Füsse geschleudert wurde wonach ich besinnungslos liegenblieb da ich mit dem Kopfe auf das Eis geschlagen habe. Ich wurde dann nach Hause gebracht und musste dann einige Zeit im Bett zubringen. Nach der Entlassung aus dem St. Antoniuskrankenhaus in Karlshorst begab ich mich in die Behandlung eines Spezialarztes Dr. ENGELBRECHT. Auch in Karlshorst, Treskowallee. Ich wurde dann auch dem Krankenhaus Britz 1936 zugewiesen, wo ich weniger auf meine Krankheit als auf meinen Kopf behandelt wurde. Mir schwand da vollständig mein gehör und auch ein Kopfstechen hatte ich mit hinzubekommen. Ich habe dort einen Heissluftkasten der innen mit Birnen versehen war über den Kopf gestülpt bekommen. Auch mit dem Magen leide ich seit der Behandlung von dem jüdischen Arzt SCHWARZBACH, welche sich schon oft als nervöse Schmerzen gezeigt haben. Diese sind dann beim Auftreten noch kaum zu ertragen. Ich gebe hier zu das ich vor der Krankheit keinen solchen Trieb und mit meinen Kopfnerven nichts zu tun hatte. Es hat sich von 1934 bis jetzt da ich auch in Frankreich mir noch eine Geschlächtskrankheit mit hinzugeholt habe eine in mir merkwürdige Wandlung vor sich gegangen. Ich bitte, mich vom Gerichtsarzt untersuchen lassen um das es festgestellt wird was in mir eigentlich vorgeht. Auch eine Augenstarre tritt bei mir hervor. Da es sich anscheinend schon bis nach den Kopfnerven hingezogen hat. Die Straftaten die ich begangen habe und auch zu Protokoll gegeben habe sind alle in dieser unausgeheilten Krankheit zu suchen. Ich erkenne dies Reuevoll an, das ich es nicht tun durfte, aber es ist da in mir ein Trieb entstanden und bei der Tat eine plötzliche Umnachtung wegen der nicht ausgeheilten Krankheit entstanden. Ich bitte um eine Unterbringung in eine Nervenheilanstalt.

Pg. Paul Ogorzow

Ich füge noch hinzu das ich die Frauen in meinem Nervenkranken Zustand die ich bereits zu Protokoll gegeben habe mit einem Stück Bleikabel und einem Stück Eisen geschlagen jedoch die Absicht nicht gehabt habe sie zu erschlagen sondern einen geschlechtlichen Verkehr zu erlangen. Einen Teil der Frauen habe ich aus dem Zug gestoßen mit dem Gedanken nicht erkannt zu werden.

Paul Ogorzow

Im Jahre 1934 habe ich mir in Berlin eine Geschlächtskrankheit und zwar einen Tripper zugezogen. Ich begab mich als ich die Krankheit bemerkt habe in ärztliche Behandlung. Da ich von meiner Dienststelle der 40. Bahnmeisterei nach der 44. Bahnmeisterei Karlshorst überwiesen wurde, habe ich mich auch dort in ärztliche Behandlung begeben. Ich geriet nach Zuraten anderer Kameraden die mir den Arzt empfohlen haben in die Hände eines jüdischen Arztes namens Wilhelm Schwarzbach. Da er nun gesehen hatte das ich ein Parteigenosse bin war es für ihn ein gefundenes Futter bei mir diese Krankheit zu verschleppen. Bemerke hierzu das ich erst später erfahren habe das der Arzt ein Jude ist es war leider zu spät von ihm abzulassen, denn er hatte mir hoch und teuer versprochen, mich auszuheilen. Nach einem halben Jahr wurde ich von der Reichsbahnbetriebskrankenkasse ausgesteuert. Nun war ich auf mich alleine angewiesen und die Krankheit hat sich nach diesem halben Jahr verschlimmert anstatt zu bessern. Ich lag auch mit dieser

Krankheit im St. Antoniuskrankenhaus und im Krankenhaus Britz wurde aber aus beiden Krankenhäusern als ungeheilt entlassen. Nachdem sich Erscheinungen wie dicker Hoden, Versteifung in den Gelenken sehr oft Kreuzschmerzen und sich auch Magenkrämpfe eingestellt haben zuletzt sich anscheinend bis in die Kopfnerven verpflanzt hat.

Es stellte sich in mir seit dieser Zeit ein gewisser Trieb ein und eine Gedankenschwindung ein. Ich war dann soweit das ich alleingehende oder auch in manchen Fällen nicht alleingehende Frauen versucht habe anzusprechen, um das sie mir Folge leisten sollte. Da der Trieb in mir grösser auftrat kam ich zu Fall 1: Ich ging über um in der S Bahn eine Frau zwischen Karlshorst und Rummelsburg anzusprechen als dieselbe auf mein verlangen nicht einging, habe ich dieselbe mit einem Stück Kabel das ich mitgeführt habe welches ich auf dem Bahngelände Rummelsburg gefunden habe auf den Kopf oder über die Schultern geschlagen und aus dem Zuge geworfen. Als ich dann am nächsten Tage in der Zeitung über diesen Fall gelesen habe, bereute ich es sehr aber ich bekam dann in mir einen weiteren Trieb und es zog mich wieder zu solchen Straftaten hin. Wie solche Wandlung in mir vorgegangen ist, weiss ich heute noch nicht. Die Frauen habe ich nicht beobachtet ob sie jung, alt oder hübsch waren. Ich habe keine Absicht gehabt die Frauen zu töten sondern nur zu betäuben. Es waren Frauen die allein in der II. Klasse fuhren. Da ich in der kurzen Zeit zu keinem Ziel kam habe ich die Frauen dann aus dem Zug gestossen, in der Annahme das ich nicht erkannt werde.

Auch Fall II wiederholt sich in derselben Form. Ich habe die Handtaschen oder sonstigen Sachen welche die Frauen mit sich führten hinter den Frauen hinterher geworfen ohne etwas daraus entwendet zu haben und so wiederholten sich auch die übrigen Fälle die ich in der Bahn verübt habe. Wieviel Fälle und wann dieselben passiert sind kann ich mich nicht entsinnen. Es sollen ungefähr 5–6 Fälle die mir von der S-Bahn zur Last gelegt werden herrühren. Als ich mich dann von der Polizei zu stark bedroht fühlte, aber meinem Drang nicht wiederstehen konnte, habe ich mich auf das Laubengelände am Betriebsbahnhof Rummelsburg verlegt, wo ich eine Frau in einer Laube aufgesucht habe, da ich vorher erfahren habe, das sie allein in der Laube ist. Ich habe sie ungefähr im Herbst vorigen Jahren in ihrer Laube aufgesucht. Es war an einem Abend als es dunkel geworden war aufgesucht. Sie hat mich in ihre Laube reingelassen. Ich habe mich mit ihr unterhalten als plötzlich in mir auch ein Trieb oder eine Wandlung vorgegangen war es wurde plötzlich dunkel vor meinen Augen und ich stach mit einem kleinen Taschenmesser das ich auf dem Bahnhofsgebäude fand einmal in den Hals. Dann bekam ich plötzlich einen Schreck der aus meinem inneren kam. Ich weiss auch hier das ich keine Absicht gehabt habe die Frau tödlich zu treffen. Geschlechtlich gebraucht habe ich die Frau nicht. Das Messer habe ich dann weggeworfen, denn die Unruhe und der Schreck der in mir auftrat wurde immer grösser. Ich empfand auch hier nach der Tat tiefe Reue.

Es verging dann einige Zeit in der ich ruhe fand. Aber plötzlich kam dann ein Trieb in mir auf dem ich keinen Wiederstand leisten konnte und machte mich nach Dienstschluss auf den Weg um einer Frau zu begegnen um dieselbe für mich gefügig zu machen, ich traf diese Frau auf einer Strasse in Karlshorst, sprach dieselbe an und als sie auf mein verlangen nicht einging, habe ich sie mit einem Stück Eisen das ich auf dem Bahnhof gefunden habe auf den Kopf geschlagen um auch diese nur zu betäuben. Ich habe sie dann gebraucht und dann war ich wieder von einem Schrecken erfasst und bin nach Hause gelaufen. Am nächsten Tage als ich den Fall in der Zeitung gelesen habe, empfand ich sofort einen tiefen schmerz und bereute dies sehr.

Bis auf den letzten Fall verspürte ich in mir solchen Drang nicht. Plötzlich gingen wieder mit mir die Nerven durch und ich konnte auch da nicht wiederstehen mich in der Nacht vom Dienst auf den Weg als ich vorübergehend Zeit hatte. Ich hatte auch diesmal ein Stück Eisen mitgenommen, falls ich auf einen Wiederstand stossen sollte. Ich ging über den Zaun auf die Zoptener Str. und kam bis an den Ausgang des Betriebsbahnhof Rummelsburg. Als dann eine Frau vom Bahnhof kam ging ich nach versuchte auch diese in meinem Drang zum Verkehr zu bringen, als sie darauf nicht einging schlug ich auch diese Frau mit einem Eisen über den Kopf um sie wiederstandsunfähig zu machen. Dann habe ich sie gebraucht und ihr dabei die Schlüpfer zerrissen. Das Eisen habe ich dann fortgeworfen und bin zu meinem Dienst zurückgekehrt. Auch hier konnte ich mir nicht vorstellen, wie ich zu solcher Tat gekommen war, denn ich empfand hinter einen grossen schmerz in mir und bereute dies sehr.

Gebe auch zu das ich auch einen gewissen Hass auf die Frauen gehabt habe da ich mich vor einigen Jahren geschlächtlich angesteckt habe und auch meines Denkens nach nicht ausgeheilt worden bin. Gebe zu das auch meine Frau etwas kalt veranlagt ist, jedoch war dies der Grund nicht dazu, denn ich habe meine Frau sehr lieb und auch vor allen Dingen meinen Jungen der mein ein und alles ist. Wie ich zu den Fällen gekommen war ist es mir heute noch nicht klar. Ich bitte um genaue Untersuchung. Bei meinem vollen Bewusstsein habe ich stets an meine Familie gedacht.

Paul Ogorzow.

Am 22. Juli 1941 vollendet die »Mordkommission Koziol«, wie sie jetzt offiziell nach dem letzten Opfer heißt, ihren »Schlußbericht« und schickt ihn, unterschrieben von den Kriminalkommissaren Dr. Heuer und Lüdtke, unter dem Aktenzeichen Og. 6904 K.5.41. an den »Herrn Generalstaatsanwalt bei dem Landgericht Berlin«. Dies mit dem Vermerk »Sofort! Durch Boten!« Beigefügt sind dreißig Aktenbände und die Notiz, daß Ogorzow »laut fernmündlicher Vorausmitteilung des Gaues Berlin mit Wirkung vom 21. 7. 41 aus der NSDAP ausgeschlossen« worden ist.

Auf den ersten Seiten dieses »Schlußberichtes« werden
a) die Morde und Mordversuche auf der S-Bahn,
b) die Morde und Mordversuche im Laubengelände und
c) die vollendeten und versuchten Sittlichkeitsverbrechen in der Nähe des Betriebsbahnhofs Rummelsburg sowie die Festnahme des Täters referiert. Dann wird auf die Motive eingegangen, die man bei Ogorzow festgestellt zu haben glaubt:

WESENTLICHER INHALT DES GESTÄNDNISSES UND MOTIV ZU DEN TATEN.
A.) MORDVERSUCHE UND MORDE IN DER S-BAHN.
Nach der Einlassung des Ogorzow war es seine Absicht, sich in der S-Bahn alleinfahrende Frauen zu suchen, um sie nach *Wehrlosmachung geschlechtlich zu mißbrauchen. Um sein Vorhaben, die Wehrlosmachung, durchführen zu können, nahm er in jedem Fall ein schweres Schlaginstrument mit sich, das er im Rockärmel versteckte. Hatte er eine alleinfahrende Frau gefunden, so vergewisserte er sich, ob der betreffende Wagen voll-*

ständig leer war, stürzte sich auf sein Opfer, schlug ihm mit dem mitgeführten Schlagwerkzeug, sei es ein Bleikabel, Eisenstange oder Hartholzstiel, über den Kopf. Obwohl er, nach seiner Aussage, aufgrund seiner Erfahrungen im ersten Fall wußte, daß die Kürze der Fahrzeit zwischen den einzelnen Stationen für die Durchführung seines Vorhabens – nämlich Ausführung des Geschlechtsverkehrs – nicht ausreichte, verübte er immer neue Verbrechen dieser Art, weil er, wie er selbst angibt, schon durch die Berührung mit seinem Opfer beim Hinauswerfen aus dem Zuge, eine gewisse geschlechtliche Erregung empfand, in einem Falle sogar zum Samenerguß kam. [...] Hinsichtlich der von Ogorzow angestellten Überlegungen über die Beseitigung der Opfer durch Hinausstoßen aus dem Zuge hat er erklärt, daß er damit erreichen wollte, daß Zeugen zu seinen Taten nicht gegen ihn auftreten könnten. Neben den bereits erwähnten Lustgefühlen, die er beim Hinauswerfen hatte, war also die Beseitigung der Tatzeugen das Motiv zur Tat. [...] Ogorzow hat auf eindringlichen Vorhalt bestritten, sich die in den einzelnen Fällen bei den S-Bahn-Morden fehlenden Gegenstände usw. angeeignet zu haben. [...] Die Unterzeichneten haben jedenfalls den Eindruck gewonnen, daß es ihm äußerst peinlich war, auch noch als Dieb angesehen zu werden, das bedrückte ihn, wogegen das Hinmorden einer Frau sein Gewissen nicht belastet.

B.) MORDE UND MORDVERSUCHE IM LAUBENGELÄNDE.

Die Willensrichtung des Täters ging von dem Zeitpunkt ab, wo er von dem Ehemann einer Betroffenen und einem anderen Mann schwer verprügelt worden war ... dahin, sich nicht mehr in solche »Gefahren« zu begeben. Zu diesem Zweck steckte er die schon erwähnten Schlagwerkzeuge zu sich, um die Frauen durch Niederschlagen daran zu hindern, durch ihre Hilferufe andere Laubenbewohner zu alarmieren, und um sicher zum Geschlechtsverkehr zu kommen. [...]

ZUR PERSÖNLICHKEIT DES TÄTERS:

[...] Die Ermittlungen zu seinem Familienleben und bei der Dienststelle haben nichts Nachteiliges für ihn ergeben. Sämtliche Arbeitskameraden und die Vorgesetzten haben ihm niemals solche Taten zugetraut. Seinen Dienst soll er immer ordnungsgemäß versehen haben, wobei allerdings erwähnt werden muß, daß er eine unkontrollierbare Außentätigkeit hatte.

Die moralischen Qualitäten des Ogorzow dürften aber nicht sehr hoch einzuschätzen sein, da er sich bei der Abordnung nach Polen, die nur wenige Wochen dauerte, eine Geschlechtskrankheit holte, ebenso bei der nur sehr kurzen Abordnung nach Frankreich. Da er sich bereits im Jahre 1934 hier in Berlin infiziert hatte, kann man annehmen, daß er auf seine Stellung und seine Ehe keine Rücksicht nahm, sondern sich hemmungslos seinen geschlechtlichen Trieben hingab.

Es dürfte auch noch zu erwähnen sein, daß eigenartiger Weise Ogorzow auf seine Ehefrau äußerst eifersüchtig war, so daß er nachts den Dienst verließ, vor sein Wohnhaus ging und beobachtete, ob irgend etwas Verdächtiges in seiner Wohnung vorging. Er gibt selbst zu, daß er nicht den geringsten Grund für seine Eifersucht hatte und die Ermittlungen haben ergeben, daß die Ehefrau in jeder Beziehung einen einwandfreien Lebenswandel führt und daß sie ihren Kindern eine gute sorgende Mutter ist. Dagegen muß bezgl. des O. noch erwähnt werden, daß er zügellos ..., von den Sittlichkeitsverbrechen und Morden gar nicht zu sprechen, selbst Ehebruch am laufenden Band beging.

Er ist eine vollkommen gefühlskalte Natur, ohne jede Nerven und ohne alle Hemmungen, wenn es darum geht, seinen geschlechtlichen Trieb zu befriedigen. Die verbrecherische Veranlagung des O. geht besonders daraus hervor, daß er, obwohl er nach seinem eigenen Geständnis gemerkt hatte, daß die Kriminalpolizei hinter dem Verbrecher, somit hinter ihm, her war, sein Treiben fortsetzte.

Schon einen Tag später, am 23. Juli 1941, schickt »Der Generalstaatsanwalt bei dem Landgericht als Leiter der Anklagebehörde bei dem Sondergericht« unter dem Aktenzeichen 5 P Js 830/41 die Anklageschrift im Fall Paul Ogorzow an das »Sondergericht III bei dem Landgericht Berlin«. Anklageverfasser ist der Gerichtsassessor Neumann.

ANKLAGE

Der Hilfsweichenwärter Paul Ogorzow geboren am 29. September 1912 in Mundthofen (Ostpr), zuletzt in Berlin-Karlshorst, Dorotheastr. 24, wohnhaft gewesen, polizeilich festgenommen am 17. Juli 1941, in dieser Sache seit dem 21. Juli 1941 in Untersuchungshaft im Untersuchungsgefängnis Alt-Moabit

– Reichsdeutscher, evangelisch, verheiratet, bestraft, wird angeklagt, in Berlin in den Jahren 1939 bis 1941 durch 14 selbständige Handlungen bei schweren Gewalttaten, nämlich bei Morden und sechs versuchten Morden gefährliche Mittel angwendet zu haben.
Verbrechen nach § 1 der Verordnung gegen Gewaltverbrecher vom 5. Dezember 1939 in Verbindung mit §§ 211, 43, 73, 74 StGB.–
Im folgenden werden in der Anklageschrift die Ermittlungsergebnisse der Kriminalpolizei in verkürzter Form, aber mit weithin deckungsgleichen Formulierungen wiedergegeben und als »Beweismittel« I. das Geständnis des Angeklagten, II. die Aussagen der Zeuginnen Kargoll, Bendorf, Budzinski, Jablinski, Nieswandt, Schuhmacher sowie der Kriminalkommissare Lüdtke und Dr. Heuer von der »Mordkommission Rummelsburg« und III. »Überführungsstücke« genannt.

Wieder einen Tag später, am 24. Juli 1941, findet die Haupverhandlung statt, und nach kurzer Dauer ergeht folgendes Urteil:

IM NAMEN DES DEUTSCHEN VOLKES!
STRAFSACHE
GEGEN

den Hilfsweichenwärter Paul Ogorzow, geboren am 29. September 1912 in Mundthofen (Ostpr.), zuletzt in Berlin-Karlshorst, Dorotheastrasse 24, wohnhaft gewesen, wegen Mordes u.s.w.
Das Sondergericht III des Landgerichts Berlin hat in der Sitzung vom 24. Juli 1941, an der teilgenommen haben:
Landgerichtsdirektor Mittendorff
als Vorsitzender,
Landgerichtsrat Dr. Schulze-Weckert
Landgerichtsrat Schultz als beisitzende Richter,
Staatsanwalt Gesichtsassessor Neumann als Beamter der Staatsanwaltschaft,
Justizangestellter Bentzien als Urkundsbeamter der Geschäftsstelle,
für Recht erkannt:
Der Angeklagte wird als Gewaltverbrecher und Volksschädling wegen Mordes in acht Fällen und Mordversuches in sechs Fällen zum Tode verurteilt. Die bürgerlichen Ehrenrechte werden ihm aberkannt. Er hat die Kosten des Verfahrens zu tragen.

GRÜNDE.

I.

*Der Angeklagte wurde im Jahre 1912 in Mundthofen (Reg.Bez.Allenstein) unehelich geboren, ist also jetzt 28 Jahre alt. [...]**

II.

*Vom August 1939 bis zum Jahre 1941 beging der Angeklagte eine grosse Reihe von Mordversuchen und Morden. [...]***

III.

[...] Der Angeklagte gibt an, er habe die Taten im »Rausch« vollführt. Bei seinem Aufenthalt im Bereitschaftsraum des Stellwerkes seien ihm geschlechtliche Gedanken gekommen, er habe dann einen »Trieb« empfunden, solche Taten auszuführen und sei vollkommen gedanken- und willenlos gewesen. Er habe, wenn er seine Opfer niederschlug und wenn sie schrien, geschlechtliche Befriedigung empfunden und es sei dabei bei ihm zum Samenerguß gekommen. Auch beim Hinauswerfen der Frauen aus den fahrenden Zügen habe er solche Befriedigung empfunden. Etwa seit dem Jahre 1939 habe er empfunden, dass eine Wandlung in seinem Wesen vorgehe. Er habe sich mit Tripper angesteckt gehabt und hierauf führe er zurück, dass der »Trieb« allmählich in ihm entstanden sei. Ausserdem habe er an Kopfbeschwerden gelitten, nämlich an Kopfschmerzen und Stechen im Hinterkopf. Bei der Ausführung der Taten selbst sei er ganz gedankenlos gewesen, er habe blind darauf losgestochen und geschlagen.

Nach dem Gutachten des Sachverständigen Dr. Freiherr von Marenholtz sind die Voraussetzungen des § 51, Abs. 1 oder 2 StGB. bei dem Angeklagten nicht gegeben. Das heisst, der Angeklagte leidet weder an einer Geisteskrankheit noch Geistesschwäche, war auch zur Zeit der Taten nicht in seinem Bewusstsein gestört und die Fähigkeit, das Unerlaubte der Taten einzusehen und dieser Einsicht gemäss zu handeln, war nicht so wesentlich gemindert, wie es § 51 Abs. 2 StGB. voraussetzt.

Erbliche Belastungen sind bei dem Angeklagten nicht festgestellt. Er hat auch schwere Erkrankungen, die einen Einfluss auf das Zentralnervensystem ausüben könnten, nicht durchgemacht. In seiner Jugend hat er einmal einen Schlag gegen die Nase erhalten, wodurch diese schief geworden ist. Hierdurch sei, wie der Sachverständige überzeugend ausgeführt hat, eine chronische Nasenerkrankung (Nebenhöhlenkatarrh) herbeigeführt worden und auf diese Erkrankung seien die Kopfschmerzen des Angeklagten zurückzuführen. Die Kopfschmerzen seien daher nicht etwa die Folge einer Gehirnerkrankung oder einer anderweitigen Schädigung des Zentralnervensystems. Der Angeklagte habe sehr starken Geschlechtstrieb. Er habe sich ausser der im vorigen Absatz erwähnten Ansteckung mit Tripper während seines Aufenthaltes in Polen und Paris noch zweimal mit Tripper angesteckt. Es sei möglich, dass hierdurch der Geschlechtstrieb des Angeklagten noch gesteigert worden sei. Schon mit 16 Jahren habe der Angeklagte nach seiner Angabe den ersten Geschlechtsverkehr gehabt und habe auch stark onaniert. Weiterhin habe er sich früher als Exhibitionist betätigt. Diese Abweichungen im Geschlechtstrieb des Angeklagten gegenüber dem Normalen hätten dann dazu geführt, daß der Angeklagte seine Opfer gewürgt, gestochen oder niedergeschlagen habe. Es sei glaubhaft, dass er hierdurch eine sexuelle Befriedigung erzielt habe, dass es dabei auch zum Samenerguss gekommen sei. Bei seiner Frau habe der Angeklagte nicht die genügende Befriedigung gefunden und sei auch hierdurch mit zu seinen Taten gekommen. Dass der Angeklagte ausserdem auch normalen Geschlechtsverkehr mit seiner Frau geübt habe, sei nicht auffällig und käme häufiger bei derartigen Sexualverbrechern vor. Der Angeklagte sei ein stumpfer affektloser Mensch, es sei dies aber kein Charaktermangel und keine Geistesstörung. Wenn der Angeklagte behauptet, er habe im »Rausch« und sinnlos gehandelt, so könne dies vom ärztlichen Standpunkt aus nicht als zutreffend anerkannt werden. Einfluss des Alkohols komme bei den Taten des Angeklagten nicht in Frage, da er selbst angegeben habe, vor den Taten nichts getrunken zu haben. Der Angeklagte habe auch fast an alle Taten eine genaue Erinnerung, was ein Zeichen dafür ist, dass er bei den Taten selbst bei Sinnen gewesen sei.

Der Angeklagte habe planmässig gehandelt, wie sich insbesondere auch daraus ergebe, dass er auf der S-Bahn häufig lange Zeit hin- und hergefahren sei, bis er eine allein reisende Frau getroffen habe. Hätte er im »Rausch« gehandelt, wäre eine solche planmässige Ausführung der Tat nicht erfolgt. Der Angeklagte habe seinen perversen Trieb auch beherrschen kön-

nen, denn wenn er auf der Bahn kein geeignetes Opfer gefunden habe, habe er keine Straftaten ausgeführt. Er habe ausserdem seine Taten immer nur ausgeführt, wenn er Bereitschaftsdienst im Stellwerk hatte, dagegen seinen Trieb gezügelt an den Tagen, an denen er keinen Bereitschaftsdienst hatte.

Diesem Gutachten des Sachverständigen hat sich das Sondergericht angeschlossen. Der Angeklagte ist also vollzurechnungsfähig und für seine Taten verantwortlich.

IV.

*In den Fällen Ditter (6), Franke (8), Freese (9), Büngener (10), Siewert (11), Ebauer (12), Voigt (13) und Korziol*** (14), also in acht Fällen hat der Angeklagte vorsätzlich Menschen getötet und die Tötung mit Ueberlegung ausgeführt; er ist daher des Mordes schuldig (§ 211 StGB.). In den Fällen Budzinski (1), Jablinski (2), Nieswandt (3), Schuhmacher (4), Kargoll (5) und Bendorf (7) sind die Opfer des Angeklagten am Leben geblieben. Insoweit ist der Angeklagte des versuchten Mordes schuldig (§ 211, 43 StGB.).*

Der Angeklagte hat seine Taten ausgeführt dadurch, dass er seine Opfer am Hals würgte, dass er mit einem Taschenmesser ihnen Stiche in Kopf, Hals und Rücken versetzte, dass er sie mit einem Bleikabel und einer mehrere Pfund schweren Eisenstange über den Kopf schlug und dass er sie aus fahrenden Zügen hinauswarf. Es ist ohne weiteres klar, dass auf solche Weise Menschen getötet werden können, und auch der Angeklagte hat dies gewusst. Er war damit einverstanden, wenn seine Opfer getötet wurden und hat daher vorsätzlich gehandelt.

Der Angeklagte ist planmässig vorgegangen. Er hat sich die Nachtstunden ausgesucht, durch die die Ausführung der Taten erleichtert wurde und die Entdeckung des Täters erschwert wurde. Einen grossen Teil der Taten (Fälle 4, 7–14) hat der Angeklagte sorgfältig vorbereitet, indem er das Mordwerkzeug (Bleikabel, Eisenstange) mitnahm und sorgfältig unter seiner Jacke verbarg. Er ist auch insofern planmässig vorgegangen, als er seine Opfer nur angefallen hat, wenn sie allein waren. In einigen Fällen hat er vor der Tat mit ihnen eine Unterhaltung angeknüpft, um seine Opfer in Sicherheit zu wiegen. Bei der Ausführung sämtlicher Taten war er sich klar über den zur Erreichung seines Zweckes gewollten Erfolg der Tötung. Er konnte sich Rechenschaft geben über die zur Tat drängenden und die von ihr abhaltenden Beweggründe sowie über seine zur Ausführung der Morde ausgeübte Tätigkeit. Er hat sich nach Ueberzeugung des Sondergerichts bei der Ausführung der Morde in einer gewissen Erregung befunden, die dadurch noch gesteigert wurde, dass er bei seinen Taten sexuelle Befriedigung empfand. Durch diese Erregung wurde die Ueberlegung des Angeklagten jedoch nicht ausgeschlossen. Er hat nicht aus der Erregung heraus gefühlsmässig gehandelt. Dass der Angeklagte den Erfolg der Tötung angestrebt hat, ergibt seine Aeusserung gegenüber dem Sachverständigen: »Ich habe das Werk vollendet, damit die Sache nicht bekannt wurde«, und seine Aeusserung gegenüber dem Kriminalkommissar Lüdtke, er habe die Frauen aus den S-Bahnzügen geworfen, um Zeugen zu beseitigen. Beide Aeusserungen beziehen sich auch auf die Ueberfälle des Angeklagten in den S-Bahnzügen. Nach der Ueberzeugung des Sondergerichts hat er aber auch bei Ueberfällen, die nicht in den S-Bahnzügen erfolgt sind, bei der Ausführung der Taten mit Ueberlegung gehandelt.

Der Angeklagte ist ferner ein Gewaltverbrecher (§ 1 der Verordnung gegen Gewaltverbrecher vom 5. 12. 1939). Die von ihm ausgeübten Taten sind schwere Gewalttaten (Morde und Mordversuche). Der Angeklagte hat dabei Mittel angewandt, die gleichgefährlich sind wie Schuss-, Hieb- und Stosswaffen (Stiche mit dem Taschenmesser, Schläge mit Bleikabel und Eisenstange, Würgegriffe am Halse, Hinauswerfen aus fahrenden Eisenbahnzügen). Soweit die Taten vor Inkrafttreten der Gewaltverbrecherverordnung begangen sind, gilt die Bestimmung des § 5 der Gewaltverbrecherverordnung über ihre rückwirkende Kraft. Die Staatsanwaltschaft hat die Rückwirkung beantragt.

In den Fällen 2–14 hat der Angeklagte ferner die zur Abwehr der Fluggefahr getroffene Verdunkelung ausgenutzt. Bei den Taten auf der Strasse (Fall 4 und 9) hat die Verdunkelung die Taten des Angeklagten selbst erleichtert. Bei den Taten des Angeklagten auf dem Laubengelände und in der Eisenbahn hat der Angeklagte infolge der Verdunkelung eine leichtere Fluchtmöglichkeit gehabt, als es ohne Verdunkelung der Fall gewesen wäre. Dies hat der Angeklagte auch erkannt und damit gerechnet. Die Verdunkelung gab ihm auch eine grössere Sicherheit bei der Ausführung der Taten. In allen Fällen handelt es sich *um besonders schwere Fälle von Verdunkelungsverbrechen (§ 2 der Verordnung gegen Volksschädlinge vom 5. 9. 1939). Die Taten als solche sind besonders schwere Fälle und auch die Persönlichkeit des Angeklagten, der fortlaufend zur Befriedigung seiner sexuellen Begierden Menschenleben vernichtet hat, zeigt, dass es sich um besonders schwere Fälle handelt.*

Der Angeklagte ist der Typ des Volksschädlings und Gewaltverbrechers.

§ 2 der Volksschädlingsverordnung in besonders schweren Fällen und § 1 der Gewaltverbrecherverordnung sehen als absolute Strafe die Todesstrafe vor. Diese war daher gegen den Angeklagten zu verhängen.

Die bürgerlichen Ehrenrechte waren ihm abzuerkennen (§ 32 StGB.).

Die Kosten des Verfahrens hat der Angeklagte zu tragen (§ 465 St.P.O.).

Mittendorff Schulze-Weckert Schultz

Aktenvermerk
Am 24.7.41 überführt nach Strafgefängnis Plötzensee

* Es folgen knapp zwei Schreibmaschinenseiten mit den wichtigsten Daten der Biographie Ogorzows.

** Auf 13 1/2 Seiten werden hier noch einmal alle Morde und Mordversuche kurz beschrieben.

*** Name falsch geschrieben. Bei allen Dokumneten, auch beim Lebenslauf Ogorzows, sind die Fehelr originalgetreu übernommen worden.

Kapitel 29

25. Juli 1941. Im Südabschnitt der Ostfront nimmt die 11. Armee Balta. Im Mittelabschnitt lassen die sowjetischen Ausbruchsversuche aus dem Kessel von Smolensk deutlich nach. Raeder weist Hitler auf die Bedrohung der Südflanke Europas hin, findet jedoch kein Gehör. Im Strafgefängnis Berlin-Plötzensee

wird die Hinrichtung des S-Bahn-Mörders Paul Ogorzow in die Wege geleitet.

Es ist ein Freitag, aber Ogorzow macht keinen Unterschied mehr zwischen den Tagen. Seit seiner Verhaftung sind keine zwei Wochen vergangen.

Er läuft ruhelos in seiner Zelle auf und ab. Wie ein Tier im Käfig. Klettert auf den Stuhl, umfaßt die Gitterstäbe und rüttelt daran.

»Laßt mich raus hier!« Springt wieder auf die Erde, keucht. Hämmert gegen die Tür. »Nein, ich will nicht!« Nie mehr seinen Jungen sehen, nie mehr im Stellwerk stehen, keine Uniform mehr tragen.

Er sieht sich niederknien. Sieht, wie sie ihn festschnallen, wie sein Kopf auf den Block zu liegen kommt. Und dann saust das Fallbeil von oben herab. Sein Zischen ist das letzte, was er jemals hören wird. Dann fühlt er nur noch, wie der scharfgeschliffene Stahl durch Haut und Knochen fährt. Nein, nicht mal mehr das.

»Herbert, hilf mir doch!«

Wo blieb Herbert Bloh? Bis jetzt hatte ihn der Muntowener Freund noch immer gerettet und auch damals in Brandenburg aus dem Gefängnis geholt. Bloh kannte Heydrich, und wenn sie wollten, dann machten sie einen anderen zum S-Bahn-Mörder.

»Herbert, hilf mir doch!« Doch kein Herbert kommt. Paul Ogorzow hält es nicht mehr aus, er rennt mit dem Kopf gegen die Wand, bis er bewußtlos zu Boden fällt.

Doch die Betäubung dauert nicht lange. Wieder tobt er, packt den Stuhl an beiden Beinen und will mit ihm die Tür einschlagen.

Da fliegt sie auf, und draußen stehen zwei Wärter. Einer von ihnen schüttet ihm einen Eimer Wasser ins Gesicht. Der andere ermahnt ihn mit dem klassischen Satz der mittelalterlichen Rechtssprechung.

»Wer zu töten weiß, lerne zu sterben!«

Die Tür wird wieder zugezogen. Paul Ogorzow sinkt auf seine Pritsche und trocknet sich mit seiner Decke ab.

Es ist ja alles Quatsch, das hat er nur geträumt, daß er hier eingesperrt ist. Er sieht sich in der Dorotheastraße in seinem Vorgarten stehen und die Tomaten gießen.

»Guten Tag, Herr Ogorzow. Keine Schicht heute?«

»Doch, aber erst um 22 Uhr.«

»Einen schönen Tag noch.«

»Danke, gleichfalls.«

Vielleicht war noch Zeit, zu Anneliese in die Laube zu gehen. Jeden Augenblick mußten sie kommen und ihm sagen, daß das alles ein großer Irrtum war.

»Ich bin ein Opfer der jüdischen Verschwörung gegen das deutsche Volk. Der Arzt Schwarzbach hat mich mit Bakterien infiziert, die mir das Gehirn zersetzen sollten. So bin ich wie ein tollwütiger Hund geworden, der auf die Frauen losgegangen ist. Nicht ich bin schuld daran, sondern der Jude!«

Die Richter waren Idioten, daß sie das nicht sahen. Und Volksverräter, weil sie ihn als Parteigenossen köpfen lassen wollten.

Das aber wird sein Freund Herbert Bloh nicht zulassen können, da ist er sich ganz sicher.

Ehe es soweit ist, da hat der Herbert alles geregelt. Paul Ogorzow steht auf und ist wieder voller Hoffnung. Und war es denn nicht gut, was er da getan hatte, was in der Natur gang und gäbe war? Daß der Wolf sich immer die langsamsten und dümmsten Häsinnen holte, damit sich die nicht mehr fortpflanzten, sondern nur die schnellsten, kräftigsten und klügsten von ihnen junge Hasen bekamen und so die ganze Hasenkolonie am Leben blieb. Die Frauen, die zu schwach und zu dumm gewesen waren, ihm zu entkommen, hatten es folglich nicht anders verdient, die hätten doch nur Kinder bekommen, die ebenso dumm und schwächlich waren wie sie selber.

Sah das denn keiner, daß er nur das getan hatte, was gut und richtig war und alle immer wieder forderten.

Er denkt an seine Frau. Die war da anders, und der hatte er selbstverständlich nichts getan. Als Dank dafür lag sie jetzt ganz sicher mit einem anderen Kerl im Bett.

Der Gedanke daran erregt ihn, und zugleich trifft es ihn wie ein Keulenschlag: Nie mehr würde es sein, daß er eine Frau gebrauchen konnte.

Bitte, noch einmal. Er hat die Bilder vor Augen, erlebt es wie in Wirklichkeit, wie er die Frauen aus dem Zug wirft, öffnet den Hosenschlitz und läßt es alles mächtig aus sich herausspritzen.

Erschöpft liegt er dann auf seiner Pritsche. Sein Sohn fällt ihm ein. Sie werden ihm hinterherrufen: »Da kommt der Sohn vom S-Bahn-Mörder!«

Das darf nicht sein! Er sucht sich ein Stück Papier und schreibt: »Hiermit gebe ich zu Protokoll, daß Robert nicht mein Sohn ist, weil ich in der fraglichen Zeit keinen Geschlechtsverkehr mit meiner Frau hatte. Er ist von einem anderen Mann. Paul Ogorzow.«

Er möchte ihn noch einmal sehen und mit ihm Eisenbahn spielen. Er starrt gegen die Decke. Herbert Bloh ist noch immer nicht gekommen, und was kann nun noch helfen?

Mit Herbert Bloh zusammen denkt er an dessen Mutter und sieht wie in einem alten Film, wie sie am Kloster Heiligelinde stehen, am Deinowasee, wie ihnen Frau Bloh die alte Sage erzählt.

»Da war einer, den sie zum Tode verurteilt hatten. Und dem ist im Traum die Mutter Gottes erschienen und hat ihm befohlen, ein Bildnis von ihr zu schnitzen und es an die größte Linde im nahen Wald zu hängen. Der Gefangene, der zuvor nie ein Schnitzmesser in der Hand gehalten hatte, schaffte das auch. Und sein Marienbildnis war so überirdisch schön, daß die Richter an ein Gottesurteil glaubten und ihn für unschuldig hielten und freigesprochen haben.«

Ogorzow springt auf, hämmert wieder gegen die Tür und schreit, daß sie ihm doch bitte ein Schnitzmesser und ein Stück Holz bringen mögen.

»Halt 's Maul, sonst ...!« schreit der eine Wärter zurück. So bleibt ihm nur, mit dem Bleistift ein Marienbild an die Wand zu malen. Aber es sieht nur aus wie die Krakelei eines Vierjährigen. Er sitzt auf der Kante seiner Pritsche und hat die Augen geschlossen.

Der Löwe riß das Gnu, der Wolf fraß das Kalb, der Sperber schlug den Hasen, der Marder tötete das Huhn. So war die Natur. Das stärkere Tier erledigte das schwächere. Und auch der Mensch war nur ein Tier. Somit entsprach es nur der Weltenordnung, wenn sie ihn eingesperrt hatten und bald töten würden, und gegen die Weltenordnung gab es kein Entrinnen. Die einen töteten, die anderen wurden getötet. Und Herbert Bloh hatte schon recht gehabt, daß man immer nur zusehen mußte, auf seiten der Stärkeren zu sein.

Diesmal aber ist er der Schwächere. Das nimmt er hin als unverrückbare Wahrheit, obwohl er noch immer nicht begreift, warum alles so gekommen ist, daß er hier in dieser Zelle hockt.

»Paul, du mußt wieder mal zum Zahnarzt gehen!« Jetzt sitzt

er im Wartezimmer. »Der Nächste, bitte!« Wenn das kommt, wird alles bald vorüber sein. Ein kurzer Schmerz. Alles halb so schlimm. »Hinterher hast du dann wieder Ruhe.«

Die Wärter kommen, das Ritual fängt an. Er fügt sich in alles und freut sich, wie nett sie jetzt sind. Bitte, danke, es macht richtig Spaß. Er ist ein guter Mensch, und alle mögen sie ihn. Das tut ihm wohl.

Er sieht sich am Bahndamm sitzen. Wie damals in Kossewen, als er die Margarete Maslonka gerettet hat. Er ist eine Lore, und jemand schiebt die Lore an. Und er rollt und rollt. Bis nach Nikolaiken und weiter, immer weiter.

Alles fliegt so schnell vorüber, daß er es kaum noch wahrnehmen kann. Wie im Traum. Wie im Film. Die letzten Bissen, der Trost des Geistlichen, die Worte irgendeines Beamten.

Sie führen ihn in einen Raum, der ihn an einen Operationssaal erinnert. An eine Toilette. An die große Schlachterei in Nikolaiken.

Die letzten Schritte. Die letzten Minuten. Die letzten Gedanken. In unscharfen Fetzen fliegt alles vorüber, ist nur ein Blitz.

Er sieht wie
… die geköpfte Henne über den Gutshof rennt
… er beim Kirschenpflücken auf der Leiter steht
… mit seinem Sohn im Vorgarten spielt
… die Frauen auf dem Feld die Hintern hochrecken
… sein Stiefvater ihn verdrischt
… er im Dunkeln durch die Laubenkolonien streift
… der Lehrer Pukaß ihn beim Abspritzen erwischt
… er mit Herbert Bloh in Nikolaiken ist
… er mit seiner Frau in der grünen Laube sitzt
… er die Signallaternen in die Höhe zieht
… Lüdtke ihn verhört.

Dann ist es soweit. Er sieht den Block. Er begreift, daß er sterben wird. Nein!!! Da wehrt er sich, da bäumt er sich auf, da kämpft er um sein Leben.

Sie packen ihn, sie schleifen ihn zum Block. Er schreit, schlägt um sich, beißt, spuckt und tritt.

»Jetzt geht's ihm so wie seinen Opfern, als er sie in der S-Bahn zur Tür gezerrt hat«, sagt Kommissar Lüdtke, der an diesem Tag nach Plötzensee gekommen ist.

Paul Ogorzow hört es und hat diese Szene als letztes Bild vor Augen.

So ist es noch ein Lustimpuls, mit dem er stirbt.

Kapitel 30

Gerhard Baronna ging um den Opel-Blitz herum, um nach Herbert Bloh zu sehen. Der saß hinten auf der Ladefläche und rauchte eine Juno.

»Wir brauchen dringend etwas, um schneller entladen zu können«, sagte Herbert Bloh. »Einen Lattenrost, den man ausfahren kann.«

»Bei Gaubschat in Neukölln haben sie die Sache schon in Angriff genommen«, wußte Baronna zu berichten.

Seit Monaten zog er nun mit Herbert Bloh und seinem Sonderkommando durch die weiten Räume im Osten. Poltawa, Chelmno, Riga, Kiew. Die Begeisterung für den von Heydrich geforderten Osteinsatz in den Dienststellen von Gestapo, Kripo und SD war zu Beginn des Rußlandfeldzuges sehr gering gewesen, doch Arthur Nebe hatte sich als einziger von vier Einsatzgruppenleitern freiwillig zu diesem Kommando gemeldet, allerdings in der Erwartung, Heydrich würde auf ihn, den Kripochef, nicht zurückgreifen wollen. Doch es war anders gekommen. Bis zum Winter 1941/42 hatten die vier Einsatzgruppen, so Heydrichs Befehl, 500 000 Juden zu töten. Um den Angehörigen seiner Gruppe das unmittelbare Töten zu ersparen, hatte Nebe auf die sogenannten Gaswagen der Firma Gaubschat, Berlin, zurückgegriffen, die man zusammen mit dem KTI, dem Kriminaltechnischen Institut, und dem Referat Kraftfahrwesen (II D 3a) des RSHA als »humaneres« Tötungsverfahren entwickelt und perfektioniert hatte. Auspuffgase wurden in das Innere eines dicht verschlossenen Lastkraftwagens eingeleitet. Im Dezember 1939 hatte man mit der Erprobung der mobilen Gaskammern, getarnt als Kaisers-Kaffee-Wagen, in psychiatrischen Kliniken begonnen, und im November 1941 hatte es im KZ Sachsenhausen eine Probevergasung von dreißig Männern gegeben. Himmler, der vorher die Sprengung eines mit Patienten vollgestopften Bunkers in Minsk nicht ganz geglückt gefunden hatte, zeigte sich von den Gaswagen als Mittel zur Endlösung der Judenfrage begeistert, und der SS-Standartenführer Walther Rauff, Leiter der Gruppe II D (Technische Angelegenheiten) im RSHA betonte später in einem Aktenvermerk vom 5. Juni 1942 ausdrücklich deren Effektivität: »Seit Dezember 1941 wurden beispielsweise mit drei eingesetzten Wagen 97 000 verarbeitet, ohne daß Mängel an den Fahrzeugen auftraten.«

Baronna allerdings hatte sich ständig das Gejammere seiner Fahrer anzuhören.

»Da kriegste dauernd Kopfschmerzen, wenn de da vorne sitzt«, sagte Kutte. »Und der Jedanke, det die dahinten krepiern ...«

»Sollten wir nicht doch Häftlinge dafür nehmen?« fragte Baronna.

»Unsinn!« Herbert Bloh winkte ab. »Die türmen doch bloß. Ihr müßt das bloß richtig machen. Nicht gleich Vollgas geben.«

»Denn isset wenigstens jleich vorbei.«

»Ja, aber hinten ersticken sie, anstatt daß sie langsam eingeschläfert werden.«

Kutte ging hinüber zur Unterkunft. Baronna sah ihm lange hinterher.

Herbert Bloh bemerkte das und fragte ihn, ob er scharf auf Kutte sei.

»Höchstens scharf darauf, zu wissen, ob der wirklich als Kurt Ugrumow 1915 in Tilsit geboren worden ist.«

»Wieso gibt 's Zweifel daran?«

»Weil der Kerl eine verdammte Ähnlichkeit mit meinem S-Bahn-Mörder hat, deinem Freund Paul Ogorzow aus euerm schönen Muntowen am Ixt-See in Ostpreußen ...«

Herbert Bloh sprang von der Ladefläche des Lastwagens und brüllte los: »Wenn du das nicht sofort zurücknimmst, sind wir die längste Zeit Freunde gewesen!«

»Entschuldige, aber ich ...« Baronna erklärte ihm, daß es doch nichts Ehrenrühriges sei, einen engen Freund vor der Hinrichtung zu retten, die Mittel dazu hätte er schließlich gehabt.

»Paul Ogorzow ist ein Volksschädling, dumpf und triebhaft,

und ich verbiete dir, mich noch einmal mit ihm in Verbindung zu bringen. Wenn er drei Köpfe gehabt hätte, ich hätte sie ihm alle drei eigenhändig abgeschlagen, so sehr verabscheue ich ihn und das, was er getan hat. Er ist eine Schande für uns alle!«

Albert Borowka riß den Karabiner hoch und schoß. Wieder versuchten die Partisanen, die alte Brennerei zu stürmen. Ihr Maschinengewehr schickte immer neue Feuerstöße durch die Fenster herein. Die kurze Pause zeigte ihm, daß er getroffen haben mußte. Jetzt waren sie dabei, ihre Toten und Verwundeten zu bergen. Er nutzte seine Chance und robbte hinter einen Mauervorsprung. Da lag Erwin. Kopfschuß und aus. Er kam aus Bodenwerder und war Musiker. Der achte Kamerad, den es seit gestern nacht erwischt hatte.

Waldemar und Max schleiften eine geöffnete Patronenkiste über den Boden. Max hatte einen Streifschuß abbekommen, am linken Backenknochen fehlte die Haut. Zeit zum Verbinden hatte noch keiner gehabt.

Sie luden ihre Karabiner und huschten zum Fenster. Gleich würde es weitergehen.

Ein schwacher Mond brach durch die Wolken, und Albert Borowka blickte auf die Dorfstraße hinaus wie früher auf seine S-Bahn-Gleise. Wann kam der Abfahrauftrag?

»Na, träumste?« fragte Waldemar.

»Ja. Wie ich gerade in Rummelsburg am Bw vorbeifahre und dich rechts vorne sehe. Was machsten da?«

»Ich rede mit dem S-Bahn-Mörder.«

»Haste den wirklich gekannt?«

»Den Paul Ogorzow, klar. Eimal hab ich sogar mit ihm und dem Funkturm Skat gespielt, dem Langen.«

»Und ich hab den S-Bahn-Zug gefahren, aus dem er die erste Frau rausgeworfen hat.«

»Zwei Jahre lang mit einem Mörder zusammen auf Arbeit!« Max schüttelte sich.

Da waren die Partisanen zurück, und ihr Maschinengewehr begann von neuem zu feuern. Ununterbrochen klatschten die Geschosse über ihnen ins Holz. Sie steckten im Zimmer des Chefs.

Die Partisanen hatten sich hinter einer zerschossenen Mauer verschanzt. Während des nächsten Feurstoßes huschte einer von ihnen links an den Zäunen entlang, offensichtlich, um mit einer Handgranate die Kellertür zu sprengen und die Gefangenen herauszuholen. Wenn ihm das gelang, waren sie endgültig verloren. Max riskierte alles, schnellte vor und schoß.

»Sauber weggeputzt«, sagte er und sank hinter die Brüstung, um sich kurz zu erholen.

Wieder hatte der Feind zu tun, einen Toten zu bergen. Waldemar sah es mit einigem Unbehagen. »Je weniger sie sind, desto ungestümer werden sie versuchen, an die Gefangenen heranzukommen.«

Unter ihnen krachte es. Ihre Gefangenen waren schon dabei, sich selber zu befreien.

Ein Kradfahrer raste auf den Hof, sprang ab und schaffte es bis zu ihnen nach oben.

»Befehl vom Oberfeldmeister!« rief er. »Sofort die Gefangenen erschießen!«

»Albert, Max, los!«

Albert Borowka zögerte, doch Max zerrte ihn über den Boden.

»Knall den Iwan ab, oder willst du, daß er sich eines Tages über Emmi hermacht!?«

Albert Borowka erschoß zwei der Partisanen, Max die übrigen vier.

Gertrud Orgozow war umgezogen, der Mutter wegen nur ein paar Ecken weiter und wohnte jetzt Dönhoff-/Ecke Karl-Egon-Straße. Sie hatte wieder ihren Mädchennamen angenommen.

»Es ist nicht deine Schuld«, sagte ihre Mutter.

»Ich werf mich vor die Bahn …«

»Du mußt für deine Kinder leben.« Ingrid hatte ihr Pausenbrot vergessen, und sie war zur Schule gelaufen, um es ihr zu bringen.

Ganz allein stand ihre Tochter hinten an der Mauer.

»Das ist die Tochter vom Mörder«, hörte sie es flüstern.

Grete Behrens und Emmi Borowka saßen im Zug nach Erkner. Es war kurz vor Mitternacht, und sie kamen aus dem Kino. Gesehen hatten sie den ersten deutschen Farbspielfilm, die musikalische Liebeskomödie *Frauen sind doch bessere Diplomaten* mit Marika Rökk, Willy Fritsch, Aribert Wäscher, Hans Leibelt und Ursula Herking.

»Schade«, sagte Emmi. »Das hätte Albert auch gefallen.«

Beim Wort gefallen zuckte Grete leicht zusammen, es hatte

für sie in diesen Tagen einen absolut tödlichen Klang. Doch sie behielt ihre Assoziation für sich, denn es war Emmis Geburtstag heute, und sie wußte, wie sehr die Freundin darunter litt, daß ihr Mann in jeder Sekunde von einer feindlichen Kugel getötet werden konnte. Nach ihrer ersten Begegnung im Verlaufe der Fahndung nach Paul Ogorzow hatten sie sich auch privat getroffen und immer mehr Freundschaft geschlossen. Im September 1941 war Grete dann auch zu Emmi in die Laube gezogen. Sie brauchte Abstand von allem. Was mit Gerhard Baronna geschehen war, ließ ihr keine Ruhe. Sie gab sich einen Großteil Schuld an allem. Sie hätte ihn an sich binden und nach ihrem Gusto formen müssen.

Sie fuhren im Zweiter-Klasse-Abteil; das hatte Grete spendiert.

»War das hier, wo du mit Ogorzow im Zug gesessen hast?« fragte Emmi.

»Nein, zwischen Karlshorst und Betriebsbahnhof Rummelsburg.«

»Nun ist er schon so lange tot«, sagte Emmi.

»Sein Schatten wird noch lange auf uns lasten, und noch zu Beginn des nächsten Jahrtausends werden viele mit Schaudern an ihn denken, wenn sie S-Bahn fahren«, prophezeite Grete, um aber aufstöhnend hinzuzufügen, »vorausgesetzt, daß es Berlin und Deutschland dann überhaupt noch gibt.«

»Wir beide schaffen es schon«, sagte Emmi und kuschelte sich eng an sie.

Grete Behrens schwieg. Sie wußte, daß die Welt in der Hand von Männerbünden war, archaischen Horden, die im Namen des Guten mordend und schändend über die Erdteile zogen.

»Bist du nicht froh und glücklich, daß ihr den S-Bahn-Mörder doch noch gefunden habt und daß er hingerichtet worden ist?« fragte Emmi.

»Doch. Aber das Symbol aller Kriminalbeamten ist nun mal der Sisyphos.«

»Wie meinst du das?«

»Wegen seiner Freveltaten mußte der im Hades schrecklich büßen, das heißt einen riesigen Stein auf einen Berg wälzen; doch wenn er die Spitze fast erreicht hatte, rollte der Stein wieder zurück. So geht es uns auch: Haben wir einen Mörder ausgeschaltet, gibt es ein Dutzend neue. Wir büßen alle, aber wofür? Wer schickt uns Männer wie Hitler, Himmler, Heydrich und Ogorzow auf die Erde und läßt sie morden?«

»Die schickt uns doch keiner, die sind ganz einfach da.«

»In uns Menschen«, Grete nickte. »Und die Frage ist nur: Wer zähmt die, die wie die Marder sind? Wer zerschlägt sie, die Männerbünde und rottet es aus: ihr Denken, ein Denken, für das Ogorzow steht?« Grete wußte die Antwort, und sie träumte von einem Land in der Zeit danach.

Betriebsbahnhof Rummelsburg. Sie stiegen aus und suchten sich zurechtzufinden. Schwache blaue Lichter markierten den Ausgang Richtung Bw und Laubenkolonie.

»Als der S-Bahn-Mörder noch gelebt hat, habe ich hier schon immer mit meinen Stoßgebeten angefangen«, sagte Emmi. »Du weißt gar nicht, was das für 'n herrliches Gefühl jetzt ist ...!«

Sie stiegen in den Tunnel hinunter und standen wenig später am Zaun der Laubenkolonie.

Grete Behrens zögerte. Am liebsten wäre sie ein paar Meter vorausgegangen und einen Moment vor der Freundin in der Laube gewesen, um sich zu vergewissern, daß sie die Post von heute früh auch wirklich versteckt hatte. Die Mitteilung, daß ihr Bruder Berthold im KZ »verstorben« war. Sie mußte es nicht gerade heute erfahren.

Dann gingen sie weiter. Vor ihnen dehnte sich ein schwarzes, endloses Nichts.

»Faß mich an«, sagte Emmi.

Nachwort
(auch als Vorwort zu lesen)

»Jede Gesellschaft besitzt den Typ von Verbrechen und Verbrechern, der in ihre kulturellen, moralischen, sozialen, religiösen und wirtschaftlichen Verhältnisse paßt.«

Hermann Mannheim

»Man spuckt auf einen kleinen Schelm, aber man kann einem großen Verbrecher eine Art Achtung nicht verweigern. Sein Mut setzt Euch in Erstaunen, seine Grausamkeit macht Euch zittern, man ehrt überall die Einheit des Charakters.«

Denis Diderot, *Rameans Neffe*

Ist es nicht selbst schon ein Verbrechen, über ein »solches Schwein« wie Ogorzow ein Buch zu schreiben und ihn damit gleichsam postum zu ehren? Ja, auch. Aber ... Jedenfalls ist er, ist es ein aufschlußreiches Stück deutscher Geschichte, und ich bin bei meiner Arbeit wie ein Archäologe vorgegangen, der auf dem Meeresboden nach und nach Teile einer Amphora aus alter Zeit gefunden hat und dann zu Hause in seinem Institut versucht, aus den Bruchstücken das gesamte Gefäß zu rekonstruieren. Aus der vorhandenen Literatur weiß er in etwa, wie es ausgesehen haben könnte, und einiges kann er auch aus den allgemeinen Funktionen eines solchen Gegenstandes ableiten. So fügt sich Scherbe um Scherbe zu einem in sich stimmigen Gebilde, doch es fehlen ihm immer wieder wichtige Teile. Was macht er in diesem Falle? Er nimmt sich Gips und formt aus ihm das Fehlende nach bestem Wissen und Gewissen. Da steht sie nun die Vase und zeigt zwischen den authentischen terrakottafarbenen Stücken viel weiße Fläche.

Mein S-Bahn-Mörder-Roman ist also nach diesem archäologischen Prinzip entstanden. In einem kleinen Forscherteam haben wir versucht, in der zur Verfügung stehenden Zeit und mit vergleichsweise wenigen Mitteln alles zusammenzutragen, was in den Archiven wie in den Köpfen der Zeitzeugen über Paul Ogorzow »gespeichert« ist. Dr. Helmut Lindner hat sich als idealer und überaus kompetenter Spurensucher in den Akten und Annalen von Polizei, Justiz, Verwaltung und Presse umgesehen; Liane und Peter Hüne, er vor allem mit seiner Dynamik und alle Türen öffnenden herzlichen Eloquenz, und der Schriftstellerkollege Jan Eik haben mir geholfen, Ogorzows Verwandte, Nachbarn und Kollegen aufzuspüren. Und gemeinsam haben wir die Stätten aufgesucht, wo er gelebt und seine Verbrechen begangen hat. Und alle haben wir immer wieder in langen Gesprächen den Menschen Paul Ogorzow zu ergründen versucht, seine Motive und Abgründe, dies auch mit Heike Effertz zusammen. Ihnen allen gilt mein herzlicher Dank! Ohne sie wäre dieses Buch nicht zustandegekommen, für seine Mängel aber möge man nur mich allein verantwortlich machen. Mein Dank gilt weiterhin allen Personen und Institutionen, die uns mit ihren Auskünften und mit Rat und Tat geholfen haben: Frau Heidenreich, Frau Barwinna und Herrn Galinowski aus Karlshorst, Frau Dr. Schönefeld von der »Polizeihistorischen Sammlung«, Herrn Dölling und den »Veteranen« vom Bahnbetriebswerk Rummelsburg, Frau Schulz und Frau Davids.

Es gibt allerdings auch authentische Scherben, um auf das obige Bild zurückzukommen, die ich nicht genutzt, also »außen vorgelassen« habe. Vor allem sind einige Namen so verfremdet worden, daß ein Rückschluß auf ihre wirklichen Träger nicht mehr möglich ist. Dies gilt insbesondere für den leiblichen Sohn Paul Ogorzows. Gertrud Ogorzow ist eine Woche, bevor wir sie in der Steegerstraße 18a zum Interview aufsuchen wollten, in ein Berliner Krankenhaus eingeliefert worden und dort verstorben. Sie hat nicht mehr erfahren, daß alles wieder aufgerührt werden sollte. Als »Mensch« bin ich sehr froh darüber, daß es so gekommen ist, als Autor und Forscher traurig und wütend, und müßte als Christ eigentlich glauben, daß da ein höheres Walten dahintersteckt ...

Alles in allem ist das Ganze, von den Interviews bis zur Benutzung der Quellen, durchaus eine wissenschaftliche Arbeit (vgl. die Literaturliste am Ende). Ich wäre als Sozialwissenschaftler bei einer Monographie über die Geschichte des Berliner Fußballvereins Hertha BSC oder des Sozialamtes Kreuzberg auch nicht anders vorgegangen. Zugleich aber ist mein

S-Bahn-Mörderbuch auch ein Roman, eben Produkt meiner Phantasie und Ergebnis diverser Kunstgriffe aus dem Spannungsschreibergewerbe. Da war auf cliffhanger hinzuarbeiten, und thrill und suspense waren ebenso einzuweben wie die Muster des klassischen Polizeiromans, vor allem aber Figuren zu erfinden, die nötig sind, um Paul Ogorzow Konturen zu geben und »historische Tiefenschärfe« zu verleihen, das heißt deutlich zu machen, was hier passiert ist: Ein Mensch mit einer bestimmten genetischen und sozialisationsbedingten »Programmierung« gerät in ein Milieu und eine Zeit, den nationalsozialistischen Mörderstaat und die Verdunkelung Berlins, die seine Taten in ihrer einmaligen Konstellation nicht nur ermöglichen, sondern regelrecht provozieren. Fünfzig Jahre früher oder später geboren, wäre Paul Ogorzow mit einiger Sicherheit ein ganz normaler Bürger gewesen, hätte seine Triebkräfte kontrollieren beziehungsweise anderswie ausleben können.

Im Sinne der Romannotwendigkeiten sind von mir vor allem die Figuren des SS-Hauptscharführers Herbert Bloh, des Kriminalsekretärs Gerhard Baronna, der Kriminalassistentin Grete Behrens, der Fabrikarbeiterin Emmi Borowka und des S-Bahntriebwagenführers Albert Borowka hinzugefügt worden. Das heißt, so richtig erfunden worden sind auch sie nicht; sie entsprechen Menschen, die ich irgendwann in meinem Leben kennengelernt habe. Schließlich habe ich, geboren 1938, die Nazi- und Ogorzow-Zeit noch selber erlebt, wenn auch nur als Kind, und nach dem Kriege den »frischen« Berichten der Erwachsenen immer mit »großen Ohren« gelauscht. Und voll und ganz der Realität entspricht auch, was im KZ Sachsenhausen geschehen ist, in dem mein Onkel Berthold zwölf Jahre zugebracht hat, und ebenso entsprechen die »Aktivitäten« von SS und SA, aber auch der Widerstand gegen den Nazi-Staat, der Wirklichkeit. Im Anhang finden sich die von mir benutzten Quellen.

Um absolut authentisch zu sein und die Sprache wie den Geist der deutschen Kriminalpolizei der Jahre 1940/41 wiederzugeben, habe ich einige Passagen meines Buches nahezu wörtlich aus dem ersten Roman über den Berliner S-Bahn-Mörder entnommen, aus Axel Alts *Der Tod fuhr im Zug*, Berlin 1944. Alt, bei dem der Täter Omanzow heißt, beschränkt sich indes ausschließlich auf die Arbeit der Kriminalpolizei: »So wie wir den Kriminalroman sehen, ist uns nichts gelegen an der Person des Verbrechers [...]. Uns interessiert auch nicht der Verbrecher »psychologisch«. [...] Wir benötigen weder ersonnene Liebesgeschichten noch sonstige literarische Spannungsmomente« [...]. (S. 6 f.). Genau aber das will ich. Insofern durfte der S-Bahn-Mörderroman neu und gänzlich anders geschrieben werden, mit dem Schwergewicht auf der Biografie Ogorzows und der Psyche des Täters wie der äußeren Umstände. Dies zu tun und zu leisten, ist allerdings schon seit mehr als vierzig Jahren mein Ziel, denn der *Tod fuhr im Zug* war der erste Kriminalroman, den ich gelesen habe. Ein jedesmal in den Schulferien, die ich bei meiner Oma in Berlin-Schmöckwitz verbringen durfte, habe ich ihn aus ihrem »Giftschrank« entwendet und heimlich verschlungen, durch ihn bin ich zum (»Kriminal-«)Schriftsteller geworden, ebenso wie durch die mythische Verehrung, die sie – hervorgegangen aus den Arbeiterbildungsvereinen der Weimarer Zeit – den Literaten und allen Kulturschaffenden entgegengebracht hat. So steht in meinem vergilbten Exemplar von *Der Tod fuhr im Zug* mit ihrer wunderschönen Handschrift »Zum Andenken an Deine Jugendzeit in Schmöckwitz« – und ihr widme ich dieses Buch.

Was den Ablauf der Fahndung nach Ogorzow und die Wiedergabe seiner Taten betrifft, stütze ich mich aber nicht nur auf die vorhandenen Akten, sondern auch auf die Lebenserinnerungen des Gerichtsmediziners Dr. Waldemar Weimann, der die Opfer des S-Bahn-Mörders seziert hat und Paul Ogorzow in seinem Buch »Diagnose Mord« ein eigenes kleines Kapitel widmet. Bei Weimann sind es die Kommissare Lüdtke und Zach, die die Mordkommission Rummelsburg bilden, zwei Beamte, die wirklich unter diesem Namen gelebt und gearbeitet haben. Da ich aber nirgendwo eine Beschreibung ihres Äußeren und ihrer charakterlichen Eigenarten habe finden können, stehen die Namen bei mir weithin nur »nackt und bloß« auf dem Papier und ich gestatte ihnen nur ganz selten irgendwelche Reflexionen über Ogorzow und ihr kriminalistisches Tun. Die Reflexion und Wertung ist somit zumeist Sache des von mir erfundenen Kriminalsekretärs Gerhard Baronna und vor allem seiner Kollegin Grete Behrens, die womöglich meine wahre »Heldin« ist. Anhand der Arbeiten von Alt (in Wahrheit Wilhelm Ihde) und Weimann und der vorliegenden Akten lassen sich aber Fahndung, Festnahme und Vernehmung im Falle Ogorzow recht genau rekonstruieren. Manchmal aber stimmen die Daten und Fakten in allen herangezogenen Quellen nicht richtig überein, und es war nach Plausibilitäten zu entscheiden.

Den alten ZDF-Film zum Thema Ogorzow, der nach einem Drehbuch von Johannes Hendrich unter dem Titel »Verdunkelung« am 31. 5. 1976 gesendet worden ist, habe ich damals vor neunzehn Jahren bei einem Verwandtenbesuch nur sehr flüchtig gesehen und kann mich kaum noch an ihn erinnern. Nicht auszuschließen aber ist, daß mir der Film-Ogorzow von Rudolf Brand doch unbewußt im Gedächtnis geblieben ist.

Zwei Vorwürfe werden gegen dieses Buch erhoben werden: Erstens, der S-Bahn-Mörder-Roman sei lediglich das, was in der US-Buchbranche im Augenblick unter dem Gattungsbegriff »True crime quickie« en vogue ist. Dazu kann ich nur auf die vierzigjährige Vorgeschichte dieses Buches verweisen und zu Protokoll geben, daß die Berliner S-Bahn seit meiner frühen Kindheit für mich ein Mythos ist, siehe »passion & obsession«, und ich mit dem Argon Verlag erst jetzt den geeigneten Partner für dieses Projekt gefunden habe.

Zweitens, daß ich als Mann zum Thema Vergewaltigung nicht adäquat Stellung nehmen könnte. Das ist wegen meiner begrenzten Empathiefähigkeit bei diesem Verbrechen ganz sicher wahr, und ich kann darauf nur antworten, daß ich mit diesem Buch auch ein tiefes Trauma abarbeiten will. War ich doch 1945 als Siebenjähriger dabei, als direkt neben mir Frauen brutal vergewaltigt worden sind. Und was immer Tiefenpsychologen daraus schließen mögen, es ist mir nicht leichtgefallen und hat mich über Monate hinweg nur mit schweren Störungen und schlimmen Träumem schlafen lassen, als ich mich intensiv mit Paul Ogorzow zu beschäftigen hatte. Und ich habe große Angst davor, daß man mir nachsagt, ich hätte mich allzu sehr mit ihm identifiziert. Ich hasse diesen Mann, weil ich – um aller Frauen wegen, um die ich Angst habe – Menschen wie ihn irgendwie aus der Welt haben möchte. Zugleich erschrecke ich vor mir selber, weil dieses Denken ganz sicher faschistoid zu nennen ist, auch auf physische Eliminierung gerichtet ist. Also geht es primär um die Frage, wie – mit Mitteln verständnisvoll-sanfter Erziehung in einer guten und gerechten Gesellschaft –

zu verhindern ist, daß das Böse, das in jedem Menschen steckt, zum Ausbruch kommt, daß sich – insbesondere in den jungen Männern – die unselige Mischung von Aggression und Sexualität zu einer ›kritischen Masse‹ verdichten kann. Ich halte es hier ganz mit Grete Behrens und verstehe dieses Buch auch als Plädoyer gegen alle Männerbünde militärischer und paramilitärischer Art, denn Paul Ogorzow war kein Einzeltäter, sondern nur einer, der, abgesprengt von seinen Kameraden, vom Heere derer, die die wahren Massenmörder waren, seine Verbrechen beging. Er wurde enthauptet, die meisten anderen durften mithelfen, das neue Deutschland zu bauen und wurden nicht ins Jenseits, sondern in höchste Ämter und Funktionen befördert.

Berlin, im Dezember 1994 -ky, Prof. Dr. Horst Bosetzky

Anhang

Dokumente und Literaturhinweise

Der S-Bahn-Mörder Paul Ogorzow

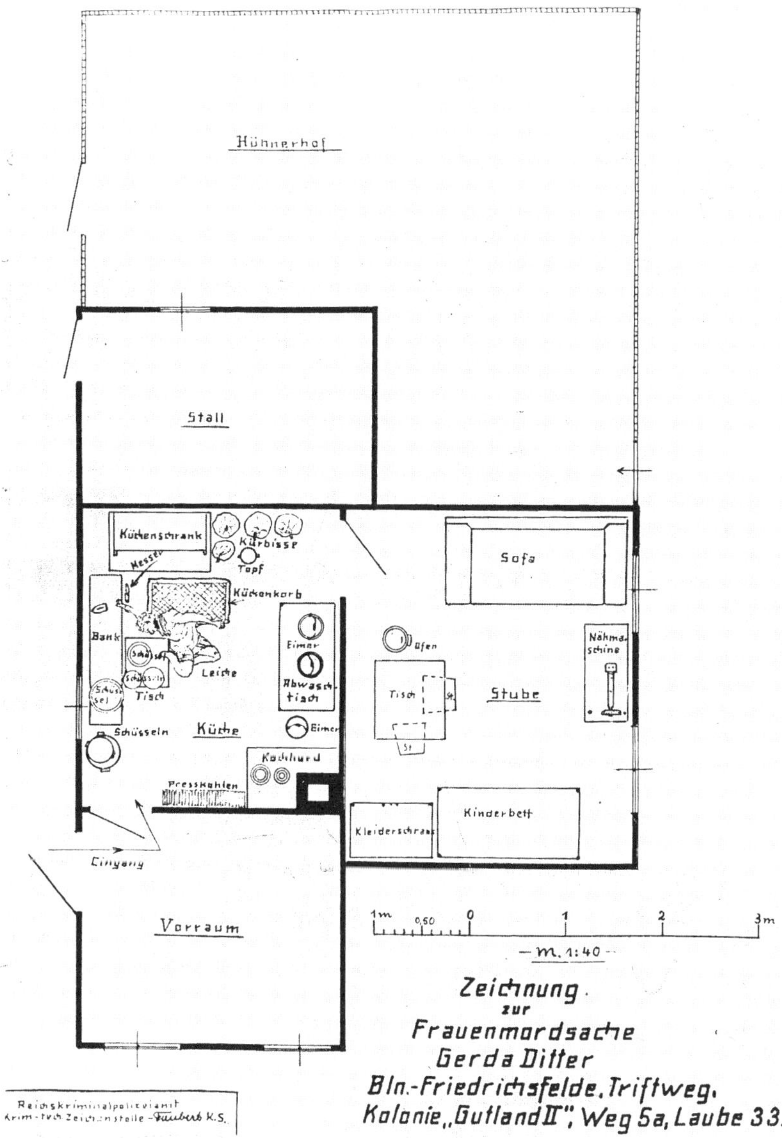

Tatortskizze der Polizei zum Mord an Gerda Ditter

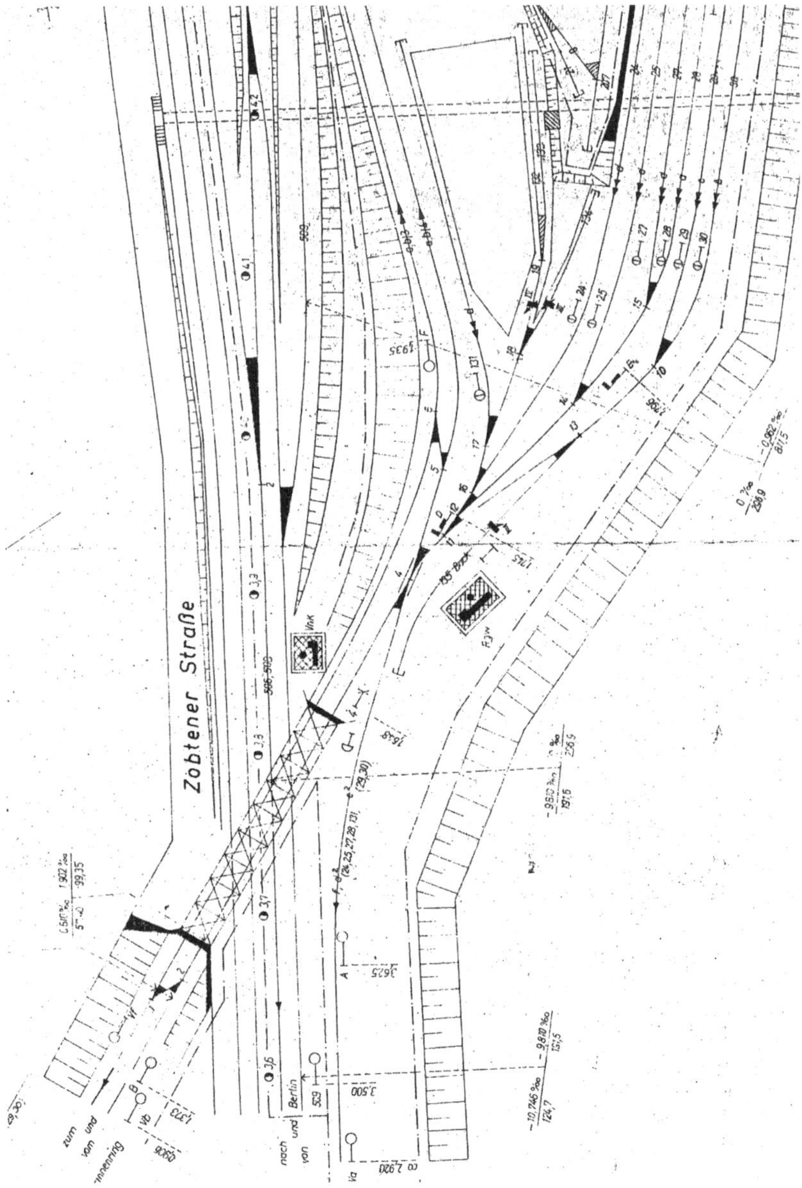

Gleisanlage des Bw Rummelsburg (heutiger Zustand)

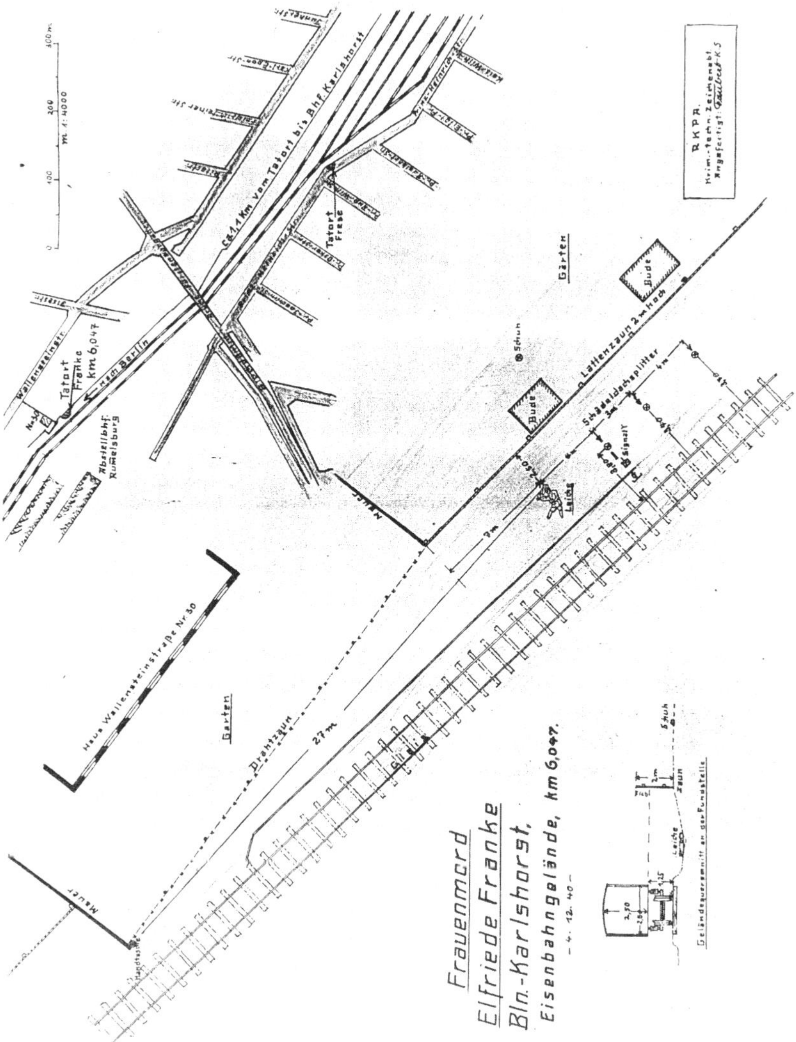

Tatortskizze der Polizei zum Mord an Elfriede Franke

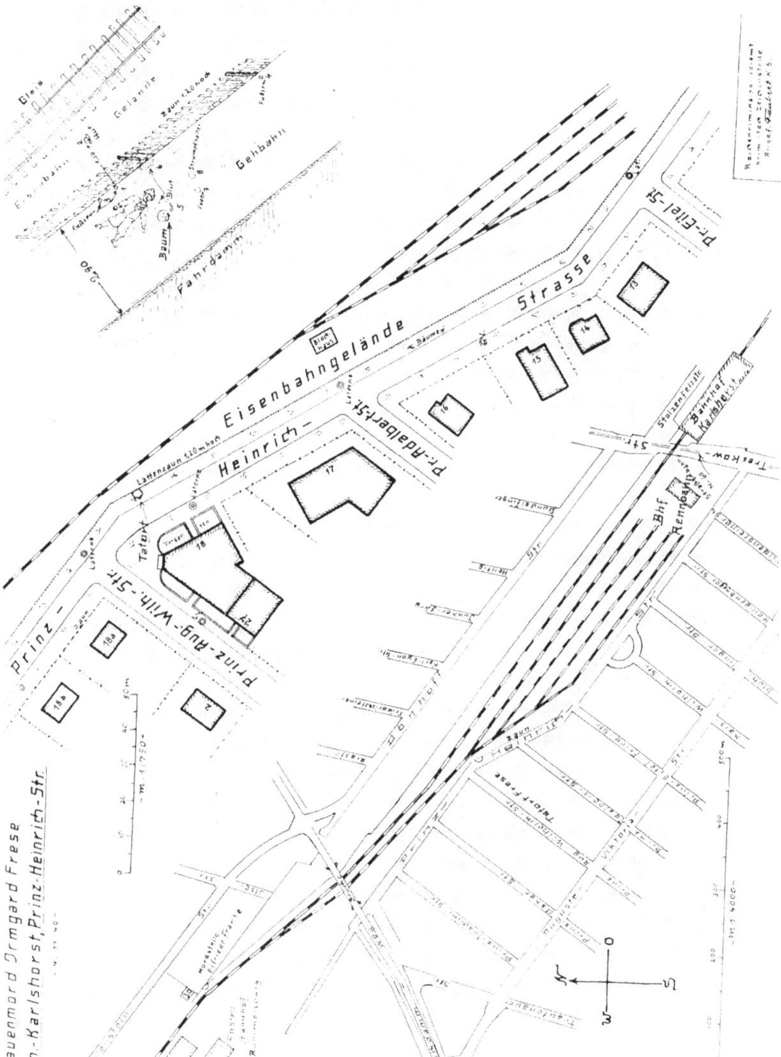

Tatortskizze der Polizei zum Mord an Irmgard Frese

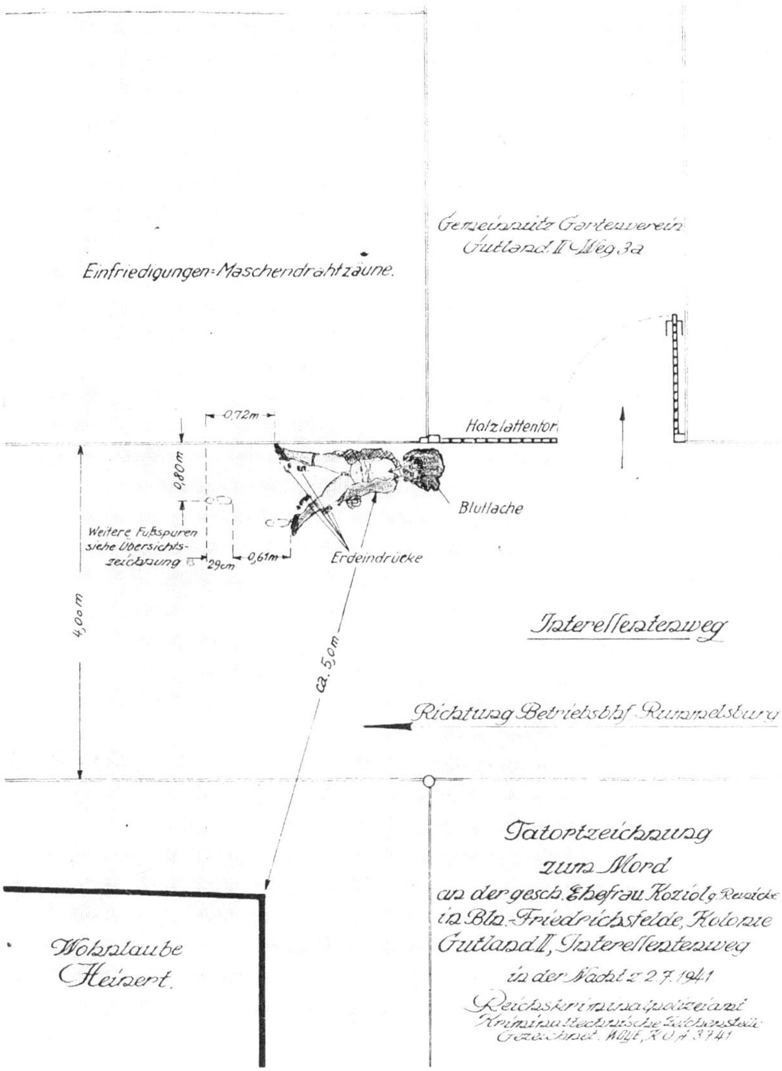

Tatortskizze der Polizei zum Mord an Frau Koziol

Strafgefängnis Plötzensee in Berlin

Gefgb.Nr: 889/41
(bei allen Schreiben anzugeben)

Zum dortigen Geschäftszeichen: (Sond III) 5 P. K. Ls. 133. 41 (213/41)

Strafgefängnis Plötzensee in Berlin den 25. 7. 1941

Fernruf: .... Hausanschl.: ....

An die Staatsanwaltsch[aft] ... in Berlin

Mitteilung des Abganges eines Gefangenen oder Verwahrten

(Nrn. 207 Abs. 1, 208 Abs. 3 VollzO.)

Familienname: Ogorzow
(bei Frauen auch Geburtsname)
Rufname: Paul
Zuletzt ausgeübter Beruf: [illegible]
Geburtstag: 29. 9. 1912
Geburtsort: Münchehofen
Staatsangehörigkeit:

Rassen- bzw. Volkszugehörigkeit:
Familienstand:
Zahl der Kinder:
Letzte Wohnung vor der Aufnahme zum Vollzuge:

ist am 26. 7. 1941 Uhr — ~~in der Sache~~
~~entlassen — und~~ hingerichtet worden ~~zu — über — geführt — worden~~ —
~~verbleibt für~~ Geschäftszeichen:
~~weiter in Haft~~.

~~beabsichtigt in~~
~~Wohnung zu nehmen~~.

Grund des Abganges: Hinrichtung.

Name: [illegible]
Amtsbezeichnung: [illegible]

VollzO. A 27 Mitteilung des Abganges. Arbeitsverwaltung Plötzensee.
198×210 mm (hellgrün).

Urkunde über die Hinrichtung von Paul Ogorzow

Alt, A.: Der Tod fuhr im Zug, Berlin/Leipzig 1944
Arbeitsgruppe Kiezgeschichte – Berlin 1933, ›Wer sich nicht erinnern will‹, Berlin 1983
Armanski, G. und Hebold-Heitz, W.: Züge aus der Vergangenheit.
Die Berliner S-Bahn, Berlin 1981
Arnhold, K.: Menschenführung im Betrieb, Berlin u. Wien o. J. (1937)
Arnold, F.: Anschläge. Politische Plakate in Deutschland 1900–1970, Ebenhausen 1972
Autorenkollektiv (Götz, G. u.a.): Die Berliner S-Bahn, Berlin (Ost) 1963
Autorenkollektiv (Borchert, F. u.a.): Berlin und seine S-Bahn, Berlin (Ost) 1987
Bley, P.: Berliner S-Bahn, Düsseldorf 1989
Bowlby, J.: Psychoanalyse und Kindererziehung, in: Leuthe, S. v., Kinder verstehen, München 1993, 31–52
Braun, H. F.: Produktion für den Massentod am Beispiel der Firma Gaubschat in Neukölln, in: Zehn Brüder waren wir gewesen ... Spuren jüdischen Lebens in Neukölln, hrsg. v. Emil-Fischer-Museum/Heimatmuseum Neukölln, Edition Hentrich, Berlin 1987, 426–430
Buchna, J.: Kasualgebete, Gütersloh 1982
BZ Berlin: Kinder, wie die Zeit vergeht, Berlin 1977
Christel, A.: Apokalypse unserer Tage. Erinnerungen an das KZ Sachsenhausen, Frankfurt/M. 1987
Chronik der Deutschen: Erschienen bei Harenberg, Dortmund 1983
Davison, G. C. und Neale, J. M.: Klinische Psychologie, München/Weinheim 1988
Dechêne, H. Ch.: Verwahrlosung und Delinquenz. Profil einer Kriminalpsychologie, München 1975
Deutsche Heimat, hrsg. v. der Cigaretten-Fabrik Garbaty, Berlin-Pankow o. J.
Die Berliner S-Bahn. Gesellschaftsgeschichte eines industriellen Verkehrsmittels, hrsg. v. der Neuen Gesellschaft für Bildende Künste (NGBK), Ausstellungskatalog, Berlin 1982

Die Welt in Bildern: hrsg. v. der Cigarettenfabrik Josetti GmbH., Berlin SO 16 o. J.
Döbler, H.: Die Germanen, Band 2, München 1977
Elhardt, S.: Tiefenpsychologie, 12 Aufl. Stuttgart u. a. 1990
Erikson, E. H.: Der Lebenszyklus: die Epigenese der Identität, in: Leuthe, S. v.: Kinder verstehen, München 1991, 213 bis 259
Finck, W.: Finckenschläge, Frankfurt/M./Hamburg 1969
Füllgrabe, U.: Das Weltbild von Gutachtern, in: Kriminalistik, 48 (1994), 453–462
Franzke, G. und Schaeffers, P. (Hrsg.): Hanne Sobeck. Ein Leben für den Fußball, Berlin u. a. 1931
Freud, S.: Abriß der Psychoanalyse/Das Unbehagen in der Kultur, Frankfurt/M. 1953
Gahm, B.: Hausschlachten, Stuttgart 1993
Gewerkschaft Deutscher Bundesbahnbeamten und Anwärter im Deutschen Beamtenbund: Einführung in den Betriebsdienst, Frankfurt/M. 1974
Gisevius, H. B.: Bis zum bitteren Ende, Frankfurt/M. und Berlin 1964
Gisevius, H. B.: Wo ist Nebe? Erinnerungen an Hitlers Reichskriminaldirektor, Zürich 1966
Grosbüsch, G.: Die Affekttat. Sozialpsychologische Aspekte der Schuldfähigkeit, Stuttgart 1981
Grzimeks Tierleben: dtv, Band 12, Säugetiere 3, München 1979
Hofer, W. (Hrsg.): Der Nationalsozialismus. Dokumente 1933 bis 1945, Frankfurt/M. 1957
Heiber, H.: Joseph Goebbels, München 1965
Höhne, H.: Der Orden unter dem Totenkopf. Die Geschichte der SS, Augsburg 1992
Hrdlicka, M. R.: Alltag im KZ, Opladen 1992
Hyman, S. E.: Manual der psychiatrischen Notfälle, Stuttgart 1988
Kaiser, G.: Kriminologie, 2. Aufl., Heidelberg 1988
Kerscher, I.: Sozialwissenschaftliche Kriminalitätstheorien, Weinheim u. Basel 1977
Kramer, W. und Jung, H.: Linienchronik der elektrischen Straßenbahnen in Berlin bis 1945, Berlin 1994
Lenz, S.: So zärtlich war Suleyken, Frankfurt/M. und Hamburg 1960

Liang, H.: Die Berliner Polizei in der Weimarer Republik, Berlin/New York 1977
Lichtenstein, H.: Himmlers grüne Helfer. Die Schutz- und Ordnungspolizei im »Dritten Reich«, Köln 1980
Mannheim, H.: Vergleichende Kriminologie, Band 2, dtv/thieme, München o. J.
Merl, T.: Ostpreußen. Neue Bilder aus einem geliebten Land, Augsburg 1992
Merle, R.: Der Tod ist mein Beruf, Berlin/Weimar 1994
Moser, T.: Jugendkriminalität und Gesellschaftsstruktur, Frankfurt/M. 1972
Mühlbauer, K. R.: Sozialisation, München 1980
Naujoks, H.: Mein Leben im KZ Sachsenhausen 1936–1942, Köln 1987
Neuköllner Pitaval. Wahre Kriminalgeschichten aus Berlin, hrsg. v. Hermann, K. u. a., Berlin 1994
Noll, D.: Die Abenteuer des Werner Holt, Berlin 1964
Overesch, M.: Das III. Reich 1939–1945. Eine Tageschronik der Politik, Wirtschaft, Kultur, Augsburg 1991
Reich, W.: Die Massenpsychologie des Faschismus, Köln/Berlin 1971
Reiht-Zanthier, J. v.: Sie machten uns glücklich. Erinnerungen an große Schauspieler in goldenen und nicht nur goldenen Jahren, München 1967
Ritter, F. (Hrsg.): Heinrich Himmler und die Liebe zum Swing, Leipzig 1994
Rürup, R. (Hrsg.): Topographie des Terrors, 9. Aufl., Berlin 1993
Rutschky, K. (Hrsg.): Schwarze Pädagogik, Frankfurt/M. u. a. 1977
Sandvoß, H.-R.: Widerstand in Neukölln, hrsg. v. der Gedenkstätte Deutscher Widerstand, Berlin 1990
Schneider, H. J.: Kriminologie, Berlin/New York 1987
Schneider, U. u. Schneider, H. J.: Sexualkriminalität, in: Kindlers »Psychologie des 20. Jahrhunderts«, Band 1, Kriminalität und abweichendes Verhalten, hrsg. v. Schneider, H. J., Weinheim und Basel 1983, 334–348
Weimann, W.: Diagnose Mord. Die Memoiren eines Gerichtsmediziners. Aufgezeichnet von Gerhard Jaeckel, Bayreuth 1964

Wehner, B.: Das Spiel ist aus – Arthur Nebe. Glanz und Elend der deutschen Kriminalpolizei. In: DER SPIEGEL, Serie in den Heften vom 29. September 1949 bis 20. April 1950, insbes. 16.–18. Folge (19. 1., 26. 1. und 2. 2. 1950)

Wehner, B.: Vom Unrechtsstaat ins Desaster. Die Rolle der Kriminalpolizei im ›Dritten Reich‹. Teile I–VII. In: Kriminalistik, Hefte 5/89 bis 12/89

Wulf, J. (Hrsg.): Literatur und Dichtung im Dritten Reich, Reinbek 1966

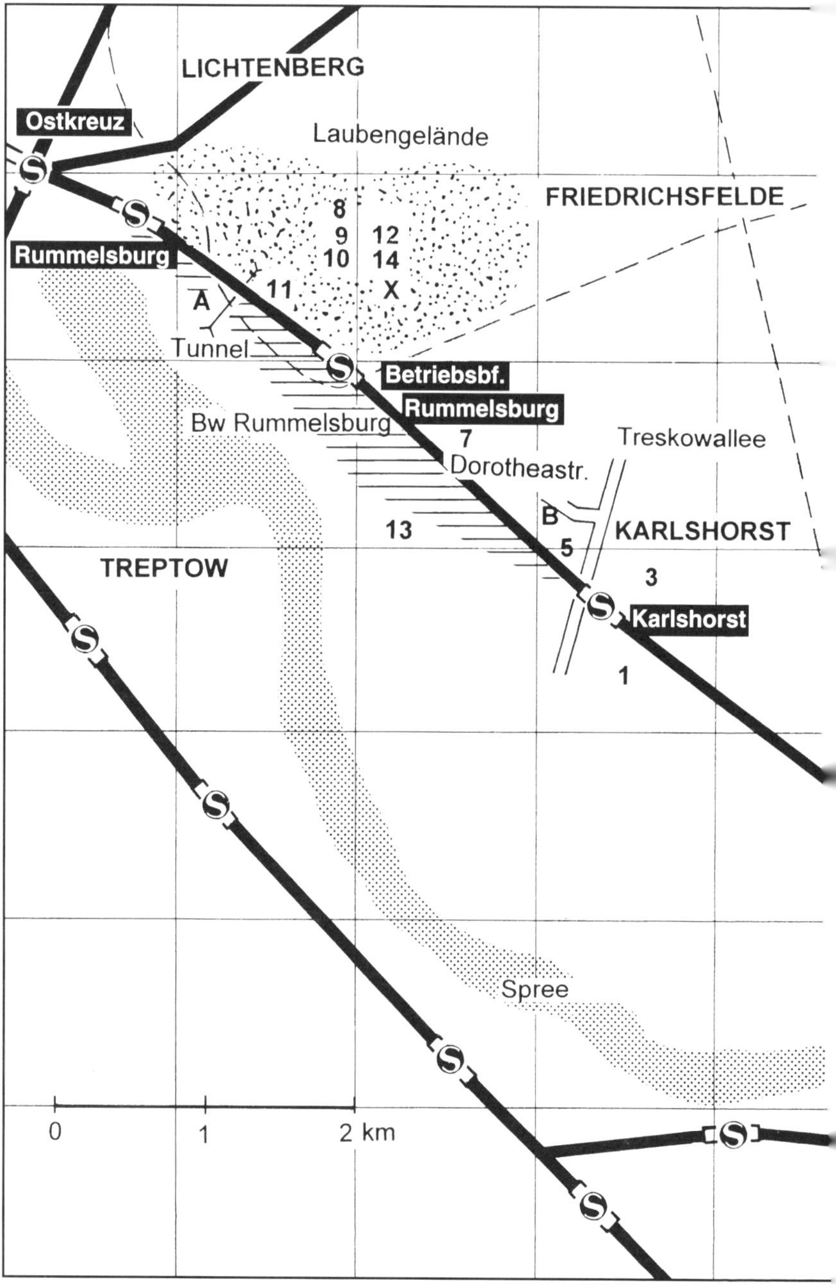
LICHTENBERG
Ostkreuz
Laubengelände
FRIEDRICHSFELDE
Rummelsburg
8
9
10
11
12
14
X
A
Tunnel
Betriebsbf.
Rummelsburg
Bw Rummelsburg
7
Dorotheastr.
Treskowallee
B
KARLSHORST
13
5
3
TREPTOW
Karlshorst
1
Spree
0
1
2 km